太平廣記鈔

태평광기초 9

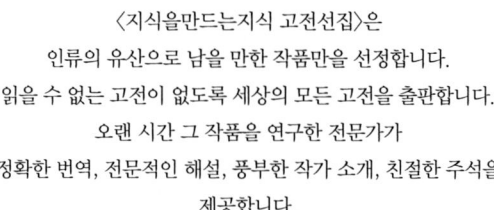

〈지식을만드는지식 고전선집〉은
인류의 유산으로 남을 만한 작품만을 선정합니다.
읽을 수 없는 고전이 없도록 세상의 모든 고전을 출판합니다.
오랜 시간 그 작품을 연구한 전문가가
정확한 번역, 전문적인 해설, 풍부한 작가 소개, 친절한 주석을
제공합니다.

太平廣記鈔

태평광기초 9

풍몽룡(馮夢龍) 엮음

김장환(金長煥) 옮김

대한민국, 서울, 지식을만드는지식, 2024

편집자 일러두기

- 이 책은 명나라 천계(天啓) 간본을 저본으로 교점한 배인본 중에서 번체자본(繁體字本)인 웨이퉁셴(魏同賢)의 교점본[2책, 《풍몽룡전집(馮夢龍全集)》 8·9, 펑황출판사(鳳凰出版社), 2007]을 바탕으로 하고 기타 배인본을 참고했습니다. 아울러 《태평광기》와의 대조를 통해 교감이 필요한 원문에 한해 해당 부분에 교감문을 붙이고, 풍몽룡의 비주(批注)와 평어(評語)까지 포함해 80권 2584조 전체를 완역하고 주석을 달았습니다. 《태평광기》는 왕샤오잉(汪紹楹)의 점교본[베이징중화수쥐(中華書局), 1961]을 사용했습니다.
- 《태평광기초》는 총 80권으로 되어 있습니다. 이 번역본에는 편의상 한 권에 원서 5권씩을 묶었습니다. 마지막권인 16권에는 전체 편목·고사명 찾아보기, 해설, 엮은이 소개, 옮긴이 소개를 수록했습니다.
제9권은 전체 80권 중 권41~권45를 실었습니다.
- 국내에서 처음으로 소개됩니다.
- 해설 및 주석은 독자들의 이해를 돕기 위해 모두 옮긴이가 붙인 것입니다.
- 옮긴이는 독자들이 이해하기 쉽도록 각 고사에는 맨 위에 번역 제목을 붙였고 그 아래에 연구자들이 작품을 찾아보기 쉽도록 원제를 한자 독음과 함께 제시했습니다. 주석이나 해설 등에서 작품을 언급할 때는 원제의 한자 독음으로 지칭했습니다.
- 옮긴이는 원전에서 제시한 작품의 출전을 원제 아래에 "출《신선전(神仙傳)》"과 같이 밝혔습니다. 또한 원문 뒤에는 해당 작품이 《태평광기》의 어느 부분에 실려 있는지도 밝혀 《태평광기》와 비교 연구할 수 있도록 했습니다.
- 본문에서 "미 : "로 표기한 것은 엮은이 풍몽룡이 본문 문장 위쪽에 단 미주(眉注)이고 "협 : "으로 표기한 것은 문장과 문장

사이에 단 협주(夾注)입니다. "평 : "으로 표기한 것은 풍몽룡이 본문을 읽고 자신의 평을 추가한 것입니다.
- 한글에 한자를 병기할 때 괄호 안의 말과 바깥 말의 독음이 다르면 [ ]를 사용하고, 번역어의 원문을 표시할 때는 ( )를 사용했습니다. 또 괄호가 중복될 때에도 [ ]를 사용했습니다.
- 고대 인명과 지명은 한자 독음으로 표기하고 현대 인명과 현대 지명은 국립국어원의 중국어 표기법에 따라 표기했습니다.

차 례

권41 산술부(算術部) 복서부(卜筮部)

산술(算術)

41-1(1179) 정현(鄭玄) · · · · · · · · · · · · · 3765

41-2(1180) 진현토와 조원리(眞玄兎 · 曹元理) · · · · 3768

41-3(1181) 이순풍(李淳風) · · · · · · · · · · · · 3772

41-4(1182) 마처겸(馬處謙) · · · · · · · · · · · · 3777

41-5(1183) 원은거(袁隱居) · · · · · · · · · · · · 3779

41-6(1184) 원홍어(袁弘御) · · · · · · · · · · · · 3781

복서(卜筮)

41-7(1185) 조달(趙達) · · · · · · · · · · · · · 3785

41-8(1186) 관노(管輅) · · · · · · · · · · · · · 3787

41-9(1187) 주선(周宣) · · · · · · · · · · · · · 3792

41-10(1188) 외소(隗炤) · · · · · · · · · · · · 3794

41-11(1189) 유임조(柳林祖) · · · · · · · · · · · 3796

41-12(1190) 하후조(夏侯藻) · · · · · · · · · · · 3798

41-13(1191) 왕자정(王子貞) · · · · · · · · · · · 3799

41-14(1192) 두생(杜生) · · · · · · · · · · · · 3801

41-15(1193) 환신범(桓臣範) · · · · · · · · · · · · 3804

41-16(1194) 차삼(車三) · · · · · · · · · · · · · · 3807

41-17(1195) 이씨 노인(李老) · · · · · · · · · · · 3809

41-18(1196) 심칠(沈七) · · · · · · · · · · · · · · 3813

41-19(1197) 전지미(錢知微) · · · · · · · · · · · 3815

41-20(1198) 호로생(胡蘆生) · · · · · · · · · · · 3817

41-21(1199) 유소유와 왕서암(柳少游·王棲巖) · · · 3829

41-22(1200) 추생(鄒生) · · · · · · · · · · · · · 3832

41-23(1201) 오명 도사(五明道士) · · · · · · · · 3837

41-24(1202) 황하(黃賀) · · · · · · · · · · · · · 3842

권42 의부(醫部)

의(醫)

42-1(1203) 화타(華佗) · · · · · · · · · · · · · 3849

42-2(1204) 장중경(張仲景) · · · · · · · · · · · 3852

42-3(1205) 오나라의 태의(吳太醫) · · · · · · · 3854

42-4(1206) 서문백(徐文伯) · · · · · · · · · · · 3856

42-5(1207) 서사백(徐嗣伯) · · · · · · · · · · · 3860

42-6(1208) 서지재(徐之才) · · · · · · · · · · · 3863

42-7(1209) 허예종(許裔宗) · · · · · · · · · · · 3864

42-8(1210) 진명학(秦鳴鶴) · · · · · · · · · · · 3866

42-9(1211) 최무(崔務) · · · · · · · · · · · · · 3868

42-10(1212) 조유(趙瑜) ·············3869

42-11(1213) 주광(周廣) ·············3872

42-12(1214) 도성의 의원과 조경(京城醫·趙卿) ···3876

42-13(1215) 양혁(梁革) ·············3879

42-14(1216) 양신과 조악(梁新·趙鄂) ·······3883

42-15(1217) 나병 치료 의원(大風醫) ········3887

42-16(1218) 복 받은 의원(福醫) ·········3890

42-17(1219) 대장장이(釘鉸匠) ··········3893

42-18(1220) 약에 대한 잡설(雜說藥) ·······3895

이질(異疾) 부(附)

42-19(1221) 장문중(張文仲) ···········3901

42-20(1222) 강남의 상인(江表商人) ········3903

42-21(1223) 강주의 승려(絳州僧) ·········3905

42-22(1224) 배에 적취가 생기는 병(腹瘕) ····3907

42-23(1225) 유 녹사(劉錄事) ···········3909

42-24(1226) 구용현의 좌리(句容佐史) ·······3911

42-25(1227) 두꺼비(蟾蜍) ············3913

42-26(1228) 위숙(魏淑) ·············3915

42-27(1229) 왕포의 딸(王布女) ··········3917

42-28(1230) 이언길(李言吉) ···········3920

42-29(1231) 괴양(蒯亮) ·············3922

권43 상부(相部)

상(相)

43-1(1232) 원천강 부자(袁天綱父子) · · · · · · · · 3925

43-2(1233) 떡 파는 여자(賣餾媼) · · · · · · · · · 3934

43-3(1234) 장경장(張冏藏) · · · · · · · · · · · · 3938

43-4(1235) 노제경(盧齊卿) · · · · · · · · · · · · 3944

43-5(1236) 장간지(張柬之) · · · · · · · · · · · 3947

43-6(1237) 육경융(陸景融) · · · · · · · · · · · 3949

43-7(1238) 배광정(裴光庭) · · · · · · · · · · · 3951

43-8(1239) 안녹산(安祿山) · · · · · · · · · · · 3953

43-9(1240) 왕악(王鍔) · · · · · · · · · · · · · · 3955

43-10(1241) 양십이(梁十二) · · · · · · · · · · 3956

43-11(1242) 주현표(周玄豹) · · · · · · · · · · 3960

43-12(1243) 조 성인(趙聖人) · · · · · · · · · · 3963

43-13(1244) 이동(李潼) · · · · · · · · · · · · · 3965

43-14(1245) 강교(姜皎) · · · · · · · · · · · · · 3967

43-15(1246) 황철(黃徹) · · · · · · · · · · · · · 3970

43-16(1247) 유우석(劉禹錫) · · · · · · · · · · 3972

43-17(1248) 정낭(鄭朗) · · · · · · · · · · · · · 3974

43-18(1249) 비구니 범씨(范氏尼) · · · · · · · · 3976

상홀(相笏) 부(附)

43-19(1250) 유도민(庾道敏) · · · · · · · · · · 3983

43-20(1251) 이 참군(李參軍) · · · · · · · · · 3985

43-21(1252) 용복본(龍復本) · · · · · · · · · 3987

상택(相宅) 부(附)

43-22(1253) 홍사(泓師) · · · · · · · · · · · · 3993

43-23(1254) 서작(舒綽) · · · · · · · · · · · · 4001

43-24(1255) 장경장(張景藏) · · · · · · · · · 4004

권44 부인부(婦人部)

현부(賢婦)

44-1(1256) 선씨(洗氏) · · · · · · · · · · · · 4009

44-2(1257) 후사낭(侯四娘) · · · · · · · · · 4012

44-3(1258) 두계낭(竇桂娘) · · · · · · · · · 4013

44-4(1259) 추복의 처(鄒僕妻) · · · · · · · 4017

44-5(1260) 사소아(謝小娥) · · · · · · · · · 4020

44-6(1261) 이탄의 딸(李誕女) · · · · · · · 4029

44-7(1262) 노씨(盧氏) · · · · · · · · · · · · 4033

44-8(1263) 동씨(董氏) · · · · · · · · · · · · 4035

44-9(1264) 최경의 딸(崔敬女) · · · · · · · 4037

44-10(1265) 이여의 모친(李畬母) · · · · · · · 4039

44-11(1266) 숙종 때의 공주(肅宗朝公主) ・・・・・4041

44-12(1267) 우씨(牛氏) ・・・・・・・・・・・4043

44-13(1268) 하씨(賀氏) ・・・・・・・・・・・4046

44-14(1269) 주적의 처(周迪妻) ・・・・・・・・4048

44-15(1270) 노씨 부인(盧夫人) ・・・・・・・・4050

44-16(1271) 위경유의 처(衛敬瑜妻) ・・・・・・4052

44-17(1272) 여영(呂榮) ・・・・・・・・・・・4054

44-18(1273) 등염의 처(鄧廉妻) ・・・・・・・・4056

44-19(1274) 노래하는 자의 부인(歌者婦) ・・・・・4058

재부(才婦)

44-20(1275) 사도온(謝道韞) ・・・・・・・・・4063

44-21(1276) 양용화(楊容華) ・・・・・・・・・4064

44-22(1277) 상관소용(上官昭容)・・・・・・・・4065

44-23(1278) 장열의 딸(張說女) ・・・・・・・・4067

44-24(1279) 두고의 처(杜羔妻) ・・・・・・・・4068

44-25(1280) 장규의 처(張睽妻) ・・・・・・・・4069

44-26(1281) 관도의 누이(關圖妹) ・・・・・・・4071

44-27(1282) 신씨(愼氏) ・・・・・・・・・・・4075

44-28(1283) 설원(薛媛) ・・・・・・・・・・・4077

44-29(1284) 손씨(孫氏) ・・・・・・・・・・・4079

44-30(1285) 궁인이 붉은 낙엽에 쓴 시(宮人紅葉詩) ・4081

44-31(1286) 개원 연간에 솜옷을 만든 궁녀(開元製衣女) · 4086

미부(美婦)

44-32(1287) 이광(夷光) · · · · · · · · · · 4091

44-33(1288) 여연(麗娟) · · · · · · · · · 4093

44-34(1289) 조비연(趙飛燕) · · · · · · · · 4094

44-35(1290) 설영운(薛靈芸) · · · · · · · · 4095

44-36(1291) 손양의 희첩(孫亮姬) · · · · · · · · 4100

44-37(1292) 촉나라의 감 황후(蜀甘后) · · · · · · · 4102

44-38(1293) 절동의 무희(浙東舞女) · · · · · · 4104

44-39(1294) 두목(杜牧) · · · · · · · · · · 4106

기부(奇婦)

44-40(1295) 온정균의 누나(溫庭筠姊) · · · · · · · 4115

44-41(1296) 시골 마을의 부인(村莊婦人) · · · · · · 4117

불현부(不賢婦)

44-42(1297) 단씨(段氏) · · · · · · · · · · · 4121

44-43(1298) 임괴의 처(任瓌妻) · · · · · · · · · · 4123

44-44(1299) 이복의 여종(李福女奴) · · · · · · · · 4125

44-45(1300) 오종문(吳宗文) · · · · · · · · · · 4128

44-46(1301) 촉나라의 공신(蜀功臣) · · · · · · · · 4130

44-47(1302) 진주의 기병장(秦騎將) · · · · · · · 4132

44-48(1303) 양홍무의 처(楊弘武妻) · · · · · · · 4134

44-49(1304) 양지견(楊志堅) · · · · · · · · · · 4135

기(妓)

44-50(1305) 양창(楊娼) · · · · · · · · · · · · 4141

44-51(1306) 이수란(李秀蘭) · · · · · · · · · · 4145

44-52(1307) 무창의 기녀(武昌妓) · · · · · · · · 4149

44-53(1308) 서월영(徐月英) · · · · · · · · · · 4151

44-54(1309) 유우석(劉禹錫) · · · · · · · · · · 4153

44-55(1310) 구양첨(歐陽詹) · · · · · · · · · · 4159

44-56(1311) 설의료(薛宜僚) · · · · · · · · · · 4162

44-57(1312) 위보형(韋保衡) · · · · · · · · · · 4165

44-58(1313) 나규(羅虬) · · · · · · · · · · · · 4167

권45 복첩부(僕妾部)

첩비(妾婢)

45-1(1314) 비연(非煙) · · · · · · · · · · · · 4171

45-2(1315) 현풍(翾風) · · · · · · · · · · · · 4176

45-3(1316) 상청(上淸) · · · · · · · · · · · · 4180

45-4(1317) 이기의 시비(李錡婢) · · · · · · · · 4189

45-5(1318) 유씨의 여종(柳氏婢) · · · · · · · · · · 4192

45-6(1319) 각요(却要) · · · · · · · · · · · · · 4194

동복(童僕)

45-7(1320) 위도부(韋桃符) · · · · · · · · · · 4199

45-8(1321) 이경(李敬) · · · · · · · · · · · · 4201

45-9(1322) 소영사(蕭穎士) · · · · · · · · · · 4204

45-10(1323) 무공간(武公幹) · · · · · · · · · · 4205

45-11(1324) 봉검(捧劍) · · · · · · · · · · · 4206

45-12(1325) 귀진(歸秦) · · · · · · · · · · · 4209

권41 산술부(算術部) 복서부(卜筮部)

산술(算術)

41-1(1179) **정현**

정현(鄭玄)

출《이원(異苑)》

한(漢)나라의 정현은 마융(馬融)의 문하에 있었지만 3년 동안 그를 만나지 못했으며, 수석 제자가 학문을 전수해 줄 따름이었다. 한번은 마융이 혼천(渾天)[1]을 계산하다가 맞지 않았는데, 여러 제자들에게 물었으나 제자들은 풀 수 없었다. 어떤 사람이 정현을 언급하자 마융이 정현을 불러 계산하게 했는데, 정현이 단 한 번 돌려서 곧바로 해결하자 사람들이 모두 놀라 탄복했다. 정현이 학업을 다 이루고 나서 작별을 고하고 돌아가게 되자, 마융은 마음속으로 그를 시기했다. 정현 역시 마융이 [자신을 해치려고] 추격해 올 것을 의심해, 다리 아래에 앉아 물 위에서 나막신을 몸에 대고 있었다. 마융이 과연 점판을 돌리면서 그를 뒤쫓다가 좌우 사람들에게 말했다.

"정현은 땅 아래 물 위에서 나무에 기대어 있으니[2] 이것

---

1) 혼천(渾天) : 옛날 산법(算法)의 하나로, 천체의(天體儀)를 사용해 천문을 계산하는 것을 말한다.
2) 땅 아래 물 위에서 나무에 기대어 있으니 : 무덤의 관 속에 있다는 뜻

은 필시 죽은 형상이다."

그러고는 마침내 추격을 그만두었으며, 정현은 결국 화를 면했다. 미 : 마융은 양기(梁冀)에게 빌붙어서 이고(李固)를 해쳤으니, 이 일도 아마도 있었을 것이다.

평 : 정현의 본전(本傳)에 따르면, 정현은 아홉 살 때 산가지를 놓아 곱셈과 나눗셈을 할 수 있었다. 그가 일찍이 어머니를 따라 집으로 돌아왔을 때 납일[臘日 : 동지 뒤의 셋째 술일(戌日)]의 연회가 열렸는데, 동년배들은 모두 훌륭한 옷차림에 한껏 치장했으며 대화도 잘 통했지만, 정현 혼자만 전혀 관심이 없어서 그 모습이 마치 그들에게 못 미치는 듯했다. 어머니가 슬쩍 그에게 친구들과 어울리라고 재촉하자 정현이 말하길, "이는 제가 뜻한 바가 아닙니다"라고 했다. 대저 이부(尼父 : 공자)는 제기(祭器)를 가지고 놀았고, 등애(鄧艾)는 전진(戰陣)을 그리면서 놀았으며, 회암(晦庵 : 주희)은 팔괘(八卦)를 가지고 놀았으니, 저들이 어찌 일찍이 가르침을 받고서 그렇게 했겠는가? 천성에 유독 비슷한 바가 있었으니, 이것이 바로 이른바 생지(生知 : 태어나면서부터 아는 것)[3]라는 것이다. 그렇지만 호랑이가 태어난 지

이다.

사흘 만에 사냥감을 노리는 것도 또한 천성적으로 생지하는 것이다. 이는 학문의 공이 위대한 까닭이다.

漢鄭玄在馬融門下, 三年不相見, 高足弟子傳授而已. 常算渾天不合, 問諸弟子, 弟子莫能解. 或言玄, 融召令算, 一轉便決, 衆咸駭服. 及玄業成辭歸, 融心忌焉. 玄亦疑有追者, 乃坐橋下, 在水上據屐. 融果轉式逐之, 告左右曰: "玄在土下水上據木, 此必死矣." 遂罷追, 玄竟以免. 眉 : 馬融附梁冀害李固, 則此事亦莫須有.

評 : 按本傳, 玄生九歲, 能下算乘除. 嘗隨母還家, 臘日宴會, 同輩皆美服盛飾, 言語通了, 玄獨漠然, 狀如不及. 母私督之, 乃曰: "此非玄之所志也." 夫尼父之戲以俎豆, 鄧艾之戲以戰陣, 晦庵之戲以八卦, 彼何嘗待敎而然哉? 性有獨近, 是乃所謂生知耳. 雖然, 虎生三日而耽耽視, 是乃性亦生知也. 此學問之功所以大也.

* 이 고사는 《태평광기》 권215 〈산술·정현〉에 실려 있다.

3) 생지(生知): '생이지지(生而知之)'의 줄임말로, 태어날 때부터 누가 가르쳐 주지 않아도 세상의 이치를 아는 성인을 말한다. 《논어》 〈술이(述而)〉편과 〈계씨(季氏)〉편에 나오는 말이다.

41-2(1180) 진현토와 조원리

진현토 · 조원리(眞玄兔 · 曹元理)

출《서경잡기(西京雜記)》

　한(漢)나라의 안정(安定) 사람 황보숭(皇甫嵩)과 진현토와 조원리는 모두 산술(算術)에 뛰어났는데, 모두 성제(成帝) 때 사람이었다. 진현토는 일찍이 스스로 자신의 수명을 73세로 추산했는데, 수화(綏和) 원년(BC 8) 정월 25일 포시[晡時 : 신시(申時). 오후 3~5시]에 죽는다고 나와서 그 시간을 집의 벽에 기록해 두었다. 그러나 그가 24일 포시에 죽자 그의 아내가 말했다.

　"남편이 추산할 때 보니 산가지 하나를 잘못 놓기에 그것을 말해 주려다가 혹시 다른 뜻이 있을 것이라고 생각해서 말하지 않았는데, 지금 과연 하루 먼저 죽었군요."

　진현토가 또 말했다.

　"북망산(北邙山) 청총(青冢) 위에 홀로 서 있는 개오동나무에서 서쪽으로 4장(丈) 정도 떨어진 곳을 7척 깊이로 파들어간 곳에 나는 묻히고 싶소."

　진현토가 죽자 그의 말대로 가서 파 보았더니, 옛날의 빈관이 나와서 바로 거기에 안장했다.

　조원리가 한번은 진현토의 친구 진광한(陳廣漢)을 찾아

갔더니 진광한이 말했다.

"나에게 두 곳간에 쌀이 있는데 몇 섬인지 잊어버렸으니 그대가 나를 위해 계산해 주시오."

조원리는 젓가락을 10여 차례 돌리고 나서 말했다.

"동쪽 곳간은 749섬 2말 7홉이고, 서쪽 곳간은 697섬 8말이오."

그러고는 곳간 문에 그 숫자를 크게 써 놓았다. 나중에 쌀을 꺼내 보았더니, 서쪽 곳간은 697섬 7말 9되이고 그 안에 한 되가 들어갈 만한 쥐구멍 하나가 있었으며, 동쪽 곳간은 조금도 차이가 나지 않았다. 조원리가 이듬해에 다시 진광한을 만났을 때 진광한이 쌀섬의 숫자를 말해 주었더니, 조원리가 손으로 평상을 치며 말했다.

"결국 쥐가 쌀을 먹은 것을 몰랐다니 얼굴을 들 수가 없소."

진광한이 조원리를 위해 술과 사슴 육포 몇 점을 내오자, 조원리가 또 계산하고 나서 말했다.

"사탕수수밭 25지경에서는 틀림없이 1536개를 캤고, 토란밭 37이랑에서는 틀림없이 673섬을 거두었으며, 1000마리의 소는 200마리의 송아지를 낳았고, 1만 마리의 닭은 5만 마리의 병아리를 낳았겠소."

조원리는 양·돼지·거위·오리에 대해서도 모두 그 숫자를 말했으며, 과일과 안주에 대해서도 모두 있는 곳을 알고 있었다. 그가 말했다.

"이처럼 자산이 많은데도 어찌하여 대접은 이렇게 쩨쩨하오?"

그러자 진광한이 부끄러워하며 말했다.

"갑자기 손님이 들이닥치다 보니 주인이 갑자기 준비를 못해서 그렇소."

조원리가 말했다.

"도마 위의 삶은 돼지 한 마리와 주방 안의 여지(荔枝) 한 쟁반도 모두 차려 오시오."

진광한은 재배하며 사죄한 뒤 들어가서 그것을 가져와 종일토록 즐겁게 보냈다.

漢安定皇甫嵩·眞玄兔·曹元理, 並善算術, 皆成帝時人. 眞常自算其年壽七十三, 於綏和元年正月二十五日晡時死, 書其屋壁以記之. 二十四日晡時死, 其妻曰:"見算時誤下一算, 欲以告之, 慮別有旨, 故不告, 今果先一日也." 眞又曰:"北邙靑冢上孤櫃之西四丈所, 鑿之入七尺, 吾欲葬此地." 及眞死, 依言往掘, 得古時空槨, 卽以葬焉.

曹元理嘗從眞玄兔友人陳廣漢, 廣漢曰:"吾有二囷米, 忘其碩數, 子爲吾計之." 元理以食筯十餘轉, 曰:"東囷七百四十九石二斗七合, 西囷六百九十七石八斗." 遂大署囷門. 後出米, 西囷六百九十七石七斗九升, 中有一鼠穴, 堪一升, 東囷不差圭合. 元理後歲復遇廣漢, 廣漢以米數告之, 元理以手擊床曰:"遂不知鼠之食米, 不如剝面皮矣." 廣漢爲之取酒, 鹿脯數臠, 元理復算曰:"甘蔗二十五區, 應收一千五百三十六枚, 蹲鴟三十七畝, 應收六百七十三石, 千牛産二百犢, 萬鷄將五萬雛." 羊豕鵝鴨, 皆道其數, 果蓏肴核, 悉知其所. 乃曰:"此資業之廣, 何供具之褊?" 廣漢慚曰:"有倉卒客, 無倉卒主人." 元理曰:"俎上蒸肫一頭, 廚中荔枝一盤, 皆可以爲設." 廣漢再拜謝罪, 入取, 盡日爲歡.

* 이 고사는 《태평광기》 권215 〈산술・진현토〉와 〈조원리〉에 실려 있다.

41-3(1181) 이순풍

이순풍(李淳風)

출《국사이찬(國史異纂)》·《기문(紀聞)》

당(唐)나라의 태사(太史) 이순풍은 새 책력을 교정했는데, 태양이 합삭(合朔)⁴⁾되어 일식이 일어나는 불길한 점괘가 나왔다. 그러자 태종(太宗)이 기뻐하지 않으며 말했다.

"만약 일식이 일어나지 않는다면 경은 어떻게 하겠는가?"

이순풍이 말했다.

"만약 일식이 일어나지 않으면 신은 죽음을 청하겠습니다."

그날이 되자 황제는 정원에서 기다리며 이순풍에게 말했다.

"내가 그대를 보내 줄 테니 처자식과 작별하도록 하시오."

그러자 이순풍이 대답했다.

"아직 이릅니다."

---

4) 합삭(合朔) : 태양과 지구 사이에 달이 들어가 일직선이 되는 것을 말한다.

그러고는 벽에 해그림자를 그어 표시하며 말했다.

"여기까지 이르면 일식이 일어날 것입니다."

잠시 후 과연 그 말대로 일식이 일어났는데 조금의 차이도 없었다. 이순풍이 한번은 장솔(張率)과 함께 황제를 모시고 있을 때 폭풍이 남쪽에서 불어오자, 이순풍은 남쪽으로 5리 떨어진 곳에 곡하는 사람이 있을 것이라 여겼고, 장솔은 음악이 있을 것이라 여겼다. 좌우 사람들이 말을 달려가서 살펴보았더니, 장송(葬送)하는 사람들이 북을 치고 피리를 불고 있었다. 미 : 장송하는 사람을 통해 공평하게 논란을 해결했다[두 사람이 비겼다는 뜻]. 이순풍이 또 일찍이 아뢰었다.

"북두칠성이 사람으로 변해 내일 서시(西市)로 와서 술을 마실 것이니, 마땅히 기다렸다가 데려오게 하십시오."

태종은 그 말에 따라 사람을 보내 가서 기다리도록 했다. 잠시 후 바라문(婆羅門) 승려 일곱 명이 금광문(金光門)으로 들어와 서시의 주점에 이르러 누대로 올라가더니 술 한 섬을 가져오라고 했는데, 술잔을 들고 마시다 보니 금세 술이 바닥났기에 다시 한 섬을 더 시켰다. 사자가 누대로 올라가서 칙명을 선독(宣讀)했다.

"지금 법사들을 황궁으로 모시길 청합니다."

호승(胡僧)들이 서로 돌아보고 웃으며 말했다.

"필시 이순풍 그놈이 우리를 말한 것일 게다."

그러고는 사자에게 말했다.

"이 술을 다 마실 때까지 기다리면 그대와 함께 가겠소."

술을 다 마시고 누대를 내려갔는데, 사자가 먼저 내려가서 뒤돌아보았더니 호승들은 이미 사라지고 없었다. 사자가 그 사실을 아뢰자 태종은 기이하게 여겼다. 당초 승려들이 술을 마실 때 술값을 내지 않았는데, 주인이 그릇을 치우면서 보았더니 자리 아래에 돈 2000냥이 있었다.

평 : 《광이기(廣異記)》에 따르면, [당나라] 고조(高祖)가 장차 동악(東嶽 : 태산)에 봉선(封禪)하려고 했는데 하늘에서 오랫동안 장맛비가 내렸다. 황제는 이를 이상히 여기며 사람을 시켜 화산도사(華山道士) 이파(李播)에게 물어보게 하고 천제(天帝)에게 상주하게 했다. 그래서 복야(僕射) 유인궤(劉仁軌)를 화산으로 보내 봉선에 관한 일을 이파에게 물었더니 이파가 말하길, "태산부군[泰山府君 : 태산의 신으로 동악대제(東嶽大帝)라고도 함]에게 물어볼 테니 기다리시오"라고 했다. 이파는 마침내 태산부군을 불러오게 했다. 한참 후에 태산부군이 도착하자 이파는 뜰아래에서 배알하며 매우 공손하게 예의를 차렸다. 이파가 말하길, "당나라 황제께서 봉선하고자 하시는데 어떻겠습니까?"라고 하자, 태산부군이 대답하길, "마땅히 봉선하되, 60년 후에 다시 한 번 봉선하도록 하시오"라고 했다. 이파가 읍(揖)하자 태산부군이 떠나갔다. 그때 유인궤가 옆에 서 있었는데, 이파는

태산부군이 여러 번 그를 돌아보는 것을 보고 다시 태산부군을 불러 돌아오게 해서 말하길, "이 사람은 당나라의 재상인데, 부군을 알지 못하니 책망하지 마십시오"라고 했다. 태산부군이 밖으로 나가자 이파가 유인궤에게 말하길, "태산부군은 상공(相公 : 유인궤)이 절하지 않은 것을 약간 탓하며 시종에게 상공의 이름을 기록하라 했는데, 성덕(盛德)에 누를 끼칠까 두려워서 태산부군을 불러 돌아오게 해서 관대한 처분을 부탁했던 것이오"라고 했다. 유인궤가 한참 동안 두려워하며 땀을 흘리자 이파가 말하길, "관대한 처분을 내렸으니 분명 곤란한 일은 없을 것이오"라고 했다. 그 후에 황제는 마침내 봉선을 행했다. 이파는 이순풍의 부친이니 이순풍의 도술에 근본으로 삼은 바가 있었다.

唐太史李淳風校新曆, 太陽合朔, 當蝕旣, 於占不吉. 太宗不悅曰: "日或不食, 卿將何以自處?" 曰: "如有不蝕, 臣請死之." 及期, 帝候於庭, 謂淳風曰: "吾放汝與妻子別之." 對曰: "尙早." 刻日指影於壁: "至此則蝕." 如言而蝕, 不差毫髮. 嘗與張率同侍帝, 有暴風自南至, 李以爲南五里當有哭者, 張以爲有音樂. 左右馳馬觀之, 則遇送葬者, 有鼓吹. 眉 : 賴送葬者打平火解紛. 又嘗奏曰: "北斗七星當化爲人, 明日至西市飲酒, 宜令候取." 太宗從之, 乃使人往候. 有婆羅門僧七人, 入自金光門, 至西市酒肆, 登樓, 命取酒一石, 持碗飲之, 須臾酒盡, 復添一石. 使者登樓宣敕曰: "今請師等至宮." 胡僧相顧而笑曰: "必李淳風小兒言我也." 因謂曰: "待窮此酒, 與子偕行." 飮畢下樓, 使者先下, 回顧已失胡僧. 因奏聞, 太宗異焉. 初僧飮酒, 未入其直, 及收具, 於坐下得錢二千.

評 : 按《廣異記》, 高祖將封東嶽, 而天久霖雨. 帝疑之, 使問華山道士李播, 爲奏天帝. 因遣僕射劉仁軌至華山, 問播封禪事, 播云 : "待問泰山府君." 遂令呼之. 良久, 府君至, 拜謁庭下, 禮甚恭. 播云 : "唐皇帝欲封禪, 如何?" 府君對曰 : "合封, 後六十年, 又合一封." 播揖之而去. 時仁軌在側立, 見府君屢顧之, 播又呼回曰 : "此是唐宰相, 不識府君, 無宜見怪." 旣出, 謂仁軌曰 : "府君薄怪相公不拜, 令左右錄公名, 恐累盛德, 所以呼回處分耳." 仁軌惶汗久之, 播曰 : "處分了, 當無苦也." 其後帝遂封禪. 播, 淳風之父也, 則淳風之道術有所本矣.

* 이 고사는 《태평광기》 권76 〈방사(方士)·이순풍〉, 권298 〈신(神)·이파(李播)〉에 실려 있다.

41-4(1182) 마처겸

마처겸(馬處謙)

출《북몽쇄언(北夢瑣言)》

부풍(扶風) 사람 마처겸은 병을 앓아 장님이 되었는데, 그의 부친이 그에게 《역(易)》을 배워서 먹고살도록 했다. 한번은 그가 안륙(安陸)에서 점을 치고 있었는데, 한 사람이 점을 치러 찾아와서 마생(馬生 : 마처겸)에게 말했다.

"그대의 점술은 아직 오묘한 경지에 이르지 못했네. 나에게 비법이 있으니 나에게 배울 수 있겠는가?"

마생은 곧 그를 따라갔다. 부풍군의 경내에 도선관(陶仙觀)이 있었는데, 마생은 그곳에서 모두 17행(行)에 달하는 성산(星算 : 점성술)의 요결(要訣)을 전수받았다. 마생이 그에게 벼슬과 향리를 물었더니 그가 말했다.

"성은 호(胡)이고 이름은 염(恬)이네."

그러면서 마생에게 주의를 주며 말했다.

"그대는 관록(官祿)이 있고 52세까지 살다가 죽을 것이네. 삼가 나의 행적을 왕공들에게 말하지 말게."

마생은 요결을 얻은 후로 일을 점치면 매우 영험했다. 마생은 나중에 조광명(趙匡明)을 따라 성도(成都)로 갔는데, [오대십국의] 왕 선주(王先主 : 전촉의 왕건)가 일찍이 두광정(杜光庭)을 시켜 그에게 자신의 수명이 얼마나 되는지 물어보게 했더니 마생이 말했다.

"주상께서는 원양(元陽)의 기운을 받으셨으니 4근(斤 : 1근은 16냥) 8냥(兩)입니다."

왕 선주는 과연 72세에 붕어했다. 4근 8냥은 바로 72냥이다. 마생은 벼슬이 중랑장(中郞將)과 금자광록대부(金紫光祿大夫)에 이르렀으며, 죽었을 때 나이가 52세였다.

扶風馬處謙病瞽, 其父俾其學《易》, 以求衣食. 嘗於安陸鬻筮, 有一人謁筮, 謂馬生曰: "子未臻其妙. 我有秘法, 能從我學乎?" 馬生乃隨往. 郡境有陶仙觀, 受星算之訣, 凡一十七行. 因請其爵里, 乃云: "胡姓恬名." 誡之曰: "子有官祿, 終至五十二歲. 幸勿道我行止於王侯之門." 馬生得訣, 言事甚驗. 後隨趙匡明至成都, 王先主嘗令杜光庭密問享壽幾何, 對曰: "主上受元陽之氣, 四斤八兩." 果七十二而崩. 四斤八兩, 卽七十二兩也. 馬生官至中郞·金紫, 死時年五十二.

* 이 고사는 《태평광기》 권215 〈산술·마처겸〉에 실려 있다.

41-5(1183) 원은거

원은거(袁隱居)

출《선실지(宣室志)》

[당나라] 정원(貞元) 연간(785~805)에 원은거란 자가 있었는데, 상주(湘州)와 초주(楚州) 사이에서 살았으며 《음양점결가(陰陽占訣歌)》 120장(章)에 뛰어났다. 당시 옛 상국(相國) 이길보(李吉甫)가 상서랑(尙書郞)으로 있다가 폄적되어 동남 지방에서 벼슬하고 있었다. 어느 날 원은거가 이 공(李公: 이길보)을 배알하러 왔는데, 이 공은 그의 명성을 들은 지 오래되었기 때문에 즉시 맞이해 함께 얘기를 나누었다. 이 공이 그에게 자신의 관운(官運)을 점쳐 보라고 했더니 원은거가 말했다.

"공은 진정 장상(將相)에 오를 관운을 타고 났으며 수명은 93세입니다."

이 공이 말했다.

"내 선조 중에 70세까지 산 사람이 아직 없는데, 내가 어찌 감히 93세를 바라겠는가?"

원은거가 말했다.

"운수를 점쳐서 숫자를 뽑았더니 93이 나왔을 뿐입니다."

그 후에 이 공은 과연 헌종(憲宗) 때 재상이 되었고 회남

절도사(淮南節度使)로 있다가 다시 조정에 들어가 재상이 되고 나서 죽었는데, 그의 나이는 56세였다. 그때는 원화(元和) 9년(814) 10월 3일이었는데, 그 연월일이 또한 93이라는 숫자와 딱 맞아떨어졌다.

貞元中, 有袁隱居者, 家於湘楚間, 善《陰陽占訣歌》一百二十章. 時故相國李公吉甫, 自尙書郎謫官東南. 一日, 隱居來謁公, 公久聞其名, 卽延與語. 公命算己之祿仕, 隱居曰:"公之祿眞將相也, 壽九十三." 李公曰:"吾之先未嘗有及七十者, 吾何敢望九十三乎?" 隱居曰 : "運算擧數, 乃九十三耳." 其後李公果相憲宗, 節制淮南, 再入相而薨, 年五十六. 時元和九年十月三日也, 年月日亦符九十三之數.

* 이 고사는 《태평광기》 권72 〈도술·원은거〉에 실려 있다.

41-6(1184) 원홍어

원홍어(袁弘御)

출《계신록(稽神錄)》

[오대] 후당(後唐)의 원홍어는 운중종사(雲中從事)가 되었는데 산술에 특히 정통했다. 운중부에서 그에게 마당에 있는 오동나무 잎사귀의 수를 계산해 보라고 하자, 원홍어는 즉시 일어나 오동나무를 쟀는데 땅에서 7척이 떨어져 있었다. 그는 둘레를 재서 그 직경의 수로 계산하더니 한참 후에 말했다.

"잎사귀가 몇 장입니다."

사람들은 이를 확인할 수 없었기에 오동나무를 흔들어 잎사귀 22장을 떨어뜨리게 한 뒤에 다시 원홍어에게 계산하게 했더니 그가 말했다.

"전보다 22장이 적어졌습니다."

절도사(節度使) 장경달(張敬達)에게 옥주발 두 개가 있었는데, 원홍어가 그것의 넓이와 깊이를 재서 계산하더니 말했다.

"이 주발은 내년 5월 16일 사시(巳時 : 오전 9~11시)에 틀림없이 깨질 것입니다."

장경달이 그 말을 듣고 말했다.

"내가 잘 보관한다면 깨질 수 있겠는가?"

장경달은 곧 주발을 큰 광주리에 담고 옷과 솜을 깔아서 창고 안에 자물쇠로 채워 두었다. 그날이 되자 창고의 들보가 부러져서 바로 그 광주리를 짓눌러 주발 두 개가 모두 부서졌다.

後唐袁弘禦爲雲中從事, 尤精算術. 同府令算庭下桐樹葉數, 卽自起量樹, 去地七尺. 圍之, 取圍徑之數布算, 良久曰: "若干葉." 衆不能覆, 命撼去二十二葉, 復使算, 曰: "已少向者二十二葉矣." 節度使張敬達有二玉碗, 弘禦量其廣深, 算之曰: "此碗明年五月十六日巳時當破." 敬達聞之曰: "吾敬藏之, 能破否?" 卽命貯大籠, 籍以衣絮, 鎖之庫中. 至期, 庫屋梁折, 正壓其籠, 二碗俱碎.

* 이 고사는 《태평광기》 권215 〈산술·원홍어〉에 실려 있다.

복서(卜筮)

41-7(1185) 조달

조달(趙達)

출《흡문기(洽聞記)》

오(吳)나라 태원(太元) 2년(252) 장사(長沙)에 큰 기근이 들어 많은 사람이 죽었다. 그래서 손권(孫權)이 조달에게 점을 치게 했더니 조달이 말했다.

"천지의 내와 못이 서로 통하는 것은 마치 사람의 사지와 같아서 코피가 날 때 다리에 뜸을 뜨면 낫는 것과 같습니다. 지금 여간(餘干)의 강어귀에 갑자기 모래섬 하나가 솟아올랐는데, 그 형태가 자라와 같으며 그 고을의 기운을 잠식하고 있으니, 제사를 지내고 그것을 파내면 될 것입니다."

손권은 사람을 보내 태뢰(太牢: 양·돼지·소의 희생물)로 제사를 지내고 그 등 부분을 파내 끊었더니 기근이 마침내 그쳤다. 그 강은 요주(饒州) 여간현에 있다.

吳太平[1]二年, 長沙大饑, 人多死. 孫權使趙達占, 云: "天地川澤相通, 如人四體, 鼻衄, 灸腳而愈. 今餘干水口, 沙暴起一洲, 形如鱉, 食彼郡風氣, 可祠而掘之." 權乃遣人祭以太牢, 斷其背, 饑遂止. 其水在饒州餘干縣也.

* 이 고사는 《태평광기》 권215 〈산술·조달〉에 실려 있다.

1 태평(太平): "태원(太元)"의 오기로 보인다. '태평'은 제제(齊帝) 손

양(孫亮)의 마지막 연호(256~258)이고, '태원'은 대제(大帝) 손권(孫權, 229~252 재위)의 연호(251~252)이므로, 문맥상 '태원'이 타당하다.

41-8(1186) 관노

관노(管輅)

출《이원》·[《위지(魏志)》·]《수신기(搜神記)》

관노는 술수(術數)에 아주 밝았다. 낙중(洛中 : 낙양)의 한 사람이 부인을 잃어버렸는데, 관노는 그 사람에게 돼지를 메고 있는 사람과 동양문(東陽門)에서 싸움을 하게 했다. 싸움하는 와중에 돼지가 도망쳐 어떤 집으로 들어가더니 담을 들이받아 무너뜨리자, 거기에서 부인이 나왔다. 또 관노의 고향 사람인 범현룡(范玄龍)은 자주 불이 나는 것을 괴로워했는데 관노가 말했다.

"각건(角巾 : 유생이나 은자가 즐겨 쓰던 각진 두건)을 쓴 서생이 검은 소를 몰고 동쪽에서 오면, 반드시 그 사람을 붙들어 하룻밤 묵게 하시오."

나중에 과연 그런 서생이 오자 범현룡은 그를 붙들었다. 서생은 급히 떠날 것을 청했으나 범현룡이 들어주지 않아서 결국 하룻밤을 묵게 되었다. 주인[범현룡]이 안채로 들어가자, 서생은 주인이 자신을 해칠까 봐 두려워서 문밖에서 칼을 들고 땔나무에 기대어 잠든 체하고 있었다. 그때 난데없이 어떤 물체가 나타나더니 입에서 불을 뿜어냈다. 서생은 놀라 칼로 그것을 베어 죽였는데, 살펴보았더니 다름 아닌 여우였다. 이후로는 더 이상 화재가 일어나지 않았다. 또 어떤 사람이 사슴을 포획했는데 다른 사람에게 도둑맞자 관노를 찾아가 점을 쳤더니 관노가 말했다.

"동쪽 골목의 세 번째 집에서 사람이 없을 때를 기다렸다가 그 집 지붕의 일곱 번째 서까래를 들어내고 그 서까래 밑에 기와를 놓아두면, 내일 아침 식사 때 도둑이 사슴을 스스로 당신에게 돌려줄 것이오."

그날 밤에 도둑의 아버지가 두통이 심해지자 또한 관노를 찾아와 점을 쳤는데, 관노가 그에게 [훔친 사슴을 주인에게] 돌려주게 했더니 병이 금세 나았다.

관노가 일찍이 곽은(郭恩)의 집에 갔는데, 홀연히 비둘기 한 마리가 날아와 대들보 위에 앉더니 매우 슬프게 울어댔다. 미 : 관매수(觀梅數)5)와 매우 비슷하다. 그러자 관노가 말했다.

"분명 어떤 손님이 돼지고기와 술을 가지고 동쪽에서 당신을 찾아올 것이며, 그로 인해 작은 사고가 일어날 것입니다."

밤이 되자 과연 그의 말대로 손님이 찾아왔다. 곽은은 손

---

5) 관매수(觀梅數) : 관매점(觀梅占) 또는 매화역수(梅花易數)라고도 한다. 송나라의 소옹(邵雍 : 소강절)이 매화나무에 앉은 참새 두 마리가 싸우는 것을 보고 괘를 뽑아 점을 친 데서 시작했다고 한다.

님에게 술을 절제하고 돼지고기도 조심해서 굽게 했다. 잠시 후 활로 닭을 쏘아 잡아서 요리를 하려 했는데, 화살이 울타리 사이를 뚫고 나가 어린 여자아이를 잘못 맞혀서 피를 흘리자 놀라며 두려워했다.

안평태수(安平太守) 왕기(王基)는 집에 자주 요괴가 나타나자 관노에게 점을 쳐 보게 했는데, 괘가 나오자 관노가 말했다.

"당신의 괘를 보니, 한 천민이 남자아이를 낳았는데 아이가 땅에 떨어지자마자 걸어서 부뚜막 속으로 들어가서 죽었습니다. 또 평상 위에서 커다란 뱀 한 마리가 붓을 물고 있었는데, 어른과 아이가 함께 구경하자 순식간에 사라졌습니다. 또 까마귀가 집으로 들어와 제비와 싸우다가 제비가 죽자 까마귀가 떠났습니다. 이 세 가지 괘가 나왔습니다."

왕기가 크게 놀라며 말했다.

"정심(精深)함이 이런 경지에 이르다니! 그 길흉을 점쳐 주시오."

관노가 말했다.

"다른 화는 없습니다. 그저 관사가 너무 오래되어서 요괴나 도깨비들이 함께 요망한 짓을 하고 있을 뿐입니다. 아이가 태어나자마자 부뚜막으로 들어간 것은 송무기(宋無忌)가 한 짓이고, 미 : 송무기는 화신(火神)이다. 큰 뱀은 당신의 늙은 서리(書吏)이며, 제비와 싸운 까마귀는 당신의 늙은 시종

[鈴下]입니다. 미 : 목객조(木客鳥 : 전설 속 도깨비 새)는 크기가 까치만 하고 수백 수천 마리가 떼를 지어 질서 있게 날아다닌다. 그중에서 황백색으로 앞장서서 혼자 높이 나는 것은 민간에서 "군장정(君長正)"이라 부르고, 붉은 것은 "오백정(五伯正)"이라 부르고, 검은 것은 "영하(鈴下)"라 부르며, 또 공조(功曹)와 주부(主簿)도 있다. 여기에서 "늙은 영하"라고 말한 것은 생각건대 또한 목객의 부류인 것 같다. 대저 정신이 올바른 자는 요괴가 어지럽히지 못합니다. 만물의 변화는 도술로 막을 수 있는 것이 아닙니다. 오랜 세월을 살면서 떠도는 정괴(精怪)들은 반드시 정해진 운수가 있습니다. 지금 괘에는 흉조가 보이지 않으니, 이러한 일들은 그저 이 정괴들이 어딘가에 붙어 일으킨 것이지 요망한 재앙을 불러일으킬 징조는 아니라는 것을 알 수 있습니다. 그러니 부군(府君 : 왕기)께서는 마음을 편안히 하고 도를 수양하시길 바라며, 귀신의 재앙 따위는 두려워하지 마십시오."

그 후에 결국 아무 일도 없었다.

管輅洞曉術數. 洛中一人失妻, 輅令與擔豕人鬪於東陽門. 豚逸入一舍, 突壞其牆, 其婦出焉. 輅鄉里范玄龍苦頻失火, 輅云 : "有角巾諸生駕黑牛, 從東來, 必留之宿." 後果有此生來, 玄龍因留之. 生急求去, 不聽, 遂宿. 主人罷入, 生懼圖己, 乃持刀門外, 倚薪假寐. 忽有一物, 以口吹火. 生驚, 斫之死, 審視之, 則狐也. 自是不復有災. 又有人捕鹿獲之, 爲人所竊, 詣輅爲卦, 云 : "東巷第三家, 候無人時, 發其屋頭第七橡, 以瓦著椽下, 明日食時, 自送還汝也." 其夜盜者父患頭痛, 亦來求占, 輅令歸之, 病乃愈.

輅曾至郭恩家, 忽有飛鳩來止梁上, 鳴甚悲切. 眉: 頗似觀梅數. 輅云: "當有客從東來相探, 携豕及酒, 因有小故耳." 至晚, 一如其言. 恩令節酒愼燔. 旣而射鷄作食, 箭發從雛間, 誤中數歲女子, 流血驚怖.

安平太守王基, 家數有怪, 使管輅筮之, 卦成, 輅曰: "君之卦, 當有一賤人, 生一男, 墮地便走, 入竈中死. 又床上當有一大蛇銜筆, 大小共視, 須臾便去. 又烏來入室, 與燕鬪, 燕死烏去. 有此三卦." 王基大驚曰: "精義之致, 乃至於此! 幸爲處其吉凶." 輅曰: "非有他禍. 直以官舍久遠, 魑魅魍魎, 共爲妖耳. 兒生入竈, 宋無忌之爲也, 眉: 宋無忌, 火神. 大蛇者, 老書佐也, 烏與燕鬪者, 老鈴下也. 眉: 木客鳥大如鵲, 千百爲群, 飛集有度. 其黃白色者居前飛獨高, 俗呼爲"君長正", 赤者爲"五伯正", 黑者爲"鈴下", 又有功曹·主簿. 此云"老鈴下", 想亦木客之屬. 夫神明之正者, 非妖能亂也. 萬物之變, 非道所止也. 久遠之浮精, 必能之定數也. 今卦中不見其凶, 故知假託之類, 非咎妖之徵. 願府君安神養道, 勿恐於神姦." 後卒無他.

* 이 고사는《태평광기》권216〈복서·관노〉, 권76〈방사·관노〉, 권359〈요괴·왕기(王基)〉에 실려 있다. 권76〈방사·관노〉의 고사는 출전이 "《위지(魏志)》"라 되어 있다.

41-9(1187) 주선

주선(周宣)

출《위지》

위(魏)나라의 주선은 자가 공화(孔和)이며 해몽을 잘했다. 어떤 사람이 주선에게 물었다.

"나는 추구(芻狗)[6] 꿈을 꾸었습니다."

주선이 말했다.

"당신은 틀림없이 맛있는 음식을 먹을 것이오."

며칠 되지 않아서 그 사람이 다시 추구 꿈을 꾸었다고 하자 주선이 말했다.

"틀림없이 수레에서 떨어져 다리가 부러질 것이오."

얼마 후에 그 사람이 또 추구 꿈을 꾸었다고 하자 주선이 말했다.

"틀림없이 화재를 당할 것이오."

나중에 모두 그의 말대로 되었다. 그 사람이 말했다.

"나는 사실 꿈을 꾸지 않았고 그저 당신을 시험해 보았을 뿐입니다. 그런데 세 번의 해몽이 달랐음에도 모두 들어맞

---

[6] 추구(芻狗) : 제사 지낼 때 쓰던, 짚으로 만든 개. 쓰고 나면 버렸다.

은 것은 어떻게 된 것입니까?"

주선이 말했다.

"사람의 생각은 말에 드러나는 법이므로 그것으로 길흉을 점친 것이오. 대저 추구는 신령에게 제사드릴 때 쓰는 물건이므로 당신이 처음 꿈 얘기를 했을 때는 당연히 맛있는 음식을 먹을 수 있었던 것이오. 제사가 끝나고 나면 추구는 수레로 깔아 버리기 때문에 당연히 수레에서 떨어져 골절상을 당했던 것이오. 추구는 수레로 깔아 버린 뒤에는 반드시 땔감으로 실어 가기 때문에 화재를 당할 것이라고 말했던 것이오." 미 : [《주역(周易)》〈계사전 상(繫辭傳上)〉에서] "길흉과 회린(悔吝 : 뉘우침과 근심)은 움직임에서 생겨난다"라고 한 것이 이것을 말한다.

魏周宣, 字孔和, 善占夢. 或有問宣者 : "吾夢芻狗." 宣曰 : "君當得美食." 未幾, 復云夢芻狗, 曰 : "當墮車折脚." 尋而又云夢芻狗, 宣曰 : "當有火災." 後皆如所言. 其人曰 : "吾實不夢, 聊試君耳. 三占不同, 皆驗, 何也?" 宣曰 : "意形於言, 便占吉凶. 且芻狗者, 祭神之物, 故君初言夢之, 當得美食也. 祭祀旣畢, 則爲所轢, 當墮車傷折. 車轢之後, 必載以樵, 故云失火." 眉 : "吉凶悔吝生乎動", 此謂也.

* 이 고사는 《태평광기》 권276 〈몽(夢)·주선〉에 실려 있다.

41-10(1188) 외소

외소(隗炤)

출《국사보유(國史補遺)》

　진(晉)나라의 외소는 《역경(易經)》에 뛰어났는데, 임종할 때 부인에게 말했다.

　"나중에 비록 큰 흉년이 들더라도 이 집을 팔지 마시오. 5년 뒤에 나에게 금을 빚진 조사(詔使 : 황제의 특사) 공씨(龔氏)에게 내가 쓴 서찰을 보여 주시오."

　나중에 부인은 외소의 말대로 그 서찰을 가지고 사자를 찾아갔다. 사자는 무슨 영문인지 몰라 한참 동안 멍하니 있더니, 점대를 꺼내 점을 쳐서 점괘가 나오자 말했다.

　"오묘하구나, 외생(隗生 : 외소)이여! 나는 그에게 금을 빚지지 않았소. 당신의 현명한 남편은 스스로 금을 감춰 놓고서 세상이 태평해지길 기다렸던 것이오. 그는 내가 《역경》에 뛰어난 것을 알고 서찰을 써서 자신의 뜻을 전한 것이오. 500근의 금이 푸른 도자기에 담겨서 당신 집에 묻혀 있는데, 벽에서 1장(丈) 떨어진 곳의 땅속 9척 깊이에 있소."

　부인이 그곳을 파 보았더니 과연 금이 나왔다.

晉隗炤善《易》, 臨終謂妻子曰 : "後雖大荒, 勿賣宅. 後五年, 詔使龔負吾金, 以吾所書板告之." 後如其言, 妻賫板詣之.

使者憫然, 沉吟不悟, 取蓍筮之, 卦成, 曰:"妙哉隗生! 吾不負金. 賢夫自藏金, 以待太平. 知吾善《易》, 書板寄意. 金有五百斤, 盛以靑瓷, 埋在堂屋, 去壁一丈, 入地九尺." 妻掘之, 果得金.

* 이 고사는《태평광기》권216〈복서・외소〉에 실려 있다.

41-11(1189) 유임조

유임조(柳林祖)

출《동림(洞林)》

유임조라는 점쟁이는 점을 잘 쳤다. 그의 부인이 일찍이 서루(鼠瘻 : 경부 결핵성 임파선염)7)를 앓았는데, 몇 년 동안 차도가 없었으며 점점 심해져서 목숨이 위태로운 지경에 이르렀다. 유임조가 마침내 점을 쳤더니 〈이(頤)〉괘8)가 〈복(復)〉괘9)로 변하자 괘를 살펴보며 말했다.

"틀림없이 석씨(石氏) 성을 가진 사람이 치료할 것이며, 뜸 뜬 쥐를 잡으면 나을 것이다."

7) 서루(鼠瘻) : 목에 결핵성 림프선염이 생겨 곪아 뚫린 구멍에서 늘 고름이 나는 병을 말한다.

8) 〈이(頤)〉괘 : ䷚[간(艮☶)상, 진(震☳)하]. 이 괘는 우레가 산 아래에서 울리는 형상으로, 초목이 싹트고 길러진다는 뜻을 지니고 있다. 또한 괘의 모양이 입을 벌리고 있는 모습인데, 입은 음식을 먹어서 몸을 기르므로 기른다는 뜻도 포함된다.

9) 〈복(復)〉괘 : ䷗[곤(坤☷)상, 진(震☳)하]. 이 괘는 우레가 땅 가운데에 있는 형상으로, 양(陽)이 밑에서 움직여 이치에 순응해서 위로 올라가는 뜻을 지니고 있으며, 〈단사(彖辭)〉에서 "출입무질(出入無疾)"이라 했다.

얼마 후 마을의 한 빈천한 집에 과연 성이 석씨인 사람이 있었는데, 그는 이 병을 치료할 수 있다고 스스로 말했다. 그러고는 병자의 머리 위 세 곳에 뜸을 떴더니, 병자는 병세가 호전되는 것을 느꼈다. 잠시 후 샛노란 색깔의 쥐 한 마리가 곧장 앞으로 오더니 입을 벌름거리면서 엎드린 채 꼼짝하지 않고 있자, 개를 불러서 물어 죽이게 했다. 쥐의 머리 위를 살펴보았더니 세 곳에 뜸뜬 자국이 있었다. 병자는 저절로 나았다.

有日者柳林祖, 善卜筮. 其妻曾病鼠瘻, 積年不差, 漸困垂命. 林祖遂占之, 得〈頤〉之〈復〉, 按卦曰:"應得姓石者治之, 當獲灸鼠而愈也." 旣而鄕里有一賤家, 果姓石, 自言能除此病. 遂灸病者頭上三處, 覺佳. 俄有一鼠, 色黃秀, 徑前, 噞噞然伏而不動, 呼犬噬殺之. 視鼠頭上, 有三灸處. 病者自差.

* 이 고사는 《태평광기》 권216 〈복서·유임조〉에 실려 있다.

41-12(1190) 하후조

하후조(夏侯藻)

출《수신기》

하후조는 어머니의 병이 심해지자 순우지(淳于智)를 찾아가서 점을 치려고 했다. 그때 여우 한 마리가 문을 가로막고 그를 향해서 울부짖었다. 하후조는 놀라 두려워하다가 마침내 순우지를 급히 찾아갔더니 순우지가 말했다.

"화가 곧 닥칠 것이니 속히 돌아가시오! 그리고 여우가 울었던 곳에서 가슴을 치며 소리 내 울어 집안사람들로 하여금 놀라 이상해하며 모두 밖으로 나오게 하시오. 한 사람이라도 두려워하지 않거든 울음을 그쳐서는 안 되오. 그렇게 하면 화를 간신히 면할 수 있을 것이오."

하후조가 그의 말대로 했더니 어머니도 병든 몸을 이끌고 밖으로 나왔다. 집안사람이 밖에 다 모였을 때 다섯 칸짜리 집이 와르르 무너져 내렸다.

夏侯藻母病困, 將詣淳于智卜. 有一狐當門, 向之嗥叫. 藻愕懼, 遂馳詣智, 智曰:"禍甚急, 君速歸! 在嗥處, 拊心啼哭, 令家人驚怪, 大小畢出. 一人不懼, 啼哭勿休. 然其禍僅可救也." 藻如之, 母亦扶病而出. 家人旣集, 堂屋五間, 拉然而崩.

* 이 고사는《태평광기》권447〈호(狐)·하후조〉에 실려 있다.

41-13(1191) 왕자정

왕자정(王子貞)

출《조야첨재》

[당나라] 정관(貞觀) 연간(627~649)에 정주(定州) 고성현(鼓城縣) 사람 위전(魏全)은 집이 부유했는데, 어머니가 갑자기 실명했다. 그래서 위전이 점쟁이 왕자정에게 물었더니, 왕자정이 점을 치고 나서 말했다.

"내년에 동쪽에서 푸른 옷을 입은 사람이 올 것인데, 그 사람이 3월 1일에 와서 치료하면 반드시 나을 것이오."

그때에 되자 위전은 기다렸다가 푸른 명주 저고리를 입은 한 사람을 보고 마침내 그를 맞이해 음식을 차려 주었다. 그 사람이 말했다.

"저는 병 치료하는 일은 잘 모르고 단지 쟁기만을 만들 줄 아니 주인을 위해 하나 만들어 드리겠습니다."

그는 도끼를 들고 집 주위를 돌면서 쟁기채로 쓸 목재를 찾다가, 뽕나무의 굽은 가지가 우물 위를 가리고 있는 것을 보고 마침내 그것을 베어 냈다. 그랬더니 위전 어머니의 두 눈이 환해지면서 물체가 보였다. 그의 어머니가 실명한 것은 굽은 뽕나무의 가지와 잎이 우물을 덮고 있었기 때문에 생긴 것이었다.

貞觀中, 定州鼓城縣人魏全家富, 母忽然失明. 問卜者王子貞, 子貞爲卜之, 曰:"明年有從東來靑衣者, 三月一日來, 療必愈." 至時, 候見一人着靑紬襦, 遂邀爲設飮食. 其人曰:"僕不解醫, 但解作犁耳, 爲主人作之." 乃持斧繞舍求犁轅, 見桑曲枝臨井上, 遂斫下. 其母兩眼煥然見物. 此曲枝葉蓋井之所致也.

* 이 고사는《태평광기》권216〈복서·왕자정〉에 실려 있다.

41-14(1192) 두생

두생(杜生)

출《기문》

 당(唐)나라 선천(先天) 연간(712~713)에 허주(許州)의 두생은 점을 잘 쳤다. 도망친 노비를 찾는 어떤 사람이 두생을 찾아와 물었더니 두생이 말했다.

 "당신은 그저 역로(驛路)를 찾아 돌아가다가 좋은 채찍을 들고 있는 역사(驛使 : 공문을 전달하는 관리)를 길에서 만나거든, 그에게 머리를 조아리며 그 채찍을 달라고 청하시오. 그가 만약 주지 않거든 사정을 말하고 두생이 청하게 했다고 하시오. 그렇게 하면 틀림없이 노비를 찾게 될 것이오."

 그 사람은 두생의 말대로 과연 역사를 만나자, 두생의 말을 전하고 채찍을 달라고 청했더니, 그 역사가 이상해하면서 말했다.

 "채찍은 내가 아깝지 않지만 주고 나면 말을 칠 것이 없게 되니, 당신이 길옆에서 채찍을 대신할 나뭇가지 하나를 꺾어 온다면 내가 당신에게 채찍을 주겠소."

 그래서 그 사람이 나뭇가지를 꺾으러 갔다가, 도망친 노비가 나무 아래에 숨어 있어 있는 것을 발견하고 붙잡았다.

그 사람이 노비에게 어찌 된 일인지 물었더니 노비가 말했다.

"마침 길을 따라서 도망치다가 멀리서 주인어른이 보이기에 여기에 숨어 있었습니다."

또 도망친 노비를 찾는 어떤 사람이 두생을 찾아갔더니 두생이 말했다.

"돌아가서 돈 500냥을 가지고 관도(官道)에서 기다리고 있다가, 새매를 진상하러 가는 사자가 지나가는 것을 보거든, 그에게 한 마리만 사겠다고 청하시오. 그러면 틀림없이 노비를 찾게 될 것이오."

그 사람이 두생의 말대로 기다렸더니, 잠시 후 새매를 진상하러 가는 사자가 도착하자 사정을 말하고 그에게 한 마리만 팔라고 간청했다. 사자는 이상해하면서 여분의 새매를 주었다. 그 사람이 새매를 손으로 잡으려는 순간 새매가 갑자기 날아가 관목 덤불에 내려앉자, 잡으러 갔다가 뜻밖에도 노비가 그 아래에 숨어 있기에 마침내 붙잡았다.

唐先天中, 許州杜生善卜筮. 有亡奴者, 造杜問之, 生曰 : "汝但尋驛路歸, 道逢驛使有好鞭者, 叩頭乞之. 彼若不與, 以情告, 云杜生敎乞. 如是必得." 如其言, 果遇驛使, 以杜生語告乞鞭. 其使異之曰 : "鞭吾不惜, 然無以撾馬, 汝可道左折一枝見代, 予與汝鞭." 遂往折之, 乃見亡奴伏於樹下, 擒之. 問其故, 奴曰 : "適循道走, 遙見郎, 故潛於斯." 復有亡奴者, 見杜生, 生曰 : "歸取五百錢, 於官道候之, 見進鷂子使過, 求買其一. 必得奴矣." 如言候之, 俄有鶻子使至, 告以情, 求市其一. 使者異之, 以副鶻子與焉. 將至手, 鶻忽飛集於灌莽, 乃往取, 奴果伏在其下, 遂執之.

* 이 고사는 《태평광기》 권77 〈방사·두생〉에 실려 있다.

41-15(1193) 환신범

환신범(桓臣範)

출《정명록(定命錄)》

여주자사(汝州刺史) 환신범이 스스로 말했다.

환신범이 이전에 자사에 임명되었다가 업적 평가를 받으러 도성으로 들어가던 길에 상주(常州)에 이르렀는데, 그곳에 점을 잘 치는 기생(曁生)이란 자가 있었다. 기생은 사흘 동안 술을 마시고 취해 있더니, 나흘째 되던 날에 쌀 반죽과 등잔 심지를 가지고 왔다. 기생은 입에 등잔 심지를 물고 갑자기 신이 들린 듯이 말했다. 그때 동경(東京:낙양) 구지현(緱氏縣)에 있는 환신범의 집에서 노비가 막 도착했기에, 환신범이 집에 무슨 일이 있냐고 물어보았더니 기생이 말했다.

"그 집은 노씨(盧氏)의 것이지 환씨의 것이 아닙니다."

그러고는 한 하인을 보더니 또 말했다.

"저 하인은 돈 2000냥을 훔쳐 달아날 것입니다."

다시 한 하녀를 보더니 또 말했다.

"저 하녀는 머리를 맞아 터져서 피를 흘릴 것입니다."

환신범이 물었다.

"지금 도성에 가면 어떤 관직을 얻게 되겠소?"

기생이 말했다.

"동북쪽으로 1000리 밖에서 자사가 될 것인데 반드시 '마액(馬厄)'을 조심하십시오."

환신범이 양주부(揚州府)에 이르렀을 때 과연 그 하인이 돈 2000냥을 훔쳐 달아났다. 또 서주(徐州)의 경계에 이르렀을 때 그 하녀가 남편과 서로 싸우다가 머리가 깨져 피를 흘렸다. 환신범은 동경에 도착해서 영주자사(瀛州刺史)로 전임되었다. 그는 비로소 기생의 말을 믿으면서 늘 '마액'을 조심했다. 군(郡)에 도착해서 절하고 꿇어앉았다가 왼쪽 다리가 갑자기 아파서 결국 걸어갈 수 없었다. 어떤 사람이 침으로 치료할 수 있다고 해서 침을 놓았더니, 붓기가 더욱 심해지면서 무릎까지 극심하게 아팠다. 결국 환신범은 병가를 청하고 100일 동안 직무를 보지 못했는데, 침을 놓은 사람의 성이 바로 마씨(馬氏)였다. 환신범은 구지현의 집에 도착해서 집을 노종원(盧從願)에게 팔았는데, 그제야 여러 일들이 기생의 말대로 들어맞지 않은 것이 없음을 알게 되었다.

汝州刺史桓臣範自說 : 前任刺史入考, 行至常州, 有暨生者, 善占事. 三日, 飮之以酒, 醉, 至四日, 乃將拌米並火炷來. 暨生以口御火炷, 忽似神言. 其時有東京緱氏莊, 奴婢初到, 桓問以莊上有事, 暨生云 : "此莊姓盧, 不姓桓." 見一奴, 又云 : "此奴卽走, 仍偸兩貫錢." 見一婢, 復云 : "此婢卽打頭破血流." 桓問 : "今去改得何官?" 暨生曰 : "東北一千里外作刺史, 須愼馬厄." 及行至揚府, 其奴果偸兩千而去. 至徐州界,其婢與夫相打, 頭破血流. 至東京, 改瀛州刺史. 方始信之, 常愼馬厄. 及至郡, 因拜跪, 左脚忽痛, 遂行不得. 有一人云解針, 針訖, 其腫轉劇, 連膝焮痛. 遂請告, 經一百日停官, 其針人乃姓馬. 至緱氏莊, 賣與盧從願, 方知諸事無不應者.

* 이 고사는《태평광기》권147〈정수(定數)・환신범〉에 실려 있다.

41-16(1194) 차삼

차삼(車三)

출《정명록》

　　차삼은 화음(華陰) 사람으로 관상을 보는 데 뛰어났다. 진사(進士) 이몽(李蒙)은 굉사과(宏詞科)에 급제해 관직을 임명받으러 도성으로 들어가려 했는데, 그가 화음현에 왔을 때 현관(縣官)이 차삼에게 그의 관상을 보라고 하면서 이익(李益)이라고 속여 말했다. 차삼이 말했다.

　　"애당초 공의 봉록이 보이지 않습니다."

　　여러 관원이 말했다.

　　"당연히 진짜 성명을 말하지 않았기 때문에 알아맞히지 못한 것이오. 이 사람은 이몽으로 굉사과에 급제해 관직을 임명받으러 도성으로 가려 하는데, 보기에 어떤 관직을 얻을 것 같소?"

　　차삼이 말했다.

　　"공은 어떤 관직을 맡고 싶습니까?"

　　이몽이 말했다.

　　"화음현에서 일했으면 좋겠소."

　　차삼이 말했다.

　　"그 관직을 얻을 수는 있지만 그 복록이 없으니 어쩌지요?"

 사람들은 모두 그의 말을 믿지 않았다. 이몽은 도성에 도착해서 과연 화음현위(華陰縣尉)에 임명되어 관직을 제수받자, 곡강(曲江)의 배 위에서 연회를 열어 축하하는 자리에서 여러 관원들이 이몽에게 연회를 기리는 서(序)를 짓게 했다. 저녁 무렵에 서가 완성되자 사홰(史翽)가 먼저 일어나 이몽의 손에서 서를 빼앗아 보았더니, 배사남(裴士南) 등 10여 명도 다투어 일어나 서를 보았다. 그런 와중에 배가 한쪽으로 쏠려 마침내 전복되는 바람에 이몽과 배사남 등이 모두 물에 빠져 죽었다.

車三者, 華陰人, 善卜相. 進士李蒙宏詞及第, 入京注官, 至華陰, 縣官令車三見, 詎云李益. 車云: "初不見公食祿." 諸公云: "應緣不道實姓名, 所以不中. 此是李蒙, 宏詞及第, 欲注官去, 看得何官?" 車云: "公意欲作何官?" 蒙云: "愛華陰縣." 車云: "得此官, 但無此祿, 如何?" 衆皆不信. 及至京, 果注華陰縣尉授官, 相賀於曲江舟上宴會, 諸公令蒙作序. 日晚序成, 史翽先起, 於蒙手取序看, 裴士南等十餘人, 又爭起看序. 其船偏, 遂覆沒, 李蒙·士南等並溺死.

* 이 고사는 《태평광기》 권216 〈복서·차삼〉에 실려 있다.

41-17(1195) 이씨 노인

이노(李老)

출《원화기》

[당나라] 개원(開元) 연간(713~741)에 이름은 모르지만 성이 유씨(劉氏)인 사람이 있었는데, 그는 선대의 공을 빌려 관직을 구했지만 수년 동안 임명되지 못했다. 그러다가 한 해의 관리 선발 시험이 끝났을 때 이번에는 반드시 성사될 것이라 기대하면서, 서시(西市)에 점을 잘 치는 이 노인이 있다는 소문을 듣고 찾아가서 물었더니 이 노인이 말했다.

"금년에는 분명 성사되지 못할 것이지만, 내년에는 구하지 않아도 저절로 얻게 될 것이오."

유생(劉生)은 그 말을 믿지 않았는데, 과연 어떤 일로 문초를 받게 되자 비로소 이 노인의 영험함에 탄복했다. 이듬해 관리 선발 시험이 끝났을 때, 유생은 자신의 평점이 다소 낮다고 스스로 판단하면서 또 이 노인에게 물었더니 이 노인이 말했다.

"걱정하지 마시오. 당신의 관직은 틀림없이 이루어질 것이니, 대량(大梁: 개봉의 옛 이름)에서 봉록을 받게 될 것이오. 관직을 얻게 되거든 다시 나를 만나러 오시오."

유생은 과연 개봉현위(開封縣尉)가 되었다. 그래서 다시 이 노인을 만나러 갔더니 이 노인이 말했다.

"당신은 관리가 되었지만 굳이 청렴하고 검소할 필요는 없으며, 마음대로 재물을 취해도 되오. 또한 임기가 만료되었을 때 사자(使者)가 되겠다고 청해 도성에 들어가게 되면, 그때 다시 당신을 위해 점을 쳐 주겠소."

유생은 주(州)에 도착한 뒤, 과연 자사(刺史)의 신임을 받게 되었다. 유생은 이 노인의 말을 떠올리며 많은 재물을 취해, 임기가 만료될 때쯤에는 천만 금을 모았다. 마침내 유생이 주장(州將)을 배알하고 강운사(綱運使 : 대량 화물 운송 책임자)로 임명해 달라고 청하자, 주장은 그를 파견해 본주(本州)의 조세를 운반해 도성으로 가게 했다. 그때 유생이 다시 이 노인을 찾아갔더니 이 노인이 말했다.

"공은 사흘 안에 바로 승진할 것이오."

유생이 의심하자 이 노인이 말했다.

"승진할 관직 역시 분명 그 군(郡)에서 얻게 될 것이니, 관직을 얻은 후에 다시 나를 찾아오시오."

유생은 마침내 떠났다. 다음 날 유생은 본주의 조세를 좌장고(左藏庫)에 납부했는데, 그때 마침 봉황이 그곳에 나타났으며, 다음과 같은 칙명이 내려졌다.

"봉황을 맨 먼저 본 자에게 관직을 승진시켜 주도록 하라."

유생은 바로 봉황을 맨 먼저 본 사람이었으므로, 마침내 준의현승(浚儀縣丞)으로 승진되었다. 유생은 이 노인을 더욱 공경하면서 또 관리로 지내는 방법을 물었더니 이 노인이 말했다.

"이전처럼 똑같이 하면 되오."

유생은 임기가 만료되었을 때 또 천만 금을 모았다. 유생은 고향으로 돌아와 몇 년을 지낸 뒤에 또 관리 선발에 응시하면서 다시 이 노인을 찾아갔더니 이 노인이 말했다.

"이번에는 틀림없이 한 읍(邑)을 얻게 될 것이지만, 재물을 함부로 취해서는 안 되니 진실로 마땅히 신중해야 하오."

유생은 과연 수춘현령(壽春縣令)에 제수되었지만, 임기가 다 차기 전에 뇌물죄에 걸려 면직되었다. 유생이 또 이 노인을 찾아가 물었더니 이 노인이 말했다.

"이젠 마땅히 당신에게 말해 줄 것이니, 부끄러워하거나 꺼릴 필요 없소. 당신의 선대는 일찍이 대상(大商)이 되어 2천만 금의 재물을 가지고 있다가 변주(汴州 : 개봉)에서 죽었는데, 당시 그 재물이 그곳 사람들에게 흩어졌소. 그래서 당신이 그곳에서 그 재물을 다시 얻은 것이니, 함부로 취한 것이 아니었으므로 별탈이 없었던 것이오. 그러나 이 읍[수춘현]의 사람들은 당신 집안의 재물에 빚진 게 없으니, 어찌 과도하게 취할 수 있겠소?"

유생은 크게 탄복했다.

開元中, 有姓劉者, 不得名, 假廕求官, 數年未捷. 忽一年銓試畢, 期在必成, 聞西市李老善卜, 造而問之, 老人曰: "今年必不成, 來歲不求自得." 生不信, 果被駁, 始服老人之神也. 至明年試畢, 自度書判微劣, 又問李老, 李老曰: "勿憂也. 君官必成, 祿在大梁. 得之, 復來見我." 果爲開封縣尉. 又重見老人, 老人曰: "君爲官, 不必淸儉, 恣意求取. 臨滿, 請爲使入城, 更爲君推之." 生至州, 果爲刺史委任. 生思李老之言, 大取財賄, 及滿, 貯積千萬. 遂謁州將, 請充綱使, 州將遣部其州租稅至京. 又見李老, 李老曰: "公三日內卽合遷官." 生疑之, 老曰: "官亦合在彼郡, 得後, 更相見也." 生遂去. 明日, 納州賦於左藏庫, 適有鳳凰見其處, 敕云: "先見者與改官." 生卽先見, 遂遷授浚儀縣丞. 生益敬李老, 又問爲官之方, 云: "一如前政." 生滿歲, 又獲千萬. 還鄕居數年, 又調集, 復詣李老, 李老曰: "今當得一邑, 不可妄取也, 固宜愼之." 生果授壽春宰, 至官未暮, 坐贓免. 又來問李老, 老曰: "今當爲君言之, 不必慚諱. 君先代曾爲大商, 有二千萬資, 卒於汴州, 其財散在人處. 故君於此復得之, 不爲妄取也, 故得無尤. 此邑之人, 不負君財, 豈可過求也?" 生大伏焉.

* 이 고사는《태평광기》권216〈복서·이노〉에 실려 있다.

41-18(1196) **심칠**

심칠(沈七)

출《정명록》

    심칠은 월주(越州) 사람으로 점을 잘 쳤다. [당나라] 천보(天寶) 14년(755)에 왕제(王諸)가 과거를 보러 도성에 들어가려 하면서 월주에서 심칠을 찾아가 점을 쳤다. 그런데 순양(純陽)인 〈건(乾)〉괘10)가 나오더니, 아래의 4괘가 이동해 〈관(觀)〉괘11)로 변했다. 그러자 심칠이 말했다.

    "공이 지금 과거를 보러 가는 길에 〈관〉괘가 나왔는데, '나라의 광명을 살펴본다' 함은 국빈의 대접을 받아 등용될 것이니, 본래는 길조요. 그런데 4개의 음효(陰爻)가 2개의 양효(陽爻)에 감응해, 하 삼효(三爻)는 〈곤(坤)〉괘가 되고 상 삼효는 변해서 제4효에 이르렀지만 제5효에까지는 이르

---

10) 〈건(乾)〉괘 : ䷀ [건(乾☰)상, 건(乾☰)하]. 이 괘는 상하 모두 〈건〉괘로 구성되어 있는데, 이 점괘를 얻은 사람은 마음을 곧고 바르게 하고 기상을 떳떳하게 가지면 만사가 형통한다.

11) 〈관(觀)〉괘 : ䷓ [손(巽☴)상, 곤(坤☷)하]. 이 괘는 바람이 땅 위에 부는 형상으로, 구오(九五)의 양기가 위에서 아래로 내려다보면 모든 음기가 순종하고, 또 양기가 있을 정당한 가운데 자리에서 천하를 관찰하는 상이다.

지 못했소. 구오(九五)는 임금의 자리이니, 아직은 '대인을 만나 봄이 이롭다'는 점괘를 얻을 수 없소. 아마도 공은 이번에 가면 도성에 이르지도 못하고 돌아올 것이오." 미:논리가 매우 정밀하다.

과연 동경(東京:낙양)에 이르렀을 때 안녹산(安祿山)이 반란을 일으키는 바람에 왕제는 급히 도망쳐 강동(江東)으로 돌아왔다.

有沈七者, 越州人, 善卜. 天寶十四年, 王諸應擧, 欲入京, 於越州沈七處卜. 得純〈乾〉卦, 下四位動, 變〈觀〉卦. 沈云: "公今應擧, 得此卦, '觀國之光', 利用賓於王, 本是嘉兆. 然交動, 群陰感陽, 下成〈乾¹〉卦, 上變至四, 又不至五. 五是君位, 未得'利見大人'. 恐公此行, 不至京而回." 眉:理甚精. 果至東京, 屬安祿山反, 奔走却歸江東.

* 이 고사는 《태평광기》 권217 〈복서·심칠〉에 실려 있다.
1 건(乾):문맥상 "곤(坤)"의 착오로 보인다.

41-19(1197) 전지미

전지미(錢知微)

출《유양잡조(酉陽雜俎)》

[당나라] 천보(天寶) 연간(742~756) 말에 술사(術士) 전지미가 일찍이 낙양(洛陽)으로 가서 천진교(天津橋)에 살면서 돈을 받고 점을 쳤는데, 한 괘(卦)에 비단 10필이라고 말했다. 열흘이 지났으나 한 사람도 그를 찾아오지 않았다. 그러던 어느 날 어떤 귀공자는 그가 틀림없이 특이할 것이라고 생각하고 하인에게 그가 요구하는 대로 비단을 가져오게 해서 점을 쳤다. 전지미가 점대를 굴려 괘를 뽑은 뒤에 말했다.

"당신은 어찌하여 장난을 치는 게요?"

그 사람이 말했다.

"일을 점치려는 마음이 매우 간절한데 선생은 어찌하여 의심하시오?"

그러자 전지미가 시구를 지어 말했다.

"두 머리는 흙에 박혀 있고, 가운데는 허공에 걸려 있네. 사람들은 발로 밟고 가면서도, 돈은 내려 하지 않네."

그 사람은 본래 천진교를 팔아서 그를 속일 작정이었는데, 전지미의 정묘함이 이와 같았다.

天寶末, 術士錢知微嘗至洛, 居天津橋賣卜, 云一卦帛十匹. 歷旬, 人無詣者. 一日, 有貴公子意其必異, 命取帛如數卜焉. 錢命蓍而卦成, 曰: "君何戲也?" 其人曰: "卜事甚切, 先生豈誤乎?" 錢請爲韻語曰: "兩頭點土, 中心虛懸. 人足踏跋, 不肯下錢." 其人本意, 以賣天津橋紿之, 其精如此.

* 이 고사는 《태평광기》 권77 〈방사·전지미〉에 실려 있다.

41-20(1198) 호로생

호로생(胡蘆生)

출《원화기》

당(唐)나라 때 유벽(劉闢)은 처음 과거에 급제하고 나서 점쟁이 호로생을 찾아가 점을 쳐서 자신의 관록(官祿)에 대해 물어보았다. 호로생은 두 눈이 멀었는데, 괘가 나오자 유벽에게 말했다.

"지금부터 20년 동안 당신의 관록은 서남쪽에 있겠지만 좋은 결말은 얻지 못할 것이오."

유벽은 비단 1속(束 : 5필)을 그에게 복채로 주었다. 그는 처음 벼슬길에 올라 서천(西川)에서 위고(韋皋)를 따랐으며, 어사대부군사마(御史大夫軍司馬)에 이르렀다. 20년이 지나 위고가 병들었을 때, 위고는 유벽에게 명해 조정에 들어가 개원(開元) 연간(713~741) 초의 제도[12]처럼 동천(東川)까지 관할하게 해 달라고 주청했으나, 황제는 윤허하지 않았다. 그래서 유벽은 미복(微服) 차림으로 혼자 말을 타고

---

12) 개원(開元) 연간(713~741) 초의 제도 : 당시에는 검남절도사(劍南節度使)가 삼천(三川) 지역을 모두 관할했는데, 삼천은 검남동천(劍南東川)·검남서천(劍南西川)·산남서도(山南西道)다.

다시 호로생을 찾아가 점을 쳤는데, 호로생은 점대를 세서 괘를 뽑은 뒤 유벽에게 말했다.

"내가 20년 전에 일찍이 한 사람에게 점을 쳐 주었는데, 바로 〈무망(无妄)〉괘가 〈수(隨)〉괘로 변하는 점괘[13]가 나왔소. 지금 다시 이전의 점괘가 나왔으니, 혹시 옛날의 그분이 아니시오?"

유벽은 그 말을 듣고 곧장 연신 예! 예! 예! 하고 대답했다. 호로생이 말했다.

"만약 그 사람이 맞는다면 화가 곧 닥칠 것입니다."

유벽은 그 말을 전혀 믿지 않고 촉(蜀) 땅으로 돌아갔다. 유벽은 과연 모반을 일으켰으며, 헌종(憲宗)이 그를 사로잡아 처형했다.

재상 이번(李藩)은 일찍이 동도(東都) 낙양(洛陽)에서

---

13) 〈무망(无妄)〉괘가 〈수(隨)〉괘로 변하는 점괘 : 〈무망〉䷘ [진(震☳)하, 건(乾☰)상]괘의 상구(上九) 양효(陽爻)가 음효(陰爻)로 변하면 〈수〉䷐ [진(震☳)하, 태(兌☱)상]괘가 된다. 〈무망〉괘의 상구 효사(爻辭)는 "무망으로 행하면 허물이 있고 이로운 바가 없다(无妄行, 有眚, 无攸利)"이고, 상사(象辭)는 "무망으로 행함은 궁극의 재앙이다(无妄之行, 窮之災也)"다. 〈수〉괘의 상륙(上六) 효사는 "붙잡아 매고 따라서 동여매니 임금이 서쪽 산에서 형통하게 했다(拘係之, 乃從維之, 王用亨于西山)"이고, 상사는 "붙잡아 맴은 위에서 다한 것이다(拘係之, 上窮也)"다.

객지 생활을 했는데, 그의 부인은 바로 서자(庶子 : 태자서자. 동궁의 관명) 최겸(崔謙)의 딸이었다. 이번은 30세가 다 되도록 벼슬하지 못한 채 대부분 최씨 집에 빌붙어 살았는데, 최씨 집에서도 그를 그다지 예우하지 않았다. 당시 호로생은 중교(中橋)에 있었는데, 이번은 발에 종기를 앓고 있던 차에 식구들을 데리고 양주(揚州)로 이주하려 했기에 몹시 걱정되었으므로, 최씨 형제와 함께 호로생을 찾아가 물어보기로 했다. 호로생은 술 마시길 좋아했으므로 그를 찾아가는 사람은 반드시 술 한 병을 가지고 갔다. 이번과 최씨 형제는 각자 술을 들고 돈 3환(鍰 : 1환은 6냥)을 챙겨 가지고 그를 찾아갔다. 호로생은 바야흐로 움막집에서 다리를 쭉 뻗고 앉아 부들방석에 기대고 있었는데, 이미 절반은 취해 있었다. 최씨 형제가 먼저 도착했는데, 호로생은 그들을 위해 일어나지도 않은 채 단지 손을 뻗어 앉으라고 청한 뒤에 말했다.

"잠시 후에 틀림없이 귀인이 올 것입니다."

그러고는 시동을 돌아보며 말했다.

"마당을 쓸어라."

마당을 막 쓸고 났더니 이생(李生 : 이번)이 계단 아래에 도착하자, 호로생은 웃으며 맞이해 손을 잡고 들어가서 말했다.

"당신은 귀인이신데 무얼 물으시렵니까?"

이 공(李公 : 이번)이 말했다.

"나는 이미 늙은 데다 병까지 들었으며 또한 식구들을 데리고 수천 리 밖으로 가려 하는데, 세상에 이런 귀인이 어디에 있단 말이오?"

호로생이 말했다.

"더 멀리 가도 괜찮습니다. 공은 두 개의 비단 초롱 속에 있는데 어찌 이런 어려움을 두려워하십니까?"

이 공이 비단 초롱에 대해 물었지만, 호로생은 끝내 더 이상 말해 주지 않았다. 이 공은 마침내 양주로 가서 참좌교(參佐橋 : 양주 24교 가운데 하나)에 거처를 정했는데, 다른 사람들과 어울려 얘기를 나누는 경우가 드물었다. 다만 이 공의 거처 가까이에 살던 고 원외(高員外)와는 평소 서로 친하게 지냈다. 당시 이 공은 병이 들어 집 밖으로 나가지 못했으므로 고 원외가 이미 찾아왔다. 그런데 저녁이 되어 고 원외가 왔다고 또 알려 오자, 이 공은 매우 이상하게 생각했다. 다시 만났을 때 고 원외가 말했다.

"아침에 와서 공을 만나 보고 돌아갔는데, 집에 도착한 뒤 몹시 피곤해 곧 잠이 들었습니다. 꿈속에서 어떤 사람이 나를 불러 성 밖으로 나오라 하기에 가시나무 속을 걷다가 옛날에 부리던 장원의 소작농을 만났는데, 그는 죽은 지 이미 십수 년이나 되었습니다. 그가 나에게 말하길, '원외님은 여기에 와서는 안 되는데, 아마도 누군가에게 이끌려 오신 것 같으니 급히 돌아가셔야 합니다'라고 했습니다. 그러고는 마침내 나를 인도해 성문에 이르렀습니다. 내가 그에게 말하길, '너는 어떻게 여기에 있느냐?'라고 했더니, 그가 말하길, '저승 관리가 되어 출장 명령을 받고 이삼랑(李三郞)을 보호하는 당직을 서게 되었습니다'라고 했습니다. 내가 말하길, '어떤 이삼랑 말이냐?'라고 하자, 그가 말하길, '참좌교에 살고 있는 이삼랑입니다. 원외님이 이삼랑과 왕래하신다는 것을 알고 일부러 여기에서 삼가 기다리고 있었습니다'라고 했습니다. 내가 말하길, '이삼랑은 어떻게 이렇게 될 수 있었지?'라고 하자, 그가 말하길, '그분은 비단 초롱 속에 있는 사람입니다'라고 했습니다. 내가 캐물었으나 그는 말하려 하지 않으면서 부탁하길, '제가 몹시 배고프니, 원외님께서 술과 밥과 돈을 조금 주실 수 있는지요? 이 성은 제가 감히 들어갈 수 없으니, 청컨대 성 밖으로 그것을 가져다주셨으면 합니다'라고 했습니다. 내가 말하길, '이삼랑 댁으로 찾아가면 되지 않느냐?'라고 했더니, 그 사람이 놀라며 말하길, '만약 그렇게 한다면 제가 죽게 됩니다'라고 했습니다. 그러던 차에 마침내 꿈에서 깨어났습니다. 그래서 이 좋은 소식을 특별히 삼가 알려 드리는 것입니다."

이 공은 웃으면서 그에게 감사했지만, 마음속으로는 '비단 초롱'이란 말을 이상하게 생각했다. 몇 년 뒤 장건봉(張建封)이 서주(徐州)를 진수하고 있을 때, 조정에 상주해 이

공을 순관교서랑(巡官校書郞)으로 삼았다. 마침 관상을 잘 보는 신라(新羅) 승려가 있었는데, 미 : 관상을 잘 보는 신라승이 덧붙어 나온다. 그가 장 공(張公 : 장건봉)은 재상이 될 수 없다고 말하자, 장 공은 몹시 불쾌했다. 그래서 장 공은 그 승려를 관아로 오게 해서 여러 판관(判官) 중에서 재상이 될 만한 인물이 있는지 살펴보게 했는데, 그 승려가 도착해서 말했다.

"아무도 없습니다."

장 공은 더욱 불쾌해하며 말했다.

"나는 막료를 잘 선발했다고 자부하는데, 어찌하여 재상의 자리에 오를 사람이 한 명도 없단 말인가?"

그러고는 다시 좌우에 물었다.

"판관 중에 아직 관아로 들어오지 않은 사람이 있느냐?"

이 순관(李巡官 : 이번)이 아직 오지 않았다고 보고하자, 장 공은 즉시 급히 그를 불러오게 했다. 이 순관이 도착하자 승려는 계단을 내려가 맞이하면서 장 공에게 말했다.

"이 판관은 비단 초롱 속에 있는 사람이니, 복야(僕射 : 장건봉)님도 그에게 미치지 못합니다."

장 공이 크게 기뻐하며 비단 초롱의 일에 대해 물었더니 승려가 말했다.

"재상은 명계(冥界)에서 반드시 비단 초롱으로 은밀히 보호하는데, 그렇게 하는 것은 이물(異物)에게 괴롭힘을 당할까 봐 걱정해서입니다. 나머지 관리는 그러한 대우를 받을 수 없습니다."

이 공은 그제야 호로생과 고 공(高公 : 고 원외)이 한 말을 깨달았다. 이 공은 결국 재상이 되었다.

형양(滎陽)의 정자(鄭子)는 젊은 시절에 빈곤해 재능과 학문은 있었으나 제대로 대우받지 못했는데, 40세 가까이 되었을 때 헌서책(獻書策)14)으로 벼슬을 구하려 했다. 그래서 정자가 호로생을 찾아가서 훗날의 일을 점쳐 달라고 청했더니 호로생이 정자에게 말했다.

"이 점괘는 크게 길하니, 이레 안에 결혼과 벼슬을 모두 얻게 될 것입니다."

정자는 스스로 헤아려 보았으나 그렇게 될 리가 없었으므로, 그 방법을 알려 달라고 청했더니 호로생이 말했다.

"당신은 내일 해 질 무렵에 직접 나귀를 타고 영통문(永通門)을 나가 나귀가 가는 대로 맡겨 두되, 시종을 따르게 할 필요는 없습니다. 20리도 안 가서 틀림없이 그 효험이 나타날 것입니다."

정자는 그 말대로 다음 날 나귀가 가는 대로 따라 17~18

---

14) 헌서책(獻書策) : 국가 정책에 대한 건의와 주장을 글로 써서 요직에 있는 고관에게 보내 관직을 구하는 것을 말한다.

리쯤 갔는데, 피곤해 나귀에서 내렸더니 나귀가 갑자기 놀라 뛰면서 쏜살같이 남쪽으로 갔다. 정자가 1리 남짓 쫓아갔더니, 나귀는 어떤 장원 안으로 들어갔다. 잠시 후 장원 안에서 외치는 소리가 들렸다.

"나귀가 간장 항아리를 밟아 깨뜨렸다!"

그 집의 노복이 나귀를 끌고 나와 주인을 찾았는데, 문득 정자가 나귀를 찾고 있는 것을 보고 정자에게 따지면서 욕을 하자, 정자는 공손히 그에게 사과했다. 한참 지나 해 질 무렵에 문 안에서 말하는 소리가 들렸다.

"군자를 욕되게 하지 마라."

그 사람은 바로 주인마님이었다. 마침내 [노복을 통해] 정자에게 성명을 묻자 정자가 갖추어 대답하고 이어서 가족 관계를 얘기했는데, 주인마님은 바로 정자의 5촌 당고모였다. 미:나귀가 중매를 섰으니 전기(傳奇)로 삼을 만하다. 고모는 마침내 정자를 머물러 묵게 하고 대청 안으로 맞이하게 했다. 잠시 후 등불을 내걸고 주찬을 준비했다. 부인은 50여 세쯤 되어 보였다. 정자는 절을 올리고 인사말을 나눈 뒤, 아울러 나귀의 일을 말하고 고모에게 사과하면서 말했다.

"소자는 오랫동안 멀리 떨어져 있었기에 고모님의 소식을 전혀 알지 못했으니, 오늘이 아니었다면 무슨 수로 만나 뵐 수 있었겠습니까?"

고모는 정자를 진심으로 기쁘게 대하며 본가와 외가의

친척들에 대해 물었는데 모르는 사람이 없었다. 마침내 결혼했는지 묻자 정자는 아직 결혼하지 않았다고 말했다. 처음에 고모는 기뻐하는 것 같더니, 금세 슬픈 표정을 지으며 말했다.

"나는 위씨(韋氏) 집으로 시집왔는데, 불행하게도 [남편을 잃고] 아이들이 어려서 아들 하나는 이제 겨우 10여 세이고, 딸 하나는 작년에 정랑(鄭郎)에게 시집갔네. 그런데 사위가 강음현위(江陰縣尉)로 선임되어 장차 부임하러 가다가 이곳에 이르러 죽고 말았네. 그래서 딸아이는 외로운 과부의 몸으로 더 이상 의지할 곳이 없게 되었네. 자네는 아직 벼슬이 없으니 만약 이 결혼을 성사해 곧장 관직에 부임할 수 있다면, 그건 바로 이 고모가 바라는 바일세."

정자는 속으로 기뻐하면서 점쟁이의 신묘함을 떠올렸으며, 마침내 고모에게 감사하며 승낙했다. 미: 성은 같지만 이름은 다른데 대신 부임할 수 있는가? 고모가 말했다.

"관직에 부임하는 것은 모름지기 정해진 기일에 맞춰야 하니, 닷새 내로 반드시 혼사를 치러야 하네. 자네가 필요한 물품은 모든 것을 내가 준비하겠네."

과연 이레가 지나기 전에 결혼과 벼슬을 둘 다 이루었다. 정자는 호로생에게 후하게 사례한 뒤, 부인을 데리고 부임지로 갔다.

평 : 《일사(逸史)》에서 이르길, 호로생은 술 마시길 좋아해서 사람들이 그를 찾아갈 때면 반드시 술 한 병을 들고 갔기 때문에 "호로생"이라 불렸다고 했다.

唐劉闢初登第, 詣卜者胡蘆生筮卦, 以質官祿. 生雙瞽, 卦成, 謂闢曰: "自此二十年, 祿在西南, 然不得善終." 闢留束素與之. 釋褐, 從韋皋於西川, 至御史大夫軍司馬. 旣二十年, 韋病, 命闢入奏, 請益東川, 如開元初之制, 詔未允. 闢乃微服單騎復詣胡蘆生筮之, 生揲蓍成卦, 謂闢曰: "吾二十年前, 嘗爲一人卜, 得〈无妄〉之〈隨〉. 今復前卦, 得非曩賢乎?" 闢聞之, 卽依阿唯諾. 生曰: "若審其人, 禍將至矣." 闢甚不信, 乃歸蜀. 果叛, 憲宗擒戮之. 宰相李藩[1]嘗漂寓東洛, 妻卽庶子崔謙女. 年近三十, 未有名宦, 多寄託崔氏, 亦不甚禮待. 時胡蘆生在中橋, 李患足瘡, 欲挈家居揚州, 甚悶, 與崔氏兄弟同往候之. 生好飮酒, 詣者必携一壺. 李與崔各携酒, 賣錢三鐶往焉. 生方箕踞在幕屋, 倚蒲團, 已半酣矣. 崔兄弟先至, 生不爲起, 但伸手請坐而已, 曰: "須臾當有貴人來." 顧小童曰: "掃地." 方畢, 李生至級下, 生笑迎, 執手而入曰: "郎君貴人也, 何問?" 李公曰: "某且老矣, 復病, 又欲以家往數千里外, 何有如此貴人也?" 曰: "更遠亦可. 公在兩紗籠中, 豈畏此厄?" 李公詢紗籠之由, 終不復言. 遂往揚州, 居參佐橋, 而李公言談寡合. 居之左近有高員外, 素相善. 時李疾不出, 高已來謁. 至晚, 又報高至, 李甚怪. 及見云: "朝來看公歸, 到家困甚就寢. 夢有人召出城, 荊棘中行, 見舊使莊客, 亡已十數年矣. 謂某曰: '員外不合至此, 爲物所誘, 宜急返.' 遂引至城門. 某問曰: '汝安得在此?' 曰: '爲陰吏, 蒙差當直李三郎.' 某曰: '何李三郎也?' 曰: '住參佐橋.

知員外與三郎往還,故此祗候.'某曰:'李三郎安得如此?'曰:'是紗籠中人.'詰之,不肯言,因云:'饑甚,員外能賜少酒飯錢財否?此城不敢入,請於城收致之.'某曰:'就李三郎宅得否?'驚曰:'若如此,是殺某也.'遂覺.特奉報此好消息."李公笑而謝之,心異紗籠之說.後數年,張建封鎮徐州,奏李爲巡官校書郎.會有新羅僧能相人,眉:新羅僧善相附見.言張公不得爲宰相,甚不快.因令使院看諸判官有得爲宰相否,及至,曰:"並無."張尤不快,曰:"某妙擇賓僚,豈無一人至相座者?"因更問曰:"莫有判官未入院否?"報李巡官,便令促召至.僧降階迎,謂張公曰:"判官是紗籠中人,僕射不及."張大喜,因問紗籠事,曰:"宰相,冥司必潛以紗籠護之,恐爲異物所擾.餘官不得也."方悟蘆生及高公所說.李公竟爲相.滎陽鄭子,少貧窶,有才學不遇,時年近四十,將獻書策求祿仕.遂造生,請占後事,謂鄭曰:"此卦大吉,七日內婚祿皆達."鄭自度無因而致,請其由,生曰:"君明日晚,自乘驢出永通門,信驢而行,不用將從者隨.二十里內,的見其驗."鄭依言,明日,信驢行十七八里,因倦下驢,驢忽驚走,南去至疾.鄭逐一里餘,驢入一莊中.頃聞莊內叫呼云:"驢踏破醬甕!"牽驢索主,忽見鄭求職,其家奴僕訴詈,鄭子巽謝之.良久,日向暮,聞門內語云:"莫辱衣冠."卽主人母也.遂問姓名,鄭具對,因叙家族,乃鄭之五從姑也.眉:驢媒可作傳奇.遂留宿,延鄭廳內.須臾,列燈火,備酒饌.夫人年五十餘.鄭拜謁,叙寒暄,兼言驢事,慚謝姑曰:"小子隔闊,都不知聞,不因今日,何由相見?"遂與款洽,詢問中外,無不識者.遂問婚姻,鄭云未婚.初姑似喜,少頃慘容曰:"姑事韋家,不幸兒女幼小,一子纔十餘歲,一女去年事鄭郎.選授江陰尉,將赴任,至此身亡.女子孤弱,更無所依.郎卽未宦,若能就此親,便赴官任,亦姑之幸也."鄭私喜,又思卜者之神, 遂謝諾之. 眉:姓同名異, 可代任乎? 姑曰:"赴官須及程限, 五日內須成親. 郎君行李, 一切我備." 果不出七日, 婚宦兩全. 鄭厚謝蘆生, 携妻赴任.

評:《逸史》云, 胡蘆笙好飲酒, 人詣之, 必携一壺, 故稱"胡蘆笙".

* 이 고사는 《태평광기》 권77 〈방사・호로생〉, 권153 〈정수・이번(李藩)〉에 실려 있다.

1 번(蕃):"번(藩)"의 잘못으로 보인다. 《구당서》와 《신당서》의 본전(本傳)에는 모두 "번(藩)"이라 되어 있다.

2 수(收):《태평광기》에는 "외(外)"라 되어 있는데, 문맥상 보다 타당하다.

41-21(1199) 유소유와 왕서암

유소유 · 왕서암(柳少游 · 王棲巖)

출《광이기(廣異記)》출《저궁구사(渚宮舊事)》

유소유는 점을 잘 쳐서 도성에 이름이 자자했다. [당나라] 천보(天寶) 연간(742~756)에 한 손님이 비단 한 필을 가지고 와서 말했다.

"제 수명을 알고 싶습니다."

유소유는 그를 위해 점을 쳐서 점괘가 나오자 말했다.

"당신의 점괘는 불길하니 틀림없이 오늘 해 질 녘에 목숨이 다할 것입니다."

그 사람은 몹시 상심하면서 한참 동안 탄식하다가 마실 것을 좀 달라고 했다. 하인이 물을 가지고 와서 보았더니 두 명의 유소유가 있었는데, 누가 손님인지 알 수 없었다. 유소유는 그 사람을 가리키며 손님이라 했다. 손님이 물을 마시고 나서 작별 인사를 하고 떠나자 가동이 문밖까지 모셔다 드렸는데, 몇 발짝 가더니 사라져 버렸다. 그런데 갑자기 공중에서 몹시 슬픈 곡소리가 들렸다. 가동이 방금 전의 일을 자세히 말했더니, 유소유는 그제야 그 손님이 바로 자신의 혼령인 것을 알아차렸다. 미: 기이하도다! 황급히 가동에게 비단을 살펴보게 했더니, 다름 아닌 종이 비단이었다. 유소유는 탄식하며 말했다.

"혼령이 나를 버리고 떠났으니 내가 죽을 때가 되었구나!"

해 질 녘에 유소유는 과연 죽었다.

왕서암은 강릉(江陵)의 노백호(鷺白湖)에서 기거했는데, 《역경(易經)》에 뛰어났다. 그는 거처에 손수 복숭아나무와 살구나무를 수십 겹으로 심어서 집의 사방 울타리로 삼았다. 그는 매일 아침 일찍 일어나 점대를 펼쳐 놓고 사람들의 일을 점쳐 주었는데, 그 사례로 받은 돈이 하루 생활하기에 족하면 문을 걸어 잠그고 정원을 돌보았다. 미 : [한나라 때] 서촉(西蜀)의 엄군평[嚴君平 : 엄준(嚴遵)]과 짝할 만하다. 대력(大曆) 연간(766~779)에 어떤 노인이 돈 100냥을 가지고 와서 왕서암에게 점을 쳐 달라고 했는데, 점괘가 나오자 왕서암은 노인의 나이를 살펴보고 깜짝 놀라며 말했다.

"댁이 여기서 얼마나 떨어져 있소? 노인장은 속히 집으로 가시오. 그렇지 않으면 장차 길에서 죽게 될 거요."

노인이 나가고 난 뒤에 왕서암이 100냥의 돈을 돌아보았더니 다름 아닌 지전(紙錢)이었다. 왕서암은 그제야 방금 점친 것이 바로 자신의 나이였음을 깨닫고서 미 : 기이하도다! 탄식했다.

"내 비록 젊어서부터 《역경》을 공부했으나, 저승에서 온 귀신을 점치게 될 줄은 생각지도 못했으니, 지금 죽은들 또 무슨 여한이 있겠는가!"

그러고는 목욕하고 새 옷으로 갈아입은 뒤 처자식과 작별하고 잠시 후에 죽었다.

柳少游善卜筮, 著名京師. 天寶中, 有客持一縑來曰: "願知年命." 少游爲作卦成, 曰: "君卦不吉, 合盡今日暮." 其人傷嘆久之, 因求漿. 家人持水至, 見兩少游, 不知誰者是客, 少游指其人爲客. 客飮訖, 辭去, 童送出門, 數步遂滅. 俄聞空中有哭聲, 甚哀. 童具言前事, 少游方悟客是精神. 眉: 奇! 遽使看縑, 乃一紙縑爾. 嘆曰: "神捨我去, 吾其死矣!" 日暮果卒.

王棲巖寓江陵鷺白湖, 善治《易》. 所居手植桃杏成數十列, 四藩其宇. 每淸旦布蓍, 爲人決事, 取資足一日供, 則閉齋治園. 眉: 可配西蜀君平. 大曆中, 嘗有老父持百錢求筮, 卦成, 參驗其年, 棲巖驚曰: "家去幾何? 父往矣. 不然, 將仆於道." 老父出, 棲巖顧百錢, 乃紙也. 因悟其所驗之辰, 則棲巖甲子, 眉: 奇! 乃嘆曰: "吾雖少而治《易》, 不自意能幽入鬼鑒, 死復何恨!" 乃沐浴更新衣, 與妻子訣, 少時而卒.

* 이 고사는 《태평광기》 권358 〈신혼(神魂)·유소유〉, 권217 〈복서·왕서암〉에 실려 있다.

41-22(1200) 추생

추생(鄒生)

출《운계우의(雲溪友議)》

[당나라] 무종(武宗) 때 재상 이회(李回)는 옛날 이름이 이전(李躔)이었는데, 여러 차례 과거를 보았으나 급제하지 못하자 이름을 바꾸려고 했다. 그는 낙교(洛橋)에 술사 두 명이 있는데 한 명은 시초점에 능하고 한 명은 거북점에 능하다는 말을 들었다. 그래서 먼저 시초점을 쳤더니 점쟁이가 말했다.

"이름을 바꾸면 아주 좋으니, 바꾸지 않는다면 끝내 일을 이루지 못할 것이오."

다시 거북점을 치는 추생을 찾아갔더니 추생이 말했다.

"이름을 바꾸지 말아야 하니, 이름이 이미 천문(天文)에 응하고 있소. 하지만 뜻을 이루고 나서 20년 뒤에는 결국 틀림없이 이름을 바꿔야 할 것이오. 훗날에 가서야 내 말뜻을 알게 될 것이오."

이전이 가려고 할 때 추생이 다시 그에게 주의를 주었다.

"젊은이는 나중에 중임을 맡게 될 것이니 후배들을 잘 이끌어 주시오. 백의서생과 불미스런 일을 만들지 말 것이니, 그렇게 하면 훗날 틀림없이 깊은 원한이 생길 것이오." 미 :

훌륭한 관직을 이회에게 일러 주었을 뿐만이 아니다.

장경(長慶) 2년(822)에 이전은 과거에 급제했다. 무종이 등극했을 때 이전은 이름이 황상과 같았기[15] 때문에 비로소 이름을 이회로 바꾸었으니 딱 20년 후였다. 이회가 말했다.

"시초점은 형편없고 거북점은 뛰어나니 추생의 말이 맞아떨어졌도다!"

이 공(李公 : 이회)이 승랑(丞郞)으로 있을 때 위모(魏謩)가 급사중(給事中)이 되었는데, 성관(省官 : 상서성·중서성·문하성의 관리)들이 모인 자리에서 위모가 이회에게 말했다.

"옛날에 제가 부해(府解)[16]를 청했을 때 시랑(侍郞 : 이회)께서 시험관으로 계시면서 102명을 해송(解送)하셨지만 오직 소생만 한 번도 해송되지 못했습니다. 그런데 지금 외람되게도 금장(金章)을 차고 제공(諸公)의 반열에 끼어들게 되었습니다."

온 좌중이 모두 그 말에 놀라면서 이회가 위모에게 사과

---

15) 이름이 황상과 같았기 : 무종 이염(李炎)은 본명이 "전(瀍)"이어서 이회의 본명인 "전(躔)"과 발음이 같았다.

16) 부해(府解) : 주부(州府)에서 실시한 해시(解試)에서 상위로 선발해 도성의 예부시(禮部試)에 참가하도록 추천하는 것을 말하며, '해송(解送)'과 같은 뜻이다.

하기를 바랐다. 그러나 이회가 말했다.

"공이 지금 자색 관복을 벗고 위 수재(魏秀才)라 칭하고 내가 시험관이 된다 해도 예전처럼 공을 해송하지 않을 것이오." 미 : 어찌 이렇게 말하는가?

위모는 안색이 변했다. 이회는 얼마 후에 재상부(宰相府)에 올랐다. 그로부터 3~5년 뒤에 위 공(魏公 : 위모)도 동주(同州)에서 조정으로 들어와 재상이 되었는데, 이회는 누차 폄적을 당해 강호를 떠돌게 되자 한숨을 내쉬며 탄식했다.

"낙교의 선생[추생]이 내게 주의를 주었건만 나 스스로 화를 자초했구나. 그러나 이 역시 운명에 의한 것이로다!"

평 : 《척언(摭言)》에 따르면, 이회가 건주(建州)로 폄적되었을 때 위모가 재상에 임명되었는데, 이회가 올린 장계를 위모가 모두 받아들이지 않았다. 얼마 후에 이회는 한 아관(衙官 : 자사의 속관)에게 화가 나서 그를 곤장형에 처하고 파직시켰다. 건주의 아관은 요역을 피하게 해 줄 수 있었기에 그에게 예속되기를 구하는 사람은 적어도 수십만 전을 써야 했다. 그 사람은 이회가 자신을 파직시킨 것에 원한을 품고 도망쳐 도성으로 가서 당시의 재상들을 찾아다니며 억울함을 호소했지만, 미 : 이회의 성질을 살펴보면 그를 파직시킨 것이 너무 심하지 않다고 할 수 없으니, 그가 억울함을 호소한 것도 당연

하다. 재상들은 모두 거들떠보지도 않았다. 어떤 사람이 그에게 위 공을 찾아가라고 권유했는데, 때마침 위 공이 기병을 앞세우고 중서성(中書省)에서 내려왔다. 그 사람이 멀리서 위 공의 행차를 바라보고 절하면서 고소장을 올리며 말하길, "건주의 백성이 억울함을 호소합니다!"라고 했다. 위 공은 그 말을 듣더니 주미(麈尾)17)를 거꾸로 돌려 안장을 두드려 멈추게 했다. 위 공이 고소장을 읽어 보았더니 모두 20여 건이 적혀 있었는데, 첫 번째 건이 이회가 동성(同姓)의 여자를 취해 집으로 들인 것이었다. 이에 위 공은 사건을 최대한 부풀려 큰 옥사(獄事)로 만들었다. 미 : 이회의 경솔함과 방자함 때문이었지만 위모가 보복한 것도 심했으니, 성덕(盛德)에 누가 되지 않았겠는가? 그때 이회는 이미 등주(鄧州)로 전임되어18) 부임지로 가던 중에 구강(九江)에 머물다가 어사의 심문을 받고 도로 건양(建陽)으로 돌아갔으며, 결국 무주사마(撫州司馬)로 폄적되었다가 그곳에서 죽었다.

武宗朝, 宰相李回, 舊名躔, 累擧未捷, 欲改名. 聞洛橋有二術士, 一能筮, 一能龜. 乃先決之筮, 筮者曰 : "改名甚善, 不

---

17) 주미(麈尾) : 사슴 꼬리로 만든 총채 모양의 의장용 기물.
18) 전임되어 : 원문은 "양이(量移)". 당나라 때 변방에 좌천된 사람을 특별 사면해 중앙에 가까운 곳으로 복귀시키는 것을 말한다.

改, 終不成事也." 又訪龜者鄒生, 生曰: "勿易名, 名已應玄象矣. 然成遂之後, 二十年終當改名. 異時方測余言." 將行, 又戒之曰: "郎君後當重任, 接誘後來. 勿以白衣爲隙, 他年必爲深讐矣." 眉: 美官不獨宜告李回也. 長慶二年, 李及第. 至武宗登極, 與上同名, 始改爲回 正二十年矣. 乃曰: "筮短龜長, 鄒生之言中矣!" 李公旣爲丞郎, 魏謩爲給事, 因省會, 謂回曰: "昔求府解, 侍郎爲試官, 送一百二人, 獨小生不蒙一解. 今日還忝金章, 廁諸公之列也." 合坐皆驚此說, 欲其遜容. 回曰: "公如今脫却紫衫, 稱魏秀才, 僕爲試官, 依前不送." 眉: 何說? 謩色變. 回尋升相府. 後三五年, 魏公亦自同州入相, 而回累被貶謫, 跋涉江湖, 喟然嘆曰: "洛橋先生之誠, 吾自取尤耳. 然亦命之所牽也!"

評: 按《摭言》云: 回謫建州時, 謩大拜, 凡回啓狀, 謩悉不納. 旣而回怒一衙官, 決杖停勒. 建州衙官, 能庇徭役, 求隷籍, 費不下數十萬. 時[1]人恨停廢, 因亡命至京, 投時相訴寃, 眉: 詳回性氣, 停勒不無已甚, 訴寃亦宜也. 諸相皆不問. 或誨之投魏公, 適魏導騎自中書而下. 其人望塵而拜, 進狀曰: "建州百姓訴寃!" 魏聞之, 倒轉麈尾, 敲鞍子令止. 及覽狀, 凡二十餘件, 第一件, 取同姓子女入宅. 於是魏極力鍛成大獄. 眉: 回因輕肆, 然魏報之亦甚矣, 得無盛德之累乎? 時李已量移鄧州, 行次九江, 遇御史鞫獄, 却回建陽, 竟貶撫州司馬, 終於貶所.

* 이 고사는 《태평광기》 권217 〈복서·추생〉, 권498 〈잡록·이회(李回)〉에 실려 있다.

1 시(時): 《태평광기》와 《당척언(唐摭言)》에는 "기(其)"라 되어 있는데, 문맥상 보다 타당하다.

41-23(1201) 오명 도사

오명도사(五明道士)

출《이목기(耳目記)》·《당년보록(唐年譜錄)》

[당나라] 장경(長慶) 연간(821~824)에 업중(鄴中)에 오명 도사라는 자가 있었는데, 음양술(陰陽術)과 역법에 뛰어났으며 특히 점을 잘 쳤다. 성덕군절도사(成德軍節度使) 전홍정(田弘正)은 재물을 마구 수탈했기에 백성이 원망하고 탄식했다. 당시 전홍정의 부장(部將)으로 있던 왕정주(王庭湊)는 업중에 사자로 파견되었는데, 업중에 도착하고 나서 갑자기 가벼운 병에 걸려 며칠 동안 의원을 찾아갔지만 치료할 수 없었다. 그래서 왕정주는 오명 도사를 찾아가서 자신의 평생 운세를 물어보았다. 오명 도사는 곧장 그를 위해 점을 쳤는데, 점괘가 나왔을 때 보니 동전 세 개가 함께 움직이다가 한참 후에 멈추었는데 육효(六爻)가 모두 중복되었다. 도사가 말했다.

"이 점괘는 순수한 〈건(乾䷀)〉괘가 변해서 〈곤(坤䷁)〉괘가 되었는데, 곤은 흙이고 땅입니다. 대부께서는 장래에 병권(兵權)을 장악할 날이 머지않았고, 아울러 산하도 소유하게 될 것입니다. 일이 곧 이루어질 것이니 속히 돌아가십시오."

왕정주는 그 말을 듣더니 급히 자기 귀를 막았다. 왕정주는 그날 밤에 장대한 기골에 기이한 모습을 하고 수염이 허연 노인이 나타나는 꿈을 꾸었는데, 노인의 시종 10여 명은 모두 손에 작은 옥도끼를 들고 있었다. 노인이 왕 공(王公 : 왕정주)을 불러 말했다.

"환난이 곧 닥칠 것이니 이곳에 오래 머물러서는 안 됩니다."

왕정주는 꿈을 깨고 나서 의구심이 들어 곧장 위수(魏帥 : 위주절도사)에게 작별을 고하고 돌아왔다. 집으로 돌아와서 열흘도 지나기 전에 군민(軍民)이 크게 변란을 일으켜 전홍정을 죽이자, 장교들이 왕정주를 절도사로 옹립했는데 많은 치적을 쌓아 명성을 얻었다. 왕정주는 업중으로 사람을 보내 오명 도사를 데려와서 부(府)에 머물게 하고, 그를 위해 관사를 지어 "오명선생원(五明先生院)"이라 불렀다. 왕정주는 오명 도사에게 수백 근의 황금을 예물로 바쳤는데 오명 도사는 한사코 사양했다. 억지로 그에게 주었더니 며칠 만에 사람들에게 모두 베풀어 주고 하나도 남아 있지 않았다. 왕정주가 한번은 조용히 장래의 관록과 수명을 물었더니 오명 도사가 말했다.

"30년입니다."

나중에 왕정주는 13년 동안 번왕(藩王)으로 있다가 죽었다. 미 : 13년을 30년이라 했으니, 술사들의 은어(隱語)가 대부분 이와 같다.

같은 시기에 제원(濟源)에 낙 산인(駱山人)이란 자가 있었는데, 미 : 관상을 잘 보는 낙 산인이 덧붙어 나온다. 그가 왕정주에게 말했다.

"아까 보았더니 당신이 술에 취해 잠들었을 때 코에서 나오는 기운이 왼쪽은 용과 같고 오른쪽은 호랑이와 같았습니다. 용과 호랑이의 기운이 교차하니 올가을에 분명 왕이 될 것이고, 자손 대대로 100년을 이어 갈 것입니다." 미 : 살펴보니, 왕씨의 자손이 대를 이어 가 제5대 왕경숭(王景崇)에 이르러 상산왕(常山王)에 봉해졌고, 제6대 왕용(王鎔)은 조왕(趙王)에 봉해졌으니, 무릇 100여 년이 지난 후에 멸망했다.

그러면서 또 말했다.

"당신의 집 정원에 분명 커다란 나무가 있을 텐데, 그 나무의 높이가 당(堂)에 이르면 그것이 바로 [왕위에 오를] 조짐입니다."

왕정주는 유후(留後)19)가 되고 나서 다른 날 그 별장으로 돌아가 정원의 나무를 보았는데, 너울거리며 북쪽 집에 그림자를 드리우고 있었다. 별장 서쪽에 비룡산신(飛龍山

---

19) 유후(留後) : 당나라 중엽 이후에 번진(藩鎭)의 세력이 커지면서, 절도사의 유고 시 그 자제 또는 신임하는 관리에게 그 직무를 대행하게 했는데, 이를 절도유후(節度留後) 또는 관찰유후(觀察留後)라고 했다.

神)의 사당이 있었는데, 왕정주는 제사를 드리러 그곳으로 갔다. 사당까지 100보 정도 남았을 때 의관을 갖춰 입은 한 사람이 왕정주에게 허리를 굽히고 인사했다. 왕정주가 주위 사람들에게 물어보았으나 다들 보지 못했다고 했다. 왕정주가 사당으로 들어갔을 때 산신이 그의 곁에 앉자 사람들이 모두 괴이하게 여겼다. 그리하여 왕정주는 동쪽을 향해 집을 짓도록 명했는데, 그 집이 아직도 남아 있다. 얼마 후에는 낙 산인을 찾아가서 함장(函丈)의 예[20]로써 대접하고 정자 하나를 따로 지어 주었는데, 낙 산인이 정자를 떠나면 그가 앉았던 걸상을 매달아 놓았으며[21] 그 정자를 "낙씨정(駱氏亭)"이라 불렀다. 미 : 걸상을 매달아 놓은 고사는 다시 나온다.

長慶初, 鄴中有五明道士者, 善陰陽曆數, 尤攻卜筮. 成德軍節度田弘正冒於財賄, 民衆怨咨. 時王庭湊爲部將, 遣使於鄴, 旣至, 忽有微恙, 數日, 求醫未能愈. 因詣五明, 究平生否泰. 道士卽爲卜之, 卦成而三錢並舞, 良久方定, 而六位俱

---

20) 함장(函丈)의 예 : 스승의 자리와 제자의 자리 사이에 1장(丈)의 거리를 두는 예법. 일반적으로 스승을 가리킨다.

21) 걸상을 매달아 놓았으며 : 현탑(懸榻)의 예를 말한다. 후한의 진번(陳蕃)이 명사 서치(徐穉)를 위해 특별히 걸상을 만들어 매달아 놓았다가 그가 오면 내려서 후히 대접하고 그가 가면 다시 매달아 놓았다고 한다. 손님을 후히 대접하는 것을 말한다.

重. 道士曰:"此卦純〈乾〉, 變爲〈坤〉, 坤, 土也, 地也. 大夫將來秉旄不遠, 兼有山河之分. 事將集矣, 宜速歸." 庭湊聞言, 遽自掩其耳. 是夜, 又夢白鬚翁, 形容偉異, 侍從十餘人, 皆手持小玉斧. 召王公謂曰:"患難將及, 不可久留." 旣覺, 庭湊疑懼, 卽辭魏帥而回. 比及還家, 未逾旬, 値軍民大變, 殺弘正, 將校擁脅庭湊而立, 甚有治聲. 遣人詣鄴, 取五明置於府, 爲營館舍, 號"五明先生院". 以數百金爲壽, 固辭. 強與之, 數日盡施, 一無留焉. 嘗從容問將來祿壽, 道人曰:"三十年." 後在位十三年而卒. 眉: 以十三年爲三十年, 術士隱語多如此.

同時有濟源駱山人者, 眉: 駱山人善相附見. 謂庭湊曰:"向見君醉寢時, 鼻中之氣, 左如龍而右如虎. 龍虎氣交, 當王於今秋, 子孫相繼, 滿一百年." 眉: 按, 王氏子孫相繼, 至五世景崇封常山王, 六世熔封趙王, 凡百餘年而滅. 復云:"家之庭合有大樹, 樹及於堂, 是兆也." 庭湊旣爲留後, 他日歸其別墅, 視家庭之樹, 婆娑然暗北舍矣. 墅西有飛龍山神, 庭湊往祭之. 將及其門百步, 見一人被衣冠, 折腰於庭湊. 庭湊問左右, 皆不見. 及入廟, 神乃側坐, 衆皆異之. 因令面東起宇, 今尙存焉. 尋訪駱山人, 待以函丈之禮, 別構一亭, 去則懸榻, 號"駱氏亭". 眉: 懸榻故事, 再見.

* 이 고사는《태평광기》권217〈복서·오명도사〉, 권223〈상(相)·낙산인(駱山人)〉에 실려 있다.

41-24(1202) 황하
황하(黃賀)
출《이목기》

 당(唐)나라 소종(昭宗) 때 황하란 자가 있었는데, 스스로 공락(鞏洛) 사람이라 했다. 그는 전란을 피해 조(趙) 땅을 떠돌다가 상산(常山)에 집을 마련하고 점을 치면서 살아갔다. 당시 조왕(趙王) 왕용(王熔)은 어렸는데, 연군(燕軍)이 북쪽 변경으로 쳐들어왔다. 조왕이 장수를 선발하고 있을 때, 진입(陳立)과 유간(劉幹)이라는 용사가 스스로 군문(軍門)을 찾아와서 병사 500명으로 도적과 대적해 반드시 오랑캐 두목을 포박해 오겠다고 하자, 조왕은 그들의 기개를 장히 여겨 허락했다. 이튿날 두 사람이 병사를 이끌고 나가 밤에 연군의 군영을 습격하자, 연군이 놀라 달아났으며 크게 승전보를 알려 왔다. 하지만 진입은 싸우다 전사했고, 유간 혼자만 개선가를 부르며 돌아왔다. 조왕은 기뻐하며 그에 상응하는 준마 몇 필과 황금과 비단을 하사했다. 그런데 얼마 후에 유간은 환관에게 참소당했다.
 "이것은 모두 진입의 공이지 유간의 공이 아닙니다."
 조왕의 모친 하 부인(何夫人)은 그 말을 듣지 않고, 곧장 유간에게 비단옷과 은대(銀帶)를 하사하고 돈 20만 냥을 더

해 주면서 그를 중견위(中堅尉)로 발탁했다. 그 전에 유간이 황하를 찾아가서 점을 쳤는데, 점괘가 나오자 황하가 유간에게 말했다.

"이 점괘는 불이 물 위에 있는 〈미제(未濟☲☵)〉괘이니, 종국에는 공을 세울 것입니다. 구이효(九二爻)가 움직여 '그 수레바퀴를 끌어당기니 마음이 곧아서 길하다'로 바뀌고 정도(正道)로써 재난을 구할 수 있다고 했으니, 가면 공이 있을 것입니다. 또 〈진(晉☲☷)〉괘로 변해서, '밝은 빛이 땅속에서 나와' 세차게 발양광대한다고 했으니, 은택을 잇달아 받을 것입니다. 지금 그대가 출전한다면 오랑캐를 막아 내는 데 유리하고 크게 승리를 얻을 것이니, 왕께서 틀림없이 수레와 말을 하사할 것입니다. 그 사이에 작은 분란이 있기는 하지만 걱정하기에는 부족합니다."

또 찬황현위(贊皇縣尉) 장사(張師)가 병에 걸려 1년이 지나도록 자리에 누워 있었는데, 의원이나 약으로 치료할 수 없자 황하에게 점을 쳤더니 황하가 말했다.

"[〈무망(无妄☰☳)〉괘에서] '무망의 병은 약을 쓰지 않아도 기쁨이 있다'라고 했으니, 청컨대 닷새 동안 치료를 멈추면 틀림없이 큰 차도가 있을 것입니다."

장사는 과연 황하가 말한 날짜에 병이 나았다. 또 몇십 년 뒤에 장사는 흰 새가 비상하다가 구름 사이로 떨어지는 꿈을 꾸었다. 꿈에서 깨어난 장사는 정신이 멍했다. 그래서 황하를 불러 점을 쳤는데, 황하가 점괘를 풀어 보더니 몹시 슬퍼하며 장사에게 물었다.

"아침에 꿈을 꾸지 않았습니까? 만약 꿈을 꾸었다면 혹시 날짐승의 모습을 보지 않았습니까? 또한 산 위에서 우레가 치고 새가 구름 사이로 떨어지고 이어서 우렛소리와 새 발자국이 둘 다 사라져 더 이상 보이지 않았을 것입니다. 부디 자중자애하면서 천명에 맡기길 바랍니다."

장사는 결국 일어나지 못한 채 죽었다.

또 단회(段誨)라는 사람이 고성(藁城)의 진장(鎭將)으로 있었는데, 한번은 밤에 우정(郵亭 : 역참의 객사)에서 잠을 자고 있을 때 말이 고삐를 끊고 달아나 며칠 동안 어디로 갔는지 알 수 없었다. 단회가 사람을 저잣거리로 보내 점을 쳐보게 했더니 황하가 말했다.

"괘에 따라 보면 이것은 〈규(睽䷥)〉괘입니다. 초구효(初九爻)가 움직이니 틀림없이 무엇인가 잃어버린 일이 있을 것인데, 혹시 말을 잃어버린 것이 아닙니까? 뒤쫓지 않아도 저절로 돌아올 것이니, 틀림없이 말을 잡아서 돌려보내는 사람이 있을 것입니다."

심부름꾼이 객사로 돌아오기도 전에 말이 이미 돌아와 있었다. 황하가 점을 친 바는 대개 이와 같았다. 당시 사람들은 그를 "역성공(易聖公)"이라 불렀다.

유암(劉巖)이 일찍이 황하를 찾아갔더니 황하가 말했다.

"당신은 훗날 틀림없이 큰 그릇이 되겠지만, 봄날[22]을 원망하지는 마시오."

유암은 처음에 무슨 말인지 이해하지 못했는데, 늙어서야 비로소 더디게 이루어진다는 뜻임을 깨달았다.

唐昭宗時, 有黃賀者, 自云鞏洛人. 因避地遊趙, 家於常山, 以卜筮爲業. 時趙王鎔方在幼冲, 而燕軍寇北鄙. 方選將間, 有勇士陳立·劉幹自投軍門, 願以五百人嘗寇, 必面縛戎首, 王壯而許之. 翌日, 二夫率師而出, 夜擊燕壘, 燕人駭走, 大振捷音. 立死於鬪, 幹獨凱唱而還. 王悅, 賜上廐馬數匹, 金帛稱是. 俄爲閽人所譖曰: "此皆陳立之功, 非劉幹之效." 王母何夫人不聽, 卽賜錦衣銀帶, 加錢二十萬, 擢爲中堅尉. 初, 幹曾詣賀卜, 卦成, 謂幹曰: "是卦也, 火水〈未濟〉, 終有立也. 九二之動, '曳輪貞吉', 以正救難, 往有功也. 變而之〈晉〉, '明出地中', 奮發光揚, 恩澤相接. 子今行也, 利用禦戎, 大獲慶捷, 王當有車馬之賜. 其間小釁, 不足憂之." 又贊皇縣尉張師臥病經年, 醫藥無療, 乃卜諸賀, 賀曰: "'无妄之疾, 勿藥有喜', 請停理療五日, 必大瘳." 師果應期而愈. 又數十年, 師夢白鳥飛翔, 墜於雲際. 旣覺, 心神怳惚. 召賀卜之, 賀決卦, 慘然而問師曰: "朝來不有夢乎? 若有夢, 其飛禽之象乎? 且雷震山上, 鳥墮雲間, 聲跡兩消, 不可復見. 願加保愛, 委命而已." 張竟不起. 又有段誨者, 任藁城鎭將, 曾夜宿郵亭, 馬斷繮而逸, 數日不知所適. 使人詣肆筮之, 賀曰

---

[22] 봄날 : 봄날처럼 짧은 기간을 비유해서 말한 것이다.

: "據卦〈睽〉也. 初九動者, 應有亡失之事, 無乃喪馬乎? 勿逐自復, 必有縶而送之者也." 回未及舍, 馬已還矣. 賀所占, 皆此類. 時人謂之"易聖公". 劉巖曾詣之, 生謂曰 : "君他日必成偉器, 然勿以春日爲恨." 初不曉, 及老, 方悟遲遲之意.

* 이 고사는 《태평광기》 권217 〈복서·황하〉에 실려 있다.

권42 의부(醫部)

의(醫)

42-1(1203) 화타

화타(華佗)

출《독이지(獨異志)》·《지괴(志怪)》

위(魏)나라의 화타는 명의였다. 한번은 군수(郡守)가 중병에 걸리자 화타가 그를 방문했다. 군수가 화타에게 진찰해 보게 했는데, 화타는 물러나서 군수의 아들에게 말했다.

"사군(使君 : 군수)의 병은 일반 병들과는 다르오. 어혈이 배 속에 쌓여 있으니 반드시 격노하게 해서 피를 토해 내도록 해야만 병을 물리칠 수 있소. 그렇게 하지 않는다면 살 수 없소. 그러니 그대가 부친의 지난 허물들을 다 말해 준다면 내가 그것을 조목조목 써서 꾸짖도록 하겠소."

그러자 군수의 아들이 말했다.

"아버님께서 나을 수만 있다면 무슨 말씀인들 못 드리겠습니까?"

이에 군수의 아들은 아버지가 이제껏 저지른 잘못을 모두 화타에게 알려 주었다. 화타가 그것을 글로 써서 군수를 꾸짖자 군수는 대노해 관리를 보내 화타를 잡아 오게 했는데, 화타가 오지 않자 군수는 [화를 참지 못하고] 마침내 검은 피를 한 되 남짓 토해 냈고 그의 병도 나았다.

또 아주 아름다운 여자가 있었는데, 결혼할 나이가 지났는데도 시집을 가지 못했다. 그녀의 오른쪽 무릎에는 항상 종기가 나 있어서 고름이 그치지 않고 흘러내렸다. 화타가 그녀의 집을 찾아갔을 때 그녀의 아버지가 물어보자 화타가 말했다.

"사람을 시켜 말을 타고서 밤색 개 한 마리를 끌고 30리를 달려가게 했다가, 돌아오면 개의 몸이 뜨거울 때 개의 오른쪽 다리를 잘라서 종기 위에 세워 두시오."

[화타의 말대로 했더니] 잠시 후에 붉은 뱀 한 마리가 그녀의 종기에서 나와 개의 다리로 들어갔으며 그녀의 병도 마침내 낫게 되었다. 미 : 결혼할 나이의 여자가 어떻게 괴이한 뱀을 얻게 되었는지 나는 이해할 수 없다.

또 어떤 사람이 배 속에 덩어리가 생기는 병을 앓아 밤낮으로 극심한 고통에 시달렸는데, 죽기 전에 아들에게 당부했다.

"내 숨이 끊어진 후에 배를 갈라서 살펴보도록 해라."

그의 아들이 아버지의 말씀을 거역할 수 없어서 아버지의 배를 갈랐더니, 구리 술그릇 하나가 나왔는데 몇 홉이 들어갈 크기였다. 나중에 화타가 그 병에 대해 듣고 무슨 병인지 알아내고서 건상(巾箱)에서 약을 꺼내 술그릇에 던졌더니 술그릇이 즉시 술로 변했다. 미 : 술이 어떻게 술그릇이 되었는지 모르겠다.

魏華佗善醫. 嘗有郡守病甚, 佗過之. 郡守令佗診候, 佗退, 謂其子曰: "使君病有異於常. 積瘀血在腹中, 當極怒嘔血, 卽能去疾. 不爾, 無生矣. 子能盡言家君平昔之僽, 吾疏而責之." 其子曰: "若獲愈, 何謂不言?" 於是具以父從來所爲乖誤者, 盡示佗. 佗留書責罵之, 父大怒, 發吏捕佗, 佗不至, 遂嘔黑血升餘而愈. 又有女子極美麗, 過時不嫁. 右膝常患一瘡, 膿水不絶. 華佗過, 其父問之, 佗曰: "使人乘馬, 牽一栗色狗, 走三十里, 歸而熱截右足柱瘡上." 俄有一赤蛇從瘡出, 而入犬足中, 其疾遂平. 眉: 懷春何得致蛇異, 吾所不解.
又有人得心腹瘕病, 晝夜切痛, 臨終, 敕其子曰: "吾氣絶後, 可剖視之." 其子不忍違言, 剖之, 得一銅槍[1], 容數合許. 後佗聞其病而解之, 因出巾箱中藥, 以投槍, 槍卽成酒焉. 眉: 不知酒何以成槍.

* 이 고사는 《태평광기》 권218 〈의 · 화타〉에 실려 있다.
1 창(槍): 《태평광기》에는 "쟁(鎗)"이라 되어 있는데, 문맥상 보다 타당하다. 이하도 마찬가지다.

42-2(1204) 장중경

장중경(張仲景)

출《소설》

하옹(何顒)은 사람을 알아보는 감식력이 오묘했다. 장중경[장기(張機)]이 총각 시절에 하옹을 찾아갔더니 하옹이 말했다.

"그대는 사고는 정밀하지만 운치는 고상하지 못하니, 장차 훌륭한 의원이 되겠네."

장중경은 나중에 과연 특출한 의술을 지니게 되었다. 왕중선[王仲宣: 왕찬(王粲)]이 열일곱 살 때 장중경을 방문했더니 장중경이 그에게 말했다.

"그대의 몸에 병이 있으니 마땅히 오석탕(五石湯)23)을 복용해야 하네. 만약 치료하지 않으면 30세가 되었을 때 틀림없이 눈썹이 빠지게 될 것이네."

왕중선은 먼 훗날의 일이라고 생각해서 치료하지 않았는데, 그 후 30세가 되었을 때 눈썹이 과연 빠졌다.

---

23) 오석탕(五石湯): 종유석(鐘乳石)·유황(硫黃)·백석영(白石英)·자석영(紫石英)·적석지(赤石脂)의 다섯 가지 광물질을 배합해 만든 마약의 일종. 가루로 만든 것은 오석산(五石散)이라 한다.

何顒妙有知鑒. 張仲景總角造顒, 顒謂曰:"君用思精密, 而韻不能高, 將爲良醫矣." 仲景後果有奇術. 王仲宣年十七時過仲景, 仲景謂之曰:"君體有病, 宜服五石湯. 若不治, 年及三十, 當眉落." 仲宣以其賒遠不治, 後至三十, 眉果脫.

* 이 고사는 《태평광기》 권218 〈의·장중경〉에 실려 있다.

42-3(1205) 오나라의 태의

오태의(吳太醫)

출《유양잡조》

오(吳)나라의 손화(孫和 : 손권의 셋째 아들)는 등 부인(鄧夫人)을 총애했다. 한번은 손화가 술에 취해 여의(如意)24)를 들고 춤을 추다가 실수로 등 부인의 뺨에 상처를 냈다. 뺨에서 피가 흘러내리자 등 부인은 더욱 아프다고 엄살을 부렸다. 손화가 태의(太醫 : 어의)에게 약을 제조하라고 명하자 태의가 말했다.

"흰 수달의 골수와 잡옥(雜玉)과 호백[虎魄 : 호박(琥珀)]의 가루를 얻을 수 있다면 틀림없이 이 흉터를 없앨 수 있습니다."

손화가 황금 100냥으로 흰 수달을 구입하자 태의가 고약을 제조했는데, 호백을 너무 많이 넣는 바람에 등 부인의 상

---

24) 여의(如意) : 스님이 설법하거나 청담가가 담론할 때 손에 들고 있던 작은 막대기로, 약간 휘어진 가늘고 긴 자루 끝에 손가락 모양, 심(心) 자 모양, 구름 모양 등이 달려 있으며, 뼈·뿔·대나무·옥·구리·쇠 등으로 만들었다. 손이 닿지 않는 부분을 마음대로 시원하게 긁어 준다는 뜻에서 '여의'라고 했다.

처가 나았을 때에도 흉터가 없어지지 않고 왼쪽 뺨에 사마귀처럼 생긴 붉은 점이 남아 있었다.

吳孫和寵鄧夫人. 嘗醉舞如意, 誤傷鄧頰. 血流, 嬌婉彌苦. 命太醫合藥, 言:"得白獺髓·雜玉與虎魄屑, 當滅此痕." 和以百金購得白獺, 乃合膏, 虎魄太多, 及差, 痕不滅, 左頰有赤點如痣.

* 이 고사는 《태평광기》 권218 〈의·오태의〉에 실려 있다.

42-4(1206) 서문백

서문백(徐文伯)

출《담수(談籔)》

송(宋 : 유송)나라 명제(明帝)의 궁녀가 요통으로 근심했는데, 발병하면 바로 기절했다. 여러 의원들은 그녀의 병을 육징(肉癥)25)이라 여겼다. 서문백이 말했다.

"이것은 머리카락 덩어리 때문이오."

서문백이 그녀의 입 속에 기름을 붓자 머리카락처럼 생긴 물체를 토해 냈는데, 그것을 조금씩 당겼더니 길이가 3척이나 되었고 머리는 이미 뱀이 되어 있었으며 움직일 수 있었다. 그것을 기둥 위에 걸어 놓았는데, 물기가 다 마르자 한 가닥의 머리카락일 뿐이었다. 궁녀는 병이 즉시 나았다.

또 일찍이 소제(少帝)와 함께 낙유원(樂遊苑) 문을 나섰다가 임신한 부인을 만나게 되었다. 소제 역시 진찰을 잘했기 때문에 그 부인을 진찰해 보더니 말했다.

"이는 딸이다."

그러자 서문백이 말했다.

25) 육징(肉癥) : 적취(積聚), 즉 체증(滯症)이 오래되어 배 속에 덩어리가 생기는 병을 말한다.

"1남 1녀인데, 사내아이는 왼쪽에 있고 검푸르며 여자아이보다 몸집이 작습니다."

소제는 성질이 급해서 그 부인의 배를 갈라 보게 했는데, 서문백이 측은해하면서 말했다.

"청컨대 신이 이 부인에게 침을 놓으면 필시 태아가 떨어질 것입니다."

그러고는 곧장 부인의 발의 태음혈(太陰穴)과 손의 양명혈(陽明穴)에 침을 놓았더니, 태아가 침에 반응해서 떨어졌는데 과연 그가 말한 대로였다. 미 : 침을 놓아 낙태시킨 것은 태를 가르는 것과 별 차이가 없으니, 학식과 덕행이 어디에 있단 말인가? 이는 지나치게 의술을 과시한 것이다. 서문백은 학식과 덕행이 있었고 공경(公卿)에게도 굽히지 않았으며, 태산태수(泰山太守)를 지냈다.

서문백의 조부 서희지(徐熙之)는 황로술(黃老術)을 좋아해 진망산(秦望山)에서 은거했는데, 어떤 도사가 그의 거처에 들러 마실 것을 청하면서 조롱박 하나를 남겨 주며 말했다.

"당신의 자손은 마땅히 이 도술로 세상을 구하고, 분명 2000석의 벼슬[26]을 얻게 될 것이오."

---

26) 2000석의 벼슬 : 2000석의 봉록을 받는 군수(郡守)나 태수(太守)

서희지가 그것을 가르고 보았더니 편작(扁鵲)의 《의경(醫經)》 1권이 있었다. 서희지는 그것을 열심히 공부해서 마침내 천하에 이름을 떨쳤으며 벼슬이 복양태수(濮陽太守)에 이르렀다. 서희지의 아들 서추부(徐秋夫)가 사양현령(射陽縣令)으로 있을 때, 한번은 귀신이 신음하는 소리를 들었는데 그 소리가 몹시 처량하고 고통스러웠다. 서추부가 물었다.

"귀신은 바라는 게 무엇이냐?"

귀신이 말했다.

"저는 성(姓)이 곡사(斛斯)이고 집은 동양(東陽)에 있는데, 요통(腰痛)을 앓다가 죽었습니다. 비록 귀신이 되었지만 여전히 통증을 참을 수 없습니다. 당신의 의술이 뛰어나다고 들었으니 구제해 주기를 원합니다."

서추부가 말했다.

"너는 형체가 없는데 어떻게 치료를 하라는 말이냐?"

귀신이 말했다.

"당신은 그저 풀을 묶어 인형을 만들어서 혈을 따라 침을 놓으면 됩니다."

서추부는 귀신의 말대로 인형의 서너 곳에 침을 놓고 제

등을 말한다.

사를 지낸 후에 그것을 묻어 주었다. 다음 날 그 귀신이 와서 감사를 표했다.

宋明帝宮人患腰疼牽心, 發卽氣絶. 衆醫以爲肉癥. 徐文伯曰: "此髮瘕也." 以油灌之, 則吐物如髮, 稍引之, 長三尺, 頭已成蛇, 能動. 懸柱上, 水滴盡, 一髮而已. 病卽愈. 又嘗與少帝出樂遊苑門, 逢婦人有娠. 帝亦善診候, 診之曰: "是女也." 文伯曰: "一男一女, 男在左邊, 靑黑色, 形小於女." 帝性急, 令剖視, 文伯惻然曰: "臣請針之, 必落." 便針足太陰, 及手陽明, 胎應針而落, 果如言. 眉: 用針墮胎, 去剖胎一間耳, 學行何在? 此炫術之過也. 文伯有學行, 不屈公卿, 歷位泰山太守.

祖熙之好黃老, 隱於秦望山, 有道士過, 乞飮, 留一葫蘆曰: "君子孫宜以此道術救世, 當得二千石." 熙開視之, 乃扁鵲《醫經》一卷. 因精學之, 遂名振海內, 仕至濮陽太守. 子秋夫爲射陽令, 嘗有鬼呻吟, 聲甚凄苦. 秋夫問曰: "鬼何須?" 鬼曰: "我姓斛斯, 家在東陽, 患腰痛死. 雖爲鬼, 痛猶不可忍. 聞君善術, 願見救濟." 秋夫曰: "汝無形, 云何措治?" 鬼曰: "君但縛蒭作人, 按孔針之." 秋夫如其言, 爲針三四處, 設祭而埋之. 明日, 見此鬼來謝.

* 이 고사는 《태평광기》 권218 〈의·서문백〉에 실려 있다.

42-5(1207) 서사백

서사백(徐嗣伯)

출《남사(南史)》

 서사백은 자(字)가 덕소(德紹)이며 의술에 정통했다. 일찍이 한 노파가 어체(瘀滯 : 기혈이 막히는 병)를 앓았는데, 여러 해 동안 낫지 않았다. 서사백이 노파를 진찰하고 말했다.

 "이는 귀신이 들러붙은 것이니, 죽은 사람의 베개를 삶아서 복용하면 병이 나을 것이오."

 그래서 오래된 무덤 속에서 베개 하나를 구했는데, 베개 반쪽은 이미 썩어 없어진 상태였다. 노파가 그것을 삶아서 복용했더니 즉시 병이 나았다. 그 후에 말릉(秣陵) 사람 장경(張景)이 열다섯 살 때 배가 부풀어 오르고 얼굴이 누렇게 되었지만 많은 의원들이 치료하지 못했다. 그래서 서사백에게 물었더니 서사백이 말했다.

 "이것은 돌처럼 딱딱한 회충 때문이니, 죽은 사람의 베개를 삶아서 그것을 복용하시오."

 그의 말대로 베개를 삶아서 복용했더니 설사하면서 회충이 나왔는데, 머리가 돌처럼 단단한 것이 대여섯 되나 되었다. 장경의 병이 즉시 나았다. 그 후에 심승익(沈僧翼)은 눈이 아프고 또 귀신을 자주 보았는데, 서사백에게 물었더니 서사백이 말했다.

"사악한 기운이 간에 들어갔기 때문이니, 죽은 사람의 베개를 찾아내 삶아서 그것을 복용하면 됩니다. 일을 마치고 나서 베개를 원래의 자리에 묻으시오."

그 말대로 하자 또 심승익의 병이 나았다. 왕안(王晏)이 그 사실을 알고 서사백에게 물었다.

"세 가지의 병은 같지 않지만 모두 죽은 사람의 베개를 사용해 치료해서 모두 나았으니 어째서입니까?"

서사백이 대답했다.

"귀신이 들러붙은 경우는 귀기(鬼氣)가 잠복해서 일어나지 않기 때문에 사람을 어체에 시달리게 한 것이니, 죽은 사람의 베개로 귀기를 다그치면 귀신이 혼비백산해서 달아나 다시는 사람 몸에 들러붙지 않으므로 귀신이 들러붙은 사람이 나을 수 있습니다. 돌처럼 딱딱한 회충은 의술로 치료하면 피하면서 더욱 단단해지니 세간의 약으로는 그것을 제거할 수 없으므로, 모름지기 귀물(鬼物 : 죽은 사람의 베개)로 그것을 몰아낸 연후에야 내칠 수 있습니다. 대저 사악한 기운이 간에 들어가기 때문에 눈이 아프고 귀신을 보게 되니, 반드시 사물(邪物 : 죽은 사람의 베개)로 그 기운을 낚아서 제거하고 원래 있던 곳에 묻으라고 한 것입니다."

왕안은 그 신묘함에 깊이 감탄했다.

徐嗣伯, 字德紹, 精於醫術. 曾有一嫗, 患滯瘀, 積年不差. 嗣伯爲之診疾曰: "此尸注也, 當須死人枕煮服之, 可愈." 於是就古冢中得一枕, 枕已半邊腐缺. 服之卽差. 後秣陵人張景, 年十五, 腹脹面黃, 衆醫不療. 以問嗣伯, 嗣伯曰: "此石蚘耳, 當以死人枕煮服之." 依語, 煮枕以服之, 瀉出蚘蟲, 頭堅如石者五六升. 病卽差. 後沈僧翼眼痛, 又多見鬼物, 以問之, 嗣伯曰: "邪氣入肝, 可覓死人枕煮服之. 竟, 可埋枕於故處." 如其言, 又愈. 王晏知而問之曰: "三病不同, 而皆用死人枕療之, 俱差, 何也?" 答曰: "尸注者, 鬼氣也, 伏而未起, 故令人沈滯, 得死人枕促之, 魂氣飛越, 不復附體, 故尸注可差. 石蚘者, 醫療旣僻, 蚘蟲轉堅, 世間藥不能除, 所以須鬼物驅之, 然後可散也. 夫邪氣入肝, 故使眼痛而見魍魎, 應須邪物以釣其氣, 因而去之, 所以令埋於故處也." 晏深嘆其神妙.

* 이 고사는 《태평광기》 권218 〈의·서사백〉에 실려 있다.

42-6(1208) 서지재

서지재(徐之才)

출《태원고사(太原故事)》

　　북제(北齊)의 우복야(右僕射) 서지재는 의술에 뛰어났다. 당시에 어떤 사람이 발꿈치에 통증을 앓았는데, 여러 의원들은 그것이 무슨 병인지 알아내지 못했다. 서지재가 얼핏 보고 말했다.

　　"이것은 조개의 정령 때문에 생긴 병이니, 틀림없이 배를 타고 바다에 나갔을 때 다리를 물속에 드리웠다가 이 병을 얻었을 것이오."

　　그러자 환자가 말했다.

　　"정말로 전에 그런 일이 있었습니다."

　　서지재가 환자의 발꿈치를 절개해 느릅나무 열매처럼 생긴 작은 조개 두 개를 꺼냈다.

北齊右僕射徐之才, 善醫術. 時有人患脚跟踵痛, 諸醫莫能識. 之才窺之曰 : "蛤精疾也, 得之當由乘船入海, 垂脚水中." 疾者曰 : "實曾如此." 爲割之, 得蛤子二個, 如楡莢.

* 이 고사는《태평광기》권218〈의 · 서지재〉에 실려 있다.

42-7(1209) 허예종

허예종(許裔宗)

출《담빈록(譚賓錄)》

 허예종은 신과 같은 명의였는데, 사람들이 그에게 말했다.
 "어찌하여 책을 써서 후세 사람들에게 남기지 않습니까?"
 그러자 허예종이 말했다.
 "의술[醫]이란 마음[意]이니 사람의 생각에 달려 있는 것입니다. 또한 맥(脈)을 살피는 것은 오묘해서 분별하기가 어려우니, 마음으로 이해한 것을 입으로 말할 수는 없습니다. 옛날의 명의는 오직 맥을 짚었는데, 맥을 정확히 짚은 연후에 무슨 병인지 알았습니다. 또한 병에 쓰이는 약은 정확히 들어맞는 것이라면 오직 한 가지 약만 써도 그 병을 직접 공략할 수 있어서 병이 곧바로 낫습니다. 지금의 의원들은 맥을 짚어 낼 수 없어서 병의 원인을 알아내지도 못한 채 제멋대로 헤아려 여러 가지 약을 씁니다. 미 : 당시 의원의 병통을 통틀어 말했다. 이것을 사냥에 비유한다면, 토끼가 있는 곳은 알지도 못한 채 사람과 말만 많이 풀어서 텅 빈 넓은 곳을 에워싸 막고서 혹시나 어떤 사람이 우연히 토끼를 만나길 바라는 것과 같습니다. 이런 방법으로 병을 치료하는 것은 또한 엉성하지 않습니까? 맥의 오묘한 뜻은 말로 설명할 수 없기 때문에 저술을 남길 수 없는 것입니다."

許裔宗, 名醫若神, 人謂之曰 : "何不著書以貽將來?" 裔宗曰 : "醫乃意也, 在人思慮. 又脈候幽玄難別, 意之所解, 口莫能宣. 古之名手, 唯是別脈, 脈旣精別, 然後識病. 病之於藥, 有正相當者, 唯須用一味, 直攻彼病, 卽立可愈. 今不能別脈, 莫識病原, 以情億度, 多安藥味. 眉 : 說透時醫病痛. 譬之於獵, 不知兔處, 多發人馬, 空廣遮圍, 或冀一人偶然逢也. 以此療病, 不亦疏乎? 脈之深趣, 旣不可言, 故不能著述."

* 이 고사는 《태평광기》 권218 〈의·허예종〉에 실려 있다.

42-8(1210) 진명학

진명학(秦鳴鶴)

출《담빈록》

 당(唐)나라 고종(高宗)은 현기증으로 고생하고 눈이 잘 보이지 않아서, 시의(侍醫) 진명학을 불러 진찰하게 했더니 진명학이 아뢰었다.

 "풍독(風毒)이 위쪽을 공격했기 때문이니, 머리를 찔러서 피를 조금 내면 나을 것입니다."

 그러자 천후(天后 : 측천무후)가 주렴 안에서 화를 내며 말했다.

 "이자는 목을 베어 마땅하도다! 천자의 머리에 어찌 피를 낼 수 있단 말이냐?" 협 : 고종의 병이 낫는 것이 자기에게 불리하기 때문에 화를 낸 것이다.

 진명학이 머리를 조아리며 살려 달라고 간청하자 황상이 말했다.

 "의원이 병을 논할 때는 도리상 죄를 내리지 않는 법이오. 또한 나는 머리가 너무 무거워서 거의 참을 수 없는 지경이니, 피를 내는 것이 반드시 나쁜 것만은 아닐 것이오. 짐의 뜻은 이미 결정되었소."

 그러고는 자신의 머리를 찌르게 했다. 진명학이 황상의

백회혈(百會穴)과 뇌호혈(腦戶穴)을 찔러 피가 나오자 황상이 말했다.

"내 눈이 밝아졌다!"

말이 채 끝나기도 전에 천후가 주렴 안에서 머리를 바닥에 대고 절하며 말했다.

"이는 하늘이 우리에게 내려 주신 의원이십니다!" 미 : 새빨간 거짓말이다!

그러고는 몸소 비단과 보물을 들고 와서 진명학에게 주었다.

唐高宗苦風眩, 目不能視, 召侍醫秦鳴鶴診之, 秦曰 : "風毒上攻, 若刺頭出少血, 愈矣." 天后自簾中怒曰 : "此可斬也! 天子頭上, 豈是出血處耶?" 夾 : 不利病愈, 故怒. 鳴鶴叩頭請命, 上曰 : "醫人議病, 理不加罪. 且吾頭重悶, 殆不能忍, 出血未必不佳. 朕意決矣." 命刺之. 鳴鶴刺百會及腦戶出血, 上曰 : "吾眼明矣!" 言未畢, 后自簾中頂禮曰 : "此天賜我師也!" 眉 : 大詐! 躬負繒寶以遺之.

* 이 고사는 《태평광기》 권218 〈의 · 진명학〉에 실려 있다.

42-9(1211) 최무

최무(崔務)

출《조야첨재》

    정주(定州) 사람 최무는 말에서 떨어져 다리가 부러졌는데, 의원이 구리 가루를 술과 섞어서 그에게 먹게 했더니 마침내 회복되었다. 최무가 죽은 후 10여 년이 지나서 이장(移葬)을 했는데, 그의 정강이뼈가 부러졌던 곳을 보았더니 구리 가루가 그곳을 연결하고 있었다.

定州人崔務墜馬折足, 醫令取銅末和酒服之, 遂痊平. 及亡後十餘年, 改葬, 視其脛骨折處, 有銅末束之.

* 이 고사는 《태평광기》 권218 〈의(醫)·최무〉에 실려 있다.

42-10(1212) 조유

조유(趙瑜)

출《계신록》

 명경과(明經科) 응시생 조유는 노(魯 : 산동) 지방 사람으로, 누차 과거에 낙방해서 매우 곤궁하게 지냈다. 그래서 태산(太山)을 유람하다가 태악묘(太岳廟)에서 죽게 해 달라고 빌었다. 그가 막 사당 문을 나서려는데 갑자기 하급 관리가 뒤따라오면서 말했다.

 "판관(判官)께서 부르십니다."

 조유는 그를 따라가서 문득 한 청사에 도착했는데, 주렴 안에서 어떤 사람이 말했다.

 "사람이 중하게 여기는 것이 목숨인데 그대는 어찌하여 죽게 해 달라고 빌었느냐?"

 조유가 대답했다.

 "저는 향천(鄕薦)을 받았지만 누차 과거에 낙방했습니다. 물러나도 돌아가 농사지을 땅이 없으며 가난과 질병으로 곤궁하니, 더는 살아갈 의지가 없기 때문에 죽게 해 달라고 빌었던 것입니다."

 한참 동안 주렴 안에서 장부를 검열하는 소리가 들리더니 이윽고 어떤 사람이 말했다.

"그대는 팔자가 매우 박복해서 급제나 벼슬과는 모두 연분이 없다. 그러나 이미 이렇게 불러들였으니 마땅히 구제해 주고자 한다. 지금 약방문 하나를 그대에게 줄 테니, 그대는 이것으로 의식을 풍족히 할 수 있을 것이다. 그러나 가산을 축적해서는 안 되니, 가산을 축적한다면 다시 가난해질 것이다."

조유가 감사의 절을 하고 나와서 문밖에 이르렀을 때, 공중에서 커다란 오동잎 하나가 바람에 날려 그의 앞에 떨어졌다. 살펴보았더니 그 위에 파두환(巴豆丸)[27] 약방문이 적혀 있었는데, 인간 세상의 약방문과 똑같았다. 조유는 마침내 자신을 옛 장수현령(長水縣令)이라 칭하면서 이문(夷門 : 개봉)의 시장에서 그 약을 팔았다. 그 약을 먹은 자는 병이 낫지 않는 경우가 없었으므로 조유는 아주 많은 돈을 벌었다. 도사 이덕양(李德陽)이 그 오동잎을 직접 보았는데, 이미 10여 년이 지났는데도 여전히 새것 같았다.

明經趙瑜, 魯人, 累擧不第, 困厄甚. 因遊太山, 祈死於岳廟. 將出門, 忽有小吏自後至, 曰 : "判官召." 隨之而去, 奄至一廳事, 簾中有人云 : "人所重者生, 君何爲祈死?" 對曰 : "瑜

---

[27] 파두환(巴豆丸) : 한약재인 파두 열매로 만든 환약. 갑자기 풍을 맞아서 담이 막혀 위급해질 때 처방한다.

應鄉薦, 累擧不第. 退無歸耕之資, 湮厄貧病, 無復生意, 故祈死耳." 良久, 聞簾中檢閱簿書, 旣而言曰 : "君命至薄, 名第祿仕皆無分. 旣此見告, 當有以奉濟. 今以一藥方授君, 君以此足給衣食. 然不可置家, 置家則貧矣." 瑜拜謝而出, 至門外, 空中飄大桐葉至瑜前. 視之, 乃書巴豆丸方於其上, 亦與人間之方正同. 瑜遂自稱前長水令, 賣藥於夷門市. 餌其藥者, 病無不愈, 獲利甚多. 道士李德陽親見其桐葉, 已十餘年, 尙如新.

* 이 고사는《태평광기》권313〈신(神)·조유〉에 실려 있다.

42-11(1213) 주광

주광(周廣)

출《명황잡록(明皇雜錄)》

[당나라] 개원(開元) 연간(713~741)에 기명(紀明)이라는 명의가 있었는데, 그는 오(吳) 지방 사람이었다. 그는 일찍이 은사(隱士) 주광에게 비결을 전수해 주었는데, 주광은 사람의 안색과 담소하는 모습만 보고도 바로 병의 경중을 알았다. 황상[현종]은 그의 명성을 듣고 도성으로 초징한 후, 액정(掖庭) 안에서 병자를 불러오게 해서 주광에게 진찰해 보게 했다. 어떤 궁인이 있었는데, 매일 해가 기울면 웃다가 노래하다가 울다가 소리 지르곤 해 마치 미친병에 걸린 것 같았고 또한 발을 땅에 디디질 못했다. 주광이 그녀를 보더니 말했다.

"이것은 필시 음식을 배불리 먹고 너무 힘든 일을 한 후에 곧 땅에 넘어져서 생긴 병입니다."

주광은 그녀에게 운모탕(雲母湯)을 마시게 하고 푹 잠을 자도록 했는데, 그녀는 잠에서 깨자 곧바로 이전의 고통이 사라졌다. 그녀에게 물었더니 이렇게 말했다.

"일찍이 대화궁주(大華宮主)께서 생신 연회를 사흘간 열었을 때 궁중에서 대대적으로 음악을 연주했는데, 저는 주창자(主唱者)였기에 [소리가 잘 나오게 하기 위해] 돈제갱(独蹄羹)28)을 먹고 마침내 배부른 상태에서 연회석에 나아가 노래 몇 곡을 불렀습니다. 노래가 끝난 후에 가슴속이 몹시 뜨거워짐을 느꼈는데, 무대에서 공연하느라 높은 곳에 올라갔다 내려오다가 채 반도 못 내려왔을 때 뒤에서 내려오던 사람에게 떠밀려 땅에 고꾸라졌습니다. 한참 후에야 깨어 보니 미치광이 병에 걸렸고 발을 땅에 디딜 수 없게 되었습니다."

황상은 매우 기이해했다. 또 어떤 황문봉사(黃門奉使)가 교광(交廣) 지방에서 와서 대전 아래에서 배무(拜舞)29)했는데, 주광이 그를 돌아보며 말했다.

"이 사람은 배 속에 교룡이 있어서 내일이면 분명 새끼를 낳을 것인데, 그렇게 되면 이 사람은 살지 못할 것입니다."

황상이 놀라며 황문봉사에게 물었다.

"경은 병이 있는가?"

황문봉사가 말했다.

"신은 대유령(大庾嶺)에서 말을 타고 달렸는데, 그때 날씨가 몹시 더웠던지라 피곤하기도 하고 목도 타서 길가에서

---

28) 돈제갱(独蹄羹) : 돼지 발굽을 우려내 만든 걸쭉한 국.
29) 배무(拜舞) : 꿇어앉아 머리를 조아린 후에 춤을 추면서 물러나는 것으로, 황제를 배알하는 예법의 일종이다.

들판을 흐르는 물을 그냥 마셨더니, 배 속에 돌같이 딱딱한 응어리가 생겼습니다."

주광이 즉시 소석(消石 : 초석)과 웅황(雄黃)을 달여 그에게 마시게 했더니 그가 곧장 한 물체를 토해 냈는데, 몇 촌 안 되는 길이에 손가락만 한 굵기였다. 그것을 자세히 보니 비늘과 가죽이 다 갖춰져 있었다. 그것을 물속에 던졌더니 잠깐 사이에 몇 척으로 자라났다. 주광이 황급히 독한 술을 그것에 끼얹자 다시 원래의 형태로 돌아갔다. 그릇으로 그것을 덮어 두었다가 다음 날에 보았더니 그릇 속에 이미 용 한 마리가 자라나 있었다.

開元中, 有名醫紀明者, 吳人也. 嘗授祕訣於隱士周廣, 觀人顏色談笑, 便知疾深淺. 上聞其名, 徵至京師, 令於掖庭中召有疾者, 俾周驗焉. 有宮人, 每日晨則笑歌啼號, 若中狂疾, 而又足不能及地. 周視之曰: "此必因食飽而大促力, 頃復仆地而然也." 乃飮以雲母湯, 令熟寐, 寐覺, 頓失所苦. 問之, 乃言: "嘗因大華宮主載誕三日, 宮中大陳歌吹, 某乃主謳者, 食狗蹄美[1], 遂飽而當筵歌數曲. 曲罷, 覺胸中甚熱, 戲於砌臺乘高而下, 未及其半, 復有後來者所激, 仆地. 久之方蘇而病狂, 足不能及地也." 上大異之. 有黃門奉使, 自交廣至, 拜舞於殿下. 周顧謂曰: "此人腹中有蛟龍, 明日當產一子, 則不可活也." 上驚問黃門曰: "卿有疾否?" 乃曰: "臣馳馬大庾嶺, 時當大熱, 旣困且渴, 因於路傍飮野水, 遂腹中堅痞如石." 周卽以消石・雄黃煮而飮之, 立吐一物, 不數寸, 其大如指. 細視之, 鱗甲備具. 投之以水, 俄頃長數尺. 周遽以苦酒沃之, 復如故形. 以器覆之, 明日, 器中已生一龍矣.

* 이 고사는 《태평광기》 권219 〈의·주광〉에 실려 있다.

1 미(美) : 《태평광기》 명초본에는 "갱(羹)"이라 되어 있는데, 문맥상 보다 타당하다.

42-12(1214) 도성의 의원과 조경

경성의 · 조경(京城醫 · 趙卿)

출《북몽쇄언》

당(唐)나라 때 도성에 한 의원이 있었는데, 그의 성명은 잊어버렸다. 한 부인이 남편을 따라 남쪽으로 가던 중 실수로 벌레 한 마리를 먹은 것 같다고 의심하다가 이로 인해 병이 생겼는데, 여러 차례 치료했지만 낫지 않자 그 의원에게 봐 달라고 청했다. 그 의원은 그녀의 병세를 알고, 주인집의 유모들 중에서 입이 무거운 사람 한 명을 데려와 미리 조심시키며 말했다.

"지금 병자에게 약을 먹여 토하게 할 것이니 접시에 받아 내기만 하시오. 그리고 토할 때 작은 두꺼비 한 마리가 걸어 나갔다고만 말하시오. 하지만 병자에게 이게 속임수라는 걸 절대 알게 해서는 안 되오."

유모가 의원의 지시대로 했더니 그 병은 영원히 사라졌다. 미 : 의심으로 병이 생겼으니 의심이 풀리자 병이 없어졌다. 궁사(弓蛇)의 일30)이 이것과 비슷하다.

---

30) 궁사(弓蛇)의 일 : 이른바 "배궁사영(杯弓蛇影)"을 말한다. "술잔 속에 비친 활 그림자를 뱀으로 착각하다"라는 뜻으로, 쓸데없는 의심

또 한 젊은이가 있었는데, 눈 속에 늘 작은 거울이 어른거렸다. 젊은이가 의원 조경에게 진찰하게 했더니, 조경은 젊은이에게 내일 아침에 생선회를 대접하겠다고 약속했다. 젊은이가 약속한 시간에 맞춰 조경의 집으로 갔더니, 조경은 젊은이를 안으로 맞아들이며 조용히 기다리고 있으면 손님이 물러간 후에 대접하겠다고 했다. 잠시 후 상을 차렸는데, 단지 겨자초 한 사발만 있을 뿐 다른 음식은 없었다. 정오가 되었지만 주인이 나오지 않자 젊은이는 몹시 배가 고팠는데, 게다가 초의 냄새까지 맡았으니 어쩔 수 없이 조금 찍어 먹었다. 잠시 후 또 먹었더니 가슴이 확 뚫리는 것이 느껴지면서 눈에 어른거리는 것이 보이지 않자, 사발 바닥이 드러나도록 다 먹었다. 조경은 그 사실을 알고 나서 그제야 나왔다. 젊은이가 초를 먹은 것을 부끄러워하며 사과하자 조경이 말했다.

"당신은 이전에 회를 너무 많이 먹으면서 초간장을 충분히 먹지 못했고, 또 생선 비늘이 가슴 속에 걸려 있어서 눈이

으로 지나치게 근심하는 것을 비유한다. 후한 응소(應劭)의 《풍속통의(風俗通義)》와 《진서(晉書)》 〈악광전(樂廣傳)〉에서 유래했다. 〈악광전〉에 따르면, 진나라 때 악광이 손님을 초청해 주연을 베풀었는데, 그 중 한 사람이 벽에 걸린 활 그림자가 술잔에 비친 것을 뱀으로 잘못 알고 뱀을 삼켰다고 생각해서 병이 났다고 한다.

어른거렸던 것입니다. 아까 초간장을 준비해 두었던 것은 당신을 시장하게 해서 그것을 먹게 하기 위함이었으니, 과연 그 병을 낫게 했습니다. 생선회를 대접하겠다는 말은 속임수였습니다."

唐時京城有醫人, 忘其姓名. 有一婦人, 從夫南中, 曾疑誤食一蟲, 由是成疾, 頻療不愈, 請看之. 醫者知其所患, 乃請主人姨嬭中謹密者一人, 預戒之曰:"今以藥吐瀉, 但以盤盂盛之. 當吐之時, 但言有一小蝦蟆走去. 然切不得令病者知是誑紿也." 其嬭僕遵之, 此疾永除. 眉:以疑致病, 疑釋病除. 弓蛇之事類此.

又有一少年, 眼中常見一小鏡子. 俾醫工趙卿診之, 與少年期, 來晨以魚鱠奉候. 少年及期赴之, 延於內, 且令從容, 候客退後方接. 俄而設臺子, 止施一甌芥醋, 更無他味. 迨日中, 主人未出, 少年饑甚, 且聞醋香, 不免輕啜之. 逡巡又啜之, 覺胸中豁然, 眼花不見, 因竭甌啜之. 趙卿知之, 方出. 少年以啜醋慚謝, 卿曰:"郎君先因喫鱠太多, 醬醋不快, 又有魚鱗在胸中, 所以眼花. 適來所備醬醋, 祇欲郎君因饑以啜之, 果愈此疾. 烹鮮之會, 乃權詐也."

* 이 고사는 《태평광기》 권219 〈의·원항(元頑)〉에 실려 있다.

42-13(1215) 양혁

양혁(梁革)

출《속이록(續異錄)》

금오기조(金吾騎曹) 양혁은 [고대의 명의인] 화(和)와 편작(扁鵲)의 의술을 터득했는데, [당나라] 대화(大和) 연간(827~835) 초에 완릉(宛陵)의 순관(巡官)으로 있었다. 안찰사(按察使) 우오(于敖)에게 연자(蓮子)라는 여종이 있었는데, 우오는 그녀를 몹시 총애했다. 그러나 그녀는 어느 날 농담 때문에 죄를 얻어 쫓겨나 팔리는 신세가 되었고, 시장 관리가 그녀의 몸값을 700민(緡: 1민은 1000냥)으로 정했다. 종사어사(從事御史) 최(崔) 아무개라는 사람이 이를 듣고 연자를 불러 양혁에게 그녀를 진맥해 달라고 청했더니 양혁이 말했다.

"20년간은 병이 없을 사람입니다."

최 아무개는 기뻐하며 연자를 집에 두기로 하고, 그녀의 몸값을 우오에게 보냈다. 우오는 한 번 홧김에 자기가 사랑하는 여종을 쫓아냈는데, 모르는 사람에게 팔렸다면 그만이지만 최 아무개가 그녀를 차지했다는 소식을 듣자 불쾌함을 얼굴에 드러냈다. 그러나 다시 불러들일 수도 없는 상황이었으므로 늘 이 일을 마음에 담아 두고 있었다. 그런데 1년도 안 되어 연자가 갑자기 죽었다. 양혁은 그때 외부 역참에 일이 있었는데, 돌아오는 길에 성문에서 상여 수레와 마주쳤다. 최 아무개 집의 사람 중에 상여 수레 줄을 잡고 있는 사람에게 양혁이 누구의 장례냐고 물었더니, 그 사람이 "연자입니다"라고 말했다. 그러자 양혁은 상여를 되돌리라고 소리치면서 최 아무개에게 달려가서 고했다.

"연자는 죽지 않았고 시궐(尸蹶 : 가사 상태)일 뿐이니, 청컨대 제가 그녀를 소생시키겠습니다." 미 : 이를 통해 살펴보면, 세상에 훌륭한 의원이 없어서 억울하게 죽은 사람이 많을 것이다.

최 아무개가 발끈하며 말했다.

"너는 연자가 20년간 병이 없을 것이라고 했지만 1년 만에 죽어 버렸다! 지금 상여를 되돌렸으니 만약 살려 낼 수 없다면 어찌하겠느냐?"

양혁이 말했다.

"만약 살려 낼 수 없다면 저는 기꺼이 죽음으로 사과하길 청합니다."

그러고는 관을 들고 돌아오게 해서 관을 부수고 그녀를 꺼낸 뒤, 그녀의 심장과 배꼽 아래의 여러 곳을 찌르고 이 하나를 뽑아내서 한 약숟가락의 약을 입 속으로 넣었다. 또 그녀에게 홑옷을 입히고 빈 침상에 뉘어 흰 비단으로 손과 발을 묶은 뒤, 약한 불을 침상 아래 지펴 놓고 나서 말했다.

"이 불이 사그라지면 연자는 살아날 것입니다."

그러고는 또 사람들에게 주의를 주며 말했다.

"파로 죽을 쒀 놓고 기다리시오. 숨통이 트이면 마치 미친 듯이 날뛸 테지만 절대 일어나게 해서는 안 되오. 잠시 후면 저절로 안정될 것이고 안정되면 피곤해할 것이니, 그 즉시 묶은 것을 풀어 주고 파 죽을 먹이시오. 만약 한창 발광할 때 일어나게 한다면 그땐 내가 알 바가 아니오."

말을 마치고는 다시 관부로 들어가서 최 아무개에게 말했다.

"연자는 곧 살아날 것입니다."

최 아무개는 화를 풀고 양혁을 붙들어 청사에 앉게 했다. 잠시 후 연자가 마침내 살아났다. 관리가 우오에게 보고하자 우오가 최 아무개에게 급히 편지를 보냈다.

"연자가 다시 살아났다는데 무슨 의술이오?"

그러고는 양혁과 함께 최 아무개에게 갔는데, 문에 들어서자 연자가 나와서 맞이했다. 우오는 크게 기이해했다. 또한 연자가 최 아무개를 모시는 것은 원래 그의 뜻이 아니었으므로, 연자를 양혁에게 주라고 최 아무개에게 권했다. 최 아무개도 연자가 이가 없는 것이 싫었고 또 우오를 존중했으므로 결국 연자를 양혁에게 주었다. 양혁이 신약(神藥)을 연자의 이에 발랐더니, 한 달도 안 되어 이가 돋아나 예전처럼 되었다.

金吾騎曹梁革得和・扁之術, 大和初, 爲宛陵巡官. 按察使于敖有靑衣曰蓮子, 念之甚厚. 一旦以笑語獲罪, 斥出貨焉, 市吏定直曰七百緡. 從事御史崔某者聞而召焉, 請革評其脈, 曰: "二十春無疾之人也." 崔喜, 留之, 送其直於敖. 敖以一怒逐其所愛, 售於不識者, 亦已矣, 聞屬崔, 慍形於色. 然勢難復召, 常貯於懷. 未一年, 蓮子暴死. 革方有外郵之事, 回見城門, 逢柩車. 崔人有執紼者, 問其所葬, 曰: "蓮子也." 呼載歸, 而奔告崔曰: "蓮子非死, 蓋尸蹶耳, 請甦之." 眉: 由此觀之, 世無良醫, 枉死者多矣. 崔勃然曰: "汝謂二十春無疾者, 一年而死! 今以柩還, 脫不能生, 如何?" 革曰: "苟不能生, 革請就死以謝過." 乃令舁歸, 破棺出之, 刺其心及臍下各數處, 鑿去一齒, 以藥一刀圭納於口中. 衣以單衣, 臥空床上, 以練素縛其手足, 置微火於床下, 曰: "此火衰, 蓮子生矣." 且戒其徒: "煮蔥粥伺焉. 其氣通若狂者, 愼勿令起. 逡巡自定, 定而困, 卽解其縛, 以蔥粥灌之. 若正狂令起, 非吾之所知也." 言竟, 復入府謂崔曰: "蓮子卽生矣." 崔大釋其怒, 留坐廳事. 俄而蓮子遂活. 吏報敖, 敖飛牘於崔: "蓮子復生, 乃何術也?" 仍與革偕歸, 入門則蓮子來迎矣. 敖大奇之. 且夫蓮子事崔也, 非素意, 因勸以與革. 崔亦惡其無齒, 又重敖, 遂與之. 革乃以神藥傅齒, 未踰月而齒生如故.

* 이 고사는 《태평광기》 권219 〈의·양혁〉에 실려 있다.

42-14(1216) 양신과 조악

양신 · 조악(梁新 · 趙鄂)

출《북몽쇄언》

 당(唐)나라의 최현(崔鉉)이 저궁(渚宮 : 강릉)을 진수하고 있을 때, 한 부상(富商)이 배에 머물고 있다가 한밤중에 갑자기 죽었는데, 새벽이 되도록 숨이 여전히 끊어지지 않았다. 강 언덕에 있던 무릉(武陵)의 의원 양신이 소식을 듣고 그를 진찰하고 나서 말했다.

"이건 식중독이오. 요 이삼일 동안 바깥 음식을 드시지 않았소?"

하인이 말했다.

"주인어른은 배 밖으로 거의 나가지 않으시고, 또 다른 사람이 내는 음식도 드시지 않습니다."

양신이 말했다.

"평소에 뭘 즐겨 드시오?"

하인이 말했다.

"죽계(竹鷄 : 왜가리)를 좋아하셔서 매년 수백 마리 이상은 드십니다."

양신이 말했다.

"죽계는 반하(半夏)[31]를 먹으니 필시 반하의 독일 것이오."

그러고는 생강을 빻아 즙을 내게 한 뒤 이를 부러뜨리고 즙을 흘려 넣었더니, 부상이 다시 살아났다. 최현은 그 일을 듣고 기이해하며 양신을 불러들여 상을 내리고, 노복·말·돈·비단을 주어 도성으로 들어가게 했으며, 조정 관리들에게 편지를 보냈다. 양신은 명성을 크게 떨쳐 벼슬이 상약봉어(尙藥奉御)에 이르렀다.

한 조정 관리가 양신을 찾아오자 양신이 말했다.

"어찌하여 일찍 찾아와 보지 않았습니까? 풍질(風疾)이 이미 깊어졌으니 속히 돌아가서 집안일을 처리하십시오."

조정 관리는 황급히 퇴청을 고하고 말을 채찍질해 돌아갔다. 당시 부주(鄜州)의 마의(馬醫) 조악이란 자가 막 도성에 도착해서 대로변에 자신의 성명을 써 붙이고 "의술 전공"이라고 적어 놓았다. 그래서 조정 관리가 말에서 내려 조악에게 자신의 병세를 알려 주었더니, 조악 역시 양생(梁生: 양신)과 마찬가지로 병이 위독하다고 하면서 그에게 말했다.

"한 가지 방법이 있긴 합니다. 나리께서는 소리(消梨)[32]

---

31) 반하(半夏) : 천남성과의 여러해살이풀로 맛이 맵고 독이 있다.
32) 소리(消梨) : 약으로 쓰는 둥글고 붉은빛이 나는 배. 향수리(香水梨)라고도 한다.

를 드시되 양을 제한하지 마십시오. 씹어 먹기가 힘들 경우 즙을 짜서 마시면, 혹시 만에 하나의 희망을 기대해 볼 수도 있을 것입니다." 미 : 소리가 풍을 낫게 한다.

그 조정 관리는 즉시 서통(書筒 : 편지를 담는 통)을 맡기고 소리를 사서 말 위에서 곧바로 먹었다. 집에 도착해서 열흘 동안 소리만 먹었더니, 갑자기 상쾌함이 느껴지면서 병세가 일어나지 않았다. 그는 다시 조생(趙生 : 조악)을 찾아가서 감사드리고, 또 양 봉어(梁奉御 : 양신)를 찾아가서 조생의 가르침으로 살아났다고 말했다. 양 공(梁公 : 양신)이 경이로워하며 말했다.

"대국(大國)에는 반드시 계승자가 한 명 있어야 합니다."

그러고는 조생을 불러 노복·말·돈·비단을 주고 그의 명성을 널리 퍼뜨렸다. 조생은 벼슬이 태복경(太僕卿)에 이르렀다. 미 : 명의는 사람을 꺼리지 않는다.

唐崔鉉鎭渚宮, 有富商船居, 中夜暴亡, 待曉, 氣猶末絶. 岸有武陵醫工梁新聞之, 乃與診視曰: "此乃食毒也. 三兩日非外食耶?" 僕夫曰: "主翁少出舫, 亦不食於他人." 新曰: "尋常嗜食何物?" 僕夫曰: "好食竹鷄, 每年不下數百隻." 梁新曰: "竹鷄喫半夏, 必是半夏毒也." 命擣薑振汁, 折齒而灌, 由是而甦. 崔聞而異之, 召至稱獎, 資以僕馬錢帛入京, 致書於朝士. 聲名大振, 仕至尙藥奉御.
有一朝士詣之, 梁曰: "何不早見示? 風疾已深矣, 請速歸處置家事." 朝士惶遽告退, 策馬而歸. 時有鄜州馬醫趙鄂者,新到京都, 於通衢自牓姓名, 云"攻醫術". 此朝士下馬告之, 趙鄂亦言疾危, 與梁生同, 謂曰:"卽有一法. 請官人喫消梨, 不限多少. 咀齝不及, 捩汁而飲, 或希萬一." 眉:消梨愈風. 此朝士卽以書筒質消梨, 馬上旋齝. 行到家, 旬日唯喫消梨, 頓覺爽朗, 其恙不作. 却訪趙生感謝, 又訪梁奉御, 且言得趙生所教. 梁公驚異, 且曰:"大國必有一人相繼者." 遂召趙生, 資以僕馬錢帛, 廣爲延譽. 官至太僕卿. 眉:名醫不忌人.

* 이 고사는 《태평광기》 권219 〈의·양신 조악〉에 실려 있다.

42-15(1217) 나병 치료 의원

대풍의(大風醫)

출《옥당한화(玉堂閑話)》

강회(江淮)의 주군(州郡)에는 대나무 집이 많았기에 만에 하나 불을 조심하지 않으면, 수백 수천 칸의 집이 즉시 재로 변했기 때문에 불에 관한 법령이 가장 엄했다. 고병(高騈)이 유양(維揚 : 양주)을 진수할 때, 한 술사(術士)의 집에서 불이 번져 나가 수천 호(戶)를 태웠기에, 이 일을 주관하던 관리가 술사를 체포해 법대로 처형하려 했다. 술사는 처형에 임해서 형 집행자에게 말했다.

"저의 잘못을 어찌 한 번의 죽음으로 사죄할 수 있겠습니까? 그러나 제게 사람을 구제할 수 있는 보잘것없는 기술이 있으니, 한 사람에게 전수할 수만 있다면 죽어도 여한이 없겠습니다."

당시 고병은 방술(方術)을 좋아했으므로, 형 집행자는 즉시 처형을 늦추고 달려가서 고병에게 아뢰었다. 고병이 술사를 불러 친히 물었더니 술사가 말했다.

"제게 다른 기술은 없고 오직 나병을 잘 고칩니다."

고병이 말했다.

"확인할 수 있겠느냐?"

술사가 대답했다.

"복전원(福田院)에서 가장 병이 심한 자 한 명을 골라 시험해 보겠습니다."

마침내 그 말대로 하라고 하자, 술사가 환자를 밀실에 두고 유향주(乳香酒) 몇 되를 마시게 했더니, 환자가 몽롱하게 의식을 잃었다. 이에 술사는 예리한 칼로 환자의 뇌를 갈라 두 손 가득 벌레를 끄집어냈는데, 길이가 겨우 2촌이었다. 그런 연후에 고약으로 절개한 부위를 봉하고 따로 약을 복용하게 했으며, 음식과 행동거지 등의 안배를 다시금 조절해 주었다. 열흘 남짓 지나자 상처가 다 아물었고, 겨우 한 달 만에 눈썹과 수염이 다시 났으며, 피부에 윤택이 도는 것이 환자 같지 않았다. 고병은 이 술사를 예우해 상객(上客)으로 삼았다.

江淮州郡多竹屋, 一不愼火, 千百間立成煨燼, 故火令最嚴. 高駢鎭維揚之歲, 有術士之家延火, 燒數千戶, 主者錄之付法. 臨刃, 謂監刑者曰: "某之愆尤, 一死何辭? 然某有薄技, 可以濟人, 得傳授一人, 死無恨矣." 時駢好方術, 監刑者卽緩之, 馳白於駢. 駢召入, 親問之, 曰: "某無他術, 唯善醫大風." 駢曰: "可以核之?" 對曰: "但於福田院選一最劇者, 可以試之." 遂如言, 乃置患者於密室中, 飮以乳香酒數升, 則憪然無知. 以利刀開其腦縫, 挑出蟲可盈掬, 長僅二寸. 然後以膏藥封其瘡, 別與藥服之, 而更節其飮食動息之候. 旬餘, 瘡盡愈. 纔一月, 眉鬚已生, 肌肉光淨, 如不患者. 駢禮術士爲上客.

* 이 고사는 《태평광기》 권219 〈의 · 고병(高騈)〉에 실려 있다.

42-16(1218) 복 받은 의원

복의(福醫)

출《옥당한화》

장안(長安)이 매우 번성했을 때 서시(西市)에서 탕약을 파는 가게가 하나 있었는데, 일반적인 약재를 쓸 뿐이고 약에 넣는 재료도 몇 가지에 지나지 않았다. 맥을 짚어 보는 것도 아니었고, 어디가 아프냐고 묻지도 않았다. 100전에 약 한 첩을 팔았는데, 입에 들어가기만 하면 병이 나았다. 늘 넓은 집 안에 커다란 솥을 놓고, 밤낮으로 쪼개고 자르고 달이고 끓이면서 약을 대느라 쉴 새가 없었다.

사람들은 원근을 막론하고 다들 와서 약을 사 갔다. 시장 문에 사람들이 줄을 서서 온 도성이 떠들썩했다. 금덩이를 들고 문 앞을 지켜 서서 닷새나 이레를 기다려도 탕약을 받지 못한 사람까지 있었으니, 엄청나게 많은 돈을 벌었다. 당시 전영자(田令孜)가 병이 났는데, 나라 안의 의원을 두루 불러들이고 국사(國師)나 대조[待詔 : 한림원의 의대조(醫待詔)]까지 왔지만 효과가 전혀 없었다. 어떤 친지가 전영자에게 말했다.

"서시에 탕약 파는 가게가 있는데, 한번 시험해 봐도 무방하지 않겠습니까?"

전영자가 말했다.

"그럽시다."

이에 하인을 보내 급히 말을 타고 가서 탕약을 구해 오게 했다. 하인은 탕약을 얻자 다시 말을 달려 돌아오다가 거의 동네 근처까지 왔을 때 말이 넘어지는 바람에 탕약을 쏟았다. 하인은 엄한 질책을 받을까 봐 두려웠고 또 다시 가서 가져올 수도 없기에, 한 염색집을 찾아가 구정물 한 병을 얻어서 바쳤다. 전영자는 그것을 먹고 병이 즉시 나았다. 전영자는 병이 나은 것만 알고 그 약이 어디서 온 것인지는 모르고서 그 탕약 가게에 아주 후하게 상을 내렸다. 탕약 가게는 명성이 더욱 높아졌으니, 이는 아마도 복의(福醫 : 복 받은 의원)일 것이다. 근래에 업도(鄴都)의 장 복의(張福醫)라는 자도 이와 같은 경우로, 아주 많은 재산을 모았다.

長安完盛日, 有一家於西市賣飲子, 用尋常之藥, 不過數味. 亦不閑方脈, 無問是何疾苦. 百文售一服, 入口而愈. 常於寬宅中置大鍋鑊, 日夜剉斫煎煮, 給之不暇. 人無遠近, 皆來取之. 門市騈羅, 喧闐京國. 至有賣金守門, 五七日間, 未獲給付者, 獲利甚極. 時田令孜有疾, 海內醫工召遍, 至於國師待詔, 了無其徵. 有親知白田曰: "西市飲子, 何妨試之?" 令孜曰: "可." 遂遣僕人馳乘往取. 僕人得藥, 鞭馬而回, 將及近坊, 馬蹶而覆之. 僕旣懼其嚴難, 不復往取, 遂詣一染坊, 丐得池脚一瓶子以獻. 旣服之, 其病立愈. 田亦祇知病愈, 不知藥之所來, 遂償藥家甚厚. 飲子之家, 聲價轉高, 此蓋福醫也. 近年, 鄴都有張福醫者亦然, 積貨甚廣.

* 이 고사는《태평광기》권219〈의・전영자(田令孜)〉에 실려 있다.

42-17(1219) 대장장이

정교장(釘鉸匠)

출《옥당한화》

중서사인(中書舍人) 우구(于遘)는 일찍이 뱀독에 쏘였는데, 치료할 길이 없자 오래도록 휴가를 내고, 먼 곳으로 의원을 찾아가려던 참이었다. 하루는 지팡이를 짚고 중문 밖에 앉아 있었는데, 우연히 한 대장장이가 지나가다 그를 보고 묻자, 우구가 괴로운 일을 말해 주었더니 대장장이가 말했다.

"저도 그 병에 걸렸는데, 좋은 의원을 만나 저를 위해 뱀 한 마리를 끄집어내 주어서 나았습니다. 저 역시 그 기술을 전수받았습니다."

우구가 기뻐하며 그에게 부탁하자 그가 말했다.

"이는 사소한 일일 뿐입니다. 내일 아침에 식사를 하지 말고 계시면 제가 반드시 오겠습니다."

다음 날 과연 그가 와서 우구에게 처마 밑에 서서 밝은 곳을 향해 입을 벌리게 하고는 집게를 들고 기다렸다. 막 집게로 집으려 할 때 발이 삐끗하는 바람에 놓쳐 버리자, 그는 다시 내일 오겠다고 약속했다. 하룻밤이 지나 그가 다시 와서 정신을 집중하고 기다리고 있다가 단번에 집어냈는데, 그

뱀은 이미 2촌 남짓 되었고 적색이었으며 굵기가 비녀 다리만 했다. 대장장이가 급히 불을 가져오게 해서 태웠더니 우구의 병이 마침내 나았다. 그 대장장이는 또한 우구가 주는 선물을 받지 않고 다만 이렇게 말했다.

"저는 사람을 구하겠다고 맹세했습니다."

그는 그저 술 몇 잔만 마신 뒤에 떠났다.

中書舍人于遘, 嘗中蠱毒, 醫治無門, 遂長告, 欲遠適尋醫. 一日, 策杖坐於中門之外, 忽有釘鉸匠見而問之, 告以所苦, 匠曰:"某亦曾中此, 遇良工爲某鈐出一蛇而愈. 某亦傳得其術." 遘欣然, 且祈之, 彼曰:"此細事耳. 來早請勿食, 某當至矣." 翌日果至, 請遘於舍檐下, 向明張口, 執鈐俟之. 及欲夾之, 差跌而失, 則又約以來日. 經宿復至, 定意伺之, 一夾而中, 其蛇已及二寸許, 赤色, 粗如釵股矣. 遽命火焚之, 遘遂愈. 其匠亦不受贈遺, 但云:"某有誓救人." 唯引數觴而別.

* 이 고사는《태평광기》권219〈의·우구(于遘)〉에 실려 있다.

42-18(1220) 약에 대한 잡설

잡설약(雜說藥)

출《조야첨재》

야갈(冶葛)33)은 먹으면 즉사한다. 야갈이 있는 곳에는 백등(白藤)34)의 꽃이 있는데, 그것으로 야갈의 독을 풀 수 있다. 짐조(鴆鳥)35)가 물을 마시는 곳에는 무소가 있는데, 미 : 《포박자(抱朴子)》에 따르면, 무소뿔로 비녀를 만들어 독약을 넣어 끓여 만든 탕을 그 비녀로 휘저으면 온통 흰 거품이 생기면서 더 이상 독이 없어진다. 무소는 그 물에 뿔을 씻지 않는다. 그 물을 다른 동물들이 마시면 반드시 죽는데, 짐조가 독사를 먹기 때문이다.

의서(醫書)에 따르면, 호랑이가 독화살을 맞으면 깨끗한

---

33) 야갈(冶葛) : 독초의 일종으로, 호만초(胡蔓草)·단장초(斷腸草)·수장초(水葬草)·구문(鉤吻) 등으로도 불린다.

34) 백등(白藤) : 성등(省藤)이라고도 한다. 종려과(棕櫚科)에 속하며, 줄기 전체를 해독하는 약으로 쓴다.

35) 짐조(鴆鳥) : 독조(毒鳥)의 이름. 수컷은 운일(運日)이라 하고, 암컷은 음해(陰諧)라고 한다. 몸은 검고 눈알은 붉으며 살모사와 칡을 먹고 사는데, 온몸에 독기가 있어서 그 깃을 술에 담가 짐주(鴆酒)를 만들어 사람을 독살하는 데 사용했다.

진흙을 먹고, 멧돼지가 독화살을 맞으면 제니(薺苨 : 모싯대)36)를 파서 먹으며, 꿩이 매에게 상처를 입으면 상처에 지황(地黃)37)의 잎을 붙인다고 한다. 또 여석(礜石)38)은 쥐에게 해를 입힐 수 있다고 하는데, 일찍이 장작(張鷟 : 《조야첨재》의 찬자)이 그것을 시험해 보았더니 쥐가 술에 취한 듯 중독되어 사람도 알아보지 못한 상태에서 진흙탕 물을 찾아 마시더니 잠시 후에 회복되었다. 금수나 곤충 같은 동물들도 독을 해독할 줄 아는데 하물며 사람에 있어서랴! 누에에게 물린 사람은 갑충(甲蟲)의 가루를 붙이고, 말에게 물린 사람은 채찍 끝을 태워 그 재를 바르는데, 이는 대개 상극(相克)이 되는 것을 취한 것이다. 거미에게 물린 사람은 웅황(雄黃)39)의 가루를 붙이고, 끊어진 힘줄을 붙여야 하는 사람

---

36) 제니(薺苨) : 모싯대. 초롱꽃과의 다년생 초본 식물로, 한방에서 그 뿌리를 '제니'라고 하며 약용한다. 여러 독을 풀고 뱀에게 물리거나 독화살에 다친 상처를 치료하는 데 사용한다.

37) 지황(地黃) : 현삼과의 다년생 초본 식물로, 약용 식물로 재배한다. 한방에서는 뿌리의 생것을 생지황(生地黃), 건조한 것을 건지황(乾地黃), 쪄서 말린 것을 숙지황(熟地黃)이라고 한다.

38) 여석(礜石) : 유황을 함유한 광물질로 독사(毒砂)라고도 하며, 더운 성질을 가지고 있다. 그것을 구워 명반(明礬)으로 만들어 옷감에 물을 들이거나 가죽을 다룰 때 사용한다. 예로부터 여석이 나는 산골짜기에는 초목이 자라지 않고 서리나 눈이 쌓이지 않으며 간혹 온천이 있다고 한다.

은 선복화(旋覆花)40)의 뿌리를 짜서 즙을 내 끊어진 힘줄을 마주 대고 그 즙을 바른 뒤에 봉해 놓으면 금방 예전처럼 힘줄이 이어진다. 촉(蜀) 지방의 동복들이 달아나면 대부분 그들의 힘줄을 끊어 버리는데, 이것으로 끊어진 힘줄을 이으면 백에 하나도 붙지 않는 경우가 없다.

冶葛食之立死. 有冶葛處, 卽有白藤花, 能解冶葛毒. 鴆鳥食水之處, 卽有犀牛, 眉 : 按《抱朴子》, 以犀爲釵導, 煮毒藥爲湯, 以釵攪之, 皆生白末, 無復毒矣. 犀牛不濯角. 其水物食之必死, 爲鴆食蛇之故.
醫書言, 虎中藥箭, 食淸泥, 野猪中藥箭, 豗薺苨而食, 雉被鷹傷, 以地黃葉帖之. 又礜石可以害鼠, 張鷟曾試之, 鼠中毒如醉, 亦不識人, 猶知取泥汁飮之, 須臾平復. 鳥獸蟲物猶知解毒, 何況人乎! 被蠆螫者, 以甲蟲末傅之, 被馬咬者, 以燒鞭鞘灰塗之, 蓋取其相服也. 蜘蛛螫者, 雄黃末傅之, 筋斷須續者, 取旋覆根絞取汁, 以筋相對, 以汁塗而封之, 卽相續如故. 蜀兒奴逃走, 多刻筋, 以此續之, 百不失一.

39) 웅황(雄黃) : 약으로 사용하는 광석으로, 석웅황(石雄黃)이라고도 한다. 산의 양지쪽에서 캔 것을 웅황이라 하고, 음지쪽에서 캔 것을 자황(雌黃)이라 한다. 피부의 헌데와 옴을 치료하는 데 사용한다.
40) 선복화(旋覆花) : 국화과의 다년생 초본 식물로, 어린잎은 식용하고, 7~8월에 피는 노란 꽃은 약용한다. 금불초(金佛草) · 금비초(金沸草) · 하국(夏菊) 등의 별칭이 있다.

* 이 고사는 《태평광기》 권220 〈의·야갈짐(冶葛鴆)〉과 〈잡설약〉에 실려 있다.

이질(異疾) 부(附)

42-19(1221) 장문중

장문중(張文仲)

출《조야첨재》

낙주(洛州)의 어떤 선비가 응병(應病)⁴¹⁾에 걸려서 말만 하면 목구멍에서 ['응' 소리가 나면서] 거기에 응답했다. 그는 장문중이라는 명의에게 자신의 병에 대해 물어보았는데, 장문중은 하룻밤을 지내면서 생각하다가 한 가지 방법을 찾아냈다. 바로 《본초경(本草經)》을 가지고 선비에게 읽게 했더니 모두 응답했는데, 선비가 두려워하는 것에 이르자 소리를 내지 않았다. 이에 장문중이 [선비의 목구멍이 응답하지 않았을 때 읽었던] 약초들을 가져와 배합해 환약을 만들어서 복용하게 했더니, 즉시 병이 나았다. 미 : 총명하다. 일설에는 병에 대해 물어봤던 의원이 소징(蘇澄)이었다고도 한다.

평 : 《문창잡록(文昌雜錄)》을 살펴보니, 회서(淮西)의 선비 양면(楊勔)이 일찍이 이 병에 걸렸는데, 유백시(劉伯時)

---

41) 응병(應病) : 말을 하면 목구멍에서 '응' 하는 소리가 난다고 전해지는 괴이한 병으로, 몸속에 응성충(應聲蟲)이 있어서 생긴다고 한다.

가 그에게 《본초경》을 읽게 했더니 뇌환(雷丸)[42]에 이르렀을 때만 응 소리를 내지 않자, 마침내 뇌환 몇 알을 먹게 했더니 병이 나았다.

洛州有士人患應病, 語卽喉中應之. 以問善醫張文仲, 張經夜思之, 乃得一法. 卽取《本草》令讀之, 皆應, 至其所畏者, 卽不言. 仲乃錄取藥, 合和爲丸, 服之, 應時而止. 眉 : 聰明. 一云, 問醫蘇澄云.
評 : 按《文昌雜錄》, 淮西士人楊勔曾得此疾, 劉伯時敎以讀《本草》, 至雷丸, 獨不應, 遂餌數粒而愈.

* 이 고사는 《태평광기》 권218 〈의·장문중〉에 실려 있다.

[42] 뇌환(雷丸) : 참대 뿌리에 기생하는 구멍버섯과의 식물인 뇌환균의 균핵을 말린 것으로, 구충제로 사용한다.

42-20(1222) 강남의 상인

강표상인(江表商人)

출《유양잡조》

일찍이 강표(江表 : 강남)의 한 상인이 왼쪽 팔에 상처가 생겼는데, 꼭 사람 얼굴과 같았고 다른 고통은 없었다. 상인이 장난삼아 그 얼굴의 입 속에 술을 몇 방울 떨어뜨렸더니 얼굴이 붉게 변했으며, 음식을 먹여 주어 많이 먹으면 팔뚝 속의 살이 늘어나면서 마치 그 안에 위(胃)라도 있는 것 같았다. 간혹 먹을 것을 주지 않으면 팔뚝도 야위었다. 어떤 뛰어난 의원이 그에게 여러 약을 차례로 시험해 보면서 금(金)·석(石)·초(草)·목(木)을 모두 써 보았는데, 패모(貝母)[43]에 이르자 그 상처가 즉시 눈썹을 모으고 입을 닫았다. 상인이 기뻐하며 말했다.

"이 약이면 반드시 치료되겠구나!"

그리하여 작은 갈대 대롱으로 그 얼굴의 입을 뚫고 약을 부어 넣자 며칠 후에 딱지가 생기더니 마침내 나았다.

---

43) 패모(貝母) : 백합과에 속하는 다년생 초본 식물. 관상용 또는 약용으로 쓰인다.

江表嘗有商人, 左臂有瘡, 悉如人面, 亦無他苦. 商人戲滴酒口中, 其面亦赤, 以物食之, 食多, 覺膊內肉漲起, 疑胃在其中也. 或不食之, 則一臂痹焉. 有善醫者, 敎其歷試諸藥, 金石草木悉試之, 至貝母, 其瘡乃聚眉閉口. 商人喜曰 : "此藥必治也!" 因以小葦筒毀其口, 灌之, 數日成痂, 遂愈.

* 이 고사는 《태평광기》 권220 〈이질·후우현(侯又玄)〉에 실려 있다.

42-21(1223) 강주의 승려

강주승(絳州僧)

출《광오행기(廣五行記)》

[당나라] 영휘(永徽) 연간(650~656)에 강주의 한 스님이 목이 메는 병을 앓아 음식을 전혀 넘기지 못한 채 그렇게 몇 년을 지냈다. 임종할 때 제자에게 말했다.

"내가 숨이 끊어지고 난 후에 내 가슴과 목구멍을 가르고 어떤 물체가 있는지 보아라. 병의 근원을 알고 싶구나."

스님은 말을 마치고 죽었다. 제자가 그의 말대로 시신을 갈라 보았더니 가슴 속에서 한 물체가 나왔는데, 물고기와 비슷한 모양에 두 개의 머리가 있었으며 온몸이 모두 비늘로 덮여 있었다. 제자가 그것을 바리때 속에 담았더니 쉬지 않고 펄떡였다. 제자가 장난삼아 여러 가지 음식을 바리때에 넣었더니, 그 물체가 음식을 먹는 것은 보이지 않았으나 잠시 후에는 음식이 모두 물로 변해 버렸다. 또 여러 가지 독약을 안에 넣었더니 역시 모두 그대로 녹아 버렸다. 당시는 여름이라 쪽이 익어 절의 사람들이 물가에서 청대(靑黛 : 쪽으로 만드는 푸른 염료)를 만들고 있었는데, 한 스님이 갔다가 청대를 바리때에 조금 넣었더니 그 벌레가 두려워하면서 바리때를 돌며 내달리다가 잠시 후에 물로 변해 버렸다. 이

것이 세상에 전해져서 청대 물로 목이 메는 병을 치료하게 되었다.

永徽中, 絳州有一僧病噎, 都不下食, 如此數年. 臨終, 謂弟子云: "吾氣絶後, 便可開吾胸喉, 視有何物. 欲知其根本." 言畢而卒. 弟子依其言開視, 胸中得一物, 形似魚而有兩頭, 遍體悉是肉鱗. 弟子致鉢中, 跳躍不止. 戲以諸味致鉢中, 雖不見食, 須臾悉化成水. 又以諸毒藥內之, 皆隨銷化. 時夏中藍熟, 寺衆於水次作靛, 有一僧往, 因以少靛致鉢中, 此蟲恇懼, 遶鉢馳走, 須臾化成水. 世傳以靛水療噎疾.

* 이 고사는 《태평광기》 권220 〈의질·강주승〉에 실려 있다.

42-22(1224) 배에 적취가 생기는 병

복하(腹瘕)

출《속수신기(續搜神記)》

 옛날에 어떤 사람이 노복과 동시에 배 속에 덩어리가 생기는 병에 걸렸다. 그는 노복이 죽자 그 배를 가르게 해서 살펴보았는데 흰 자라 한 마리가 나왔다. 그래서 온갖 약을 자라에 부어 보기도 하고 자라의 배 속에 넣어 보기도 했지만, 자라에게 아무런 해도 입힐 수 없자 평상 다리에 자라를 묶어 두었다. 어느 날 한 손님이 흰 말을 타고 그를 만나러 왔는데, 잠시 후에 말이 자라에게 오줌을 누자 자라가 놀라고 두려워하면서 재빨리 도망쳐 피했다. 하지만 자라는 묶여 있어서 도망칠 수 없었기 때문에 목과 다리를 움츠려 몸속으로 집어넣었다. 병자가 그것을 살펴보고 아들에게 말했다.

 "어쩌면 내 병을 고칠 수도 있겠구나."

 그러고는 시험 삼아 흰 말의 오줌을 자라에게 부었더니 순식간에 자라가 물로 변했다. 병자가 마침내 흰 말의 오줌을 한 되 남짓 복용했더니 병이 즉시 시원스럽게 나았다.

昔有一人, 與奴同時得腹瘕病. 奴旣死, 令剖腹視之, 得一白鱉. 乃試以諸藥澆灌之, 並內藥於腹中, 悉無損動, 乃繫鱉於床脚. 忽有一客來看之, 乘一白馬, 旣而馬溺濺鱉, 鱉乃惶駭, 疾走避之. 旣繫之, 不得去, 乃縮藏頭頸足焉. 病者察之, 謂其子曰 : "吾病或可以救矣." 乃試以白馬溺灌鱉, 須臾消成水焉. 病者遂頓服升餘白馬溺, 病卽豁然除愈.

* 이 고사는 《태평광기》 권218 〈의・복하병〉에 실려 있다.

42-23(1225) 유 녹사

유녹사(劉錄事)

출《유양잡조》

　화주(和州)의 유 녹사는 [당나라] 대력(大曆) 연간(766~779)에 관직을 그만두고 화주의 인근 현에서 살았다. 그는 혼자서 몇 인분을 먹어 치웠으며 특히 생선회를 잘 먹었는데, 회를 배불리 먹어 본 적이 없다고 늘 말했다. 그래서 그 현읍의 한 빈객이 그물로 물고기 100여 근(斤)을 잡아서 바깥 정원에 자리를 마련한 뒤 그가 젓가락질하는 것을 지켜보았다. 유 녹사는 처음에 회 몇 접시를 먹다가 갑자기 조금 목이 메는 것 같더니 이내 콩만 한 크기의 뼈 구슬 하나를 토해 내서, 그것을 차 사발 안에 놓고 접시로 덮어 두었다. 그가 회를 반도 다 먹기 전에 이상하게도 사발을 덮어 두었던 접시가 옆으로 기울자 접시를 들고 살펴보았더니, 아까의 뼈 구슬이 이미 몇 촌 크기로 자라났으며 사람의 모습을 하고 있었다. 좌중의 손님들이 다투어 그것을 살펴보았는데, 그것이 볼수록 자라나서 잠깐 사이에 사람만큼이나 자라나더니, 마침내 유 녹사를 움켜쥐고 서로 주먹다짐을 벌여 피를 흘렸다. 한참 후에 두 사람은 흩어져서 한 명은 대청의 서쪽으로 돌고 한 명은 대청의 왼쪽으로 돌아서 둘 다 후문에 이르러 서로 부딪치더니 한 사람으로 합쳐졌는데 바로 유 녹사였다. 미: 일이 매우 괴이하니 혹시 물고기가 보여 준 재앙의 징조가 아닐까? 유 녹사는 정신이 이미 나갔다가 반나절이 지나서야 비로소 말을 할 수 있었는데, 어찌 된 일인지 물었지만 모두 기억하지 못했다. 유 녹사는 이때부터 생선회를 싫어하게 되었다.

和州劉錄事者, 大曆中罷官, 居和州旁縣. 食兼數人, 尤能食鱠, 嘗言鱠味未嘗果腹. 邑客乃網魚百餘斤, 會於野庭, 觀其下箸. 劉初食鱠數楪, 忽似小哽, 因吐出一骨珠子, 大如豆, 乃置於茶甌中, 以楪覆之. 食未半, 怪覆甌楪傾側, 擧視之, 向骨珠子已長數寸, 如人狀. 座客竟¹觀之, 隨視而長, 頃刻長及人, 遂捽劉, 因相毆流血. 良久, 各散走, 一循廳之西, 一轉廳之左, 俱乃後門相觸, 翕成一人, 乃劉也. 미: 事怪甚, 得非魚祟乎? 神已癡矣, 半日方能語, 訪其所以, 皆不省之. 劉自是惡鱠.

* 이 고사는 《태평광기》 권220 〈이질·유녹사〉에 실려 있다.
1 경(竟): 《태평광기》에는 "경(競)"이라 되어 있는데, 문맥상 보다 타당하다.

42-24(1226) 구용현의 좌리

구용좌사(句容佐史)

출《광이기》

구용현의 좌사는 생선회를 수십 근(斤)이나 먹을 수 있었는데, 언제나 먹으면서도 배가 부르지 않다고 했다. 구용현령은 그가 잘 먹는다는 말을 듣고 생선회 100근을 냈는데, 좌사는 허겁지겁 다 먹고 나서 숨이 답답해짐을 느끼더니 한참 후에 미투리 밑창같이 생긴 물체 하나를 토해 냈다. 현령이 그것을 씻게 해서 생선회에 놓았더니 회가 모두 물로 변했다. 현령은 의원과 술사들에게 여러 차례 물었지만 그것을 아는 사람이 없었다. 현령은 아전에게 그것을 가지고 양주(揚州)로 가서 팔게 하면서 그 값을 높이 불러 그것을 알아보는 사람이 있기를 바랐다. 아전이 양주에 도착한 지 네댓새가 지나서 어떤 호인(胡人)이 와서 그것을 사고자 했는데, 처음에 1000냥부터 시작해서 계속 값을 올려 300관(貫 : 1관은 1000냥)에 이르자 호인이 곧 그것을 돌려주었다. 아전은 애당초 흥정할 생각이 없었기에 호인에게 말했다.

"이것은 구용현령 집안의 물건이니, 당신이 이것을 굳이 사야겠다면 나를 따라가야 합니다."

그래서 호인은 아전을 따라 구용현으로 갔다. 현령이 호인에게 이것이 무엇이냐고 묻자 호인이 말했다.

"이것은 물고기를 녹이는 정령으로, 또한 사람 배 속에 덩어리진 병을 녹일 수도 있습니다. 병을 앓는 사람에게 이것을 손끝만큼 한 조각을 떼어서 줄에 매어 아픈 곳에 놓아두면 그 덩어리가 녹아 버립니다. 우리 나라의 태자가 어려서부터 이 병을 앓고 있는데, 부왕이 병을 고쳐 줄 사람을 찾아 천금을 상으로 내걸었습니다. 당신이 만약 파신다면 큰 이익을 얻을 것입니다."

현령은 마침내 그것의 절반을 팔아서 주었다.

句容縣佐史能啖鱠至數十斤, 恒食不飽. 縣令聞其善啖, 乃出百斤, 史快食至盡, 因覺氣悶, 久之, 吐出一物, 狀如麻鞋底. 縣令命洗出, 安鱠所, 鱠悉成水. 累問醫人術士, 莫能名之. 令小吏持往揚州賣之, 高擧其價, 冀有識者. 其人至揚州四五日, 有胡求買, 初起一千, 累增至三百貫, 胡輒還之. 初無酬酢, 人謂胡曰:"是句容縣令家物, 君必買之, 當相隨去." 胡因隨至句容. 縣令問此是何物, 胡云:"此是銷魚之精, 亦能銷人腹中塊病. 人有患者, 以一片如指端, 繩繫之, 置病所, 其塊旣銷. 我本國太子, 少患此病, 父求愈病者, 賞之千金. 君若見賣, 當獲大利." 令竟賣半與之.

* 이 고사는 《태평광기》 권220 〈이질·구용좌사〉에 실려 있다.

42-25(1227) 두꺼비

섬서(蟾蜍)

출《광고금오행기(廣古今五行記)》

진(晉)나라 효무제(孝武帝) 때 의흥(義興) 사람 주객(周客)에게 18~19세 된 딸이 있었는데, 그녀는 아름답고 총명했으며, 본래 회를 몹시 좋아해 먹을 때마다 늘 부족함을 아쉬워했다. 허찬(許纂)이란 자가 그녀를 부인으로 맞이했다. 그녀는 시댁에 가서도 예전처럼 회를 먹었는데, 그 때문에 시댁이 가난해졌다. 그래서 시댁의 집안사람들이 널리 의논한 끝에 그녀가 사람이 아닐 것이라고 의심하며 친정으로 돌려보내라고 명했다. 그녀는 수레를 타고 가다가 다리 남쪽에 이르렀을 때, 한 어부가 잡은 물고기로 젓을 담가 탁자 위에 놓아둔 것을 보았는데, 그 양이 한 10여 곡(斛 : 1곡은 10말)쯤 되었다. 그녀는 곧장 수레 안에서 돈 1000냥을 꺼내 물고기 주인에게 주면서 물고기를 양념에 버무리라고 했다. 그러고는 수레에서 내려 익힌 것으로 5말과 날것으로 5말을 먹었다. 다 먹고 나서 곧장 몹시 답답해하며 드러눕더니 잠시 후 땅바닥에 주저앉아 많은 물을 토해 냈는데, 갑자기 두꺼비 한 마리가 토한 물에서 나왔다. 그녀는 마침내 절대로 다시는 회를 먹지 않았으며 병도 나았다. 당시 천하에 병란이 크게 일어났다.

평 : 살펴보니, [당나라의] 원재(元載)는 술을 마시지 않았는데, 코로 술 냄새만 맡아도 바로 취했다. 우연히 한 이인(異人)을 만났는데, 이인이 침으로 그의 코끝을 후벼서 작은 벌레 한 마리를 꺼내면서 말하길, "이것은 주마(酒魔)입니다"라고 했다. 이로 말미암아 원재는 날마다 한 말의 술을 마셨다. 이는 위의 고사와 정반대다.

晉孝武時, 義興人周客有女年十八九, 美而慧, 性嗜膾, 噉之恒苦不足. 有許纂者, 聘爲妻. 到婿家, 食膾如故, 家爲之貧. 於是門內博議, 恐此婦非人, 命歸家. 乘車至橋南, 見罟家取魚作鮓, 著案上, 可有十許斛. 便於車中下一千錢, 以與魚主, 令擣蒜. 乃下車, 熟食五斗, 生食五斗. 噉畢, 便極悶臥, 須臾, 踞地大吐水, 忽有一蟾蜍, 從吐而出. 遂絶不復噉, 病亦愈. 時天下大兵.
評 : 按元載不飮, 其鼻聞氣便醉. 遇一異人, 以針挑其鼻尖, 出一小蟲, 曰 : "此酒魔也." 由是日飮一斗. 與此正相反.

* 이 고사는《태평광기》권473〈곤충(昆蟲)·섬서〉에 실려 있다.

42-26(1228) 위숙

위숙(魏淑)

출《집이기(集異記)》

 [당나라] 대력(大曆) 연간(766~779)에 원찰(元察)이 공주자사(邛州刺史)로 있었다. 주장(州將) 중에 위숙이란 자가 있었는데, 기골이 장대하고 나이는 마흔이었으며 양친은 연로하고 아내는 젊었다. 그런데 갑자기 위숙이 이상한 병에 걸렸는데, 고통은 없었지만 먹는 음식이 날로 줄어들고 몸이 날로 쪼그라들었다. 의원들도 손쓸 방법이 없었다. 한 해가 다 되기도 전에 위숙은 마치 갓난아이처럼 되어 더 이상 걷고 앉고 말을 할 수 없게 되자, 그의 어머니와 아내가 돌아가며 그를 안고 돌보았다. 위숙의 생일이 되어 가족들이 스님을 불러 재(齋)를 올릴 때, 그의 아내가 비녀 다리를 위숙의 입에 끼우고 음식을 먹였는데, 잠깐 사이에 작은 그릇 하나를 다 먹일 수 있었다. 이때부터 날마다 먹는 것을 늘려 가자 위숙의 몸도 역시 자라나서 반년도 되기 전에 예전처럼 돌아왔다.

大曆中, 元察爲邛州刺史. 州將有魏淑者, 膚體洪壯, 年方四十, 親老妻少. 而忽中異疾, 無所酸苦, 但飮食日損, 身體日銷. 醫生拱手無措. 寒暑未周, 卽如嬰孩焉, 不復能行坐語言, 其母與妻更相提抱. 遇淑之生日, 家人召僧致齋, 其妻乃以釵股挾之以哺, 須臾, 能盡一小甌. 自是日加所食, 身亦漸長, 不半歲, 乃復其初.

* 이 고사는 《태평광기》 권220 〈이질·위숙〉에 실려 있다.

42-27(1229) 왕포의 딸

왕포녀(王布女)

출《유양잡조》

[당나라] 영정년(永貞年 : 805)에 동시(東市)의 부자 왕포에게 딸이 있었는데, 나이는 14~15세쯤 되었고 아주 아름답고 총명했다. 그녀의 두 콧구멍에서 각각 쥐엄나무 열매처럼 생긴 살덩이가 자라났다. 그 살덩이의 뿌리는 삼실처럼 가늘었고 길이는 1촌쯤 되었는데, 그것을 건드리면 통증이 골수에 사무칠 정도로 아팠다. 그녀의 아버지는 수백만 전을 들여 치료했지만 차도가 없었다. 그러던 어느 날 갑자기 한 서역 스님이 탁발하러 왔다가 왕포에게 물었다.

"당신의 딸에게 이상한 병이 있다고 알고 있는데, 한번 보여 주시면 내가 치료할 수 있습니다."

왕포는 크게 기뻐하며 즉시 딸을 보여 주었다. 스님은 새하얀 약을 꺼내 그녀의 콧속에 불어넣었다가 잠시 후에 살덩이를 떼어 냈는데, 누런 물이 조금 나왔지만 조금도 아프지 않았다. 왕포가 스님에게 많은 돈을 상으로 주자 서역 스님이 말했다.

"나는 도를 닦는 사람이니 이렇게 후한 선물은 받을 수 없습니다. 단지 저 코를 막고 있던 살덩이를 주시길 청합니다."

 스님은 그 살덩이를 소중히 여기며 떠났는데, 마치 나는 듯이 빨랐다. 왕포는 또한 그를 어진 성인이라 생각했다. 그 스님이 약 5~6리를 갔을 무렵에 또 관옥(冠玉)처럼 빼어난 한 젊은이가 흰 말을 타고 와서 문을 두드리며 말했다.

 "방금 서역 스님이 오지 않았습니까?"

 왕포는 급히 젊은이를 맞아들여 서역 스님의 일을 모두 이야기해 주었다. 그 젊은이는 언짢은 듯이 탄식하며 말했다.

 "말이 발을 조금 삐끗하는 바람에 끝내 그 중보다 늦었구나!"

 왕포가 놀라고 이상해하며 그 까닭을 캐묻자 젊은이가 말했다.

 "상제께서 악신(樂神) 두 명을 잃었는데 최근에야 그들이 당신 딸의 콧속에 숨어 있다는 사실을 알게 되었습니다. 나는 천인(天人)으로 상제의 명을 받들어 그들을 잡으러 왔는데, 뜻밖에도 그 중이 먼저 데려가 버렸으니 분명 꾸지람을 듣게 될 것입니다."

 왕포가 막 예를 올리고 나서 손을 드는 사이에 젊은이는 사라져 버렸다.

永貞年, 東市富民王布有女, 年十四五, 艷麗聰悟. 鼻兩孔各垂息肉, 如皂莢子. 其根細如麻綖, 長寸許, 觸之痛入心髓.

其父破錢數百萬治之, 不差. 忽一日, 有梵僧乞食, 因問布:"知君女有異疾, 可一見, 吾能止之." 布大喜, 卽見其女. 僧乃取藥色正白, 吹其鼻中, 少頃, 摘去之, 出少黃水, 都無所苦. 布賞之百金, 梵僧曰:"吾修道之人, 不受厚施. 唯乞此塞肉." 珍重而去, 勢疾如飛. 布亦意其賢聖也. 約僧去五六里, 復有一少年, 美如冠玉, 騎白馬, 叩門曰:"適有胡僧到無?" 布遽延入, 具述胡僧事. 其人吁嗟不悅曰:"馬小蹶足, 竟後此僧!" 布驚異, 詰其故, 曰:"上帝失樂神二人, 近知藏於君女鼻中. 我天人也, 奉命來取, 不意此僧先取之, 當獲譴矣." 布方作禮, 擧手而失.

* 이 고사는 《태평광기》 권220 〈이질·왕포〉에 실려 있다.

42-28(1230) 이언길

이언길(李言吉)

출《문기록(聞奇錄)》

　금주방어사(金州防禦使) 최요봉(崔嶢封)에게는 이언길이라는 외조카가 있었다. 이언길은 왼쪽 눈 위가 부어올라 갑자기 가렵더니 작은 종기 하나가 생겨났는데, 그것이 점점 자라 오리알만큼이나 커졌으며 현(弦)처럼 생긴 그 뿌리가 늘 눈을 눌러서 뜰 수 없었다. 최요봉은 매번 이언길을 걱정하다가 하루는 그에게 술을 마시게 해 크게 취하게 만들고서 마침내 그 종기를 잘라 냈는데, 이언길은 그것을 느끼지 못했다. 혹을 갈랐더니 그 안에서 참새가 나와 시끄럽게 울며 떠났다.

　평 : 괴룡(乖龍 : 홍수를 일으키는 못된 용)은 손톱에 숨고,[44] 악신(樂神)은 콧속에 숨고,[45] 원숭이는 목덜미에 숨

---

44) 괴룡(乖龍 : 홍수를 일으키는 못된 용)은 손톱에 숨고 : 이 고사는 《태평광기》 권393 〈뇌(雷)·승도선(僧道宣)〉에 나온다.

45) 악신(樂神)은 콧속에 숨고 : 이 고사는 《태평광기》 권220 〈이질(異疾)·왕포(王布)〉에 나온다.

고,46) 참새는 혹 속에 숨고, 비사(飛蛇 : 하늘을 날 수 있는 전설 속 뱀)는 눈썹 사이의 살덩이에 숨고,47) 섭은낭(聶隱娘)은 배 속에 숨었으니,48) 사람의 몸 전체가 모두 도망자가 숨는 곳이니 두려워할 만하도다!

金州防禦使崔嶢封, 有親外甥李言吉者. 左目上胞, 忽癢而生一小瘡, 漸長大如鴨卵, 其根如弦, 恒壓其目不能開. 嶢封每患之, 他日飮之酒, 令大醉, 遂剖去之, 言吉不知覺也. 贅旣破, 中有黃雀, 鳴噪而去.
評 : 乖龍藏於指甲, 樂神藏於鼻息, 猓藏於頸, 省¹藏於瘤, 飛蛇藏於眉間肉塊, 隱娘藏於腹, 人之一身, 皆逋逃藪也, 可畏哉!

* 이 고사는 《태평광기》 권220 〈이질・이언길〉에 실려 있다.
1 성(省) : "작(雀)"의 오기로 보인다.

46) 원숭이는 목덜미에 숨고 : 이 고사는 《태평광기》 권220 〈이질・조준조(刁俊朝)〉에 나온다.

47) 비사(飛蛇 : 하늘을 날 수 있는 전설 속 뱀)는 눈썹 사이의 살덩이에 숨고 : 이 고사는 《태평광기》 권82 〈이인(異人)・왕수일(王守一)〉에 나온다.

48) 섭은낭(聶隱娘)은 배 속에 숨었으니 : 이 고사는 《태평광기》 권194 〈호협(豪俠)・섭은낭〉에 나온다.

42-29(1231) 괴양

괴양(膭亮)

출《계신록》

처사(處士) 괴양이 이런 이야기를 했다. 그가 알고 있던 사람이 이마에 혹이 나 있었는데, 의원이 그 혹을 갈라서 검은 바둑돌 하나가 나오자 큰 도끼로 그것을 내리쳤지만 끝내 흠집을 낼 수 없었다. 또 정강이에 혹이 난 사람이 친척 집에 갔다가 미친개에게 물렸는데 마침 그 혹을 물렸다. 그 속에서 바늘 100여 개가 나왔는데 모두 쓸 수 있는 것이었으며, 병도 나았다.

處士膭亮言. 其所知額角患瘤, 醫爲割之, 得一黑石棋子, 巨斧擊之, 終不傷缺. 復有足脛生瘤者, 因至親家, 爲猘犬所齰, 正齰其瘤. 其中得針百餘枚, 皆可用, 疾亦愈.

* 이 고사는《태평광기》권220〈이질·괴양〉에 실려 있다.

권43 상부(相部)

상(相)

43-1(1232) 원천강 부자

원천강부자(袁天綱父子)

출《정명록》·《감정록(感定錄)》

　　원천강은 촉군(蜀郡) 성도(成都) 사람이다. 포주자사(蒲州刺史) 장엄(蔣儼)이 어렸을 때, 원천강이 그의 운명을 점치고 나서 말했다.

　　"이 아이는 수년 동안 감금되었다가 나중에 크게 부귀해져서 모 관직으로부터 자사에까지 이를 것이오. 수명은 83세이며, 그해 8월 5일 오시(午時)에 관록이 끝날 것이오."

　　장엄은 나중에 요동(遼東) 정벌에 나섰을 때 적군에게 사로잡혀 지하 감옥에서 7년 동안 갇혔다가, 고려(高麗: 고구려)가 평정된 후 귀환해 하나같이 원천강이 말한 대로 되어 포주자사에까지 이르렀다. 그는 83세가 되자 집안사람들에게 말했다.

　　"원 공(袁公: 원천강)이 나에게 8월 5일에 관록이 끊어질 것이라고 말했으니, 나는 이제 곧 죽게 될 것이다."

　　그러고는 술과 안주를 마련해 친지들과 작별했다. 과연 장엄에게 벼슬을 그만두라는 칙명이 내려져 마침내 그의 봉록이 정지되었으며, 몇 년 뒤에 장엄은 죽었다.

　　이의부(李義府)가 촉(蜀)에서 기거할 때, 원천강이 그를 보고 남다르다고 여기며 말했다.

"이 젊은이는 지극히 존귀한 신하가 되겠지만 수명이 길지 않을 것이오."

그래서 이의부가 물었다.

"수명이 얼마나 되겠습니까?"

원천강이 대답했다.

"52세 이후는 나도 알 수 있는 바가 아니오."

이의부가 나중에 추천을 받아 황제를 알현했을 때, 황제가 그에게 까마귀에 대해 읊어 보라고 하자 그가 즉시 시를 완성했는데, 그 시는 다음과 같았다.

"태양 속에서는 아침 햇살 일으키고,49) 금(琴) 안에서는 저녁 울음 함께하네. 궁궐 정원엔 많은 나무들 있지만, 깃들일 가지 하나 빌리지 못하네."

[당나라] 태종(太宗)이 매우 칭찬하며 말했다.

"나는 나무 전체를 그대에게 빌려주고자 하는데, 어찌 가지 하나뿐이겠는가?"

그러고는 그를 문하전의(門下典儀)에서 파격적으로 감찰어사(監察御史)에 제수했다. 그 후로 이의부의 수명과 벼

---

49) 태양 속에서는 아침 햇살 일으키고 : 전설에 따르면, 태양 속에 삼족오(三足烏)가 있다고 한다.

슬은 모두 원천강의 말대로 되었다.

찬황공(贊皇公) 이교(李嶠)는 어려서부터 훌륭한 재명(才名)이 있었다. 형제 다섯 명은 모두 서른 살을 넘기지 못한 채 죽었고 이교 혼자만 장성했다. 그래서 그의 어머니가 더욱 간절한 마음에 원천강을 찾아갔더니 원천강이 말했다.

"아드님은 정신과 기백이 특출하지만, 수명이 길지 못한 것이 걱정스러우니 아마도 서른 살을 넘기지 못할 것 같습니다." 미 : 살펴보니, 이교는 신체가 왜소하고 이목구비에 뛰어남이 거의 없었지만, 오직 원천강만이 그가 반드시 귀해질 것임을 알았다.

그의 어머니는 크게 낙담했다. 이교는 당시 명성을 떨치고 있었기에 사람들은 모두 그가 현달(顯達)하길 바라고 있었으므로 그 말을 듣고도 믿지 않았다. 그의 어머니가 다시 원생(袁生 : 원천강)을 초대해 음식을 대접하면서 그의 관상을 보게 했더니, 원천강이 말했다.

"이미 정해져 있습니다."

그의 어머니는 또 원천강에게 서재의 연탑(連榻 : 여러 사람이 함께 앉을 수 있는 긴 평상)에서 이교와 함께 자도록 청했는데, 원천강은 평상에 올라 편히 잠을 잤지만 이교는 혼자 잠들지 못하다가 오경에 이르러 갑자기 잠이 들었다. 그때 마침 원천강이 깨어나서 살펴보았더니 이교가 숨을 쉬지 않아, 손으로 확인했더니 이교의 코 밑에서 숨기운이 끊어진 상태였다. 원천강은 처음에는 크게 놀랐지만 한참 동안 관찰한 결과 그가 귀로 숨을 쉬고 있는 것을 발견하고는 그를 어루만지며 말했다.

"이젠 됐다!"

그러고는 마침내 일어나 그의 어머니에게 축하하며 말했다.

"내가 여러 차례 관찰했지만 모두 방법을 찾을 수 없었는데 이제야 그 실마리를 보았으니, 아드님은 틀림없이 크게 존귀해지고 장수할 것입니다. 이렇게 숨 쉬는 것은 귀식(龜息)이니, 존귀해지고 장수하겠지만 부유하지는 못할 것입니다."

이교는 과연 측천무후(則天武后) 때 재상에 임명되었지만 집안은 늘 가난했다. 당시 황제는 재상의 집으로 자주 행차했는데, 이교가 푸른 깁 휘장 안에 누워 있는 것을 보고 탄식하며 말했다.

"나라의 재상이 이처럼 지내는 것은 대국의 체모를 실추하는 일이로다!"

그러고는 황제가 쓰는 수놓은 비단 휘장을 하사했다. 이교는 그 안에서 잠을 잤지만 새벽까지 마음이 불안해서 몸에 병이 생길 것만 같았기에 마침내 스스로 상주했다.

"신은 젊었을 때 관상가로부터 '호사를 누려서는 안 된다'는 말을 들었기 때문에 이런 화려한 휘장에서 잠을 자면 마음이 불안합니다."

황제는 한참 동안 탄식하더니 그의 뜻대로 이전의 휘장을 쓰도록 했다.

평 : 부휴자(浮休子) 장작(張鷟)이 이교에게 삼려(三戾 : 세 가지 모순)가 있다고 했는데, 천성이 영달을 좋아하면서도 남이 승진하는 것은 싫어하고, 천성이 문장을 좋아하면서도 남의 문장이 뛰어난 것은 싫어하며, 천성이 더러운 탐욕을 좋아하면서도 남이 뇌물 받는 것은 싫어한다고 했다. 그런데 여기서는 또 그가 검소하다고 했으니 어찌 된 것인가? 하지만 그가 위주(僞周 : 무주)의 천추(天樞)를 칭송한 시를 보면, 그의 품덕이 또한 순수하지는 않았던 것 같다.

또 섬주자사(陝州刺史) 왕당(王當)에게 딸이 있었는데, 그가 주현(州縣)의 문무 관원들을 모아 놓고 원천강에게 사윗감을 골라 보라고 하자 원천강이 말했다.

"여기에는 귀한 사윗감이 없고, 다만 제가 알고 있는 과의도위(果毅都尉) 요(姚) 아무개에게 귀한 아들이 있으니, 그에게 시집보내면 될 것입니다."

왕당이 원천강의 말을 따르자 당시 사람들이 모두 비웃었는데, 그 사윗감은 바로 요원숭(姚元崇)이었다. 당시 요원숭은 23세였는데 사냥만 좋아하고 책은 읽어 본 적도 없었다. 그가 일찍이 한 친척 집을 찾아가 술을 마셨는데, 우연히 만난 관상가가 그에게 말했다.

"당신은 나중에 부귀해질 것이오."

그러고는 말을 마친 뒤 떠났다. 요원숭이 쫓아가서 물었더니 그 관상가가 말했다.

"당신은 존귀해져서 재상이 될 것이오."

요원숭이 집으로 돌아와서 어머니에게 그 말을 해 주었더니 어머니가 그에게 공부하라고 권유하자, 요원숭은 마침내 사냥매를 놓아주고 뜻을 바꾸어 공부에 열중한 끝에 만랑(挽郞 : 영구를 끌며 만가를 부르는 관리)으로 벼슬길에 들어서서 결국 재상에까지 올랐다.

무사확(武士彠)이 원천강에게 자신의 처 양씨(楊氏)의 관상을 보게 했더니 원천강이 말했다.

"부인은 틀림없이 귀한 자식을 두셨을 것입니다."

그래서 무사확이 아들들을 모두 불러서 관상을 보게 했는데, 원천강이 무원경(武元慶)과 무원상(武元爽)에게 말했다.

"자사에는 이를 수 있겠으나 말년에는 고생하겠습니다."

또 한국부인(韓國夫人)을 보고 말했다.

"이 따님은 크게 귀해지겠으나 남편에게는 이롭지 않을 것입니다."

측천무후는 그때 유모의 품에 안겨 남자 옷을 입고 있었는데, 유모가 그녀를 안고 오자 원천강이 눈을 들어 한 번 보고 크게 놀라며 말했다.

"용의 눈과 봉황의 목을 갖추었으니, 귀인 중에서도 최고입니다! 만약 딸이라면 응당 천하의 주인이 될 것입니다."

원천강의 아들 원객사(袁客師)는 부친의 가업을 이어받았는데, 그가 하는 말 역시 효험이 있었다. 원객사가 일찍이 한 서생과 함께 강을 건너가려 했는데, 배에 올라 배 안의 사람들의 안색을 둘러보더니, 마침내 서생을 데리고 강 언덕으로 올라가서 가만히 말했다.

"내가 배 안에 있는 수십 명의 사람들을 살펴보니 모두 코 밑에 검은 기운이 있어서, 머지않아 큰 재액이 닥칠 것이니 어찌 따라갈 수 있겠소? 여기서 잠시 머무르십시다."

배가 출발하기 전에 갑자기 한 장부가 보였는데, 그는 기품이 고상하고 당당했으며 한쪽 발을 저는 채로 짐을 짊어지고 나귀를 몰아 배에 올라탔다. 그러자 원객사가 말했다.

"귀인이 안에 있으니 우리는 걱정이 없을 것이오."

그러고는 서생과 함께 배에 올라 출발해서 강의 중류쯤 갔을 때, 풍랑이 갑자기 일어나 몹시 위태롭고 두려웠지만 끝내 안전하게 강을 건너갔다. 나귀를 몰고 왔던 장부가 누군지 물어보았더니, 그는 다름 아닌 누사덕(婁師德)이었으며 나중에 벼슬이 납언(納言 : 어명의 출납을 관장하는 관리)에 이르렀다.

袁天綱，蜀郡成都人．蒲州刺史蔣儼幼時，天綱爲占曰："此子當累年幽禁，後大富貴，從某官位至刺史．年八十三，其年八月五日午時祿終．"儼後征遼東，沒賊，囚於地阱七年，高麗平定，歸得官，一如天綱所言，至蒲州刺史．八十三，謂家人曰："袁公言我八月五日祿絕，其死矣．"設酒饌，與親故爲別．果有敕至，放致任，遂停祿，後數年卒．李義府僑居於蜀，天綱見而奇之曰："此郎貴極人臣，但壽不長耳．"因問："壽幾何？"對曰："五十二外，非所知也．"義府後因薦召見，試令詠烏，立成，其詩曰："日裏颺朝彩，琴中伴夜啼．上林多少樹，不借一枝棲．"太宗深賞之曰："我將全樹借汝，豈但一枝？"自門下典儀，超拜監察御史．其後壽位，皆如天綱之言．
贊皇公李嶠，幼有淸才．昆弟五人，皆年不過三十而卒，唯嶠已長成矣．母憂之益切，詣天綱，天綱曰："郎君神氣淸秀，而壽苦不永，恐不出三十．"眉：按嶠身材短小，耳目鼻口略無成就，惟天綱知其必貴．其母大以爲感．嶠時名振，咸望貴達，聞此言不信．其母又請袁生致饌診視，云："定矣．"又請同於書齋連榻而寢，袁登床穩睡，李獨不寢，至五更忽睡．袁適覺，視李嶠無喘息，以手候之，鼻下氣絕．初大驚怪，良久偵候，其出入息乃方在耳中，撫而告之曰："得矣！"遂起賀其母曰："數候之，皆不得，今方見之矣．郎君必大貴壽，是龜息也，貴壽而不富耳．"果則天朝拜相，而家常貧．是時帝數幸宰相宅，見嶠臥靑絁帳，帝嘆曰："國相如是，乖大國之體！"賜御用繡羅帳焉．嶠寢其中，達曉不安，覺體生疾，遂自奏曰："臣少被相人云'不當華'，故寢不安焉．"帝嘆息久之，任意用舊者．

評：浮休子張鷟謂李嶠有三戾，性好榮遷，憎人升進，性好文章，憎人才筆，性好貪濁，憎人受賂．此又言其儉素，何也？然觀其頌僞周天樞詩，則嶠品亦非純者．

又陝州刺史王當有女, 集州縣文武官, 令天綱揀婿, 天綱曰: "此無貴婿, 唯識果毅姚某者有貴子, 可嫁之." 當從其言, 時人咸笑焉, 乃元崇也. 時年二十三, 好獵, 都未知書. 常詣一親表飲, 遇相者謂之曰: "公甚富貴." 言訖而去. 姚追問之, 相者曰: "貴爲宰相." 歸以告其母, 母勸令讀書, 崇遂割放鷹鷂, 折節勤學, 以挽郎入仕, 竟至宰相.

武士彠令天綱相妻楊氏, 天綱曰: "夫人當生貴子." 乃盡召其子相之, 謂元慶·元爽曰: "可至刺史, 終亦屯否." 見韓國夫人, 曰: "此女大貴, 不利其夫." 則天時在懷抱, 衣男子衣服, 乳母抱至, 天綱擧目一視, 大驚曰: "龍睛鳳頸, 貴之極也! 若是女, 當爲天下主."

天綱子客師, 傳其父業, 所言亦驗. 客師嘗與一書生同過江, 登舟, 遍視舟中人顔色, 遂相引登岸, 私語曰: "吾見舟中數十人, 皆鼻下黑氣, 大厄不久, 豈可從之? 但少留." 舟未發間, 忽見一丈夫, 神色高朗, 跛一足, 負擔驅驢登舟. 客師曰: "貴人在內, 吾儕無憂矣." 與其侶登舟而發, 至中流, 風濤忽起, 危懼雖甚, 終濟焉. 詢驅驢丈夫, 乃婁師德也, 後位至納言.

* 이 고사는 《태평광기》 권221 〈상·원천강〉, 권224 〈상·무후(武后)〉에 실려 있는데, 〈무후〉 고사는 출전이 "《담빈록(譚賓錄)》"이라 되어 있다.

43-2(1233) 떡 파는 여자

매퇴온(賣䭔媼)

출《정명록》

　　당(唐)나라의 마주(馬周)는 자(字)가 빈왕(賓王)으로, 어려서 고아가 되어 가난했지만 《시경(詩經)》과 《좌전(左傳)》에 밝았다. 그는 뜻을 얻지 못한 채 실의에 빠져 생업도 돌보지 않아 마을 사람들에게 중시받지 못했다. 박주(博州)의 조교(助敎)에 임명되었지만 매일 술을 마셔 대자, 자사(刺史) 달해(達奚)가 노해서 자주 질책했다. 그러자 마주는 옷자락을 털고 떠나 남쪽으로 가서 조주(曹州)와 변주(汴州)의 경계에서 노닐었는데, 술을 마신 뒤에 준의현령(浚儀縣令) 최현(崔賢)의 뜻을 거슬러 또 질책을 당했다. 그래서 서쪽 신풍(新豊)으로 가서 여관에 머물렀는데, 주인은 상인들에게만 음식을 차려 줄 뿐 마주는 거들떠보지도 않았다. 마주가 술 한 말을 시켜서 혼자 마시다가 신발을 벗고 마시다 남은 술로 발을 씻었더니, 주인은 속으로 기이한 사람이라 생각했다. 도성에 도착해서 떡 파는 여자의 가게에 머물렀는데, 며칠 있다가 자신이 기거할 객관을 찾아봐 달라며 여주인에게 부탁했더니, 여주인이 그를 데리고 중랑장(中郎將) 상하(常何)의 집으로 갔다. 미 : 여주인이 능히 사람을 인도한 것을 보면 평범한 부류가 아님이 분명하니, 또한 어찌 굳이 관상을 볼 필요가 있겠는가? 여주인이 처음에 떡을 팔 때, 이순풍(李淳風)과 원천강(袁天綱)이 일찍이 그녀를 만나 보고 남다르다 여기며 둘 다 가만히 말했다.

"이 부인은 크게 귀하게 될 상인데 어찌하여 여기에 있을까?"

마 공(馬公 : 마주)은 얼마 후에 그녀를 아내로 맞아들였다. 그로부터 얼마 후에 황제가 조서를 내려, 5품관 이상의 문무 관리들에게 각각 봉사(封事 : 밀봉한 상주문)를 올리게 했다. 마주가 시정(施政)에 관한 편의 사항 20조를 진술하자 상하가 그것을 상주했는데, 가고(街鼓)[50]를 설치할 것과 문무 관리들은 비색(緋色) · 자색 · 벽색(碧色) · 녹색 등 관직에 맞는 색깔의 관복을 입고 모두 성문의 좌우로 출입할 것 등을 청했는데, 일들이 모두 어지(御旨)에 들어맞았다. 태종(太宗)이 이상히 여겨 물었더니 상하가 대답했다.

"이건 바로 신의 가객(家客)인 마주가 작성한 것입니다."
미 : 어찌하여 남의 공을 가로채지 않았는가? 무신(武臣)은 더욱 하기 어려운 일이다. 말세에는 대신(大臣)이 소신(小臣)의 훌륭한 일을 독차지하고 문신(文臣)이 무신의 공을 가로채기 때문에, 사람이 죽을 각

---

50) 가고(街鼓) : 도성의 거리에 설치해 야간 통행금지와 해제를 알리는 북.

오를 하더라도 거사(擧事)가 성공하지 못한다.

태종은 마주를 불러들여 함께 애기를 나눠 보고 나서 문하성(門下省)에서 일하도록 명했다. 또 방현령(房玄齡)에게 경(經)과 책(策)을 시험하게 한 후에 그를 유림랑(儒林郎)에 제수하고 감찰어사(監察御使)를 겸직시켰다. 상하에게는 훌륭한 인재를 천거했다 해서 비단 100필을 하사했다. 잠문본(岑文本)이 일찍이 말했다.

"내가 마 군(馬君 : 마주)을 만나 보니 사람에게 피곤함을 잊게 하지만, 어깨가 솔개처럼 솟았고 얼굴빛이 붉으니, 위로 올라가는 것은 필시 빠르겠지만 아마도 오래갈 수는 없을 것이다."

몇 년 안에 마주는 관직이 재상에 이르렀고, 그 여주인도 부인(夫人)에 봉해졌다. 후에 마주는 이부상서(吏部尙書)가 되었는데, 소갈병(消渴病)에 걸려 몇 년이 지나도 낫지 않다가 48세에 죽었고, 우복야(右僕射)와 고당공(高唐公)에 추증되었다.

唐馬周, 字賓王, 少孤貧, 明《詩》·《傳》. 落魄不事産業, 不爲州里所重. 補博州助敎, 日飮酒, 刺史達奚怒, 屢加笞責. 周乃拂衣南遊曹·汴之境, 因酒後忤浚儀令崔賢, 又遇責辱. 西至新豐, 宿旅次, 主人唯供設諸商販人, 而不顧周. 周遂命酒一斗獨酌, 所飮餘者, 便脫靴洗足, 主人竊奇之. 因至京, 停於賣餹媼肆, 數日, 祈覓一館客處, 媼乃引致於中郎將常何之家. 眉 : 媼能引人, 的非常品, 又何必問相? 媼之初賣餹也, 李淳風·袁天綱嘗遇而異之, 皆竊云: "此婦人大貴, 何以在此?" 馬公尋娶爲妻. 後有詔, 文武五品官已上, 各上封事. 周陳便宜二十條, 何奏之, 乃請置街鼓, 及文武官緋紫碧綠等服色, 並城門左右出入, 事皆合旨. 太宗怪而問之, 何對曰: "乃臣家客馬周所爲也." 眉: 何不攘善? 武臣更難. 季世大臣專小臣之美, 文臣攘武臣之功, 所以人思解體, 而擧事無成也. 召見與語, 命直門下省. 仍令房玄齡試經及策, 拜儒林郎, 守監察御史. 以常何擧得其人, 賜帛百匹. 岑文本嘗曰: "吾見馬君, 令人忘倦, 然鳶肩火色, 騰上必速, 但恐不能久耳." 數年內, 官至宰相, 其媼亦爲夫人. 後爲吏部尙書, 病消渴, 彌年不瘳, 年四十八而卒, 追贈右僕射·高唐公.

* 이 고사는 《태평광기》 권224 〈상·매퇴온〉에 실려 있다.

43-3(1234) 장경장

장경장(張囧藏)

출《정명록》미 : 《독이지》에도 이 고사가 실려 있는데,[51] 관상가가 한 스님이라 되어 있고, 배 아무개가 장보장(張寶藏)이라 되어 있다. 아마도 장경장(張囧藏)으로 인해 잘못된 것 같다. 또 동시에 장경장(張景藏)도 있다(《獨異志》亦載此事, 以相者爲一僧, 而裴某爲張寶藏. 疑因囧藏而誤也. 又同時有張景藏).

장경장은 관상술에 뛰어나 원천강(袁天綱)과 이름을 나란히 했다. 하동(河東)의 배(裴) 아무개는 53세에 삼위(三衛 : 금위군 가운데 하나)가 되었는데, 여름이 끝날 무렵에 숙위(宿衛)를 서게 되어 도성으로 들어가다가 산수(滻水)의 서점(西店)에 이르러 밥을 사 먹었다. 그때 같은 자리에 있던 한 노인이 배 아무개를 귀인(貴人)이라고 부르자 배 아무개가 말했다.

"나는 아직도 삼위로 있으니 어찌 높은 관직을 바랄 수 있겠소? 노인장은 어찌하여 놀리시오?"

노인이 웃으며 말했다.

---

51) 《독이지》에도 이 고사가 실려 있는데 : 《태평광기》 권146 〈정수(定數)・장보장〉에 나온다.

"당신은 당연히 모르겠지만, 지금부터 25일 안에 3품관의 벼슬을 얻게 될 것이오."

노인은 말을 마치고 바로 떠났는데, 그는 바로 장경장이었다. 배 아무개가 도성에 도착해 숙위를 선 지 이미 21일째가 되었을 때, 태종(太宗)이 천식으로 고생했는데 여러 의원들이 치료했지만 효험이 없었다. 그래서 삼위 이상과 조정 관리 이하의 사람들에게 모두 약방(藥方)을 바치도록 칙명을 내렸다. 배 아무개도 관례에 따라 '유전필발(乳煎蓽撥)'[52]이라는 약방 하나를 바쳤는데, 태종이 그것을 복용했더니 병이 곧장 나았다. 그래서 태종은 중서성(中書省)에 칙명을 내려 그에게 5품관 벼슬 하나를 내려 주도록 했다. 그러나 재상 미:《독이지(獨異志)》에 따르면, 재상은 위징(魏徵)이었다. 은 머뭇거리며 감히 임명 문서를 올리지 못했다. 며칠 뒤에 태종이 천식이 재발하자 다시 '유전필발'을 복용하고 나았다. 그래서 황상이 물었다.

"전에 약방을 바쳤던 사람은 무슨 관직을 얻었는가?"

중서령(中書令)이 말했다.

"그에게 5품 문관을 내릴지 무관을 내릴지 아직 결정하

---

52) 유전필발(乳煎蓽撥) : 우유로 필발을 달여 만든 약. 필발은 호초과(胡椒科)에 속하는 약초다.

지 못했습니다."

태종이 노하며 말했다.

"어지러운 세상을 바로잡아 다스리는 천자를 치료해 살려 냈는데 어찌하여 그에게 벼슬을 내리지 않는단 말이오? 이전에 만약 재상의 병을 치료했더라도 반드시 당일로 벼슬을 얻었을 것이오." 협 : 사실이다.

그날로 배 아무개에게 특별히 3품 정식 경관(京官)을 내리고 홍려경(鴻臚卿)에 제수했다.

유인궤(劉仁軌)는 위지현(尉氏縣) 사람이다. 그가 7~8세 때 장경장이 그의 집 문을 지나가다가 그를 보고 그의 부모에게 말했다.

"이 아이는 골상이 매우 특이하므로 틀림없이 존귀한 고관이 될 것이니, 마땅히 잘 양육해 가르치시오."

나중에 유인궤는 진창현위(陳倉縣尉)가 되었는데, 그때 장경장이 검남(劍南)으로 유배 가는 길에 기주(岐州)를 지나가게 되었다. 기주자사로 있던 풍장명(馮長命)이 장경장에게 판사(判司) 이하 속관들의 관상을 보게 했는데, 그들 중에는 5품관에 오를 사람이 아무도 없었다. 장경장은 나오다가 유인궤와 마주치자 엄숙하게 안색을 고치면서 다시 풍사군(馮使君 : 풍장명)에게 말했다.

"귀인을 얻었군요."

그러고는 그를 자세히 살펴보았다. 나중에 유인궤가 복

야(僕射)에 올랐을 때 장경장이 그에게 말했다.

"제가 20년 전에 위지현에서 한 어린아이의 관상을 보았는데, 그의 골상이 공의 골상과 비슷했습니다. 그때 아이에게 성명을 묻지 않았기에 누군지는 모릅니다."

유인궤가 웃으며 말했다.

"위지현의 어린아이가 바로 접니다."

장경장이 말했다.

"공은 4품관에서 벗어나지 않을 것이지만, 만약 큰 죄를 범한다면 곧 3품관 이상이 될 것입니다."

나중에 유인궤는 급사중(給事中)으로 있다가 청주자사(靑州刺史)로 나가 해운(海運)의 일을 맡았는데, 풍랑을 만나 배를 잃어버리는 바람에 하옥되어 사형 판결을 받았으나, 황제가 특명을 내려 그의 사형을 면해 주고 관적(官籍)에서 제명시켰다. 그 후 유인궤는 요동(遼東)에서 나라를 위해 충성을 다한 뒤에 조정으로 들어와 대사헌(大司憲)이 되었으며, 결국 좌복야(左僕射)에까지 올랐다.

제국공(齊國公) 위원충(魏元忠)이 젊었을 때 장경장을 찾아간 적이 있었는데, 장경장은 그를 심히 박대했다. 제국공이 자신의 운명이 형통할지 막힐지 물어보았는데도 장경장이 대답하지 않자, 제국공이 크게 화를 내며 말했다.

"운명의 궁통(窮通)과 빈천은 본디 하늘에 달린 것이니, 당신과 무슨 상관이 있겠소?"

그러고는 옷자락을 털며 떠나자, 장경장이 급히 일어나 말했다.

"그대의 녹상(祿相)은 바로 화내는 중에서 드러나니, 협: 관상술은 너무 오묘하도다! 나중에 틀림없이 지위가 가장 높은 신하가 될 것이오."

張冏藏善相, 與袁天綱齊名. 有河東裴某, 年五十三爲三衛, 當夏季番, 入京至㴉水西店買飯. 同坐有一老人, 呼裴爲貴人, 裴曰: "某尙爲三衛, 豈望官爵? 老父奈何相戲乎?" 老父笑曰: "君自不知耳, 從今二十五日, 得三品官." 言畢便別, 乃張冏藏也. 裴至京, 當番已二十一日, 屬太宗苦於氣疾, 衆醫不效. 有詔三衛已上, 朝士已下, 皆令進方. 裴隨例進一方'乳煎蓽撥'而服, 其疾便愈. 敕付中書, 使與一五品官. 宰相 眉: 按《獨異志》, 宰相是魏徵. 逡巡, 未敢進擬. 數日, 上疾復發, 又服'蓽撥'差. 因問: "前進方人得何官?" 中書云: "未審與五品文官武官." 太宗怒曰: "治一撥亂天子得活, 何不與官? 向若治宰相病可, 必當日得官." 夾: 實話. 其日, 特恩與三品正員京官, 拜鴻臚卿. 劉仁軌, 尉氏人. 年七八歲時, 冏藏過其門見焉, 謂其父母曰: "此童子骨法甚奇, 當有貴祿, 宜保養敎誨之." 後仁軌爲陳倉尉, 冏藏時被流劍南, 經岐州. 刺史馮長命令看判司已下, 無人至五品者. 出逢仁軌, 凜然變色, 却謂馮使君曰: "得貴人也." 遂細看之. 後至僕射, 謂之曰: "僕二十年前, 於尉氏見一小兒, 其骨法與公相類. 當時不問姓名, 不知誰耳." 軌笑曰: "尉氏小兒, 仁軌是也." 冏藏曰: "公不離四品, 若犯大罪, 卽三品已上." 後從給事中出靑州刺史, 知海運, 遭風失船, 下獄斷死, 特赦免死除名. 於遼東効力, 入爲大司憲, 竟位至左僕射. 魏齊公元忠少時, 曾謁冏藏, 冏藏待之甚薄. 就質通塞, 亦不答也, 公大怒曰 : "窮通貧賤, 自屬蒼蒼, 何預公焉?" 因拂衣而去, 冏藏遽起言曰 : "君之相祿, 正在怒中, 夾 : 相太微哉! 後當位極人臣."

* 이 고사는 《태평광기》 권221 〈상 · 장경장〉에 실려 있다.

43-4(1235) 노제경

노제경(盧齊卿)

출《정명록》

노제경은 예닐곱 살 때 성격이 오만하고 경솔했기 때문에 숙부들이 매번 하인 한 명에게 그 뒤를 쫓아다니게 했다. 그는 15~16세 때 한밤중에 일어나 뒤뜰의 텅 빈 정원에 앉아 있기를 좋아했다. 하루는 하인이 보았더니 그의 주위로 아주 많은 횃불이 있었고 호위병도 많았으며 또 어떤 사람이 산개(繖蓋)를 들고 그를 씌우고 있었다. 하인이 그 사실을 노제경의 숙부에게 알렸더니, 숙부는 요괴의 짓이라고 생각했다. 한 무당이 노제경의 손바닥에 쑥뜸을 뜨게 했는데, 이를 본 원천강(袁天綱)이 깜짝 놀라며 말했다.

"이 사람은 본래 마땅히 삼세(三世 : 전세・현세・내세)의 일을 알게 될 것이었는데, 뜸을 뜨는 바람에 손바닥에 상처가 나서 결국 전세와 내세의 일은 잊어버리고 그저 현세의 일만 알게 될 것이오."

이때부터 매번 그가 말을 하면 적중하지 않는 경우가 없었다. 노제경은 벼슬이 비서감(秘書監)에 이르렀다.

장가정(張嘉貞)이 재상으로 있을 때 어떤 사람이 그를 참소했다. 장가정은 스스로 좌천당할까 걱정하며 노제경에게 자신의 관상을 보게 했다. 노제경은 정확하게 말하지 않은 채 그가 입조하려 할 때 홀 위에 '대(臺)' 자를 써 주었다. 장가정은 그것을 보고 대좌(臺座)를 떠나지 않을 것이라고 생각했는데, 칙명이 내려와 대주자사(臺州刺史)로 폄적되었다. 미 : '대(臺)' 자를 써 준 사람이 《상서고실(尙書故實)》에는 장경장(張景藏)이라 되어 있다.

장수규(張守珪)는 하북(河北) 사람으로, 현위(縣尉) 양만경(梁萬頃)을 섬겼다. 양만경은 장수규에게 말을 붙잡게 했는데, 옷깃을 놓치는 바람에 결국 한차례 매질을 당했다. 이 일로 인해 장수규는 발분해서 종군한 끝에 유주(幽州)에서 과의도위(果毅都尉)가 되었다. [유주자사로 있던] 노제경이 일찍이 그를 불러 마주 앉아서 말했다.

"공은 훗날 틀림없이 부귀해질 것이고, 절월[節鉞 : 부절(符節)과 부월(斧鉞). 절도사를 상징함]을 잡게 될 것이오."

장수규는 송구해하면서 그럴 리 없다고 생각하고 계단을 내려와 절했다. 노 공(盧公 : 노제경)이 유주를 떠나기 전에 장수규는 장군과 절도사(節度使)가 되었다. 양만경이 하남현위(河南縣尉)로 있다가 임기가 막 끝났을 때 장수규가 그를 불러 만났는데, 양만경은 몹시 두려워했다. 장수규는 예전의 일을 전혀 원망하지 않으며 말했다.

"예전에 공이 꾸짖고 화내지 않았더라면 나 역시 분발해 스스로 지금의 자리에 이르지 못했을 것이오."

장수규는 그에게 재물을 내려 그의 병을 치료하게 했다.

미 : 진정한 호걸이로다!

盧齊卿年六七歲時, 性慢率, 諸叔父每令一奴隨後. 至十五六, 好夜起, 於後園空庭中坐. 奴見火炬甚多, 侍衛亦衆, 有人持繖蓋蓋之. 以告叔父, 叔父以爲妖. 有巫者敎以艾灸在手中心, 袁天綱見之, 大驚異曰: "此人本合知三世事, 緣灸掌損, 遂遣滅却兩世事, 祗知當世事." 從此每有所論, 無不中者. 官至秘書監. 張嘉貞之任宰相也, 有人訴之. 自慮左貶, 命齊卿視焉. 不爲決定, 因其入朝, 乃書笏上作'臺'字. 張見之, 以爲不離臺座, 及敕出, 貶臺州刺史. 眉 : 書臺! 《尙書故□¹⁾》作張景藏. 張守珪, 河北人, 事縣尉梁萬頃. 萬頃令捉馬, 失衣襟, 遂撻一頓. 因此發憤從軍, 爲幽州一果毅. 齊卿常引對坐云: "公後當富貴, 秉節鉞." 守珪踧踖, 不意如此, 下階拜. 盧公未離幽州, 而守珪爲將軍節度矣. 梁萬頃爲河南縣尉, 初考滿, 守珪喚與相見, 萬頃甚懼. 守珪都不恨之, 謂曰: "向者不因公責怒, 某亦不發憤自達." 乃遺其財物, 使療病. 眉 : 眞豪傑!

* 이 고사는 《태평광기》 권222 〈상 · 노제경〉에 실려 있다.
1 □ : 원문에는 판독 불가한 글자라 되어 있지만 서명(書名)으로 보아 "실(實)" 자로 추정된다.

43-5(1236) 장간지

장간지(張柬之)

출《정명록》

장간지는 청성현승(靑城縣丞)이 되었을 때 이미 63세였다. 관상을 잘 보는 어떤 사람이 말했다.

"나중에 틀림없이 최고 지위의 신하가 될 것이오."

사람들은 그가 늙었기 때문에 그 말을 믿지 않았다. 나중에 장간지는 제책과(制策科)에 응시했다가 낙방했는데, [당나라] 측천무후(則天武后)가 급제한 사람이 적은 것을 의아해하며 낙방자 중에서 다시 뽑으라고 명하자, 담당 관리가 아뢰었다.

"한 사람의 책문(策文)이 좋긴 하지만 작문이 규정에 맞지 않았기 때문에 탈락시켰습니다."

측천무후는 장간지의 책문을 살펴보고 훌륭한 인재라고 생각해, 그를 불러들여 책문 중의 일을 물어보고 특출하다고 여기며 즉시 1등으로 급제시켰다. 나중에 장간지는 재상에 이르렀으며 한양왕(漢陽王)에 봉해졌다. 미 : 지금 이런 담당 관리가 있더라도 □□할 텐데, 하물며 제왕임에랴!

張柬之任靑城縣丞, 已六十三矣. 有善相者云:"後當位極人臣." 衆以其老也, 莫之信. 後應制策被落, 則天怪中第人少, 令於所落中更揀, 有司奏 : "一人策好, 緣書寫不中程律, 故退." 則天覽之, 以爲奇才, 召入, 問策中事, 特異之, 卽收上第. 後至宰相, 封漢陽王. 眉 : 卽今有司猶□□, 況帝王乎!

* 이 고사는 《태평광기》 권221 〈상·장간지〉에 실려 있다.

43-6(1237) 육경융

육경융(陸景融)

출《정명록》

    육경융이 신정현령(新鄭縣令)으로 있을 때, 어떤 손님이 그에게 말했다.

    "공은 지금부터 30년 뒤에 틀림없이 이 주(州)의 자사(刺史)가 될 것이며, 법조(法曹)의 청사 위에 앉을 것입니다."

    육 공(陸公 : 육경융)은 그 말을 믿지 않았다. 당시 육 공은 법조의 청사에 오동나무가 있는 것을 기억하고 있었다. 그 후 과연 30년 뒤에 육 공은 정주자사(鄭州刺史)가 되었는데, 앉아 있는 청사 앞에 오동나무가 있었다. 그래서 물어보았더니 관리가 대답했다.

    "이 청사는 본래 법조의 청사였는데, 예전의 자사가 청사가 좁은 것을 못마땅해해서 마침내 법조의 청사를 터서 자사의 청사로 만들었습니다."

    육 공은 그제야 옛날에 어떤 손님이 한 말이 영험함을 알았다.

陸景融爲新鄭令, 有客謂之曰 : "公從今三十年, 當爲此州刺史, 然於法曹廳上坐." 陸公不信. 時陸公記法曹廳有桐樹. 後果三十年爲鄭州刺史, 所坐廳前有桐樹. 因而問之, 乃云 :

"此廳本是法曹廳, 往年刺史嫌宅窄, 遂通之, 爲刺史廳." 方知言應.

* 이 고사는 《태평광기》 권221 〈상·육경융〉에 실려 있다.

43-7(1238) **배광정**

배광정(裴光庭)

출《정명록》

요원숭(姚元崇)이 [당나라] 개원(開元) 연간(713~741) 초에 중서령(中書令)으로 있을 때, 관상을 잘 보는 사람이 그를 만나러 왔다. 요원숭이 그에게 조당에서 여러 관리들 가운데 누가 뒷날 재상이 될 것인지 비밀리에 살펴보게 했더니, 그가 배광정을 보고 나서 재상이 될 것이라 아뢰었는데, 당시 배광정은 무관(武官)이었다. 요 공(姚公 : 요원숭)은 배광정을 집으로 오게 해서 함께 얘기를 나누면서 방 안에 주렴을 쳐 놓은 채 관상가에게 다시 살펴보게 했다. 배광정이 가고 나서 관상가가 말했다.

"틀림없습니다."

요 공이 말했다.

"재상이란 천자를 보좌해 덕화(德化)를 완성하는 사람이니, 그런 사람이 아니면 재상의 자리에 거할 수 없소. 아까 배 군(裴君 : 배광정)과 얘기해 보았더니, 그는 정사를 돌보기에 마땅한 사람도 아니고 문학의 수준도 낮은데, 어찌 그에게 그런 복록이 있단 말이오?"

관상가가 말했다.

"공께서 말씀하신 것은 재능이고, 제가 말한 것은 운명입니다." 미 : 천고의 확정된 사안이다.

요원숭은 묵묵히 있으면서 그의 말을 믿지 않았다. 후에 배 공(裴公 : 배광정)은 과연 몇 년 동안 재상으로 지냈고, 조정에서 명상(名相)이라 불렸다.

姚元崇, 開元初爲中書令, 有善相者來見. 元崇令密於朝堂目諸官後當爲宰輔者, 見裴光庭, 白之, 時光庭爲武官. 姚公命至宅與語, 復使相者於堂中垂簾重審焉. 光庭旣去, 相者曰 : "定矣." 姚公曰 : "宰相者, 所以佐天成化, 非其人莫可居之. 向者與裴君言, 非應務之士, 詞學又寡, 寧有其祿乎?" 相者曰 : "公所云者才也, 僕所述者命也." 眉 : 千古定案. 姚黙然不信. 後裴公果爲宰相數年, 及在廟堂, 亦稱名相.

* 이 고사는 《태평광기》 권222 〈상 · 배광정〉에 실려 있다.

43-8(1239) 안녹산

안녹산(安祿山)

출《정명록》

[당나라] 현종(玄宗)이 근정루(勤政樓)에서 온갖 잡희(雜戲)를 공연하게 하면서 안녹산을 자신의 동쪽에 배석시켜 구경하게 했다. 그러자 숙종(肅宗)이 간했다.

"고금을 두루 살펴보아도 신하와 임금이 함께 앉아서 공연을 구경한 경우는 없습니다."

현종이 말했다.

"그의 관상이 하도 괴이해서 내가 푸닥거리하려고 할 뿐이다."

또 한번은 밤에 연회를 베풀었는데, 안녹산이 술에 취해 드러눕더니 용의 머리를 한 돼지로 변했다. 좌우 신하들이 그 사실을 급히 아뢰자 현종이 말했다.

"저 저룡(猪龍)은 재능이 없다." 미: 반드시 재능이 뛰어나며, 또한 사람의 힘으로 제거할 수 없다.

현종은 결국 안녹산을 죽이지 않았다. 안녹산은 처음에 한국공(韓國公) 장인원(張仁願)의 군영에서 그의 사환으로 있었는데, 장인원은 늘 안녹산에게 자신의 발을 씻기게 했다. 장인원의 발에 검은 점이 있었는데, 안녹산이 그 점을 흠

쳐보았더니 장인원이 안녹산을 돌아보며 웃으면서 말했다.

"이 검은 점은 내가 귀인이 될 상이다."

안녹산이 말했다.

"저는 미천한 사람이지만 뜻밖에도 양쪽 발에 모두 검은 점이 있는데, 장군의 것보다 색깔이 짙고 더 큽니다."

장인원은 안녹산의 점을 보고 기이해하면서 그를 양아들로 삼겠다고 약속하고 더욱 총애했다.

玄宗御勤政樓, 下設百戲, 坐安祿山於東間觀看. 肅宗諫曰: "歷觀今古, 無臣與君同坐閱戲者." 玄宗曰: "渠有異相, 我欲禳之故耳." 又嘗與夜宴, 祿山醉臥, 化爲一猪而龍頭. 左右遽告, 帝曰: "渠猪龍, 無能爲也." 眉: 必能爲, 又非人力可除矣. 終不殺之. 祿山初爲韓公張仁願帳下走使之吏, 仁願常令祿山洗脚. 仁願脚下有黑子, 祿山竊窺之, 仁願顧笑曰: "黑子, 吾貴相也." 祿山曰: "某賤人, 不幸兩足皆有, 比將軍者色黑而加大." 仁願觀而異之, 約爲義兒, 而加寵薦焉.

* 이 고사는 《태평광기》 권222 〈상·안녹산〉에 실려 있다.

43-9(1240) 왕악

왕악(王鍔)

출《독이지》

　　왕악은 신고(辛杲) 수하의 부장이었는데, 신고는 당시 장사(長沙)를 진수하고 있었다. 어느 날 격구(擊毬: 말을 타고 막대기로 공을 치는 옛 유희)를 하느라 말달리기가 한창일 때, 왕악이 하늘을 향해 기합을 질렀더니 그 기운이 몇 장(丈) 높이로 올라갔는데, 마치 한 필의 흰 명주 비단이 위로 솟구치는 것 같았다. 이에 신고가 아내에게 말했다.

　　"이 사람은 지극히 귀한 상(相)을 지니고 있소."

　　그러고는 자기 딸을 왕악에게 시집보냈다. 왕악은 결국 장상(將相)이 되었다.

王鍔爲辛杲下偏裨, 杲時帥長沙. 一旦擊球, 馳騁旣酣, 鍔向天呵氣, 氣高數丈, 若匹練上衝. 杲謂其妻曰: "此極貴相." 遂以女妻之. 鍔終爲將相.

* 이 고사는 《태평광기》 권223 〈상·왕악〉에 실려 있다.

43-10(1241) 양십이

양십이(梁十二)

출《정명록》

 양십이는 사람의 미래를 알아보는 것으로 유명했다. 그가 송주(宋州)에 도착하자 자사 사마전(司馬詮)이 소주자사(蘇州刺史) 이무언(李無言)에게 그를 추천했다. 이무언은 사람을 보내 해 질 무렵에 그를 집으로 데려오게 했는데, 자신은 황색 관복을 입고 한 손님에게 자색 관복을 입혀 자신을 대신하게 했다. 양십이가 손님에게 말했다.

 "조금 전에 공의 말소리를 들어 보았더니 관록(官祿)이 없습니다."

 또 말했다.

 "저 황색 관복을 입은 사람은 3품관인데, 지금 관복이 다른 것은 어째서입니까?"

 이무언은 그제야 사실대로 대답하고 양십이에게 자세히 봐 달라고 했더니 양십이가 말했다.

 "공께서는 틀림없이 한 단계 높은 주(州)의 자사로 전임되실 것입니다."

 후에 이무언은 과연 목주자사(睦州刺使)로 전임되자 돈 200관(貫)을 양십이에게 주었다. 양십이가 말했다.

"공께서 그 주로 가시면 틀림없이 큰 화를 입을 것입니다. 제가 공을 위해 법술을 부려 화를 제거해 드릴 테니, 공께서는 반드시 제게 함부로 입을 놀리는 사람이라 말하면서 화를 내고 꾸짖으십시오. 그리고 저의 등에 10대의 채찍질을 하시되 부인께는 모르게 하십시오."

이무언은 그럴 수 없다고 했지만 양십이가 거듭 청하자, 이무언은 마음 아파하면서 잠자코 그의 뜻을 따르기로 했다. 이튿날 아침에 이무언이 관아에서 양십이에게 채찍 10대를 치라고 판결하자, 동복이 그의 부인에게 달려가서 그 사실을 알렸다. 이무언이 문을 들어서자 그의 아내가 말했다.

"어찌하여 양자(梁子 : 양십이)에게 채찍질을 했습니까?"

이무언이 한탄하며 말했다.

"집안사람이 모르게 하라는 말을 망각했구나!"

잠시 뒤에 양십이가 문에 달린 방울을 잡아당기며 이무언에게 만나기를 청하고 말했다.

"공께서는 어찌하여 부인이 알게 하셨습니까? 액운을 면할 수 없게 되었습니다! 공께서 이미 제게 200관의 돈을 주셨지만 공의 은덕에 보답할 게 없습니다. 공의 액운은 면하지 못하겠지만, 대신 공께서 2000관의 돈을 얻어 재산으로 충당할 수 있도록 해 드릴 테니, 그 돈은 취해도 필시 별다른 일이 없을 것입니다."

이무언은 목주자사로 있을 때 과연 2000관의 돈을 얻고 나서 죽었다.

양십이는 또 단도현(丹徒縣)의 주부(主簿) 노유아(盧惟雅)에게 말했다.

"이후로 통사사인(通事舍人)이 될 것입니다."

과연 그의 말대로 되었다. 나중에 노유아가 도성에서 양십이를 만났는데 양십이가 말했다.

"아무 해가 되면 공의 재물과 가산은 틀림없이 파산될 것입니다. 공께서 제게 50관의 돈을 주신다면, 제가 공께 한 말씀 드려 즉시 그 재난을 면하게 해 드리겠습니다."

노유아는 그 말을 믿지 않고 그에게 돈을 주지 않았다. 아무 해가 되자 노유아는 과연 도박을 해서 가산을 모두 탕진했다.

有梁十二者, 名知人. 至宋州, 司馬詮作書, 薦之蘇州刺史李無言. 李遣日暮引入宅, 乃著黃衣衫, 令一客著紫自代. 梁謂客云: "向聞公語聲, 未有官祿." 又謂: "黃衣是三品, 今章服不同, 何也?" 李乃以實對, 因請詳視. 梁云: "公卽合改得上州刺史." 後果改睦州, 贈錢二百貫. 梁云: "公至彼州, 必得重厄. 某爲公作一法禳之, 公須嗔責某妄語, 鞭背十下, 仍不得令妻子知也." 李不可, 梁再三以請, 李閔默而從之. 明早, 李當衙決梁十下, 小蒼頭走報其妻. 李入門, 妻云: "何以打梁子?" 無言恨云: "忘却瞞家人也!" 俄而梁叩鈴, 請見李曰: "公何以遣妻子知? 厄不免矣! 公旣强與某二百千文,無以報公德. 公厄雖不免, 然令公得二千貫以充家資, 取之必無事." 李在州, 果取得二千貫錢而死. 梁又謂丹徒主簿盧惟雅云 : "從此得通事舍人." 如其言. 後於京見之, 云 : "至某年, 財物莊宅合破散. 公當與某五十千文, 某教公一言卽免." 盧不之信, 不與. 至某年, 盧果因賭博, 莊宅等並盡.

* 이 고사는《태평광기》권222〈상·양십이〉에 실려 있다.

43-11(1242) 주현표
주현표(周玄豹)
출《북몽쇄언》

 후당(後唐)의 주현표는 연(燕) 지방 사람이다. 그는 젊어서 승려가 되었는데, 그의 스승은 사람을 알아보는 감식안이 있었다. 주현표가 10년 동안 스승을 따라다니면서 온갖 고생을 꺼리지 않자, 스승이 마침내 그에게 비법을 전수해 주었다. 주현표는 고향으로 돌아가서 환속했다가 나중에 진양(晉陽)으로 돌아갔다. 한번은 장승업(張承業)이 명종(明宗)에게 옷을 갈아입게 하고 여러 장교들 끝에 서 있으라고 하면서 다른 사람을 세워 놓고 주현표에게 관상을 보게 했더니 주현표가 말했다.

"이 사람은 아닙니다."

그러고는 끝 쪽에 있던 명종을 가리키며 말했다.

"골격이 비상하니 이분은 내아(內衙)의 태보(太保)이십니까?"

명종은 진수(鎭帥)로 있다가 대궐로 들어와 제위에 올라 측근 신하에게 말했다.

"주현표가 옛날에 짐의 일에 대해 말한 적이 있었는데 자못 영험하니, 북경진(北京津)에 조서를 내려 그를 대궐로 불러오도록 하시오."

그러자 조봉(趙鳳)이 말했다.

"원허(袁許)의 일53)은 주현표가 잘하는 바입니다. 만약 그를 도성으로 부르신다면 사람들이 다투어 길흉을 물을 것이니, 요망함을 가까이해서 미혹될까 두렵습니다." 미 : 조봉은 크게 미련하고 고루하다. 만약 사람들이 길흉을 미리 안다면, 오히려 명리를 구하기 위한 과도한 경쟁을 멈추게 할 수도 있을 것이다.

그래서 그에게 황금과 비단을 하사했다. 주현표는 벼슬이 광록경(光祿卿)에 이르렀다.

後唐周玄豹, 燕人. 少爲僧, 其師有知人之鑒. 從遊十年, 不憚辛苦, 遂傳其秘. 還鄕歸俗, 後歸晉陽. 張承業俾明宗易服, 列於諸校之下, 以他人請之, 曰 : "此非也." 指明宗於末綴, 曰 : "骨法非常, 此爲內衙太保乎?" 明宗自鎭帥入, 謂侍臣曰 : "周玄豹昔曾言朕事, 頗有徵, 可詔北京津置赴闕." 趙鳳曰 : "袁許之事, 玄豹所長. 若至輦下, 卽爭問吉凶, 恐近妖惑." 眉 : 趙大贛固也. □預知吉凶, 或反可以息奔競.

---

53) 원허(袁許)의 일 : 관상술(觀相術)을 말한다. '원허'는 당나라의 원천강(袁天綱)과 허장비(許藏秘)를 말하는데, 두 사람 모두 관상술에 뛰어났다. 그래서 후대에 관상술을 '원허술(袁許術)'이라고도 한다. 한편 허장비 대신에 한나라 때 관상술에 뛰어났던 허부(許負)를 꼽기도 한다.

乃就賜金帛. 官至光祿卿.

* 이 고사는 《태평광기》 권223 〈상·주현표〉에 실려 있다.

43-12(1243) 조 성인

조성인(趙聖人)

출《옥당한화》

위촉(僞蜀 : 전촉)의 조온규(趙溫圭)는 원허술(袁許術 : 관상술)에 뛰어나서 점을 치면 들어맞지 않은 경우가 없었기에 촉에서는 그를 "조 성인"이라 불렀다. 무장(武將) 왕휘(王暉)는 성격이 몹시 사나웠는데, 전촉(前蜀)의 선주(先主)를 섬기면서 여러 차례 군공(軍功)을 세웠다. 하지만 후주(後主) 때에 이르러 한두 귀인에게 배척당해 오랫동안 낮은 지위에 묻혀 있게 되자, 왕휘는 이에 대해 깊은 원한을 품었다. 하루는 왕휘가 궁문에서 조 공(趙公 : 조온규)을 만났는데, 조 공이 그를 보고 깜짝 놀라며 주위 사람을 물리치고 그에게 말했다.

"오늘 당신을 보니 얼굴에 살기가 있으니, 칼을 품고 음모를 행하려는 것 같습니다. 하지만 당신은 장래에 세 번 군수를 지내고 한 번 절제(節制 : 절도사)를 지낼 것입니다. 지금 이후로 느지막이 현달할 것이니, 남을 해쳐서 화를 불러서는 안 됩니다." 미 : 남을 해치려는 마음이 생기는 자는 이를 잘 생각해야 한다.

왕휘는 크게 놀라며 품속에서 비수 하나를 꺼내 땅에 던지고는 울면서 말했다.

"오늘 그놈을 찔러 죽이고 곧바로 자결하려 했는데, 뜻밖에도 당신을 만나 이렇게 마음을 풀어 주시니 이제 이런 짓은 그만두겠습니다."

왕휘는 감사의 절을 올리고 물러갔다. 왕휘는 얼마 후에 군수가 되었다가 진주절도사(秦州節度使)로 승진했으며, 전촉이 망하자 함양(咸陽)에서 노년을 보냈다.

僞蜀有趙溫圭, 善袁許術, 占無不中, 蜀謂之"趙聖人". 武將王暉, 性兇悍, 事蜀先主, 累有軍功. 至後主時, 爲一二貴人擠抑, 久沉下位, 王深銜之. 嘗一日, 於朝門逢趙公, 見之驚愕, 乃屛人告之曰:"今日見君, 面有殺氣, 懷兵刃, 欲行陰謀. 但君將來當爲三任郡守, 一任節制. 自是晩達, 不宜害人以取殃禍." 眉: 萌害人心者思之. 王大駭, 乃於懷中探一匕首擲於地, 泣而言曰:"今日欲刺殺此子, 便自引決, 不期逢君爲開釋, 請從此止." 拜謝而退. 王尋爲郡, 遷秦州節度, 蜀亡, 老於咸陽.

* 이 고사는 《태평광기》 권80 〈방사(方士) · 조성인〉에 실려 있다.

43-13(1244) 이동

이동(李潼)

출《전재(傳載)》

위처후(韋處厚)가 개주(開州)에 있을 때 이동과 최충(崔冲) 두 진사(進士)가 그를 만나 뵈러 와서 한 달 남짓 머물렀다. 그때 마침 서천군장(西川軍將) 아무개라는 과객(過客)이 관상을 잘 보았는데, 사람들이 모인 자리에서 이동이 사흘 안에 호액(虎厄)을 당할 것이라고 말했다. 사흘 뒤에 위처후가 여러 손님들과 함께 산사를 유람하고 산 위에서 아래로 내려오고 있었는데 해가 이미 저물었다. 이동은 먼저 내려가고 최충은 나중에 내려갔는데, 최충이 큰 소리로 이동을 부르며 말했다.

"충(冲)이 내려가길 기다리시오! 충(冲)이 내려가길 기다리시오!"

이동은 "충이 내려가길 기다리시오[待冲來]"라는 소리를 듣고 호랑이[大蟲]가 나타났다는 말로 알아듣고는 넘어져서 산기슭으로 떨어져 기절했다가 다시 깨어나 며칠이 지나서야 비로소 나았다. 서천군장이 돌아가려 하면서 이동에게 말했다.

"당신의 호액은 지나갔소."

韋處厚在開州, 李潼・崔冲二進士來謁, 留連月餘. 會有過客西川軍將某者, 能相術, 於席上言李潼三日內有虎厄. 後三日, 處厚與諸客遊山寺, 自上方抵下方, 日已暮矣. 李先下, 崔冲後來, 冲人呼李云：" 待冲來! 待冲來!" 李聞"待冲來"聲, 謂虎至, 顛蹶, 墜下山趾, 絶而復甦, 數日方愈. 及軍將回, 謂李曰："君厄過矣."

*   이 고사는《태평광기》권223〈상・이동〉에 실려 있다.

43-14(1245) 강교

강교(姜皎)

출《정명록》미 : 이하는 관상을 잘 보는 스님이다(以下僧善相).

강교는 아직 귀해지기 전에 사냥을 좋아했는데, 하루는 사냥을 마치고 돌아와 문을 들어서다가 탁발하는 한 스님을 보고 고기와 음식을 가져오게 해서 스님에게 주었다. 스님이 먹고 나서 떠났는데, 고기는 모두 그대로 있었다. 강교가 뒤쫓아 가서 물었더니 스님이 말했다.

"공은 크게 부귀해질 것입니다."

강교가 말했다.

"어떻게 하면 부귀해질 수 있습니까?"

스님이 말했다.

"진인(眞人)을 만나면 바로 부귀해집니다."

강교가 말했다.

"언제 진인을 만날 수 있습니까?"

스님이 눈을 들어 그를 보더니 말했다.

"오늘 바로 진인을 만납니다."

강교의 팔뚝에 새매 한 마리가 있었는데, 그 값이 20만 냥이 나갔다. 강교가 스님과 함께 말을 타고 성을 나갔다가 역시 사냥 나온 임치왕(臨淄王) 협 : 현종(玄宗)이다. 과 우연히 마주쳤는데, 임치왕이 새매를 보더니 그 가치를 알아보고 말했다.

"이게 당신의 새매요?"

강교가 말했다.

"그렇습니다."

이에 두 사람은 같이 어울려 사냥을 했는데, 잠시 후에 스님이 어디론가 사라져 버렸다. 그 후에 무녀가 찾아오자 강교가 물었다.

"너는 오늘 어떤 사람이 올지 알아보아라."

무녀가 말했다.

"오늘 천자께서 오십니다."

강교가 웃으며 말했다.

"천자께서야 궁 안에 앉아 계시지 어찌 날 보러 오시겠느냐?"

잠시 후 어떤 사람이 문을 두드리며 말했다.

"삼랑(三郎)께서 오셨습니다."

강 공이 나가 보니 바로 임치왕이었다. 이때부터 강교는 임치왕을 더욱 공경하면서 돈이나 말 등 임치왕이 필요로 하는 것을 감히 아끼지 않았다. 나중에 임치왕이 노주부(潞州府)를 떠나게 되었을 때 백관과 친구들이 모두 전송했는데, 오직 강교만이 보이지 않자 임치왕은 이상하게 생각했다. 위수(渭水)의 북쪽에 이르렀을 때, 길가에서 강 공(姜公

: 강교)이 혼자 장막을 펼쳐 놓고 성대한 전별연을 마련해 놓은 것을 보고, 임치왕은 기쁜 마음으로 그와 작별했으며 곧장 임금과 신하의 연분을 맺었다. 훗날 강교는 과연 부귀해졌다.

姜皎之未貴也, 好弋獵, 獵還入門, 見僧乞飯, 姜令取肉食與之. 僧食訖去, 其肉並在. 姜追問焉, 僧云: "公大富貴." 姜曰: "如何得富貴?" 僧曰: "見眞人卽富貴矣." 姜: "何時得見眞人?" 僧擧目看曰: "今日卽見." 姜手臂一鷂子, 値二十千. 與僧相隨騎馬出城, 偶逢臨淄王 夾: 玄宗. 亦獵, 見鷂子, 識之曰: "此是某鷂子否?" 姜云: "是". 因相隨獵, 俄而失僧所在. 後有女巫至, 姜問云: "汝且看今日有何人來." 女巫曰: "今日天子來." 姜笑曰: "天子在宮裏坐, 豈來看我耶?" 俄有叩門者, 云: "三郎來." 姜出見, 乃王也. 自此倍加恭謹, 錢馬所須, 無敢惜者. 及王出潞府, 百官親舊並送, 唯不見姜, 王怪之. 行至渭北, 於路側, 獨見姜公供帳甚盛, 欣然與別, 便定君臣之分. 後姜果富貴.

* 이 고사는 《태평광기》 권224 〈상·강교〉에 실려 있다.

43-15(1246) 황철

황철(黃徹)

출《전재》

상곤(常袞)이 복건(福建)에 있을 때 아무개라는 스님은 사람의 안색을 보고 점치는 데 뛰어났는데, 앞일을 얘기하는 것이 마치 신과 같았다. 상곤은 그 스님이 연로한 것을 안타까워하며 제자들에게 명해 그의 점술을 배우게 했는데 스님이 말했다.

"이 일은 타고나야지 갑자기 전수할 수 있는 게 아닙니다. 제가 일찍이 당신의 주위에서 가르칠 만한 사람 한 명을 보았습니다."

스님이 사람들을 두루 불러 그중에서 소리(小吏) 황철을 고르자, 상곤은 그에게 가서 배우라고 명했다. 노스님은 암실 안에 오색 비단을 시렁에 놓아둔 뒤 황철에게 가져오라고 하면서 말했다.

"세상 사람들은 모두 시력을 다 쓰지 못하니, 협 : 기이한 말이다. 그저 자세히 살펴보아라."

황철은 열흘 후에 희미하게 흰색을 식별했고, 반년 후에는 오색이 보이면서 분명하게 구별할 수 있었다. 미 : 이는 이를 매달아 놓고 활쏘기를 가르친 것⁵⁴⁾과 같은 뜻이다. 그러자 노스님이 황철에게 명했다.

"어둠 속에서 오색 비단을 본 것처럼 돌아가서 대낮에 사람을 점치면 된다."

그러고는 그 비결을 전수해 주었다. 이길보(李吉甫)가 말했다.

"황철의 점술은 원(袁 : 원천강)과 허(許 : 허장비)에 버금간다."

常袞之在福建也, 有僧某者, 善占色, 言事若神. 袞惜其老, 命弟子就其術, 僧云 : "此事天性, 非可造次爲傳. 某嘗於君左右, 見一人可敎." 遍招, 得小吏黃徹焉, 袞命就學. 老僧遂於暗室中致五色綵於架, 令自取之, 曰 : "世人皆用眼力不盡, 夾 : 奇談. 但熟看之." 旬日後, 依稀認其白者, 後半歲, 看五色, 卽洞然而得矣. 眉 : 此與懸虱敎射一義. 命之曰 : "以若暗中之視五綵, 回之白晝占人." 因傳其方訣. 李吉甫云 : "黃徹之占, 袁·許之亞也."

* 이 고사는 《태평광기》 권224 〈상·상곤(常袞)〉에 실려 있다.

54) 이를 매달아 놓고 활쏘기를 가르친 것 : 《열자(列子)》〈탕문(湯問)〉 편에 따르면, 옛날에 기창(紀昌)이 명궁 비위(飛衛)에게서 활쏘기를 배웠는데, 비위의 가르침을 따라 기창이 소털에 이를 묶어 창에 매달아 두고 밤낮으로 주시한 끝에 3년 후에 이가 수레바퀴만 하게 보여서 마침내 이의 심장을 꿰뚫었다고 한다.

43-16(1247) 유우석

유우석(劉禹錫)

출《유한고취(幽閑鼓吹)》

유우석이 둔전원외랑(屯田員外郞)으로 있을 때, 조만간 출세할 것 같은 분위기가 있었다. 그는 한 스님의 점술이 매우 뛰어나다는 것을 알고 숙직 서는 날 그를 성부(省府)로 초청했다. 유우석이 그에게 막 자신의 운명을 물으려던 참에 위 수재(韋秀才)가 문에 와 있다는 보고가 들어왔다. 공(公 : 유우석)은 어쩔 수 없이 그를 만나면서 스님에게 주렴 뒤에 앉아 있으라고 했다. 위 수재가 문권(文卷)을 올리자 공은 대충 훑어보면서 그다지 크게 신경 쓰지 않았다. 위 수재도 이를 눈치채고 곧 자리를 떠났다. 공이 다시 스님과 얘기를 나누자 스님이 한참을 탄식하다가 말했다.

"제가 하려는 말이 원외랑께는 필시 마음에 들지 않을 텐데 어떻게 하시겠습니까?"

공이 말했다.

"그냥 말씀하십시오."

스님이 말했다.

"원외랑께서 나중에 옮겨 가실 자리는 바로 지금 계신 부서의 정랑(正郞)입니다. 그러나 아까 왔던 위 수재가 결재해 처리해 주길 기다려야 합니다." 미 : 선배는 후배를 무시해서는 안 된다.

공은 크게 화내면서 스님에게 읍(揖)하고 돌려보냈다. 그 후로 열흘도 안 되어 공은 폄직되었다. 위 수재는 바로 위처후(韋處厚)로 재상이 되었다. 20여 년 후에 유우석은 중서성(中書省)에 있다가 둔전낭중(屯田郎中)으로 전임되었다.

劉禹錫爲屯田員外郞, 旦夕有騰趨之勢. 知一僧術數極精, 寓直日, 邀之至省. 方欲問命, 報韋秀才在門. 公不得已且見, 令僧坐簾下. 韋秀才獻卷已, 略省之, 意氣殊曠. 韋覺之, 乃去. 却與僧語, 僧吁嘆良久, 乃曰 : "某欲言, 員外必不愜, 如何?" 公曰 : "但言之." 僧曰 : "員外後遷, 乃本行正郎也. 然須待適來韋秀才知印處置." 眉 : 前輩不可忽後輩. 公大怒, 揖出之. 不旬日, 貶官. 韋秀才乃處厚相也. 後二十餘年, 在中書, 爲轉屯田郎中.

* 이 고사는 《태평광기》 권224 〈상·유우석〉에 실려 있다.

43-17(1248) 정낭

정낭(鄭朗)

출《척언(摭言)》

　　상공(相公) 정낭이 처음 과거에 응시했을 때, 사람의 기색을 잘 보는 스님 한 명을 만났는데, 그 스님이 정낭에게 말했다.

　　"낭군은 신하로서 가장 높은 지위까지 이를 귀한 상을 지녔지만 진사 급제와는 연분이 없으니, 만약 급제한다면 평생 액운으로 막힐 것입니다."

　　그 후 정낭이 장원 급제하자 축하객이 문을 가득 메웠으나 그 스님만 오지 않았다. 나중에 중시(重試)[55]에서 정랑이 퇴출당하자 그를 위로하는 사람이 매우 많았지만, 그 스님 혼자만 축하하며 말했다.

　　"부귀가 그 안에 있습니다."

　　그 후에 결국 스님이 점친 대로 되었다.

---

55) 중시(重試) : 과거에 급제한 뒤 하급 관직에 머물러 있는 자를 위해 일정 기간마다 실시한 관리 선발 시험으로, 이 시험에 합격하면 고관으로 승진시켜 주었다.

鄭朗相公初擧, 遇一僧善色, 謂曰:"郎君貴極人臣, 然無進士及第之分, 若及第, 則一生厄塞." 旣而狀元及第, 賀客盈門, 唯此僧不至. 及重試退黜, 唁者甚衆, 而此僧獨賀曰:"富貴在裏." 旣而竟如所卜.

* 이 고사는 《태평광기》 권224 〈상·정낭〉에 실려 있다.

43-18(1249) 비구니 범씨

범씨니(范氏尼)

출《융막한담(戎幕閑談)》

[당나라] 천보(天寶) 연간(742~756)에 성이 범씨인 비구니가 있었는데, 미 : 비구니가 관상을 잘 본다. 관리 집안 출신으로 사람의 길흉을 잘 알았으며, 노국공(魯國公) 안진경(顔眞卿)의 처가 쪽으로 친척뻘 되었다. 노국공이 예천현위(醴泉縣尉)로 있을 때 제과(制科)[56]에 응시하려 하면서 범씨 비구니를 찾아가 자신의 운명을 물어보았더니 범씨가 말했다.

"안랑(顔郞 : 안진경)의 일은 반드시 이루어질 것이니, 앞으로 한두 달 안에 필시 조정에서 천자를 배알하게 될 것입니다. 그러나 반년 내에 삼가 외국인과 분쟁을 일으키지 말 것이니, 그랬다간 아마도 폄적될 것입니다."

노국공이 또 말했다.

"저의 관직이 다했을 때 5품까지는 이르겠습니까?"

---

[56] 제과(制科) : 천자가 친히 조서를 내려 임시로 거행하던 과거로, 주로 시책(試策)으로 사람을 뽑았으며 거자(擧子)뿐만 아니라 이미 급제한 사람이나 현직 관리도 응시할 수 있었다. 제거(制擧)라고도 했다.

범씨가 웃으며 말했다.

"거의 1품에 가까울 것입니다. 안랑은 바라는 바가 어찌 그리 낮습니까?"

그러자 노국공이 말했다.

"5품의 벼슬을 얻어 몸에 붉은 관복을 입고 은어(銀魚)를 차며, 아들이 태상재랑(太常齋郞)에 보임된다면 그걸로 저의 바람은 만족합니다."

범씨가 자리의 자줏빛 명주 식단(食單)을 가리키며 말했다.

"안랑이 입게 될 관복의 색깔은 이것과 같고 그 공적과 명예와 절조도 모두 이것에 상응할 것이며, 수명은 일흔을 넘길 것입니다. 그 이후의 일은 꼬치꼬치 묻지 마십시오."

노공이 재삼 묻고 또 묻자 범씨가 말했다.

"안랑은 총명함이 남다르니 꼭 끝까지 물어볼 필요는 없습니다."

한 달이 지나 황제가 큰 연회를 베풀었는데, 노국공은 이날 제과에 높은 등수로 급제해 장안현위(長安縣尉)에 임명되었고, 몇 달 되지 않아 감찰어사(監察御史)로 승진했다. 그가 조회에서 백관의 반열을 정리할 때 법도에 따르지 않고 시끄럽게 떠드는 자가 있자 관리에게 명해 그를 체포하고 상주하게 했는데, 그 사람은 바로 가서한(哥舒翰)이었다. 미 : 가서한은 호인이니, 외국인이란 말이 징험되었다. 가서한은 석

보성(石堡城)을 격파한 공을 세운 지 얼마 되지 않았던 터라 현종(玄宗)에게 이 일을 읍소했는데, 그로 인해 노국공은 공신을 모욕한 죄에 걸려 포주사창(蒲州司倉)으로 폄적되었다. 노국공은 태사(太師)로 있을 때 어명을 받들어 채주(蔡州)에 사신으로 가게 되자 탄식하며 말했다.

"범 사이(范師姨 : 범씨 비구니)의 말대로 내 운명은 적의 손에 달렸음이 분명하구나!"

평 : [당나라의] 왕정주(王庭湊)는 병협(骿脅 : 갈비뼈가 하나로 붙어 있는 통갈비)이었는데, 그 귀함이 중이[重耳 : 춘추 시대 진(晉)나라의 문공(文公). 중이도 병협이었음]와 같았다. 항우(項羽)와 안회(顏回)는 중동(重瞳 : 하나의 눈에 눈동자가 둘인 겹눈동자)이었는데, 역산(歷山 : 순임금이 밭을 갈던 곳. 순임금도 중동이었음)에서 기이함을 드러냈다. 만약 코 양옆의 주름이 입까지 이어진 경우는 관상법에서 굶어 죽을 상인데, [한나라의] 등통(鄧通)과 주아부(周亞夫)에게는 징험되었지만 [당나라의] 배진공(裵晉公 : 배도)에게는 징험되지 않았다. 발바닥에 거북무늬가 있는 경우는 관상법에서 익사할 상인데, [오대 후진(後晉)의 태상경(太常卿) 정손(程遜)에게는 징험되었지만 [한나라의] 태위(太尉) 이고(李固)에게는 징험되지 않았다. 그렇다면 원허술(袁許術 : 관상술)은 또한 [춘추 시대 정(鄭)나라의] 비조(裨

竈)가 관가(瓘斝 : 울창주를 담는 옥술잔)를 사용한 것[57]과 같은가? 대개 한 가지 귀함이 백 가지 천함을 덮을 수 있다면, 한 가지 천함이 또한 백 가지 귀함을 덮을 수도 있다. 이교(李嶠)의 귀함과 수명은 귀식(龜息)에서 징험되었고, 장열(張說)의 녹봉과 작위는 성냄에서 징험되었으니, 이를 일괄적으로 논할 수는 없다. 게다가 안수문(顔修文 : 안회)은 백대(百代)토록 문묘(文廟)에 배향되지만, 이 태위(李太尉 : 이덕유)는 또한 좋게 죽지 못했으니, 관상이 또한 징험되지 않은 적이 없다. 배진공은 음덕으로 복을 얻었다고 세상에 전해지는데, 이는 군자가 즐겨 말하는 바로다!

天寶中, 有范氏尼, 眉 : 尼善相. 乃衣冠流也, 知人休咎, 魯公顔眞卿妻黨之親也. 魯公尉於醴泉, 欲就制科, 因詣范氏尼問命, 范氏曰 : "顔郎事必成, 自後一兩月必朝拜. 但半年內, 愼勿與外國人爭競, 恐有譴謫." 公又曰 : "某官階盡, 得及五品否?" 范笑曰 : "鄰於一品. 顔郎所望, 何卑耶?" 魯公曰 : "官階五品, 身著緋衣, 帶銀魚, 兒子補齋郎, 某望滿矣." 范

---

57) 비조(裨竈)가 관가(瓘斝 : 울창주를 담는 옥술잔)를 사용한 것 : 《춘추좌전(春秋左傳)》〈소공(昭公) 17년〉의 기사에 따르면, 비조가 자산(子産)에게 송(宋)・위(衛)・진(陳)・정(鄭)나라에 같은 날 화재가 일어날 것인데, 관가와 옥찬(玉瓚 : 울창주를 땅에 붓는 옥술잔)으로 방비하면 정나라에는 화재가 일어나지 않을 것이라고 말했지만, 자산이 듣지 않아서 결국 화재가 일어났다고 한다.

尼指座上紫絲布食單曰:"顔衫色如此,其功業名節稱是,壽過七十. 已後莫苦問." 魯公再三窮詰, 范尼曰:"顔郎聰明過人, 問事不必到底" 逾月大酺, 魯公是日登制科高等, 授長安尉, 不數月, 遷監察御史. 因押班中有喧嘩無度者, 命吏錄奏次, 卽哥舒翰也. 眉: 哥舒, 胡人, 外國之言驗矣. 翰有新破石堡城之功, 因泣訴玄宗, 坐輕侮功臣, 貶蒲州司倉. 及魯公爲太師, 奉使於蔡州, 乃嘆曰:"范師姨之言, 吾命懸於賊必矣!"

評 : 王庭湊駢脅, 而貴同於重耳. 項羽・顔回重瞳, 而發異於歷山. 乃若縱理入口者, 法餓死, 而驗於鄧通・周亞夫, 不驗於裴晉公. 龜文足下者, 法溺死, 而驗於晉太常卿程遜, 不驗於太尉李固. 將袁許之術, 亦如裨竈之用瓘斝乎? 蓋一貴能掩百賤, 一賤亦能掩百貴. 如李嶠之貴壽, 徵於息, 張說之祿位, 徵於怒, 未可一概而論. 況顔修文從祀百世, 而李太尉亦以凶終, 相亦未嘗不驗也. 世傳裴晉公以陰德獲福, 斯則君子之所樂道者與!

* 이 고사는《태평광기》권224〈상・범씨니〉에 실려 있다.

상홀(相笏) 부(附)

43-19(1250) 유도민

유도민(庾道敏)

출《유양잡조》

송(宋 : 유송)나라 때 산양왕(山陽王) 유휴우(劉休祐)는 자주 말로 사람들의 뜻을 거슬렀다. 유도민이라는 사람은 홀(笏)을 보고 점을 잘 쳤는데, 유휴우가 자신의 홀을 다른 사람의 홀이라 속이고서 내보이자 유도민이 말했다.

"이 홀은 귀한 상이지만 사람의 마음을 많이 거스르겠습니다."

유휴우는 저연(褚淵)과 매우 친밀한 사이여서 서로 홀을 바꿨는데, 저연이 잘못해서 황제 앞에서 자신을 "하관(下官)"이라 칭하자 황제가 몹시 불쾌해했다.[58]

宋山陽王休祐屢以言話忤顏. 有庾道敏者善相手板, 休祐出手板託言他人者, 庾曰 : "此板乃貴, 然使人多忤." 休祐以褚淵詳密, 乃換其手板, 褚誤於帝前稱"下官", 帝甚不悅.

58) 황제가 몹시 불쾌해했다 : 유송의 효무제(孝武帝)는 신하들이 "하관(下官)"이라 칭하는 것을 꺼렸는데, 그 발음이 "하관(下棺)"과 같기 때문이었다.

* 이 고사는 《태평광기》 권224 〈상·상수판(相手板)유도민〉에 실려 있다.

43-20(1251) 이 참군

이참군(李參軍)

당(唐)나라의 이 참군이라는 자는 [홀(笏)을 보고 점을 잘 쳤기에] "이상홀(李相笏)"이라 불렸다. 염철원(鹽鐵院)의 관원 육준(陸遵)이 홀을 내보이자 이 참군이 말했다.

"평사(評事)의 아들이 보입니다."

육준이 웃으며 말했다.

"조카 아니오?"

이 참군이 말했다.

"평사의 아들입니다."

그러자 육 군(陸君: 육준)이 말했다.

"그대는 명성을 잃었소. 나는 아들이 없소."

그러고는 다시 그를 주렴 밖으로 나오게 해서 보게 했더니 이 참군이 말했다.

"틀림없습니다."

육 군은 그를 매우 무시했다. 육 군은 그전에 임지에 한 가희(歌姬)를 두고 있었는데, 그달에 임신을 해서 나중에 출산했더니 과연 아들이었다.

唐李參軍者, 號爲"李相笏". 鹽鐵院官陸遵以笏視之, 云: "評事郎君見到." 陸遵笑曰: "是子侄否?" 曰: "是評事郎君."

陸君曰:"足下失聲名矣. 某且無兒." 乃更將出簾下看, 曰: "不錯." 陸君甚薄之. 陸先有歌姬在任處, 其月有妊, 分娩果男子也.

* 이 고사는 《태평광기》 권224 〈상·이참군〉에 실려 있는데, 출전이 명초본에는 "《일사(逸史)》"라 되어 있다.

43-21(1252) 용복본

용복본(龍復本)

출《극담록(劇談錄)》

[당나라] 개성(開成) 연간(836~840)에 용복본이라는 자는 맹인이었는데, 사람의 목소리를 듣거나 골격을 손으로 만져 보고 점치는 데 뛰어나 매번 길흉을 말하면 반드시 들어맞았다. 상아나 대나무 홀(笏)이 있으면 손으로 그것을 더듬어 보고 관록과 수명을 반드시 알아냈다. 보궐(補闕) 송기(宋祁)는 세상에 명성이 자자해서 현달할 인물로 손에 꼽혔다. 당시 영락방(永樂坊)의 재상 소치(蕭寘)도 간서(諫署)에 있었는데, 송기와 같은 날 용복본을 찾아가서 들고 있던 대나무 홀을 건네주었다. 용복본은 소 공(蕭公 : 소치)의 홀을 한참 동안 들고 있다가 책상 위에 놓으며 말했다.

"재상의 홀입니다."

다음으로 송 보궐(宋補闕 : 송기)의 홀에 이르러 말했다.

"장관의 홀입니다."

송 보궐이 그 말을 듣고 불쾌해하자 소 공이 말했다.

"근거 없이 한 말인데 신경 쓸 게 뭐 있겠소?"

한 달 남짓 지난 후에 두 사람은 중서성(中書省)에서 재상의 접견을 기다리고 있었다. 당시 이주애[李朱崖 : 이덕유

(李德裕)]가 바야흐로 실권을 잡고 조야에 위엄을 떨치고 있었다. 그들은 아직 접견하기 전에 서서 한담을 하며 서로 시시덕거리고 있었다. 미 : 이런 일에 대해 젊은이는 급히 자신을 단속해야 한다. 잠시 후에 승상(丞相 : 이덕유)이 갑자기 나왔는데, 송기는 수판(手板 : 홀)으로 얼굴을 가리고 웃음을 멈추지 못했다. 이주애는 이를 보고 좌우를 돌아보며 말했다.

"송 보궐은 무슨 일로 나를 보고 웃는가?"

이 말을 들은 사람들은 모두 간담이 서늘해지고 다리가 후들거렸다. 열흘도 되지 않아 송기는 청하현령(淸河縣令)으로 나가게 되었고, 1년 남짓 지나서 결국 임지에서 죽었다. 그 후에 소 공은 벼슬길이 순탄해 절서관찰사(浙西觀察使)로 있다가 조정으로 들어와 판호부(判戶部)가 되었으며, 오래지 않아 마침내 재상의 자리에 올랐다. 모든 것이 용복본의 말대로 되었다.

開成中, 有龍復本者, 無目, 善聽聲揣骨, 每言休咎, 必中. 凡有象簡竹笏, 以手捻之, 必知官祿年壽. 宋祁補闕有盛名於世, 屈指顯達. 時永樂蕭相實亦居諫署, 同日詣之, 授以所持竹笏. 復本執蕭公笏良久, 置於案上, 曰 : "宰相笏." 次至宋補闕者, 曰 : "長官笏." 宋聞之不樂, 蕭曰 : "無憑之言, 安足介意?" 經月餘, 同列於中書候見宰相. 時李朱崖方秉鈞軸, 威鎭朝野. 未見間, 佇立閑談, 互有諧謔. 眉 : 此等事, 少年急須點檢. 頃之, 丞相遽出, 宋以手板障面, 笑未已. 朱崖目之, 回顧左右曰 : "宋補闕笑某何事?" 聞者莫不心寒股慄. 未旬日, 出爲淸河縣令, 歲餘, 遂終所任. 其後蕭公揚歷淸途, 自浙西觀察使入判戶部, 非久遂居廊廟. 俱如復本之言.

* 이 고사는 《태평광기》 권224 〈상·용복본〉에 실려 있다.

상택(相宅) 부(附)

43-22(1253) 홍사

홍사(泓師)

출《대당신어(大唐新語)》·《선실지》·《노씨잡기(盧氏雜記)》·《융막한담》

 당(唐)나라의 스님 홍사는 음양산술(陰陽算術)에 뛰어났는데, 일찍이 연국공(燕國公) 장열(張說)에게 영락방(永樂坊) 동남쪽의 첫 번째 저택을 구입하게 했다. 어떤 사람이 흙을 구하자, 홍사가 연국공에게 경계시키며 말했다.

 "이 저택의 서북쪽 모퉁이는 최고의 왕지(王地 : 왕기가 서려 있는 땅)이니, 절대로 이곳에서 흙을 파내지 마십시오."

 한 달이 지나서 홍사가 다시 와서 연국공에게 말했다.

 "이 저택의 기운이 갑자기 삭막해졌으니, 필시 누군가가 서북쪽 모퉁이에서 흙을 파 갔을 것입니다."

 연국공이 홍사와 함께 가서 저택의 서북쪽 모퉁이에 도착했더니, 과연 흙을 파낸 구덩이가 서너 개 있었는데 모두 깊이가 1장(丈)이 넘었다. 홍사가 크게 놀라며 말했다.

 "불행한 일입니다! 영공(令公)의 부귀는 공 한 몸에서 그칠 뿐입니다. 또 20년 뒤에는 여러 아드님이 모두 천수를 누리지 못할 것입니다."

 연국공이 크게 놀라며 말했다.

"메우면 되겠소?"

홍사가 말했다.

"객토(客土)에는 기(氣)가 없어서 지맥(地脈)과 서로 연결되지 못합니다. 지금 이곳을 모두 메운다 하더라도 그것은 사람에게 있는 종기 흉터와 같아서 설령 다른 살을 덧붙인다 하더라도 끝내 도움이 되지 않습니다."

연국공의 아들 장균(張均)과 장계(張垍)는 모두 안녹산(安祿山)에 의해 대관(大官)에 임명되었는데, 안녹산의 난이 평정된 뒤에 삼사(三司 : 어사대·중서성·문하성)에서 그들을 단죄했다. 숙종(肅宗)이 특별히 그들의 사형 선고를 감형하자, 상황(上皇 : 현종)이 숙종을 불러 말했다.

"장균 형제는 모두 역적을 위해 요직을 지냈으며, 그중에서 장계는 특히 역적과 함께 너의 집안을 파괴했으니, 개돼지만도 못하므로 그 죄를 용서해서는 안 된다."

숙종이 대전(大殿)을 내려가서 머리를 조아리고 재배하며 말했다.

"신이 동궁(東宮)에 있을 때 남에게 무고와 참소를 당해 세 번이나 죽을 뻔했는데, 모두 장열이 보호해 준 덕분에 목을 보전할 수 있어서 오늘에 이르렀습니다. 장열의 두 아들은 이제 겨우 한 번 죽을죄를 지었는데 신이 힘써 그들의 사형을 막을 수 없다면, 만약에 죽은 사람[장열]이 이러한 사실을 알기라도 한다면 신이 장차 무슨 면목으로 지하에서 장열을 만나겠습니까?" 미 : 장열이 이곳에 온다면 상황도 무슨 면목이 있겠는가!

숙종이 오열하며 엎드려 있자 상황이 좌우에 명했다.

"황제를 부축해 일으켜라."

그러고는 말했다.

"너를 위해 잘 처리해 주겠다."

마침내 장계는 영표(嶺表 : 영남)로 장기간 유배되었고 장균은 주살되었으니, 결국 홍사의 말대로 되었다.

이임보(李林甫)의 저택은 바로 옛날 이정(李靖)의 저택이었다. 홍사가 예종(睿宗) 때 한번은 그 저택을 지나가다가 사람들에게 말했다.

"후인 가운데 여기에서 살게 될 자는 말할 수 없을 정도로 귀해질 것이오."

그 후로 오랫동안 그 집에 사람이 살지 않았다. [현종] 개원(開元) 연간(713~741) 초에 이임보가 봉어(奉御) 벼슬을 하게 되어 마침내 그 집에 살게 되었다. 어떤 사람이 홍사에게 그 사실을 알려 주자 홍사가 말했다.

"신기하구나! 나의 말이 과연 들어맞았소. 19년 동안 재상의 지위에 있으면서 천하에 부귀와 권세로 이름날 자가 바로 이 사람이오. 그렇지만 나는 그가 중문(中門)을 고쳤다가 화가 미치게 될까 봐 걱정이오."

이임보는 과연 현종(玄宗)의 재상이 되었다. 그의 말년에 어떤 사람이 아주 크고 좋은 말을 바쳤는데, 중문이 약간 낮아서 말을 타고 지나다닐 수 없자 마침내 중문을 고쳐 짓기로 했다. 그런데 중문의 처마를 헐었더니 난데없이 수천 수만 마리의 뱀이 기와 속에 있었다. 이임보는 그 일을 꺼림칙하게 생각해 즉시 공사를 그만두고 더 이상 허물지 않았다. 그 후로 얼마 되지 않아서 이임보는 결국 가산을 몰수당하고 말았으니, 이임보가 재상을 시작한 때로부터의 기간이 과연 19년이었다.

홍사가 말했다.

"장안(長安) 영녕방(永寧坊)의 동남쪽은 금잔(金盞) 같은 땅이고, 안읍방(安邑坊)의 서쪽은 옥잔(玉盞) 같은 땅이다."

나중에 영녕방의 땅은 왕악(王鍔)의 저택이 되었고 안읍방의 땅은 북평왕(北平王) 마수(馬燧)의 저택이 되었는데, 나중에 왕악과 마수는 모두 조정에 들어가 고관이 되었다. 왕악의 저택은 한홍정(韓弘正)·사헌성(史憲誠)·이재의(李載義) 등에게 누차 하사되었으니 이른바 "금잔은 깨지더라도 다시 만들 수 있다"는 격이고, 마수의 저택은 봉성원(奉誠園)이 되었으니 이른바 "옥잔은 깨지면 온전한 모습을 찾지 못한다"는 격이다. 다른 일설은 다음과 같다. 홍사가 이길보(李吉甫)의 안읍방 저택을 "옥배(玉杯 : 옥술잔)"라 하고, 우승유(牛僧孺)의 신창방(新昌坊) 저택을 "금완(金碗

: 황금 주발)"이라 했다. 우승유의 저택은 본래 장작대장(將作大匠) 강변(康䛒)의 저택이었다. 강변은 스스로 택지의 형세를 판별해 자기 집에서 틀림없이 재상이 나올 것이라고 생각해서 그 후로 매년 재상 임명이 발표될 때마다 반드시 목을 빼고 기다렸다. 결국 강변의 저택은 우승유의 소유가 되었다. 미 : 비로소 운명이 있음을 알게 되었다.

홍사는 위안석(韋安石)과 가까운 사이였는데, 한번은 위안석에게 말했다.

"빈도(貧道)가 근자에 봉서원(鳳棲原)에서 20여 무(畝) 되는 땅을 한 곳 보아 두었는데, 그곳은 용이 기복(起伏)하는 형세입니다. 그 땅에 묘를 쓰면 틀림없이 대대로 대좌(臺座 : 재상)에 오를 것입니다."

위안석이 말했다.

"이 늙은이는 성 남쪽에 별장을 가지고 있으니, 한가한 때를 기다렸다가 법사님을 모시고 그곳을 찾아가서 그 값이 얼마나 되는지 물어보도록 하지요."

위안석의 부인이 그 말을 듣고 말했다.

"공은 천자의 대신(大臣)이고 홍 법사는 음양술수(陰陽術數)에 정통하신 분인데, 어찌하여 난데없이 은밀히 교외로 나들이하고 게다가 묘지까지 산단 말입니까? 생각지도 못한 화가 생길까 걱정됩니다."

위안석은 두려워서 마침내 나들이 계획을 그만두었다.

홍사가 감탄하며 말했다.

"국부인(國夫人)의 탁월하신 식견과 선견지명은 빈도가 미치지 못할 바입니다. 공께서 만약 그 땅을 사려고 하신다면 굳이 직접 가실 필요는 없습니다."

부인이 말했다.

"요의(了義)59)를 체득하려 한다면 장지도 살 필요가 없습니다."

위안석이 말했다.

"제 동생 위도(韋紹)에게 요절한 아들이 있는데 아직 장례를 치르지 않았으니 그 땅을 사 주도록 하겠습니다."

홍사가 말했다.

"만약 동생분이 그 땅을 얻게 된다면 장상(將相)은 될 수 없고 열경(列卿)의 지위만 얻을 것입니다."

얼마 후에 위도는 결국 그 땅을 사서 요절한 아들을 묻었다. 미 : 요절한 아들을 묻은 것도 부친의 길흉에 응험하는가? 지금 사람들은 부모의 묏자리가 자손을 왕성하게 한다고만 말하는데 어찌 된 것인가? 위도는 나중에 태상경예의사(太常卿禮儀使)가 되었으며 관직에 있다가 죽었다.

---

59) 요의(了義) : 무상대승(無上大乘). 불법의 진리를 명백하고 완전하게 나타내는 일을 말한다.

唐有僧泓師，善陰陽算術，與張燕公說置買永樂東南第一宅. 有求土者，戒之曰："此宅西北隅最是王地，慎勿於此取土."越月，泓又至，謂燕公："此宅氣候忽然索漠，必有取土於西北隅者."公與泓偕行，至宅西北隅，果有取土處三數坑，皆深丈餘. 泓大驚曰："禍事! 令公富貴止一身而已. 更二十年外，諸郎君皆不得天年."燕公大駭曰："填之可乎?"泓曰："客土無氣，與地脈不相連. 今總填之，亦猶人有瘡痏，縱以他肉補之，終無益."燕公子均·垍，皆爲祿山委任大官，克復後，三司定罪. 肅宗特以減死論，上皇召肅宗謂曰："張均弟兄皆與逆賊作權要官，就中張垍更與賊毁阿奴家事，犬彘不若，其罪無赦."肅宗下殿叩頭再拜曰："臣比在東宮，被人誣譖，三度合死，皆張說保護，得全首領，以至今日. 張說兩男一度合死，臣不能力爭，脫死者有知，臣將何面目見張說於地下?"眉：說至此，太上亦何顏! 嗚咽俯伏. 上皇命左右曰："扶皇帝起."乃曰："與阿奴處置."張垍長流嶺表，張均伏誅，竟如其言.

李林甫宅，卽李靖宅. 泓師於睿宗時，嘗過其宅，謂人曰："後人有居此者，貴不可言."其後久無居人. 開元初，林甫爲奉御，遂從而居焉. 人有告於泓師，曰："異乎哉! 吾言果如是. 十有九年居相位，稱豪貴於天下者，一[1]人也. 雖然，吾懼其易製中門，則禍且及矣."林甫果相玄宗. 及末年，有人獻良馬，甚高，而其門稍庳，不可乘以過，遂易而製. 旣毁其檐，忽有蛇千萬數，在屋瓦中. 林甫惡之，卽罷不毁. 未幾，林甫竟籍沒，距始相時，果十九年.

泓師云："長安永寧坊東南是金盞地，安邑里西是玉盞地."後永寧爲王鍔宅，安邑爲北平王馬燧宅，後王·馬皆進入官. 王宅累賜韓弘正·史憲誠·李載義等, 所謂"金盞破而再製", 馬燧爲奉誠園, 所爲"玉盞破而不完"也. 一說: 李吉甫安邑宅爲"玉杯", 牛僧孺新昌宅爲"金碗". 牛宅本將作大匠康誉宅. 嘗自辨岡阜形勢, 以其宅當出宰相, 後每年命相有按, 誉必引頸望之. 宅竟爲僧孺所得. 眉: 方知有命.

泓師與韋安石善, 嘗語安石曰: "貧道近於鳳棲原見一地, 可二十餘畝, 有龍起伏形勢. 葬此地者, 必累世爲臺座." 安石曰: "老夫有別業在城南, 待閑時, 陪師往詣地所, 問其價幾何." 安石妻聞, 謂曰: "公爲天子大臣, 泓師通陰陽術數, 奈何一旦潛遊郊野, 又買墓地? 恐禍生不測矣." 安石懼, 遂止. 泓嘆曰: "國夫人識達先見, 非貧道所及. 公若要買地, 不必躬親." 夫人曰: "欲得了義, 葬地不要買." 安石曰: "舍弟縚有中殤男, 未葬, 便與買此地." 泓曰: "如賢弟得此地, 卽不得將相, 位止列卿." 已而縚竟買其地, 葬中殤男. 眉: 葬中殤男, 亦應尊長休咎耶? 今人但云父母旺子孫, 何也? 縚後爲太常卿禮儀使, 卒官.

* 이 고사는 《태평광기》 권77 〈방사·홍사〉, 권457 〈사(蛇)·이임보(李林甫)〉, 권497 〈잡록·왕악(王鍔)〉, 권389 〈총묘(塚墓)·위안석(韋安石)〉에 실려 있다.

1 일(一): 《태평광기》 명초본에는 "차(此)"라 되어 있는데, 문맥상 보다 타당하다.

43-23(1254) 서작

서작(舒綽)

출《조야첨재》

　　서작은 동양(東陽) 사람이다. 그는 옛일을 잘 알고 학문이 넓었으며 특히 묏자리를 점치는 데 뛰어났다. 이부시랑(吏部侍郞) 양공인(楊恭仁)이 부모의 묘를 이장하려고 묏자리를 보는 데 뛰어난 사람 대여섯 명을 구했는데, 그들은 모두 해내(海內)의 명수로서 양공인의 집에 머물면서 함께 재주를 논하고 서로 시비를 따졌다. 양공인은 누가 옳은지 알 수 없자 풍수를 약간 볼 줄 아는 사람을 급히 도성으로 보내, 매장하려고 하는 들판에서 예정된 땅 네 곳을 선택해 각각 책력(冊曆)을 만들어 그 방향의 높이와 지세를 기록하고 각각 한 말[斗]의 흙을 파서 책력과 함께 봉하도록 했다. 양공인은 책력을 숨긴 채 흙만 꺼내 놓았는데, 지관(地官)들이 말한 바가 책력과 어긋났다. 마침내 서작이 한 곳의 흙을 선택해 장지를 감정하고 붓을 들어 책력을 기록했는데, 사방의 지형과 지세를 말한 것이 양공인이 가지고 있는 책력과 조금도 차이가 없었다. 이에 다른 지관들이 탄복했다. 미 : 파낸 흙을 보고 즉시 지세를 알다니 신묘하도다! 이 법술은 지금 끊어졌다. 양공인은 나머지 지관들에게 각각 비단 10필씩을 주어 돌려보냈다. 서작이 말했다.

"묘를 쓰고자 하는 이곳은 5척 깊이 아래에 다섯 가지 곡물이 있을 것입니다. 만약 그중에서 하나의 곡물만 얻게 되면 그곳이 바로 복지(福地)이니, 그곳에 묘를 쓰면 공후(公侯) 벼슬이 대대로 끊어지지 않을 것입니다."

양공인은 즉시 서작을 데리고 도성으로 향했다. 도착해서 인부에게 점친 곳을 파게 해 7척쯤 들어가자 5섬들이 항아리만 한 크기의 구멍 하나가 나왔는데, 그 안에 일고여덟 말의 조가 들어 있었다. 그 땅은 예전에 조밭이었는데 개미들이 조를 물어다 그 구멍에 넣어 둔 것이었다. 당시 조야의 선비들은 서작을 성인으로 여겼다. 양공인은 이장을 마치고 나서 서작에게 준마 한 필과 직물 200단(段)을 상으로 주었다.

舒綽, 東陽人. 稽古博文, 尤善相冢. 吏部侍郎楊恭仁欲改葬親, 求善圖墓者五六人, 並稱海內名手, 停於宅, 共論藝, 互相是非. 恭仁莫知孰是, 乃遣微解者, 馳往京師, 於欲葬之原, 取所擬之地四處, 各作曆, 記其方面高下形勢, 各取一斗土, 並曆封之. 恭仁隱曆出土, 諸生所言乖背. 綽乃定一土堪葬, 操筆作曆, 言其四方形勢, 與恭仁曆無尺寸之差. 諸生雅服. 眉 : 出土而卽知地勢, 神哉! 此法今絶矣. 各賜絹十匹遣之. 綽曰 : "此所擬處, 深五尺之外, 有五穀. 若得一穀, 卽是福地, 公侯世世不絶." 恭仁卽將綽向京. 令人掘深七尺, 得一穴, 如五石甕大, 有粟七八斛. 此地經爲粟田, 蟻運粟下入此穴. 當時朝野之士, 以綽爲聖. 葬竟, 賜細馬一匹, 物二百段.

* 이 고사는 《태평광기》 권389 〈총묘·서작〉에 실려 있다.

43-24(1255) 장경장

장경장(張景藏)

[당나라] 영국공(英國公) 서적(徐勣)이 처음 지관에게 장지를 점치게 했더니, 점괘가 이렇게 나왔다.

"주작(朱雀)이 조화롭게 우니 자손이 번창하도다."

장경장은 그 점괘를 듣고 은밀히 다른 사람에게 말했다.

"점친 것이 잘못되었소. 그곳은 이른바 '주작이 슬피 우니 관 속에 재가 보이네'라고 해야 하오."

나중에 서적의 손자 서경업(徐敬業)이 양주(揚州)에서 반란을 일으켰을 때, 그의 동생 서경정(徐敬貞)이 심문에 답변하고 죄를 자복하며 말했다.

"경업이 막 태어났을 때 산욕(産褥) 밑을 파서 거북 하나를 얻었는데, 크게 부귀해질 징조라고 했습니다. 영국공은 그것을 비밀에 부치고 말하지 않았습니다."

측천무후(則天武后)가 진노해 영국공의 관을 쪼개고 그의 시체를 불태웠으니, "재가 보인다"는 점괘의 징험이었다.

英公徐勣初卜葬, 謠曰 : "朱雀和鳴, 子孫盛榮." 張景藏聞之, 私謂人曰 : "所占者過也. 此所謂'朱雀悲哀, 棺中見灰'." 後孫敬業揚州反, 弟敬貞答款曰 : "敬業初生時, 於蓐下掘得一龜, 云大貴之象. 英公令秘而不言." 則天怒, 斫英公棺, 焚其尸, 灰之應也.

* 이 고사는《태평광기》권389〈총묘·서적(徐勣)〉에 실려 있는데, 출전이 "《조야첨재(朝野僉載)》"라 되어 있다.

권44 부인부(婦人部)

현부(賢婦)

44-1(1256) 선씨

선씨(洗氏)

출《국사(國史)》·《영표녹이(嶺表錄異)》 미 : 이하는 뛰어난 재지를 지닌 부인이다(以下大才智婦).

선씨는 고량(高凉) 사람이다. 그녀의 집안은 대대로 남월(南越)의 수령이었는데 그 부락에는 10여만 호가 살고 있었다. 그녀는 어려서부터 현명해서 부모의 집에 있을 때 부락 사람들을 잘 위무(慰撫)했다. 고량태수 풍보(馮寶)는 그녀의 지혜와 행실에 대해 듣고 그녀를 아내로 맞아들였다. 풍보는 매번 그녀와 함께 송사를 판결해 정치와 법령에 체계가 생겼다. 후경(侯景)이 반란을 일으키자 도독(都督) 소발(蕭勃)이 병사를 징집해 지원에 나서면서 사자를 보내 풍보를 불러오게 했다. 풍보가 떠나려고 하자 선씨는 소발이 반란을 일으킬지도 모른다고 의심해 남편을 못 가게 말렸는데, 후에 소발이 과연 반란을 일으켰다. 풍보가 죽고 나서 영표(嶺表 : 영남) 지방이 큰 혼란에 빠지자, 선씨가 사태를 수습해 백월(百越 : 월족) 지역이 평온해졌다. 선씨의 아들 풍복(馮僕)은 그때 아직 어렸으나 선씨의 공로로 신도후(信都侯)에 봉해졌다. 조정에서 조서를 내려 선씨를 고량군태부인(高凉郡太夫人)에 책봉했는데, 수놓은 휘장을 두르고 명주 술을 늘어뜨린 네 필의 말이 끄는 안거(安車 : 편히 앉아서 타는 수레)를 하사했으며 악기를 연주하고 깃발을 휘날리는 광경이 마치 자사의 의장과도 같았다. 백월에서는 부인을 "성모(聖母)"라고 불렀다. 왕중선[王仲宣 : 수나라 때 이족(俚族)의 수령]이 반란을 일으키자 부인은 군대를 통솔해 진압했으며, 친히 갑옷을 두르고 말을 타고 여러 주(州)를 돌아다니면서 백성을 위로하니, 영남(嶺南)이 모두 안정되었다. 조정에서는 그녀를 초국부인(譙國夫人)에 봉하고, 막부를 개설하고 장사(長史)와 속관을 설치하게 했으며, 인장(印章)을 지급해 편리하게 일을 처리하게 했다. 황후는 부인에게 머리 장식과 연회복 한 벌을 하사했다. 당시 번주총관(番州總管) 조눌(趙訥)이 탐욕스럽고 포악해 그곳 여료족(黎僚族)[60] 중에 도망자가 많았는데, 부인이 봉사(封事 : 봉함한 상소문)를 올려 논하자 황제가 칙명을 내려 부인에게 그 부족들을 위로해 귀순하도록 했다. 부인은 친히 조서를 들고 스스로 사자(使者)라고 칭하면서 10여 주(州)를 돌아다니며 황제가 베푸는 은덕의 뜻을 선포했는데, 그녀가 다녀간 곳이 모두 귀항했다. [수나라] 문제(文帝)는 부인에게 임진현(臨振縣) 탕목읍(湯沐邑)을 식읍(食邑)으로 하사했

---

60) 여료족(黎僚族) : 고대 월족(越族)의 후예로 이료족(俚僚族)의 일파다.

으며, 부인이 죽자 시호를 성경(誠敬)이라 했다. 부인은 신장이 7척이나 되었고 지모가 뛰어났으며 세 사람의 힘을 가지고 있었다. 부인은 양쪽 유방의 길이가 2척이 넘었는데, 간혹 더위를 무릅쓰고 먼 길을 가게 되면 양쪽 유방을 어깨 위에 걸치고 다녔다.

洗氏, 高凉人. 世爲南越首領, 部落十餘萬. 幼賢明, 在父母家, 能撫循部衆. 高凉太守馮寶聞其志行, 聘爲妻. 每與參決詞訟, 政令有序. 侯景反, 都督蕭勃徵兵入援, 遣使召寶. 寶欲往, 氏疑其反, 止之, 後果反. 寶卒, 嶺表大亂, 氏懷集之, 百越晏然. 子僕尙幼, 以氏功封信都侯. 詔冊氏爲高凉郡太夫人, 賚繡幰油絡駟馬安車, 鼓吹麾幢旌節, 如刺史之儀. 百越號夫人爲"聖母". 王仲宣反, 夫人帥師敗之, 親披甲乘馬, 巡撫諸州, 嶺南悉定. 封護國夫人, 開幕府, 署長史官屬, 給印章, 便宜行事. 皇后賜以首飾及宴服一襲. 時番州總管趙納[1]貪虐, 黎僚多亡叛, 夫人上封論之, 敕夫人招慰. 夫人親載詔書, 自稱使者, 歷十餘州, 宣述德意, 所過皆降. 文帝৸夫人臨振縣湯沐邑, 卒諡誠敬. 夫人身長七尺, 多智謀, 有三人之力. 兩乳長二尺餘, 或冒熱遠行, 兩乳搭在肩上.

* 이 고사는 《태평광기》 권270 〈부인·선씨〉에 실려 있다.
1   납(納): 《태평광기》와 《수서(隋書)》 권80 〈열전·초국부인전(譙國夫人傳)〉에는 "눌(訥)"이라 되어 있는데 타당하다.

44-2(1257) 후사낭

후사낭(侯四娘)

출《독이지》

[당나라] 지덕(至德) 원년(756)에 사사명(史思明)의 반란이 아직 평정되지 않았을 때, 위주(衛州)에서 후사낭 등 세 명의 부인이 피를 내 맹세하며 군영 앞으로 찾아와서 의군(義軍)에 들어가 반적을 토벌하길 원했다.

至德元年, 史思明未平, 衛州有婦人侯四娘等三人, 刺血謁於軍前, 願入義營討賊.

* 이 고사는 《태평광기》 권270 〈부인·후사낭〉에 실려 있다.

44-3(1258) 두계낭

두계낭(竇桂娘)

출《번천집(樊川集)》

열녀 두씨는 어릴 적 자(字)가 계낭이었다. 아버지 두양(竇良)은 [당나라] 건중(建中) 연간(780~783) 초에 변주(汴州)의 호조연(戶曹掾)을 지냈다. 두계낭은 용모가 아름다웠고 글을 많이 읽어서 문학적 재능도 있었다. 이희열(李希烈)은 변주(汴州)를 격파하고 나서 병사들에게 두양의 집으로 가서 두계낭을 잡아 오게 했다. 두계낭은 문을 나서면서 아버지를 돌아보며 말했다.

"절대 걱정하지 마세요. 협: 남다르다. 제가 반드시 적을 멸망시키고 아버님으로 하여금 천자에게 부귀를 얻을 수 있도록 해 드리겠습니다." 미: □□의 으뜸이니 서재[西子: 서시(西施)]가 마땅히 아래서 절해야 한다.

두계낭은 재주와 미모로 이희열의 옆에 있게 되었으며, 또 그의 비위를 잘 맞춰 신임을 얻었다. 이희열의 비밀을 비록 그의 처자식은 모를지라도 두계낭은 모두 들을 수 있었다. 이희열이 채주(蔡州)로 돌아가려 할 때 두계낭이 한번은 이희열에게 말했다.

"충직하고 용감하기로는 온 군대에서 진선기(陳先奇)만

한 자가 없습니다. 진선기는 그의 처 두씨(竇氏)를 몹시 총애하고 또 신임하고 있으니, 그의 처와 서로 왕래하면서 언니 동생으로 지내며 천천히 얘기해 진선기의 마음을 더욱 굳게 하고자 합니다."

이희열도 그렇겠다고 생각했기에 두계낭은 진선기의 처를 언니로 모시게 되었다. 두계낭은 일찍이 [이희열과 진선기 사이를] 이간하며 말했다.

"저 도적[이희열]은 흉악무도해 조만간 반드시 망하고 말 것이니, 언니는 빨리 뿌리를 내릴 땅을 준비해 두셔야 합니다."

진선기의 처도 그렇다고 생각했다. 흥원(興元) 원년(784) 4월에 이희열이 급작스레 죽었다. 그러나 그의 아들은 출상(出喪)도 하지 않은 채 늙은 장교들을 다 죽이고 젊은 장교로 대체하려고 했다. 계획이 아직 결정되기 전에 어떤 사람이 앵두를 바치자, 두계낭은 이희열의 아들에게 말해 앵두를 진선기의 처에게 나눠 줌으로써 외부에 아무 일이 없음을 보여 주길 청했다. 미 : 말이 귀에 쏙쏙 들어온다. 그러고는 납백서(蠟帛書)61)에 이렇게 썼다.

---

61) 납백서(蠟帛書) : 밀랍으로 만든 둥근 환(丸) 속에 넣어 밀봉한 비단 문서. 납환백서(蠟丸帛書)라고도 한다.

"[이희열이] 엊그제 죽어 그 영구가 후당(後堂)에 있는데, [이희열의 아들이] 대신들을 주살하려고 하니 모름지기 스스로 계책을 마련해야 할 것입니다."

그러고는 납백서를 붉게 물들여 앵두처럼 동그랗게 만들었다. 진선기는 납환(蠟丸)을 깨고 그 편지를 보고 나서 설육(薛育)에게 말했다.

"이틀 동안 병을 핑계 대고 잡다하게 음악을 밤낮으로 계속 연주해 대기에 이상하다 했소. 그건 바로 계략이 아직 결정되지 않아서 외부에 한가로움을 내보이기 위함이었으니, 이 일은 의심의 여지가 없소."

이튿날 진선기와 설육은 각자 통솔하고 있던 병사를 이끌고 관아로 가서 소란을 피우며 이희열을 만나길 청했다. 이희열의 아들은 궁지에 몰리자 밖으로 나와 절하며 위호(僞號: 참월의 명호)를 없애길 원했는데, 그가 한 짓이 이납(李納)[62]의 경우와 똑같았다. 진선기가 말했다.

"너는 패악을 저질렀으니 천자의 명을 따르라."

그러고는 이희열의 처와 아들 등 일곱 명의 머리를 베어

---

[62] 이납(李納): 이정기(李正己)의 아들로, 건중(建中) 2년(781)에 이정기가 죽자 그 사실을 비밀에 부치고 발상도 하지 않은 채 부친의 군대를 통솔해 다시 반란을 꾀했으나 덕종(德宗)이 파견한 군대에 의해 진압되었다.

함에 담아 천자에게 바치고, 그 시체를 저잣거리에 늘어놓았다. 두 달 후에 오소성(吳少誠)이 진선기를 죽였는데, 이전의 계략이 두계낭에게서 나온 것임을 알고 두계낭도 죽였다. 협: 애석하도다! 애석하도다! 미: 재부(才婦) 하나를 용납하지 못했으니, 오씨(吳氏: 오소성)가 복을 누리지 못한 이유를 알겠다.

烈女, 姓竇氏, 小字桂娘. 父良, 建中初爲汴州戶曹掾. 桂娘美顔色, 讀書甚有文. 李希烈破汴州, 使甲士至良門, 取桂娘去. 將出門, 顧其父曰: "愼無戚戚. 夾: 便奇. 必能滅賊, 使大人取富貴於天子." 眉: □□之冠, 西子當下拜矣. 桂娘旣以才色在希烈側, 復能巧曲取信. 凡希烈之密, 雖妻子不知者, 悉皆得聞. 希烈歸蔡州, 桂娘嘗謂希烈曰: "忠而勇, 一軍莫如陳仙奇. 其妻竇氏, 仙奇寵且信之, 願得相往來, 以姊妹叙齒, 因徐說之, 以堅仙奇之心." 希烈然之, 因以姊事仙奇妻. 嘗間謂曰: "賊兇殘不道, 遲晚必敗, 姊宜早圖遺種之地." 仙奇妻然之. 興元元年四月, 希烈暴死. 其子不發喪, 欲盡誅老將校, 俾少者代之. 計未決, 有獻含桃者, 桂娘白希烈子, 請分遺仙奇妻, 且以示無事於外. 眉: 語俱入耳. 因爲蠟帛書曰: "前日已死, 殯在後堂, 欲誅大臣, 須自爲計." 用朱染帛丸如含桃. 仙奇發丸見之, 言於薛育曰: "兩日稱疾, 但怪樂曲雜發, 晝夜不絶. 此乃有謀未定, 示暇於外, 事不疑矣." 明日, 仙奇・薛育各以所部兵譟於衙門, 請見希烈. 烈子迫, 出拜, 願去僞號, 一如李納. 仙奇曰: "爾悖逆, 天子有命." 因斬希烈妻及子, 函七首以獻, 陳尸於市. 後兩月, 吳少誠殺仙奇, 知桂娘謀, 因亦殺之. 夾: 可惜! 可惜! 眉: 一才婦不容, 知吳氏之不祚矣.

* 이 고사는 《태평광기》 권270 〈부인・두열녀(竇烈女)〉에 실려 있다.

44-4(1259) 추복의 처

추복처(鄒僕妻)

출《옥당한화》

[오대] 양(梁 : 후량)나라 말에 양주도군무(襄州都軍務) 추경온(鄒景溫)은 서주(徐州)로 전임되었는데, 그곳에서도 도군(都軍)의 업무를 관장했다. 힘센 노복 아무개가 있었는데, 스스로 힘이 세고 용감하다고 자부하면서 혼자 부인을 데리고 나귀를 타고 길을 나섰다. 노복은 망탕택(芒碭澤) 사이에 이르러 큰 소리로 말했다.

"듣자 하니 이곳은 원래 호객(豪客)이 많다고 하던데, 어찌 나와 함께 승부를 겨뤄 볼 자가 한 명도 없단 말인가?"

그 말이 끝나자마자 수풀 사이에서 도적 대여섯 명이 튀어나왔는데, 한 명이 뒤에서 두 팔로 노복을 껴안아 잡아채서 쓰러뜨린 후에 단도를 꺼내 그의 목줄을 끊었으니, 그가 미처 방비하지 못한 사이에 급습한 것이었다. 그의 처는 옆에 있었는데, 별로 당황하거나 놀라는 기색 없이 그들을 속여 큰 소리로 말했다.

"통쾌하구나! 오늘에야 나의 치욕을 씻었습니다. 나는 본디 양갓집 규수였는데, 저놈에게 잡혀 와 여기까지 오게 되었으니, 누가 천지신명이 없다고 하겠습니까?"

도적들은 그녀의 말을 진실이라 여겨 죽이지 않고 짐 보따리와 나귀 두 마리까지 챙겨서 남쪽으로 데리고 갔다. 한 50~60리쯤 가서 박(亳) 지방의 북쪽 경계에 이르러 외딴 촌장(村莊)의 남쪽으로 가서 쉬었다. 촌장의 어귀에는 무기를 들고 갑옷을 입은 사람들이 있었는데, 아마도 근처 수비와 경계를 맡은 군졸인 것 같았다. 그 부인이 곧장 마을 인가의 중당(中堂)으로 들어갔으나 도적들은 그녀가 음식을 구하러 갔을 것이라 여기며 의심하지 않았다. 부인은 그 촌장의 수령에게 울며 절하고 자신의 남편이 죽임을 당한 상황을 고했다. 수령은 은밀히 부하를 불러 모아 일시에 도적들을 사로잡았는데, 한 명의 도적만 도망쳤다. 나머지 도적들은 칼이 채워진 채 박성(亳城)으로 호송되어 모두 기시형(棄市刑)에 처해졌다. 노복의 부인은 양양(襄陽)으로 돌아와 비구니로 지내다가 죽었다.

梁末, 襄州都軍務鄒景溫移職於徐, 亦綰都軍之務. 有勁僕某, 自恃拳勇, 獨與妻策驢而行. 至芒碭澤間, 大聲曰: "聞此素多豪客, 豈無一人與吾曹決勝負乎?" 言粗畢, 有五六盜自叢薄間躍出, 一夫自後雙手交抱, 搏而仆之, 抽短刃以斷其喉, 蓋掩其不備也. 唯妻在側, 殊無惶駭, 但矯而大呼曰: "快哉! 今日方雪吾之恥也. 吾比良家之子, 遭其俘掠, 以致於此, 孰謂無神明哉?" 賊謂其誠而不殺, 與行李並二驢驅以南邁. 近五六十里, 至亳之北界, 達孤莊南而息焉. 莊之門有器甲, 蓋近戍巡警之卒也. 此婦遂徑入村人之中堂, 盜亦謂其謀食, 不疑. 乃泣拜其總首, 且告其夫遭屠之狀. 總首潛召其徒, 一時執縛, 唯一盜得逸. 械送亳城, 咸棄市. 婦返襄陽, 爲尼終焉.

* 이 고사는 《태평광기》 권270 〈부인·추복처〉에 실려 있다.

44-5(1260) 사소아

사소아(謝小娥)

출:'이공좌찬전(李公佐撰傳)', 참(參)《속유괴록(續幽怪錄)》 미 : 《속유괴록》에 실려 있는 고사63)와 같은데, 다만 《속유괴록》에서는 이묘적의 성이 섭씨이고 남편이 임화라고 했다. 이 또한 이공좌의 〈사소아전〉에 근거했는데, 왜 다른지는 모르겠다(《續幽怪錄》事同, 但云尼妙寂, 姓葉, 夫爲任華. 亦據李傳, 不知何以異也).

소아는 사씨이고 예장(豫章) 사람으로 상인의 딸이었다. 그녀는 여덟 살 때 어머니를 여의었으며 후에 역양(歷陽)의 단거정(段居貞)에게 시집갔다. 사소아의 아버지는 엄청난 재산을 축적했지만 상인들 틈에 끼어 이름을 숨긴 채 늘 사위 단거정과 함께 배를 타고 장사하면서 강호를 오갔다. 당시 사소아는 열네 살로 막 계년(笄年 : 여자가 비녀를 꽂고 시집갈 나이)이 되었는데, 아버지와 남편이 함께 도적에게 살해당하고 금과 비단을 모두 약탈당했으며, 동복들도 모두 강물에 빠져 죽었다. 사소아도 가슴에 상처를 입고 다리가 부러진 채 물속을 떠내려가다가 다른 배에 구조되어 하룻밤

---

63)《속유괴록》에 실려 있는 고사 : 《태평광기》 권128 〈보응·이묘적(尼妙寂)〉에 실려 있다.

이 지나 살아났다. 그녀는 여기저기를 떠돌면서 동냥한 끝에 상원현(上元縣)에 도착해서 묘과사(妙果寺)의 비구니 정오(淨悟)의 처소에 의탁했다. 처음 아버지가 죽던 날에 사소아의 꿈에 아버지가 나타나 말했다.

"나를 죽인 자는 거중후(車中猴) 문동초(門東草)다."

또 며칠 뒤에 남편이 다시 꿈에 나타나 말했다.

"나를 죽인 자는 화중주(禾中走) 일일부(一日夫)요." 미 : 억울하게 죽은 귀신이 꿈에 나타날 수는 있지만 구체적으로 말하지 않는 것은 어째서인가? 아마도 흉악한 사람이 계속해서 끊이지 않기 때문일 것이다!

사소아는 그 말의 뜻을 이해할 수 없어 늘 그 말을 적어 가지고 지혜로운 사람을 널리 찾아다니며 해석해 달라고 했으나 몇 년이 지나도록 해결할 수 없었다. [당나라] 원화(元和) 8년(813) 봄에 이공좌(李公佐)는 강서종사(江西從事)를 그만두고 작은 배를 타고서 동쪽으로 내려가는 길에 건업(建業 : 남경)에서 정박하다가 와관사(瓦官寺)의 전각에 올랐다. 그곳에서 제물(齊物)이라는 스님이 따라와서 이공좌에게 말했다.

"소아라는 이름의 과부가 매번 절에 올 때마다 제게 12자의 수수께끼 같은 글자를 보여 주는데, 저는 도저히 알 수가 없습니다."

이공좌가 제 공(齊公 : 제물)에게 종이에다 적어 보라고 했더니 제 공이 난간에 기대 공중에 대고 글씨를 썼는데, 이 공좌는 잠자코 생각을 모은 끝에 홀연히 그 뜻을 깨달았다. 그래서 절의 시동에게 빨리 사소아를 앞으로 불러오게 해서 자초지종을 캐물어 알고 나서 이공좌가 말했다.

"만약 그렇다면 내 정확히 알겠소. 당신의 아버지를 죽인 자는 신란(申蘭)이고, 당신의 남편을 죽인 자는 신춘(申春) 이오. 대저 '후(猴 : 원숭이)'는 신생(申生 : 원숭이 띠)이고, '거(車)' 자에서 위아래 한 획씩을 없애면 '후'를 뜻하기 때문에 '신(申)' 자가 되오. '초(草)'에 '문(門)'이 있고, '문'에 '동(東)'이 가 있는 것은 '난(蘭)' 자가 아니겠소? 또 '화중주(禾中走)'란 논밭[田]을 가로질러 간다는 뜻이니 이 또한 '신' 자요. '일일(一日)'에 '부(夫)'를 더하면 대개 '춘(春)' 자가 되오."

사소아는 슬픔과 기쁨이 교차했으며 "신란·신춘" 네 글자를 옷 속에 쓰고는 그 두 도적을 찾아내 원한을 갚겠다고 맹세했다. 그러고는 이공좌의 성씨와 관직과 집안에 대해 묻고 눈물을 흘리며 절을 올린 뒤 떠났다. 그 후에 사소아는 바로 남장을 하고 강호 일대에서 품팔이를 했는데, 1년 남짓 지나서 심양군(潯陽郡)에 갔을 때 대나무 문 위에 "일꾼 찾음"이라는 종이 방문이 붙어 있는 것을 보고 응모하려고 그 집을 찾아갔다. 주인이 누구냐고 물었더니 바로 신란이었다. 신란은 사소아를 데리고 집으로 돌아갔는데, 사소아는 마음속에 분노가 일었으나 겉으로는 유순한 체하며 신란을 옆에서 모셨기에 매우 아낌을 받았다. 신란은 금과 비단을 내보내고 들이는 일도 모두 사소아에게 맡겼다. 그렇게 2년 남짓이 지났지만 신란은 사소아가 여자라는 사실을 끝내 알지 못했다. 미 : 목란(木蘭) 등 여러 사람에 비해서 몇 배나 치밀하다. 이전에 사소아 집의 옷가지와 기물이 모두 약탈되어 신란의 집에 있었는데, 사소아는 옛날 물건들을 만질 때마다 한참 동안 몰래 눈물을 흘리지 않은 적이 없었다. 신란과 신춘은 사촌 형제간이었다. 신춘은 대강(大江) 북쪽의 독수포(獨樹浦)에 살고 있었는데, 신란과 왕래하며 관계가 아주 돈독했다. 신란과 신춘은 함께 한 달 넘게 떠났다가 많은 재물과 비단을 가지고 돌아왔다. 신란은 매번 사소아를 집에 남겨 두어 신란의 처와 함께 집안을 지키게 했으며, 사소아에게 술과 고기와 의복 등을 아주 풍족하게 주었다. 어느 날 신춘이 잉어와 술을 들고 신란을 찾아왔는데, 그날 저녁에 여러 도적들이 모두 와서 실컷 술을 마시고 떠났다. 신춘은 몹시 술에 취해 안방에 누워 있었고, 신란 역시 마당에서 한뎃잠을 자고 있었다. 마침내 사소아는 몰래 신춘을 방에 가둬 놓고 패도(佩刀)를 뽑아 먼저 신란의 목을 벤 다음에 소리를 질러 이웃들을 모두 불러 모았는데, 신춘은 방 안에 감금되어 있었고 신란은 밖에서 죽어 있었으며, 그들이 훔쳐 와 감춰 둔 재물의 수가 수천수만 가지였다. 미 : 조용히 지휘하고 처리하는 것이 정말 군사 작전 같다. 사소아는 처음부터 신란과 신춘 일당 수십 명의 이름을 몰래 기억하고 있다가 그들을 모조리 잡아들여 죽였다. 그때는 원화 12년(817) 여름이었다. 사소아는 아버지와 남편의 원수를 다 갚고 나서 고향으로 돌아와 친척들을 만났는데, 마을의 호족들이 다투어 그녀에게 청혼했다. 사소아는 마음속으로 재가하지 않겠다고 맹세하고 결국 머리를 깎고 베옷을 입은 뒤 우두산(牛頭山)으로 도를 찾아 나섰다가 대사니(大士尼 : 덕망 높은 여승) 장 율사(將律師)를 스승으로 섬기면서 굳건한 뜻으로 고행했다. 그 이듬해에 사소아는 비로소 사주(泗州)의 개원사(開元寺)에서 구계(具戒)[64]를 받았는데, 결국 소아를 법명으로 삼았으니 이는 그 근본을 잊지 않겠다는 뜻이었다. 그해 여름에 이공좌는 장안(長安)으로 돌아가던 도중에 사수(泗水) 가를 지나면서 선의사(善義寺)에 들러 대덕니(大德尼)를 찾아뵈었는데, 나열해 시립(侍立)하고 있던 여러 비구니들 중에서 용모가 수려한 한 비구니가 이공좌를 응시하면서 마치 말하고 싶지만 그러지 못하는 것 같았다. 한참 있다가 이공좌가 떠나려 하자 그 비구니가 급히 부르며 말했다.

---

[64] 구계(具戒) : 구족계(具足戒). 비구(比丘)와 비구니(比丘尼)가 받는 계율. 비구는 250계가 있고 비구니는 500계가 있다.

"나리는 혹시 홍주(洪州)의 이 판관(李判官)이신 이십삼랑(二十三郎)이 아니십니까?"

이공좌가 말했다.

"그렇소."

그 비구니가 말했다.

"그렇다면 소승을 기억하십니까?"

이공좌가 말했다.

"기억나지 않소."

사소아가 말했다.

"옛날에 와관사의 전각에서 '거중후'의 뜻을 풀어 달라고 청했던 사람입니다."

이공좌가 그제야 깨닫고 말했다.

"결국 도적은 잡았소?"

사소아가 울면서 그간 고생했던 자초지종과 원수를 갚은 상황을 자세히 일러 주면서 말했다.

"이 보잘것없는 몸이 부서진다 해도 명철하신 나리께 보답할 수는 없습니다. 사찰에는 다른 것은 없으니, 오직 경건하고 진실한 마음으로 불법을 받들어 나리의 은혜에 보답하고자 할 따름입니다."

이공좌는 이 일을 매우 기이하게 여겨 마침내 그녀를 위해 전(傳)을 지었다.

평 : 사소아는 일개 여자이지만 아버지와 남편의 원수를 갚겠다고 맹세하고 정성을 다하자, 하늘이 그 기밀을 누설하고 사람이 그 지혜를 다했으니 이것이 어찌 우연이겠는가? 그녀가 처음 일꾼으로 고용되었을 때 이미 춘란을 도마 위의 고깃덩어리로 여겼지만 지체하며 결행하지 않았던 까닭은 반드시 신란과 신춘에게 한꺼번에 보복하고 그 무리를 섬멸하고자 했기 때문이다. 기회를 엿보아 분발(憤發)해 결국 사무친 원한을 갚았으며, 또한 여자의 화려한 단장에 미혹되지 않고 결국 냉철한 마음으로 불법을 지키다 죽었기에, 절(節)·효(孝)·지(智)·용(勇) 가운데 하나라도 갖추지 못한 것이 없으니, "여중장부(女中丈夫)"라고 부르기에 부끄러움이 없도다!

小娥, 姓謝氏, 豫章人, 估客女也. 生八歲, 喪母, 嫁歷陽段居貞. 小娥父畜巨產, 隱名商賈間, 常與段婿同舟貨, 往來江湖. 時小娥年十四, 始及笄, 父與夫俱爲盜所殺, 盡掠金帛, 童僕輩悉沉於江. 小娥亦傷胸折足, 漂流水中, 爲他船所獲, 經夕而活. 因流轉乞食, 至上元縣, 依妙果寺尼淨悟之室. 初, 父之死也, 小娥夢父謂曰 : "殺我者, 車中猴, 門東草." 又數日, 復夢其夫謂曰 : "殺我者, 禾中走, 一日夫." 眉 : 强魂能見夢而不題言, 何也? 殆凶人數不絶耶! 小娥不自解悟, 常書此語, 廣求智者辨之, 歷年不能得. 至元和八年春, 李公佐罷江西從事, 扁舟東下, 淹泊建業, 登瓦官寺閣. 僧齊物從, 因告曰 : "有孀婦名小娥者, 每來寺中, 示我十二字謎語, 某不能辨." 李遂請齊公書於紙, 乃憑檻書空, 凝思默慮, 忽然了悟. 令寺童疾召小娥前至, 詢得其由, 李曰: "若然者, 吾審詳矣. 殺汝父是申蘭, 殺汝夫是申春. 夫'猴', 申生也, '車'去兩頭而言'猴', 故'申'字耳. '草'而'門', '門'而'東', 非'蘭'字耶? '禾中走'者, 穿田過, 此亦'申'字也. '一日'加'夫', 蓋'春'字耳." 小娥悲喜交集, 書"申蘭·申春"四字於衣中, 誓訪二賊, 以復其寃. 因問李姓氏官族, 泣拜而去. 爾後小娥便爲男子服, 傭保於江湖間, 歲餘, 至潯陽郡, 見竹戶上有紙榜"召傭", 乃應召詣門. 問其主, 則申蘭也. 蘭引歸, 娥心憤貌順, 在蘭左右, 甚見親愛. 金帛出入之數, 無不委娥. 已二歲餘, 竟不知娥之女人也. 眉: 比木蘭諸人, 更數倍. 先是謝氏之衣服器具, 悉掠在蘭家, 小娥每執舊物, 未嘗不暗泣移時. 蘭與春, 宗昆弟也. 春家住大江北獨樹浦, 與蘭往來密洽. 蘭與春同去經月, 多獲財帛而歸. 每留娥與蘭妻同守家室, 酒肉衣服, 給娥甚豐. 或一日, 春攜文鯉兼酒詣蘭, 是夕, 群賊畢至, 酣飲而散. 春沉醉, 臥於內室, 蘭亦露寢於庭. 小娥潛鎖春於內, 抽佩刀先斷蘭首, 呼號鄰人並至, 春擒於內, 蘭死於外, 獲贓收貨, 數至千萬. 眉: 指置從容, 大有兵機. 初, 蘭·春有黨數十, 暗記其名, 悉擒就戮. 時元和十二年夏歲也. 復父夫之讎畢, 歸本里, 見親屬, 里中豪族爭求聘. 娥誓心不嫁, 遂剪髮披褐, 訪道於牛頭山, 師事大士尼將律師, 志堅行苦. 其明年, 始受具戒於泗州開元寺, 竟以小娥爲法號, 不忘本也. 是年夏, 公佐歸長安, 途經泗濱, 過善義寺, 謁大德尼, 諸尼列侍, 中有一尼, 眉目朗秀, 凝視公佐, 若有意而未言者. 久之, 公佐將去, 尼遽呼曰: "官豈非洪州李判官二十三郎者乎?" 李曰: "然." "然則記小師乎?" 李曰: "不記也." 娥曰: "昔瓦官寺閣求解'車中猴'者也." 李悟曰: "竟獲賊否?" 娥因泣, 具訴始終艱苦, 及報讎之狀, 且曰: "碎此微軀, 莫酬明哲. 梵宇無他,惟虔誠法象, 以報效耳." 公佐大異之, 遂爲作傳.

評 : 小娥一女子, 而誓報父夫之讎, 精誠所至, 天洩其機, 人效其智, 豈偶然哉? 方服傭之始, 視蘭已如爼上肉, 所以需遲不發, 必欲兼報蘭·春, 且殲其黨耳. 相機憤發, 卒酬血恨, 而復不惑鉛華, 竟枯心禪律以死, 節孝智勇, 無一不備, 字曰"女中丈夫", 無愧乎!

* 이 고사는 《태평광기》 권491 〈잡전기(雜傳記)·사소아전〉, 권128 〈보응·이묘적〉에 실려 있다.

44-6(1261) 이탄의 딸

이탄녀(李誕女)

출《법원주림(法苑珠林)》

 동월(東越)의 민중(閩中)에 용령(庸嶺)이 있는데, 높이가 수십 리나 된다. 그 아래 북쪽 습지에 거대한 뱀이 있었는데, 길이가 7~8장(丈)이나 되고 굵기가 1장이나 되었으며, 그곳의 토착민들은 늘 그것을 두려워했다. 동야(東冶)의 도위(都尉)와 관할 성(城)의 장리(長吏) 중에서 죽은 사람이 많았는데, 소나 양을 잡아 제사를 지내도 여전히 복을 받지 못했다. 그 뱀은 사람의 꿈에 나타나거나 무당의 주문을 통해 열두세 살 된 소녀를 먹고 싶다고 했다. 도위와 영장(令長:현령)들은 이를 근심하다가 함께 노비 소생의 딸과 죄인 집안의 딸을 찾아내 기른 다음 8월 초하루가 되면 제사를 지내고 뱀의 동굴 입구로 들여보냈는데, 그러면 뱀이 밤에 나와서 그 소녀를 삼켜 버렸다. 몇 년 동안 그렇게 해서 전후로 이미 아홉 명의 소녀가 제물로 사용되었다. 한 해는 장차 제사를 지낼 때가 다가오는데도 아직 제물을 찾지 못하고 있었다. 장락현(將樂縣)의 이탄은 딸만 여섯이 있고 아들은 없었다. 그중 막내딸인 이기(李寄)가 제물을 구하는 데 자신이 응하겠다고 하며 집을 떠나려 했는데, 부모가 허락하지 않자 이기가 말했다.

"저를 붙잡지 마십시오. 지금 부모님께서는 딸만 여섯을 낳으시고 아들 하나 없으니, 자식이 있어도 없는 것이나 마찬가지입니다. 소녀는 제영(緹縈)65)처럼 부모님을 구한 공이 없으며, 부모님을 공양하지도 못하면서 괜히 음식과 옷가지만 축내고 있어서, 살아 봤자 도움 될 것이 없으니 차라리 일찍 죽느니만 못합니다. 저의 몸을 팔아 적은 돈이나마 얻어 부모님을 공양할 수 있다면 어찌 좋은 일이 아니겠습니까?"

부모는 딸을 사랑하고 불쌍히 여겨서 떠나는 것을 허락하지 않았으나 결국 막을 수 없었다. 이기는 떠나면서 좋은 칼과 뱀잡이용 개를 달라고 했다. 8월 초하루가 되자 이기는 칼을 품고 개를 데리고 사당으로 가서 그 안에 앉아 있었다. 그 전에 이기는 꿀 섞은 보릿가루를 넣은 찹쌀 인절미 몇 섬을 만들어 동굴 입구에 놓아두었다. 밤이 되자 뱀이 굴 밖으로 나왔는데, 머리통이 창고만 하고 눈이 2척이나 되는 거울

---

65) 제영(緹縈) : 한나라의 명의였던 태창령(太倉令) 순우의(淳于意)의 딸. 순우의는 아들이 없고 딸만 다섯 있었는데, 문제(文帝) 때 죄를 지어 형벌을 받게 되었을 때 제영이 문제에게 상소를 올려 아버지의 죄를 대신해 관비(官婢)가 되겠다고 자청하자, 문제가 그녀의 뜻을 가상히 여겨 아버지의 죄를 용서했다고 한다.

같았다. 뱀은 인절미 냄새를 맡고 우선 그것을 먹었다. 그때 바로 이기가 개를 풀어놓자 개가 달려들어 뱀을 물어뜯었고, 이어서 이기가 뒤에서 뱀을 칼로 베자 뱀이 밖으로 뛰쳐나오더니 사당 뜰에 이르러 죽었다. 이기는 동굴 속으로 들어가서 살펴보다가 아홉 명의 여자 해골을 발견하고 모두 들고 나오면서 혀를 차며 말했다.

"너희들은 나약하고 겁이 많아서 뱀에게 잡아먹혔으니 심히 불쌍하구나!"

그러고는 천천히 걸어서 집으로 돌아왔다. 동월왕은 그 소식을 듣고 이기를 왕후로 맞아들이고, 그녀의 아버지를 장락현령으로 삼았으며, 어머니와 언니들에게도 모두 상을 내려 주었다. 그 후로 동야에는 더 이상 요사한 일이 없었다.

東越閩中有庸嶺, 高數十里. 其下北隰中, 有大蛇, 長七八丈, 圍一丈, 土俗常懼. 東治[1]都尉及屬城長吏多有死者, 祭以牛羊, 故不得福. 或與人夢, 或與巫祝, 欲得噉童女年十二三者. 都尉·令長患之, 共求人家生婢子兼有罪家女養之, 至八月朝, 祭送蛇穴口, 蛇輒夜出吞嚙之. 累年如此, 前後已用九女. 一歲將祀之, 募索未得. 將樂縣李誕有六女, 無男. 其小女名寄, 應募欲行, 父母不聽, 寄曰: "父母無相留. 今惟生六女, 無一男, 雖有如無. 女無緹縈濟父母之功, 旣不能供養, 徒費衣食, 生無所益, 不如早死. 賣寄之身, 可得少錢, 以供父母, 豈不善耶?" 父母慈憐, 不聽去, 終不可禁止. 寄乃行, 請好劍及咋蛇犬. 至八月朝, 便懷劍將犬, 詣廟中坐. 先作數石米餈蜜麨以置穴口. 蛇夜便出, 頭大如囷, 目如二尺鏡. 聞餈香氣, 先啖食之. 寄便放犬, 犬就齧咋, 寄從後斫, 蛇因踊出, 至庭而死. 寄入視穴, 得其九女髑髏, 悉舉出, 咤言曰: "汝曹怯弱, 爲蛇所食, 甚可哀愍!" 於是寄女緩步而歸. 越王聞之, 聘寄爲后, 拜其父爲將樂令, 母及姊皆有賜賞. 自是東治無復妖邪.

* 이 고사는 《태평광기》 권270 〈부인·이탄녀〉에 실려 있다.

1 동치(東治):《수신기(搜神記)》에는 "동야(東冶)"라 되어 있는데 타당하다. 이하도 마찬가지다. 진(秦)나라 때 동월(東越) 지역에 민중군(閩中郡)을 설치했으며, 한나라 때 무저(武諸)를 민월왕(閩越王)에 봉해 이 지역을 다스리게 하고 동야를 도읍으로 정했다. 지금의 푸젠성(福建省) 푸저우시(福州市)에 해당한다.

44-7(1262) 노씨

노씨(盧氏)

출《송창잡록(松窗雜錄)》 미 : 이하는 현명한 부인이다(以下賢明婦).

적인걸(狄仁傑)이 재상이 되었을 때, 당이모 노씨가 오교(午橋) 남쪽의 별장에서 살고 있었다. 이모에게는 아들 하나만 있었는데, 한 번도 도성의 친척 집을 찾아간 적이 없었다. 적인걸은 복날과 섣달, 그리고 매달 그믐과 초하루마다 이모에게 매우 정성껏 예를 갖추었다. 한번은 많은 눈이 온 뒤에 휴가를 주었기에 적인걸은 이모 노씨를 찾아가 안부를 물었다. 그때 마침 육촌 동생이 활과 화살을 옆구리에 끼고 꿩과 토끼를 들고 돌아와서 모친께 음식을 차려 올렸는데, 적인걸을 돌아보며 읍(揖)하는 모습이 매우 무시하는 태도였다. 적인걸이 이모에게 말씀드렸다.

"저는 지금 재상으로 있으니, 육촌 동생에게 무엇이든 하고 싶은 일이 있다면 힘을 다해 보고자 합니다."

그러자 이모가 말했다.

"하나밖에 없는 아들에게 여군주[측천무후]를 섬기게 하고 싶지는 않다."

적인걸은 크게 부끄러워하면서 물러갔다.

평 : 부휴자[浮休子 : 장작(張鷟)]가 적인걸을 평하길, "그는 경사(經史)를 대충 열람하고 문장을 가볍게 열독하지만, 마음과 정신이 바르고 곧아서 검게 물들이려 해도 물들지 않고, 담력과 기백이 굳세고 강해서 명철하고 과단성이 있었다. 하지만 만년에 전벽(錢癖)이 있었으니 화교(和嶠)[66]와 같은 무리로다!"라고 했다. 이것을 보면 양국공(梁國公 : 적인걸)은 세리(勢利)에 초연한 사람이 아니었으니, 그의 이모는 아마도 이 점을 엿보았을 것이다.

狄仁傑之爲相也, 有盧氏堂姨居於午橋南別墅. 姨止有一子, 而未嘗來都城親戚家. 仁傑每伏臘晦朔, 修禮甚謹. 常經雪後休假, 仁傑因候盧姨安否. 適表弟挾弓矢, 携雉兔來歸, 進膳於母, 顧揖仁傑, 意甚輕簡. 仁傑因啓於姨曰: "某今爲相, 表弟有何樂從, 願爲悉力." 姨曰: "止有一子, 不欲令事女主." 仁傑大慚而退.

評 : 浮休子評仁傑云: "粗覽經史, 薄閱文章, 心神耿直, 涅而不淄, 膽氣堅剛, 明而能斷. 晚途錢癖, 和嶠之徒與!" 觀此則梁公非超然勢利者, 姨蓋有以窺之矣.

* 이 고사는 《태평광기》 권271 〈부인·노씨〉, 권169 〈지인(知人)·장작(張鷟)〉에 실려 있다.

66) 화교(和嶠) : 위(魏)나라 말과 진(晉)나라 초의 대신. 집이 부유했지만 천성이 인색했는데, 두예(杜預)가 그를 평해 전벽(錢癖)이 있다고 했다.

44-8(1263) 동씨

동씨(董氏)

출《조야첨재》

[당나라] 측천무후(則天武后) 때 태복경(太僕卿) 내준신(來俊臣)은 권세가 강성했는데, 조정 관원들은 그를 질시했지만 상림현령(上林縣令) 후민(侯敏)은 아주 가까이 그를 섬겼다. 후민의 부인 동씨가 간언하며 말했다.

"내준신은 국적(國賊)이니 그 권세가 오래가지 못할 것입니다. 하루아침에 일이 어그러진다면 그 간당(奸黨)이 먼저 해를 입을 것이니, 당신은 그를 공경하면서도 멀리하세요."

그래서 후민은 점점 내준신에게서 물러났다. 그러자 내준신이 분노해 그를 부주(涪州) 무륭현령(武隆縣令)으로 전출시켜 버렸다. 후민이 관직을 그만두고 집으로 돌아오려고 하자 동씨가 말했다.

"속히 부임지로 떠나고 여기에 머물길 구하지 마세요."

미 : 동씨 부인의 뛰어난 점은 단지 운명에 편안할 수 있다는 것이다.

마침내 후민은 떠나 부주에 당도해 명함을 전달하고 주장(州將)을 배알했는데, 문서 한 장을 잘못 적어 냈다. 주장은 문서를 펼쳐 보다가 맨 끝에 이름이 있자 크게 노해 말했다.

"자기 이름도 제대로 적지 못하면서 어떻게 현령이 될 수 있겠느냐!"

그러고는 후민을 부임시키지 않았다. 후민이 근심하고 번민해 마지않자 동씨가 말했다.

"그냥 이곳에 머물고 떠나길 구하지 마세요."

그래서 후민은 그곳에서 50일을 머물렀는데, 충주(忠州)의 반적(叛賊)이 무릉현을 격파하고서 전임 현령을 살해하고 그 식솔까지 모두 죽였지만, 후민은 부임을 허락받지 못했기 때문에 온전할 수 있었다. 나중에 내준신이 주살당하자 그 도당들을 축출해 영남(嶺南)으로 유배시켰지만, 후민은 또 화를 면할 수 있었다.

則天朝, 太僕卿來俊臣之強盛, 朝官側目, 上林令侯敏偏事之. 其妻董氏諫曰: "俊臣, 國賊也, 勢不久. 一朝事壞, 奸黨先遭, 君可敬而遠之." 敏稍稍而退. 俊臣怒, 出爲涪州武隆令. 敏欲棄官歸, 董氏曰: "但去, 莫求住." 眉: 董妻高處, 祇是能安命. 遂行, 至州, 投刺參州將, 錯題一張紙. 州將展看, 尾後有字, 大怒曰: "脩名不了, 何以爲縣令!" 不放上. 敏憂悶無已, 董氏曰: "但住, 莫求去." 停五十日, 忠州賊破武隆, 殺舊縣令, 略家口並盡, 敏以不許上獲全. 後俊臣誅, 逐其黨流嶺南, 敏又獲免.

* 이 고사는 《태평광기》 권271 〈부인·동씨〉에 실려 있다.

44-9(1264) 최경의 딸

최경녀(崔敬女)

출《조야첨재》

 당나라의 기주장사(冀州長史) 길철(吉哲)은 아들 길욱(吉頊)을 위해 남궁현승(南宮縣丞) 최경의 딸을 아내로 얻어 주려 했는데 최경이 허락하지 않았다.[67] 그래서 길철이 구실을 만들어 협박하면서 혼인할 것을 요구하자, 최경은 두려워서 허락하고 말았다. 길일을 택하고 사주단자를 함에 넣어 꽃수레와 함께 마침내 최경의 집 문 앞에 당도했다. 그러나 이러한 사실을 전혀 모르고 있던 최경의 부인 정씨(鄭氏)는 딸을 끌어안고 큰 소리로 울었고, 시집가게 될 딸은 한사코 드러누워 일어나지 않았다. 그러자 막내딸이 어머니에게 말씀드렸다.

 "아버지께서 위급한 곤경에 처해 계시니 몸을 바쳐 구해 드려야 합니다. 설령 노비가 된다 하더라도 마다해서는 안 되거늘, 명문 집안인데 무엇이 부끄럽단 말입니까? 언니가

---

[67] 최경이 허락하지 않았다 : 최경은 당나라의 주요 명문세족이었던 청하(淸河) 최씨였기 때문에 길씨 가문을 무시해 혼인하길 원하지 않은 것이다.

만약 가지 않겠다면 제가 가겠습니다." 미 : 대단한 견식(見識)이로다! 대단한 호걸이로다!

그러고는 마침내 수레를 타고 떠났다. 길욱은 나중에 재상에 임명되었다.

唐冀州長史吉懋[1], 欲爲男頊娶南宮縣丞崔敬女, 敬不許. 因有故, 脅以求親, 敬懼而許之. 擇日下函, 並花車, 卒至門首. 敬妻鄭氏初不知, 抱女大哭, 女堅臥不起. 其小女白其母曰: "父有急難, 殺身救解. 設令爲婢, 尙不合辭, 姓望之門, 何足爲恥? 姊若不可, 兒自當之." 眉 : 大見識! 大豪傑! 遂登車而去. 頊後拜相.

* 이 고사는 《태평광기》 권271 〈부인 · 최경녀〉에 실려 있다.

1 무(懋) : 《태평광기》 명초본과 《신당서》 권74 〈재상세계표(宰相世系表)〉에는 "철(哲)"이라 되어 있는데 타당하다. 길철은 당나라 초의 관리로, 귀주(歸州) · 충주(忠州) · 역주(易州)의 자사를 지냈으며, 분천남(汾川男)에 봉해졌다.

44-10(1265) 이여의 모친

이여모(李畲母)

출《조야첨재》

 감찰어사(監察御史) 이여의 모친은 성품이 청렴하고 결백했다. 이여의 요청으로 녹미(祿米)를 자기 집으로 보냈는데, 모친이 그것을 되어 보라 했더니 3석이 남았다. 모친이 그 까닭을 물었더니 영사(令史)가 말했다.

 "어사에게 지급하는 녹미는 관례에 따라 평미레질을 하지 않습니다."

 모친이 또 물었다.

 "수레꾼의 품삯은 얼마요?"

 영사가 또 말했다.

 "어사는 관례에 따라 수레꾼의 품삯을 내지 않습니다."

 모친이 노해 남은 녹미와 수레꾼의 품삯을 돌려보내면서 이여를 질책하자, 이여가 창고 관리를 추궁해 죄를 물었다. 여러 어사들이 모두 부끄러운 기색을 띠었다.

監察御史李畲母, 清素貞潔. 畲請祿米送至宅, 母遣量之, 剩三石. 問其故, 令史曰:"御史例不槩." 又問:"脚幾錢?" 又曰:"御史例不還脚車錢." 母怒, 令送所剩米及脚錢以責畲, 畲乃追倉官科罪. 諸御史皆有慚色.

* 이 고사는 《태평광기》 권271 〈부인 · 이여모〉에 실려 있다.

44-11(1266) 숙종 때의 공주

숙종조공주(肅宗朝公主)

출《인화록(因話錄)》

[당나라] 숙종이 궁중에서 연회를 즐길 때는 여배우가 분장해 연희(演戲)를 펼쳤는데, 그중에 녹색 옷에 홀(笏)을 들고 참군(參軍)으로 분장한 자가 있었다. 천보(天寶) 연간(742~756) 말에 번장(蕃將) 아포사(阿布思)가 국법을 범해 주살당하고 그의 부인이 액정(掖庭: 비빈과 궁녀들의 거처)에 배속되었는데, 그녀는 연희를 잘했기 때문에 악공(樂工)에 예속되었다. 그래서 숙종은 마침내 그녀에게 참군희(參軍戲)[68]를 공연하라고 했다. 그러자 공주가 간하며 말했다.

"궁중에 기녀들이 적지 않은데 어찌 반드시 이 사람이 필요하겠습니까? 만약에 아포사가 정말로 반역을 꾀한 사람이라면 그의 처도 함께 형벌을 받아야 할 사람이니, 지존(至

---

68) 참군희(參軍戲): 원래 명칭은 농참군(弄參軍)으로 당송대에 유행한 공연 형식의 일종이다. 주로 참군과 창골(蒼鶻) 두 배역이 익살스런 대화나 동작을 통해 웃음을 자아내며, 때때로 조정이나 사회 현상을 풍자하기도 했다. 당시의 참군희에는 여자 배우가 참가해 연기하고 노래를 불렀다.

尊)의 보좌에 가까이 있어서는 안 됩니다. 그렇지만 만약에 그가 억울하게 누명을 썼다면 또한 어찌 차마 그의 처를 배우들과 함께 섞여 지내게 해서 웃고 즐기는 노리갯감으로 삼을 수 있겠습니까? 소녀는 비록 지극히 어리석긴 하지만 이 일은 정말 옳지 않다고 생각합니다." 미 : 어찌 명신(名臣)의 상소만 못하겠는가?

숙종도 그녀를 측은하게 여겨 마침내 연희를 그만두게 하고 아포사의 부인을 사면해 주었다. 이로 인해 모두 공주를 존중했는데, 공주는 바로 유성(柳晟)의 어머니다.

肅宗宴於宮中, 女優弄假戲, 有綠衣秉簡爲參軍者. 天寶末, 蕃將阿布恩伏法, 其妻配掖庭, 善爲優, 因隷樂工. 遂令爲參軍之戲. 公主諫曰 : "禁中妓女不少, 何必須得此人? 使阿布恩眞逆人耶, 其妻亦同刑人, 不合近至尊之座. 若果冤橫, 又豈忍使其妻與群優雜處, 爲笑謔之具哉? 妾雖至愚, 深以爲不可." 眉 : 何減名臣奏疏? 上亦憫惻, 遂罷戲而免阿布恩之妻. 由是咸重公主, 公主, 卽柳晟母也.

* 이 고사는 《태평광기》 권271 〈부인 · 숙종조공주〉에 실려 있다.

44-12(1267) 우씨

우씨(牛氏)

출《옥천자(玉泉子)》

등창(鄧敞)은 출신이 미천하고 가난해서 과거에 낙방했다. 우위(牛蔚) 형제는 우승유(牛僧孺)의 아들로 능력도 있고 재물도 풍부했는데, 그들이 등창에게 말했다.

"우리에게 아직 출가하지 않은 여동생이 있는데, 그대가 결혼할 수 있겠는가? 그렇게 한다면 마땅히 그대를 위해 힘을 써 줄 것이니 어찌 급제뿐이겠는가?"

당시 등창은 이미 이 평사(李評事)의 사위였다. 등창에게는 글씨를 잘 쓰는 두 딸이 있었는데, 등창의 행권(行卷)은 대부분 두 딸의 필적이었다. 등창은 자신의 미천한 출신을 돌아보며 필시 빨리 출세할 수 없으리라 생각하고, 우위 형제의 말을 이롭다고 여겨 그 혼인을 허락했다. 등창은 과거에 급제하고 나서 우씨 집으로 가서 혼인했다. 며칠 뒤에 등창은 우씨를 데리고 집으로 돌아갔는데, 장차 집에 도착할 무렵에 우씨를 속여 말했다.

"내가 오랫동안 집에 가지 않았으니, 먼저 가서 당신을 기다리고자 하는데 괜찮겠소?"

우씨는 그렇게 하도록 허락했다. 하지만 등창은 집에 도착한 뒤에도 감히 그 일을 말하지 못했다. 이튿날 우씨의 하인은 짐수레를 몰아 곧장 등창의 집으로 들어가서 우씨가 평소 아끼던 물건과 휘장 및 잡동사니를 꺼내 정원과 처마 사이에 늘어놓았다. 그것을 본 이씨가 깜짝 놀라며 말했다.

"이것이 무엇이냐?"

하인이 말했다.

"부인께서 곧 도착하실 것인데, 제게 먼저 가서 물건들을 정리하라 하셨습니다."

이씨가 말했다.

"내가 바로 부인이거늘 또 무슨 부인이 있단 말이냐?"

그러고는 가슴을 치고 통곡하면서 땅에 주저앉았다. 우씨는 그곳에 도착해서야 자신이 속았음을 알고 이씨에게 만나길 청하며 말했다.

"내 부친은 재상이고 형제들은 모두 낭성(郎省)의 관리로 있습니다. 내가 아무리 부귀해지지 못하는 것을 싫어한다 한들 어찌 시집갈 곳이 없겠습니까? 불행을 당한 사람이 어찌 부인뿐이겠습니까? 나는 지금 부인과 함께 한 남편을 섬기기를 원합니다. 부인은 설령 등랑(鄧郎 : 등창)에게 유감이 있더라도 어찌 차마 두 딸을 위해 생각하지 않으십니까?" 미 : 우씨는 크게 현덕(賢德)하다.

이씨가 관아에 고발하려고 하자 두 딸이 함께 그 소매를 잡아끌며 말렸다.

鄧敞以孤寒不中第. 牛蔚兄弟, 僧孺之子, 有氣力, 且富於財, 謂敞曰: "吾有女弟, 未出門, 子能婚乎? 當爲君展力, 寧一第耶?" 時敞已爲李評事之婿矣. 有女二人, 皆善書, 敞所行卷, 多二女筆迹. 敞顧己寒賤, 必能致騰踔, 私利其言, 許之. 既登第, 就牛氏親. 不日, 敞挈牛氏而歸, 將及家, 敞給牛氏曰: "吾久不到家, 請先往俟卿, 可乎?" 牛氏許之. 泊到家, 不敢洩其事. 明日, 牛氏奴驅其輜橐直入, 卽出牛氏居常所玩好幙帳雜物, 列於庭廡間. 李氏驚曰: "此何爲者?" 奴曰: "夫人將到, 令某陳之." 李氏曰: "吾卽妻也, 又何夫人焉?" 卽撫膺大哭頓地. 牛氏至, 知其賣己也, 請見李氏曰: "吾父爲宰相, 兄弟皆在郞省. 縱嫌不能富貴, 豈無一嫁處耶? 其不幸豈唯夫人乎? 今願一與夫人同之. 夫人縱憾於鄧郞, 寧忍不爲二女計耶?" 眉: 牛氏大賢德. 時李氏將列於官, 二女共牽挽其袖而止.

* 이 고사는 《태평광기》 권498 〈잡록·등창(鄧敞)〉에 실려 있다.

44-13(1268) 하씨

하씨(賀氏)

출《옥당한화》

 연주(兗州)의 민가에 성이 하씨인 부인이 있었는데, 마을 사람들은 그녀를 "직녀(織女)"라고 불렀다. 하씨의 부모는 농사를 지었으며, 남편은 보부상으로 여러 군(郡)을 왕래했다. 하씨가 처음 시집와서 채 열흘도 안 되어 남편이 장사하러 떠났는데, 그는 매번 떠나면 몇 년 만에야 비로소 돌아왔으며 돌아와도 며칠 만에 다시 떠났다. 그는 벌어들인 돈으로 다른 곳에 다른 마누라를 두었으며, 자기 집에는 한 푼도 보태 주지 않았다. 하씨는 그러한 사실을 알면서도 남편이 돌아올 때마다 기쁜 마음으로 받들어 모시면서 한 번도 언짢은 기색을 얼굴에 드러낸 적이 없었다. 남편은 부끄러워서 마음대로 할 수 없자 다시 괜한 트집을 잡아 하씨를 때리고 욕했지만, 그래도 하씨는 남편에게 대들지 않았다. 시어머니는 이미 늙고 병들었으며 추위와 굶주림으로 뼈가 드러날 정도였다. 하씨 부인은 품팔이로 베를 짜서 생계를 꾸려 갔는데, 벌어 온 품삯은 모두 시어머니에게 들어가고 자신은 추위와 굶주림에 시달렸다. 그런데도 시어머니는 자애롭지 못해 날마다 하씨를 학대했다. 그러나 부인은 더욱 공경하며 마음을 가라앉히고 부드러운 목소리로 시어머니의 뜻을 기쁘게 해 드리면서 끝까지 원망이나 한탄을 하지 않았다. 남편이 한번은 작은마누라를 데리고 집으로 왔는데, 하씨는 그녀를 동생이라 부르면서 성난 기색을 전혀 짓지 않았다. 하씨가 시집온 지 20여 년 동안 남편은 반년도 집에 있지 않았지만, 하씨는 부지런히 힘써 시어머니와 남편을 봉양했으며 시종 원망하지 않았다. 미 : 천고의 한 사람으로 여자 중의 성현이자 보살이다.

兗州有民家婦, 姓賀氏, 里人謂之"織女". 父母以農爲業, 其丈夫則負擔販賣, 往來於郡. 賀初爲婦, 未浹旬, 其夫出外, 每出, 數年方至, 至則數日復出. 其所獲利, 蓄別婦於他所, 不以一錢濟家. 賀知之, 每夫還, 欣然奉事, 未嘗形於顔色. 夫慚愧不自得, 更非理毆罵之, 婦亦不之酬對. 其姑已老且病, 凍餒切骨. 爲傭織以資之, 所得傭直, 盡歸其姑, 已則寒餒. 姑又不慈, 日有凌虐. 婦益加恭敬, 下氣怡聲, 以悅其意, 終無怨嘆. 夫嘗挈所愛至家, 賀以女弟呼之, 略無慍色. 賀爲婦二十餘年, 其夫無半年在家, 而勤力奉養, 始終無怨. 眉 : 千古一人, 女中聖賢菩薩也.

* 이 고사는 《태평광기》 권271 〈부인 · 하씨〉에 실려 있다.

44-14(1269) 주적의 처

주적처(周迪妻)

출《요란지(妖亂志)》

　예장군(豫章郡)의 백성 주적은 광릉(廣陵)에서 장사를 했는데, 그의 부인이 함께했다. 필사탁(畢師鐸)의 난을 만나 떠날 수 없게 되어 이때에 이르러 주적은 굶주림으로 거의 죽을 지경이 되었는데, 그의 부인이 말했다.

　"병란으로 인한 기근이 이와 같으니 필시 목숨을 부지하지 못할 것입니다. 당신의 부모님은 연로하고 집은 멀리 있으니 소첩과 함께 둘 다 죽을 수는 없습니다. 원컨대 소첩을 백정에게 팔고 당신은 고향으로 돌아가서 집안을 구제하기 바랍니다."

　주적이 억지로 그 말을 따라 부인을 팔아 얻은 돈의 절반을 성문지기에게 뇌물로 주고 떠나게 해 달라고 부탁했더니, 성문지기가 캐물어 주적이 사실대로 대답했다. 사람들이 그 말을 믿지 않고 마침내 주적과 함께 사실을 확인하러 그곳으로 갔는데, 도착해서 보았더니 부인의 머리가 이미 푸줏간에 있었다. 모여든 구경꾼들이 놀라 탄식해 마지않으면서 미 : 너무나 참혹해서 차마 읽지 못하겠다. 그에게 돈과 비단을 주었다. 주적은 부인의 남은 뼈를 거두어 짊어지고 고향으로 돌아갔다.

有豫章民周迪, 貨利於廣陵, 其妻偕焉. 遇師鐸之亂, 不能去, 至是迪饑將絶, 妻曰:"兵荒若是, 必不相全. 君親老家遠, 不可與妾俱死. 願見鬻於屠氏, 則君歸裝濟矣." 迪勉從之, 以所得之半賂守者求去, 守者詰之, 迪以實對. 郡輩不信, 遂與迪往其處驗焉, 至則見首已在肉案. 聚觀者莫不嘆異, 眉:慘極, 令人不忍讀. 以金帛遺之. 迪收其餘骸, 負之而歸.

* 이 고사는《태평광기》권270〈부인·주적처〉에 실려 있는데, 출전이 빠져 있으며 문자상의 출입이 상당히 많다.

44-15(1270) 노씨 부인
노부인(盧夫人)
출《조야첨재》미 : 이하는 정숙한 부인이다(以下貞婦).

노씨 부인은 방현령(房玄齡)의 처다. 방현령이 미천했을 때 병들어 죽게 되자 부인에게 당부했다.
"내가 병들어 위독한데 당신은 젊으니 과부로 살지 말고 다음 남편을 잘 모시도록 하시오."
노씨 부인은 흐느껴 울며 휘장 안으로 들어가 한쪽 눈을 찔러 방현령에게 보여 주며 절대 다른 사람에게 개가하지 않을 것임을 분명히 했다. 방현령은 병이 낫고 나서 종신토록 부인을 예우했다.

평 : 《투부기(妒婦記)》를 살펴보니, 부인은 투기가 심해서 방 공(房公 : 방현령)이 감히 첩을 두지 못했는데, 태종(太宗)이 방 공에게 미인을 하사하려 했지만 방 공이 누차 사양하며 받지 않자, 태종이 황후에게 부인을 불러 타이르게 했으나 부인은 죽더라도 따르지 않겠다고 맹세했다. 그렇다면 어찌하여 이전에는 현숙했다가 나중에는 투기했단 말인가? 하지만 자신의 눈을 찌른 뜻을 살펴보면 방 공과 부인은 이미 약속한 바가 있음을 알 수 있다.

盧夫人, 房玄齡妻也. 玄齡微時, 病且死, 囑曰:"吾病革, 君年少, 不可寡居, 善事後人." 盧泣入幃中, 剔一目示玄齡, 明無他. 玄齡旣愈, 禮之終身.

評:按《妒婦記》, 夫人至妒, 房公不敢畜妾, 太宗將賜美人, 屢辭不受, 乃令皇后召夫人諭之, 夫人誓死不從. 何賢於前而妒於後也? 然觀剔目之情, 則房公與夫人業有成言, 可知矣.

* 이 고사는《태평광기》권270〈부인・노부인〉에 실려 있다.

44-16(1271) 위경유의 처

위경유처(衛敬瑜妻)

출《남옹주기(南雍州記)》

정녀(貞女) 위 부인(衛婦人)은 본래 패성(霈城) 왕정(王整)의 딸로 위경유에게 시집갔는데, 나이 열여섯에 위경유가 죽었다. 친정 부모와 시부모가 그녀를 개가시키려 했지만, 그녀는 맹세코 개가하지 않으려고 했다. 나중에 자주 강요받자 그녀가 귀를 잘라 스스로 맹세했기에 이로 인해 개가를 면할 수 있었다. 남편의 묘에 측백나무 몇 그루를 심었는데, 묘 앞 측백나무의 가지가 맞붙어 자라자 시를 지었다.

"묘 앞의 한 그루 측백나무, 같은 뿌리에 가지까지 한데 맞붙었네. 소첩의 마음이 나무를 감동시켰으니, [맹강녀가] 성을 무너뜨린 일[69]을 어찌 기이하다 하리오?"

그녀가 살던 집의 문 위에 제비집이 있었는데, 제비가 늘 쌍쌍이 날며 오가더니 나중에 갑자기 한 마리만 홀로 날아

---

69) 성을 무너뜨린 일 : 진시황(秦始皇) 때 맹강녀(孟姜女)가 장성 축조에 징발된 남편 범기량(范杞梁)을 찾아갔다가 남편이 이미 죽었다는 말을 듣고 장성 밑에서 통곡하자 10일 만에 장성이 무너져 남편의 유골이 나타났다고 한다.

왔다. 그녀는 제비가 혼자 깃들인 것을 마음 아파하며 붉은 실을 제비 다리에 묶어 표시해 두었다. 이듬해에 그 제비가 과연 다시 왔는데, 이전에 묶어 주었던 실을 여전히 매달고 있었다. 이에 그녀가 다시 시를 지었다.

"작년에 짝을 잃고 떠나더니, 올해도 혼자 돌아왔네. 옛 친구의 은애를 중히 여겨, 차마 다시 [새 짝을 찾아] 쌍으로 날아오지 않았나 보네."

貞女衛婦, 本霸城王整之女, 適衛敬瑜, 十六而敬瑜亡. 父母舅姑欲嫁之, 誓而不肯. 後頻被逼, 女乃截耳自誓, 由是獲免. 於夫墓種柏數株, 其墓前柏樹連理, 乃爲詩曰:"墓前一株柏, 同根復並枝. 妾心能感木, 頹城何足奇?" 所住戶上有燕巢, 常雙飛來去, 後忽孤飛而至. 女感燕之偏棲, 乃以紅縷繫燕足以爲誌. 後歲, 此燕果來, 猶帶舊縷. 女復爲詩曰:"昔時無偶去, 今來猶獨歸. 故人恩愛重, 不忍復雙飛."

* 이 고사는 《태평광기》 권270 〈부인·위경유처〉에 실려 있다.

44-17(1272) 여영

여영(呂榮)

출《문추경요(文樞鏡要)》

 허승(許升)의 처 여씨(呂氏)는 자가 영(榮)이다. 허승은 젊었을 때 도박꾼이었고 품행이 올바르지 못했다. 여영은 몸소 가업을 도맡아 가며 시어머니를 봉양했다. 여영은 자주 허승에게 학업을 닦을 것을 권했고 허승이 잘못을 할 때마다 눈물을 흘리며 충고했다. 여영의 아버지가 허승을 미워하는 마음에 노여움이 쌓이고 쌓여 여영을 불러 재가시키려고 하자 여영이 탄식하며 말했다.

 "제 운명이 그러한 것이고 도의상 다른 마음을 품을 수 없으니 결코 돌아갈 수 없습니다!"

 허승은 이에 감격해 스스로 노력하면서 스승을 찾아 먼 곳으로 떠나 학업에 정진한 끝에 드디어 명성을 얻게 되었다. 얼마 후에 허승은 본주(本州)의 부름을 받아 관직에 임용되었으나, 수춘현(壽春縣)에 이르렀을 때 강도에게 피살되고 말았다. 자사(刺史) 윤요(尹耀)가 그 강도를 체포했다. 여영은 길에서 영구를 맞이하다가 강도를 체포했다는 소식을 듣고 주부(州府)로 찾아가서 직접 원수를 갚게 해 달라고 청했다. 윤요가 이를 허락하자 여영은 직접 강도의 머리를 잘라 그것으로 남편의 혼령에 제사 지냈다. 후에 그 군에 도적이 쳐들어왔는데, 도적이 여영을 범하려 하자 여영이 담을 넘어 도망갔더니, 도적이 칼을 뽑아 들고 쫓아오자 여영이 말했다.

"도의상 이 몸에 치욕을 당할 수는 없다."

여영은 결국 죽임을 당했다. 미 : 일생이 박명하다. 그날 질풍이 휘몰아치고 폭우가 내렸으며 천둥 번개가 쳐 온 세상이 어두워지자, 도적은 두려움에 떨며 머리를 조아려 사죄하고 그녀를 잘 장사 지내 주었다. 나중에 자사가 가흥현(嘉興縣)의 곽리(郭里)에 그녀의 무덤을 증축하고 이름을 "의부판(義婦坂)"이라 했다.

許升妻呂氏, 字榮. 升少爲博徒, 不理操行. 榮躬勤家業以奉姑. 數勸升修學, 每有不善, 輒流涕進規. 榮父積忿疾升, 乃呼榮, 欲改嫁之, 榮嘆曰 : "命之所遭, 義無離貳, 終不可歸!" 升感激自勵, 乃尋師遠學, 遂以成名. 尋被本州辟命, 行至壽春, 爲盜所殺. 刺史尹耀捕盜得之. 榮迎喪於路, 聞而詣州, 請甘心讎人. 耀聽之, 榮乃手斷其頭, 以祭升靈. 後郡遭寇賊, 賊欲犯之, 榮踰垣走, 賊拔刀追及, 榮曰 : "義不以身受辱." 遂被殺. 眉 : 一生薄命. 是日, 疾風暴雨, 雷電晦冥. 賊惶懼, 叩頭謝罪, 乃殯葬之. 後刺史增其冢於嘉興郭里, 名曰 "義婦坂".

* 이 고사는 《태평광기》 권270 〈부인·여영〉에 실려 있다.

44-18(1273) 등염의 처

등염처(鄧廉妻)

출《조야첨재》

창주(滄州) 궁고현(弓高縣)의 등염의 부인 이씨(李氏)는 시집온 지 만 1년도 안 되어 등염이 죽었다. 당시 이씨는 열여덟 살이었는데, 수절하기로 뜻을 세운 뒤 남편의 위패를 모셔 놓고 매일 세 차례씩 밥을 지어 올리고 곡을 했으며, 이렇게 6~7년 동안 베옷을 입고 채식을 했다. 그러던 어느 날 밤 꿈에 난데없이 한 남자가 나타났는데, 용모와 행동거지가 매우 훌륭했으며, 이씨에게 배필이 되어 달라고 청했지만 이씨는 꿈속에서도 허락하지 않았다. 그 후로 매일 밤마다 꿈에 그 남자가 나타나자, 이씨는 귀신의 짓이라고 생각해 부적을 써 붙이고 주문을 외웠지만 끝내 물리칠 수 없었다. 이씨가 탄식하며 말했다.

"내가 절조를 바꾸지 않겠다고 맹세했는데도 이 사람에게 괴롭힘을 당하는 것은 아마도 내 용모가 아직 쇠하지 않았기 때문일 게야!"

그러고는 머리카락을 자르고 때 묻은 얼굴에 베옷도 빨지 않자, 그 귀신이 다시 와서 사과하며 말했다.

"부인의 죽백(竹柏) 같은 절조는 빼앗을 수가 없습니다."

그 후로 그 귀신은 더 이상 꿈에 나타나지 않았다. 군수가 그녀를 위해 정려문(旌閭門)을 세워 주었는데, 지금도 그곳에 절부리(節婦里)가 있다.

滄州弓高鄧廉妻李氏女, 嫁未周年而廉卒. 李年十八, 守志, 設靈几, 每日三上食臨哭, 布衣疏食六七年. 忽夜夢一男子, 容止甚都, 欲求李氏爲偶, 李氏睡中不許. 自後每夜夢見, 以爲精魅, 書符咒禁, 終莫能絶. 李氏嘆曰: "吾誓不移節, 而爲此所撓, 蓋吾容貌未衰故也!" 截髮垢面, 麻衣不濯, 其鬼又來謝曰: "夫人竹柏之操, 不可奪也." 自是不復夢. 郡守旌其門閭, 至今尙有節婦里.

* 이 고사는 《태평광기》 권271 〈부인·등염처〉에 실려 있다.

44-19(1274) 노래하는 자의 부인

가자부(歌者婦)

출《옥당한화》

남중(南中)에 대수(大帥)가 있었는데, 대대로 작위를 세습했다. 용모가 아름다운 노래하는 부인이 남편과 함께 북쪽에서 왔는데, 대수는 그 소문을 듣고 부인을 불러들였다. 부인은 대수의 집에 들어갈 때마다 반드시 남편과 함께 가서 번갈아 가며 노래를 불렀는데, 노래에 넘치는 자태가 있었다. 대수는 그 부인을 차지하고 싶었으나 그녀는 거절하며 허락하지 않았다. 그러자 대수는 몰래 사람을 보내 부인의 남편을 죽이고 그녀를 별실에 두고서, 많은 구슬과 비취로 그녀의 마음을 기쁘게 해 주었다. 1년이 지나서 대수가 부인을 찾아갔더니 부인도 기쁜 마음으로 대수를 맞이했는데, 매우 나긋나긋하고 정감이 넘쳤다. 함께 침상으로 갔을 때 부인이 갑자기 소매 속에서 시퍼런 칼을 꺼내 대수를 붙잡고 찌르려 했다. 대수가 놀라 도망치자 부인이 쫓아갔는데, 마침 노비 두 명이 앞을 막고 있다가 문을 닫아건 덕분에 대수는 죽음을 면할 수 있었다. 대수가 곧장 사람을 보내 부인을 잡아 오게 했는데, 그녀는 이미 스스로 목을 베어 죽은 뒤였다.

南中有大帥, 世襲爵位. 有歌婦色美, 與其夫自北而至, 帥聞而召之. 每入, 輒與其夫偕, 更唱迭和, 曲有餘態. 帥欲私之, 婦拒不許. 帥密遣人害其夫, 而置婦於別室, 多其珠翠, 以悅其意. 逾年, 往詣之, 婦亦欣然接待, 情甚婉變. 及就榻, 袖中忽出白刃, 擒帥欲刺之. 帥驚逸, 婦逐之, 適有二奴居前, 闔其扉, 由是獲免. 旋遣人執之, 已自斷其頸矣.

* 이 고사는 《태평광기》 권270 〈부인・가자부〉에 실려 있다.

재부(才婦)

44-20(1275) 사도온

사도온(謝道韞)

출《독이지》

왕응지(王凝之)의 부인 사도온은 [시동생인] 왕헌지(王獻之)가 손님과 담론하다가 이기지 못하자, 하녀를 보내 아뢰게 했다.

"도련님을 위해 포위를 풀어 드리길 청합니다."

그러고는 푸른 비단 보장(步障 : 이동식 가리개)을 쳐서 자신을 가린 채 손님과 담론을 벌였는데, 손님이 그녀를 꺾을 수 없었다.

王凝之妻謝道韞, 凝之[1]與客談義不勝, 道韞遣婢白曰 : "請與小郎解圍." 乃施靑綾步障自蔽, 與客談, 客不能屈.

* 이 고사는 《태평광기》 권271 〈부인·사도온〉에 실려 있다.
1 응지(凝之) : 《태평광기》에는 "왕헌지(王獻之)"라 되어 있는데 문맥상 타당하다. 뒤에 나오는 "소랑(小郎)"은 시동생을 말하는데, 왕응지는 왕희지(王羲之)의 둘째 아들이고 왕헌지는 일곱째 막내아들이다.

44-21(1276) 양용화

양용화(楊容華)

출《조야첨재》

　양영천[楊盈川 : 양형(楊炯)]의 조카딸 양용화는 어려서부터 글을 잘 지었다. 일찍이 〈신장(新妝)〉이란 시를 지었는데 많은 호사가들이 이를 전했다. 그 시는 다음과 같다.

　"잠든 새 놀라듯 잠에서 깨어, 창문을 새벽같이 여네. 봉황 비녀는 금으로 깃털 가닥 만들고, 난새 새겨진 거울은 옥으로 경대 만들었네. 화장한 자태 연못가에서 나온 듯하니, 사람들은 달에서 내려온 선녀로 의심하네. 끝내 사랑받지 못함을 스스로 가련해하며, 떠나려다 다시 배회하네."

楊盈川侄女曰容華, 幼善屬文. 嘗爲〈新妝〉詩, 好事者多傳之. 詩曰 : "宿鳥驚眠罷, 房櫳乘曉開. 鳳釵金作縷, 鸞鏡玉爲臺. 妝似臨池出, 人疑月下來. 自憐終不見, 欲去復徘徊."

* 이 고사는 《태평광기》 권271 〈부인·양용화〉에 실려 있다.

44-22(1277) 상관소용

상관소용(上官昭容)

출《경룡문관기(景龍文館記)》

당(唐)나라의 상관소용이 막 임신되었을 때 모친 정씨(鄭氏)가 꿈을 꾸었는데, 어떤 신인(神人)이 커다란 저울을 건네주면서 그것으로 천하를 저울질해 보라고 했다. 상관소용이 태어난 지 만 한 달이 되었을 때 정씨가 그녀를 어르면서 말했다.

"천하를 저울질할 사람이 너니?"

그러자 갓난아이가 옹얼거리면서 "네" 하고 대답했다. 상관소용은 강보에 싸여 있을 때 집안이 화를 당하는 바람에 액정(掖庭)으로 들어가게 되었다. 그녀는 열네 살 때 총명하고 사리에 통달해 재주가 비할 데 없이 뛰어났다. 측천무후(則天武后)가 소문을 듣고 그녀를 시험해 보았는데, 그녀는 마치 이전에 지어 놓기라도 한 듯이 붓을 들자마자 즉시 문장을 완성했다. 만세통천(萬歲通天) 연간(696~697) 이후부터 경룡(景龍) 연간(707~710) 전까지 그녀는 줄곧 황제의 조서를 관장했다. 군대나 국가의 중요한 책략과 살생의 대권(大權)이 대부분 그녀에 의해 결정되었다. 또한 그녀는 숨어 있는 영재와 준재를 구하고 문인들을 흥성하게 해서,

나라에는 문장을 좋아하는 선비가 많았고 조정에는 학문하지 않는 신하가 드물었다. 20년 동안 재야에 버려진 인재가 없었던 것은 모두 그녀의 덕택이었다. 그러나 그녀는 만년에 밖으로 붕당과 결탁해 권세를 함부로 휘둘렀기에 조정 관원들이 그녀를 두려워했다. 현종(玄宗)이 난을 평정한 뒤에 그녀는 주살당했다.

唐上官昭容之方娠, 母鄭氏夢神人畀之大秤, 以此可稱量天下. 生彌月, 鄭弄之曰: "秤量天下, 是汝耶?" 孩啞應之曰: "是." 襁中遇家禍, 入掖庭. 年十四, 聰達敏識, 才華無比. 天后聞而試之, 援筆立成, 皆如宿構. 自通天後, 逮景龍前, 恒掌宸翰. 其軍國謀猷, 殺生大柄, 多其所決. 至若幽求英雋, 鬱興詞藻, 國有好文之士, 朝希不學之臣. 二十年間, 野無遺逸, 此其力也. 而晩年頗外通朋黨, 輕弄權勢, 朝廷畏之. 玄宗平難, 被誅.

* 이 고사는 《태평광기》 권271 〈부인·상관소용〉에 실려 있다.

44-23(1278) 장열의 딸

장열녀(張說女)

출《전재》

연국공(燕國公) 장열의 딸이 노씨(盧氏)에게 시집갔다. 그녀는 일찍이 시아버지를 위해 관직을 구했는데, 부친이 퇴조하기를 기다렸다가 그 일을 물었다. 부친 장열은 아무 말 없이 단지 침상을 괴고 있는 거북을 가리키며 암시를 주었다. 그녀는 집으로 돌아와서 남편에게 말했다.

"시아버님께서는 첨사(詹事)70) 벼슬을 얻으실 것입니다."

燕公張說, 其女嫁盧氏. 嘗爲舅求官, 候父朝下而問焉. 父不語, 但指搘床龜示之. 女歸告其夫曰: "舅得詹事矣."

* 이 고사는 《태평광기》 권271 〈부인 · 장씨(張氏)〉에 실려 있다.

70) 첨사(詹事): 당나라 때 첨사부(詹事府)를 설치하고 태자첨사(太子詹事)와 소첨사(少詹事) 각 한 명씩을 두어 동궁(東宮)의 서무(庶務)를 총괄 관장하게 했다. '첨(詹)'과 '점(占)'은 발음이 통해 '점사(占事)'는 곧 '첨사'를 뜻하므로 장열의 딸이 이렇게 유추한 것이다. '점사'는 《주역(周易)》 《계사전 하(繫辭傳下)》의 "점사지래(占事知來)"라는 구절에서 나왔다.

44-24(1279) 두고의 처
두고처(杜羔妻)
출《옥천자》

두고의 부인 유씨(劉氏)는 시를 잘 지었다. 두고는 누차 과거에 낙방해 돌아오고 있었는데, 거의 집에 당도했을 때 부인이 먼저 그에게 다음과 같은 시를 보냈다.

"낭군께선 확실히 훌륭한 재주 지니셨지만, 어쩐 일로 해마다 낙방하고 돌아오시나요? 오늘 소첩은 당신 얼굴 보기 부끄러우니, 오시려거든 밤에나 오세요."

두고는 그 시를 보고 즉시 되돌아가서 결국 과거에 급제했다.

杜羔妻劉氏, 善爲詩. 羔累擧不第, 乃歸, 將至家, 妻先寄詩曰 : "良人的的有奇才, 何事年年被放回? 如今妾面羞君面, 君到來時近夜來." 羔見詩, 卽時回去, 竟登第.

* 이 고사는《태평광기》권271〈부인·두고처〉에 실려 있다.

44-25(1280) 장규의 처

장규처(張睽妻)

출《서정시(抒情詩)》

[당나라] 회창(會昌) 연간(841~846)에 변방 장수 장규는 10여 년 동안 변방을 수비하고 있었다. 그래서 그의 부인 후씨(侯氏)가 거북 모양으로 수놓은 회문시(廻文詩)[71]를 지어 대궐에 나아가 바쳤는데, 그 시는 다음과 같다.

"장규가 떠난 지 이미 10년이 넘었으니, 거울 대하고 어찌 다시 화장하리오? 기러기 소리 듣고 몇 번이나 편지 썼던가? 서리 내린 걸 보고 먼저 임의 옷 지었네. 옷상자 열고 명주옷 개어 넣으니 먼저 눈물 흐르고, 방망이 들고 다듬잇돌 두드리니 더욱 애간장 끊어지네. 거북 모양으로 수놓아 천자께 바치오니, 원하옵건대 원정 나간 나그네 빨리 고향으로 돌아오게 해 주소서."

황제는 칙명을 내려 그녀에게 비단 300필을 하사해 훌륭한 재주를 표창했다.

---

[71] 회문시(廻文詩) : 구절을 앞뒤로 읽어도 모두 뜻이 통하도록 지은 시.

會昌中, 邊將張暌防戌十有餘年. 其妻侯氏繡廻文作龜形詩, 詣闕進上, 詩曰: "暌離已是十秋强, 對鏡那堪重理妝? 聞雁幾回修尺素? 見霜先爲製衣裳. 開箱疊練先垂泪, 拂杵調砧更斷腸. 繡作龜形獻天子, 願敎征客早還鄕." 敕賜絹三百匹, 以彰才美.

* 이 고사는 《태평광기》 권271 〈부인·장규처〉에 실려 있다.

44-26(1281) 관도의 누이

관도매(關圖妹)

출《남초신문(南楚新聞)》

관도에게 매우 총명한 누이 하나가 있었는데, 그녀가 지은 문장과 서찰은 모두 사람을 감동시켰다. 관도는 늘 동료들에게 말했다.

"우리 집에 진사(進士) 한 명이 있는데 안타깝게도 상투를 빗지 않습니다.[72]"

관도는 나중에 강릉(江陵)에서 객지 생활을 했다. 상(常) 아무개라는 소금 장수는 천금의 재산을 축적한 삼협(三峽) 사람이었는데, 그 역시 강릉에서 살고 있었다. 상 아무개는 관도와 교분이 매우 두터웠으며, 관도도 그를 웃어른으로 대우했다. 그러나 몇 년 뒤에 상 공(常公 : 상 아무개)이 죽었고 상수(常修)라고 하는 아들 하나가 있었는데, 그는 학자다운 의젓한 풍모를 지녔고 문장에도 대체적으로 밝았기에 관도는 마침내 자기 누이를 그에게 시집보냈다. 관씨(關氏)

[72) 상투를 빗지 않습니다 : 원문은 "부즐(不櫛)". 즉, 남자가 아니라는 뜻이다. 여기에서 문학적인 재능이 뛰어난 여자를 가리키는 "부즐진사(不櫛進士)"라는 말이 나왔다.

가 상수와 함께 독서하며 20여 년 동안 공부한 끝에 상수의 재주와 학문이 깊고 넓어져서 동년배보다 탁월하게 뛰어났다. 미 : 부인이 남편의 학문을 이뤄 준 것은 1000명 중에 한 명도 보지 못했다. [당나라] 함통(咸通) 6년(865)에 상수는 과거에 급제했는데, 당시 좌주(座主 : 주고관)는 사공(司空) 이위(李蔚)였다. 그 전에 강동(江東)의 나은(羅隱)이 과거에 낙방하고 동쪽으로 돌아갈 때, 상수와 작별하면서 시를 지었다.

"육 년 동안 구맥(九陌)[73] 안에서 열심히 노력했지만, 도리어 오호(五湖)의 동쪽에서 갈림길을 찾게 되었네. 이름은 계원(桂苑 : 과거 시험장)의 한 푸른 가지에 부끄럽고, 그림 보며 송강(松江)에 가득한 붉은 노를 떠올리네. 뜬구름 같은 세상에선 결국 모름지기 자기 본성대로 살아야 하니, 남자라고 해서 어찌 반드시 모두 성공해야만 하나? 응당 포숙(鮑叔 : 포숙아)[74]이 날 깊이 알아주리니, 훗날 백 척 부들 돛에 바람이 불겠지."

또 나은은 광릉에서 가을밤에 상수가 지은 시 3수를 읽고

---

73) 구맥(九陌) : 한나라 때 장안성(長安城)에 있던 아홉 개의 큰 거리. 여기서는 당나라 도성 장안의 큰 거리를 말한다.

74) 포숙(鮑叔) : 포숙아(鮑叔牙). 춘추 시대 제(齊)나라의 대부(大夫)로 친구 관중(管仲)을 제 환공(桓公)에게 천거했다. 여기서는 상수(常修)를 비유한다.

다시 시를 지어 상수에게 부쳤다.

"촉(蜀)으로 들어갔다 오(吳)로 돌아오며 지은 당신의 시 세 수, 책 상자에 보관하며 스승보다 중히 여기네. 검관(劍關)에서 밤에 시를 읽으니 사마상여(司馬相如)가 듣는 듯하고, 과보(瓜步)에서 가을 정취 읊으니 [수나라] 양제(煬帝)가 슬퍼하는 듯하네. 자연 경물도 뛰어난 문장을 알아보니, 세상 사람이라면 누군들 높은 가지를 허락하지 않으리? 내년 이월 동풍(東風 : 춘풍) 속에서, 강섬의 한가로운 사람의 근심이나 달래 주시오."

상수의 명망이 이처럼 된 것에는 관씨도 한몫을 했다. 나중에 상수가 죽자 관씨는 스스로 제문(祭文)을 지었는데, 당시 사람들이 다투어 서로 전하며 암송했다.

關圖有一妹, 甚聰慧, 文學書札, 罔不動人. 圖常語同僚曰: "某家有一進士, 所恨不櫛耳." 後寓居江陵. 有鹺賈常某者, 囊畜千金, 三峽人也, 亦家於江陵. 深結託圖, 圖亦以長者待之. 數載, 常公殂, 有一子名修, 貌頗儒雅, 略曉文墨, 圖竟以其妹妻之. 關氏乃與修讀書, 習二十餘年, 才學優博, 越絶流輩. 眉:妻成夫學, 千不一見. 咸通六年登科, 座主司空李公蔚也. 初, 江東羅隱下第東歸, 有詩別修云: "六載辛勤九陌中, 却尋岐路五湖東. 名慚桂苑一枝綠, 膾憶松江滿棹紅. 浮世到頭須適性, 男兒何必盡功成? 惟應鮑叔深知我, 他日蒲帆百尺風." 又廣陵秋夜讀修所賦三篇, 復吟寄修云: "入蜀還吳三首詩, 藏於笥篋重於師. 劍關夜讀相如聽, 瓜步秋吟煬帝悲. 物景也知輸健筆, 時情誰不許高枝? 明年二月東風裏, 江島閑人慰所思." 修名望若此, 關氏亦有助焉. 後修卒, 關氏自爲文祭之, 時人競相傳誦.

* 이 고사는 《태평광기》 권271 〈부인·관도매〉에 실려 있다.
1 회(膾) : 《태평광기》에는 "회(繪)"라 되어 있는데, 문맥상 보다 타당하다.

44-27(1282) 신씨

신씨(愼氏)

출《운계우의》

　신씨는 북릉(北陵) 건정(虔亭)의 유생 집안의 딸이었다. 삼사(三史)[75] 엄관부(嚴灌夫)가 유람을 하다가 마침내 그녀와 혼인을 맺고 함께 수레를 타고 기춘(蘄春)으로 돌아갔다. 그런데 10여 년이 지나도록 자식이 생기지 않자, 엄관부는 그녀의 잘못을 들춰내서 내쫓아 이절(二浙 : 절강의 동부와 서부)로 돌아가게 했다. 신씨가 개탄하며 배에 오르자 친척들이 강가에서 그녀를 전송했다. 신씨는 시를 지어 엄관부에게 작별을 고했는데, 엄관부는 그 시를 읽고 서글픈 마음이 들어 마침내 부부간의 도리를 처음처럼 회복했다. 그 시는 다음과 같다.

　"옛날에는 마음이 이미 서로 통했지만, 한순간에 비가 흩어지고 구름이 날아가 버렸네.[76] 이제 외로운 돛단배 여기

---

75) 삼사(三史) : 당나라 때 과거 시험 과목 가운데 하나로 《사기(史記)》·《한서(漢書)》·《후한서(後漢書)》를 대상으로 했다. 여기서는 삼사과(三史科) 출신을 뜻한다.

76) 비가 흩어지고 구름이 날아가 버렸네 : 애정이 식었다는 뜻이다. 여

에서 떠나면, 다시 망부산(望夫山)에 오르지 못하겠네."

愼氏, 北陵虔亭儒家之女也. 三史嚴灌夫因遊覽, 遂結姻好, 同載歸蘄春. 經十餘年, 無嗣息, 灌夫乃拾其過而出之, 令歸二浙. 愼氏慨然登舟, 親戚臨流相送. 愼氏乃爲詩以訣灌夫, 灌夫覽之悽感, 遂爲夫婦如初. 詩曰 : "當時心事已相關, 雨散雲飛一餉間. 便是孤帆從此去, 不堪重上望夫山."

* 이 고사는 《태평광기》 권271 〈부인·신씨〉에 실려 있다.

기서 운우(雲雨 : 구름과 비)는 남녀 간의 애정을 비유한다.

44-28(1283) 설원

설원(薛媛)

출《운계우의》

호량(濠梁) 사람 남초재(南楚材)는 진주(陳州)와 영주(潁州) 지역을 유람하면서 오랜 세월을 보냈는데, 영주태수가 그의 위의와 풍모를 흠모해 자기 딸을 그에게 시집보내려고 했다. 남초재는 집에 부인이 있었지만, 영주태수의 인정을 받고 보니 엉겁결에 혼인을 허락하고 말았다. 그러고는 동복을 집으로 돌려보내 금(琴)과 책을 가져오게 했는데, 옛날로 돌아가려는 마음이 없는 듯했다. 어떤 이는 그가 청성산(靑城山)으로 도를 닦으러 가고 형악(衡岳)으로 스님을 찾아 나섰으며 훌륭한 벼슬에는 더 이상 마음을 두지 않는다고 말하기도 했다. 남초재의 부인 설원은 서화에 뛰어났고 문장도 잘 지었는데, 남편의 마음을 대략 알아차리고서 거울을 보고 자신의 모습을 그린 뒤 율시(律詩) 한 수와 함께 남편에게 부쳤다. 남초재는 부인의 초상과 시를 받아 보고 몹시 부끄러워서 황급히 준불의(雋不疑)[77]처럼 [영주태

---

77) 준불의(雋不疑) : 전한 때 사람으로 《춘추(春秋)》를 연구해 문명(文名)이 있었으며, 경조윤(京兆尹)으로 있으면서 법을 엄격하게 집행

수의 딸과의 혼인을 거절하고 마침내 부부가 해로했다. 그 시는 다음과 같다.

"그림붓을 대려면서, 먼저 보경(寶鏡) 끝을 집어 드네. 얼굴은 이미 시들었고, 점점 귀밑머리 빠짐을 느끼네. 눈물 고인 눈이야 그리기 쉽지만, 수심 어린 마음은 그려 내기 어렵네. 당신이 날 완전히 잊어버릴까 걱정이니, 때때로 그림이라도 펼쳐 보세요."

濠梁人南楚材者, 旅遊陳潁, 歲久, 潁守慕其儀範, 欲以子妻之. 楚材家有妻, 以受知於潁牧, 輒已諾之. 遂遣家僕歸取琴書, 似無返舊之心. 或謂求道青城, 訪僧衡岳, 不復留心於名宦也. 其妻薛媛善書畫, 妙屬文, 亦微知其意, 乃對鏡圖其形, 幷詩四韻以寄之. 楚材得妻眞及詩, 甚慚, 邃有雋不疑之讓, 夫婦遂偕老焉. 詩曰: "欲下丹青筆, 先拈寶鏡端. 已經顔索莫, 漸覺鬢凋殘. 淚眼描將易, 愁腸寫出難. 恐君渾忘却, 時展畫圖看."

* 이 고사는 《태평광기》 권271 〈부인·설원〉에 실려 있다.

하되 잔인하지 않아 신망이 높았다. 대장군(大將軍) 곽광(霍光)이 자기 딸을 그에게 시집보내려 했지만 그는 한사코 거절했다.

44-29(1284) 손씨

손씨(孫氏)

출《북몽쇄언》

낙창(樂昌)의 손씨는 진사(進士) 맹창기(孟昌期)의 부인이었는데 시를 잘 지었다. 그런데 하루는 자신의 시집을 모두 불태우면서 문재(文才)는 부인의 일이 아니라 여기고, 그때부터 오로지 부도(婦道)로 집안을 다스렸다. 손씨가 지은 〈대부증인백랍촉(代夫贈人白蠟燭)〉 시는 다음과 같다.

"밝기는 은등잔보다 낫고 향기는 난초에 비길 만한데, 한 가닥 백옥(白玉)이 사람에게 차가움 느끼게 하네. 다른 날 자금(紫禁 : 궁궐)에 봄바람 부는 밤에, [이걸 켜 놓고] 휘갈겨 쓴 천서(天書 : 조서)를 자세히 보시오."

또 〈문금(聞琴)〉 시는 다음과 같다.

"옥 같은 손가락으로 붉은 현 튕기니 맑은 소리 울리는데, 수심 어린 〈상비원(湘妃怨)〉 노래는 가장 듣기 힘드네. 처음엔 솨! 솨! 서늘한 바람 이는 듯하더니, 또다시 샤! 샤! 저녁 비 내리는 듯하네. 가까이서 들으면 샘물이 푸른 산에서 흘러나오는 것 같고, 멀리서 들으면 검은 학이 푸른 하늘에서 내려오는 것 같네. 밤 깊어 연주 끝내고 슬픔을 견디노라니, 안개 젖은 난초 떨기에 뜰 가득 달빛이라네."

樂昌孫氏, 進士孟昌期之內子, 善爲詩. 一旦並焚其集, 以爲才思非婦人之事, 自是專以婦道內治. 孫有〈代夫贈人白蠟燭〉詩曰:"景勝銀釭香比蘭, 一條白玉逼人寒. 他時紫禁春風夜, 醉草天書仔細看." 又有〈聞琴〉詩曰:"玉指朱弦軋復淸, 湘妃愁怨最難聽. 初疑颯颯涼風動, 又似蕭蕭暮雨零. 近若流泉來碧嶂, 遠如玄鶴下靑冥. 夜深彈罷堪惆悵, 霧濕叢蘭月滿庭."

* 이 고사는 《태평광기》 권271 〈부인·손씨〉에 실려 있다.

44-30(1285) 궁인이 붉은 낙엽에 쓴 시
궁인홍엽시(宮人紅葉詩)

출《본사시(本事詩)》·《북몽쇄언》

 당(唐)나라의 고황(顧況)이 낙양(洛陽)에 있을 때 시우(詩友) 한두 명과 동산에서 한가로이 노닐다가 흐르는 물 위에서 커다란 오동잎을 주웠는데, 그 위에 다음과 같은 시가 적혀 있었다.

 "한번 깊은 궁궐에 들어간 후로는, 해마다 봄을 보지 못하네. 잠시 나뭇잎 하나에 시를 지어, 정(情) 많은 이에게 부치네."

 고황은 다음 날 상류에서 노닐다가 자신도 나뭇잎 위에 시를 적어 물결에 띄웠는데, 그 시는 다음과 같다.

 "꾀꼬리 울고 버들개지 날리는 모습 시름겹게 보나니, 상양궁(上陽宮)의 궁녀가 애간장 태우는 때라네. 임금님의 은총은 동쪽으로 흐르는 물을 막지 않나니, 나뭇잎 위에 시를 써서 누구에게 부친 것인가?"

 10여 일 후에 어떤 객이 동산으로 봄나들이하러 갔다가 또 시 한 수가 적혀 있는 나뭇잎을 주워 고황에게 보여 주었는데, 그 시는 다음과 같다.

 "나뭇잎에 시를 적어 궁궐 밖으로 보냈더니, 누군가 내

외로운 마음에 화답했네. 물결에 떠가는 나뭇잎만도 못한 내 처지를 스스로 탄식하니, 흔들리며 봄바람 타고 그 사람이 나뭇잎 주웠던 곳으로 가고 싶네."

진사(進士) 이인(李茵)은 양양(襄陽) 사람이다. 한번은 동산 안을 거닐다가 홍엽(紅葉) 하나가 어구(御溝 : 궁궐에서 흘러나오는 개천)에서 떠내려오는 것을 보았는데, 그 위에 다음과 같은 시가 적혀 있었다.

"흐르는 물은 어찌 이리도 급한가? 깊은 궁궐은 온종일 한가롭기만 하네. 이내 마음 떨어지는 홍엽에 부치니, 인간 세상에 잘 도착했으면 좋겠네."

이인은 그것을 주워 책 보따리 속에 넣어 두었다. 후에 희종(僖宗)이 촉(蜀)으로 몽진했을 때, 이인은 남산(南山)으로 달아나 민가에 숨어 있다가 한 궁녀를 만났는데, 그녀는 자신은 궁중의 시서(侍書)[78]로 이름은 운방자(雲芳子)라고 말했으며 재사(才思)를 갖추고 있었다. 그리하여 이인은 그녀와 교분을 맺게 되었는데, 그녀가 홍엽을 보고 탄식하며 말했다.

"이것은 소첩이 지은 것입니다!"

두 사람이 함께 촉으로 갔을 때 운방자는 궁중의 일을 자

---

78) 시서(侍書) : 관명. 제왕을 모시면서 문서를 관장하는 관리.

세히 말해 주었다. 면주(綿州)에 도착하자 내관(內官) 전 대인(田大人)이 운방자를 알아보고 말했다.

"서가(書家 : 시서)가 어찌 이곳에 있는가?"

내관이 운방자에게 말을 타라고 재촉하면서 그녀와 함께 길을 떠나자 이인은 몹시 슬퍼했다. 그날 저녁에 이인이 여관에 묵고 있을 때 운방자가 다시 와서 말했다.

"소첩이 이미 중관(中官 : 내관)에게 많은 뇌물을 주고 당신을 따르게 해 달라고 청했습니다."

그리하여 두 사람은 함께 양양으로 돌아왔다. 몇 년 뒤에 이인은 병이 들어 수척해졌는데, 어떤 도사가 그의 얼굴에 사기(邪氣)가 있다고 말하자 운방자가 스스로 고백했다.

"지난해에 면주에서 당신을 만났을 때 사실 저는 이미 자살해서 죽었는데, 당신의 마음에 감동했기 때문에 따라왔을 따름입니다. 사람과 귀신은 그 길이 다르니, 어찌 감히 당신에게 해를 끼치겠습니까?"

그러고는 술을 차리고 시를 지은 뒤에 작별을 고하고 떠나갔다.

평 : 《운계우의(雲溪友議)》에 따르면, 중서사인(中書舍人) 노악(盧渥)은 과거에 응시했을 때 우연히 어구에서 홍엽 하나를 발견했는데, 그 위에 절구(絶句) 한 수가 적혀 있자 그것을 주워서 수건 상자에 넣어 두었다. 선종(宣宗)이

궁인(宮人)을 줄였을 때 노악은 궁인 가운데 한 명을 얻었는데, 그녀가 [노악이 보관하고 있던] 홍엽을 보고 탄식하자 노악이 물었더니 바로 그녀가 지은 시였다. 또 소설79)에서는 우우(于佑)의 일이라 하는데, 시는 모두 운방자의 것과 같다.

唐顧況在洛, 與一二詩友閑遊苑中, 於流水上得大梧葉, 上題詩曰: "一入深宮裏, 年年不見春. 聊題一片葉, 寄與有情人." 況明日於上游, 亦題葉上, 泛於波中, 詩曰: "愁見鶯啼柳絮飛, 上陽宮女斷腸時. 君恩不禁東流水, 葉上題詩寄與誰?" 後十日餘, 有客來苑中尋春, 又於葉上得一詩, 故以示況, 詩曰: "一葉題詩出禁城, 誰人愁和獨含情. 自嗟不及波中葉, 蕩漾乘風取次行."

進士李茵, 襄陽人. 嘗遊苑中, 見紅葉自御溝流出, 上題詩云: "流水何太急? 深宮盡日閑. 殷勤謝紅葉, 好去到人間." 茵收貯書囊. 後僖宗幸蜀, 茵奔竄南山民家, 見一宮娥, 自云宮中侍書, 名雲芳子, 有才思. 茵與之款接, 因見紅葉, 嘆曰: "此妾所題也!" 同行詣蜀, 具述宮中之事. 及綿州, 逢內官田大人, 識之曰: "書家何得在此?" 逼令上馬, 與之前去, 李甚怏悵. 其夕, 宿逆旅, 雲芳復至, 曰: "妾已重賂中官, 求得從君矣." 乃與俱歸襄陽. 數年, 李茵疾瘠, 有道士言其面有邪

---

79) 소설 : 송나라 때 장실(張實)이 지은 〈유홍기(流紅記)〉를 말한다. 다만 주인공의 이름이 "우우(于祐)"라 되어 있다.

氣, 雲芳子自陳:"往年綿州相遇, 實已自經而死, 感君之意, 故相從耳. 人鬼殊途, 何敢貽患於君?" 置酒賦詩, 告辭而去.

評:《雲溪友議》:中書舍人盧渥應擧, 偶臨御溝, 見一紅葉, 葉上有絶句, 拾置巾箱中. 及宣宗旣省宮人, 渥得一人, 睹葉吁怨, 叩之, 乃其詩也. 又小說爲于佑事, 詩俱與雲芳同.

* 이 고사는《태평광기》권198〈문장 · 고황(顧況)〉, 권354〈귀(鬼) · 이인(李茵)〉, 권198〈문장 · 노악(盧渥)〉에 실려 있다.

44-31(1286) 개원 연간에 솜옷을 만든 궁녀
개원제의녀(開元製衣女)
출《본사시》

[당나라] 개원(開元) 연간(713~741)에 변방의 군대에 솜옷을 나누어 주었는데, 그 옷은 궁궐에서 만들었다. 한 병사가 단포(短袍) 속에서 시를 발견했는데 이렇게 적혀 있었다.

"사막 전장으로 정벌 나간 병사, 추위와 고달픔에 졸음이 쏟아지는 듯. 이 전포(戰袍) 손수 지었으나, 누구에게 가게 될지 모르겠네. 뜻을 담아 한 땀 한 땀 더하고, 정을 담아 또 솜을 누비네. 이번 생은 이미 지나갔으니, 다음 생에서나 인연으로 맺어지기를."

병사는 이 시를 원수에게 고했고 원수는 황제에게 바쳤는데, 현종(玄宗)은 이 시를 6궁(六宮)에 두루 보이게 하면서 말했다.

"이 시를 지은 자는 숨기지 말지니, 내 그대의 죄를 묻지 않겠노라."

그러자 한 궁인이 죽을죄를 지었다고 자백했다. 현종은 그녀를 깊이 동정해 마침내 시를 얻었던 병사에게 그녀를 시집보내면서 말했다.

"내 너를 위해 이번 생에서의 인연을 맺어 주노라."

변방 사람들은 모두 감격해 눈물을 흘렸다. 미: 성주(聖主)
다.

開元中, 頒邊軍纊衣, 製於宮中. 有兵士於短袍中得詩曰 : "沙場征戍客, 寒苦若爲眠. 戰袍經手作, 知落阿誰邊. 蓄意多添綫, 含情更着綿. 今生已過也, 結取後身緣." 兵士以詩白於帥, 帥進之, 玄宗命以詩遍示六宮, 曰 : "有作者勿隱, 吾不罪汝." 有一宮人自言萬死. 玄宗深憫之, 遂以嫁得詩人, 仍謂之曰 : "我與汝結今身緣." 邊人皆感泣. 眉: 聖主.

* 이 고사는 《태평광기》 권274 〈정감(情感)·개원제의녀〉에 실려 있다.

미부(美婦)

44-32(1287) 이광

이광(夷光)

출《습유기(拾遺記)》

　월(越)나라는 오(吳)나라를 멸망시키기 위해 천하의 진기한 보물과 미인과 특이한 음식을 구해 오나라에 진상했는데, 거기에는 음봉(陰峰 : 곤륜산의 북쪽 봉우리)의 미옥과 고황(古皇 : 주나라 목왕)의 천리마와 상원(湘沅 : 상수와 원수)의 두렁허리가 있었다. 또 이광과 수명(修明)이라는 두 명의 미인을 오나라에 바쳤다. 오왕은 그녀들을 산초꽃으로 장식한 방에 머물게 하고 작은 구슬을 꿰어 주렴을 만들어서, 아침에는 주렴을 내려 햇볕을 가리게 하고 저녁에는 주렴을 걷어 달을 구경하게 했다. 오왕 부차(夫差)는 그녀들에게 푹 빠져 국정을 게을리했으며, 월나라 군대가 쳐들어오자 두 미인을 품에 안고 오나라 궁원으로 달아났다. 월나라 군사들은 궁원에 들어가 대나무 아래에서 두 미녀를 보았는데, 모두들 선녀라고 말하면서 바라만 볼 뿐 범하지 못했다.

越謀滅吳, 求天下奇寶・美人・異味, 以進於吳, 得陰峰之瑤, 古皇之驥, 湘沅之鱓. 又有美女, 一名夷光, 二名修明, 以貢於吳. 吳處於椒花之房, 貫細珠以爲簾幌, 朝下以蔽景, 夕捲以待月. 夫差惑之, 怠於國政, 及越兵入國, 乃抱二人以逃吳苑. 越軍旣入, 見二人在竹樹下, 皆言神女, 望而不侵.

* 이 고사는 《태평광기》 권272 〈부인·이광〉에 실려 있다.

44-33(1288) 여연

여연(麗娟)

출《습유록(拾遺錄)》

한(漢)나라 무제(武帝)가 총애하던 궁녀가 있었는데, 이름은 여연으로 겨우 열네 살이었다. 옥 같은 피부는 매끄럽고 부드러웠으며, 내쉬는 숨은 난초 향기 같았다. 또 몸이 가볍고 연약해서 끈 달린 옷을 입으려 하지 않았는데, 혹시라도 몸에 흠이 생길까 걱정해서였다. 그녀가 지생전(芝生殿)에서 〈회풍곡(回風曲)〉을 노래하면, 뜰의 나뭇잎이 노래 때문에 흔들려 떨어졌다. 무제는 늘 허리띠로 여연을 묶어 겹겹이 친 장막 안에 꽁꽁 숨겨 놓았는데, 혹시라도 바람에 날아갈까 걱정해서였다.

漢武帝所幸宮人, 名曰麗娟, 年始十四. 玉膚柔軟, 吹氣如蘭. 身輕弱, 不欲衣纓拂, 恐體痕也. 於芝生殿唱〈回風之曲〉, 庭樹爲之翻落. 常以衣帶繫娟, 閉於重幕中, 恐隨風起.

* 이 고사는 《태평광기》 권272 〈부인·여연〉에 실려 있는데, 출전이 "《동명기(洞冥記)》"라 되어 있다.

44-34(1289) 조비연

조비연(趙飛燕)

출《서경잡기》

[한나라] 조후(趙后) 비연은 몸이 가볍고 허리가 가냘팠으며 걸음걸이와 행동거지가 빼어났는데, 그녀의 여동생 조소의(趙昭儀)가 따라갈 수 없었다. 두 사람은 모두 안색이 홍옥처럼 붉었다.

趙后飛燕, 體輕腰弱, 善行步進退, 女弟昭儀, 不能及也. 二人並色如紅玉.

* 이 고사는 《태평광기》 권272 〈부인 · 조비연〉에 실려 있다.

44-35(1290) 설영운

설영운(薛靈芸)

출《습유기》

 설영운은 상산(常山) 사람이다. 부친 설업(薛鄴)은 찬향 정장(酇鄉亭長)이었는데, 설영운은 모친 진씨(陳氏)를 따라 찬향정 옆의 관사에서 살았다. 생활이 아주 곤궁해서 설영운은 저녁이 되면 이웃 부인들과 모여 길쌈을 하면서 삼대로 불을 밝혔다. 그녀는 열다섯 살의 나이에 용모가 절세미인이었는데, 마을의 젊은이들 대부분이 밤에 와서 훔쳐보았지만 끝내 그 모습을 볼 수 없었다. 위(魏)나라 함희(咸熙) 원년(264)에 곡습(谷習)이 상산군 태수로 부임했다가 정장에게 아름다운 딸이 있고 집안이 아주 가난하다는 이야기를 들었다. 당시 원제(元帝)는 양갓집 규수를 선발해 입궁시켰는데, 곡습은 천금을 주고 그녀를 데려와서 바쳤다. 설영운은 부모와 작별해야 한다는 말을 듣고 여러 날 흐느껴 울었는데, 눈물이 흘러내려 옷깃을 적셨다. 또 수레에 올라 길을 떠나던 날 옥타구에 눈물을 받았더니 타구 속이 곧장 붉게 물든 것 같았고, 상산을 출발해 도성에 이르렀을 때 타구 속의 눈물이 피처럼 응고되었다. 원제는 수레 열 대를 보내 설영운을 맞이했는데, 수레는 모두 황금을 아로새겨 바퀴를 만들었고 바퀴통에는 화려한 그림이 그려져 있었다. 멍에 앞에는 온갖 보석으로 용과 봉황을 만들어서 100개의 방울을 물려 놓았는데, 딸랑거리는 소리가 숲과 들녘에 울려 퍼졌다. 두 마리의 푸른 소가 나란히 짝을 이루어 수레를 끌었는데, 그 소는 하루에 300리를 갈 수 있었다. 그 소는 시도국(尸塗國)에서 바친 것으로, 소의 발이 말발굽처럼 생겼다. 길가에서는 석엽향(石葉香)을 피웠는데, 그 돌이 겹겹이 쌓여 있는 모습이 마치 운모(雲母) 같았다. 그 향기는 악질과 역병을 물리칠 수 있었는데, 그것은 복제국(腹題國)에서 바친 것이었다. 설영운이 도성에 도착하기 전 수십 리 밖에서부터 기름 등불이 계속 이어져 꺼지지 않았다. 거마 무리의 행렬이 길을 메우고 그로 인해 먼지가 일어나 달과 별을 가렸기 때문에 당시 사람들은 이를 "진소(塵霄 : 먼지 낀 밤)"라 일컬었다. 또 흙을 쌓아 돈대를 만들었는데, 그 기단의 높이가 30장이나 되었고 돈대 아래에 등촉을 줄지어 켜 놓았으며 그것을 "촉대(燭臺)"라 불렀다. 멀리서 촉대를 바라보면 마치 별이 줄지어 땅으로 떨어지는 것 같았다. 또 큰길 옆에 1리마다 높이가 5척이나 되는 구리 기둥을 세워 거리를 표시했다. 그래서 길 가던 사람들이 노래 불렀다.

"양옆으로 푸른 홰나무 늘어선 길에 먼지 자욱하고, 용루(龍樓)와 봉궐(鳳闕) 바라보니 높다랗기만 하네. 맑은 바람은 가랑비 속에 뭇 향기 실어 오는데, 땅 위로 솟은 황금에 불이 돈대를 비추네."

구리 기둥을 [위의 노래에서] "땅 위로 솟은 황금"이라 했고, 등촉이 돈대 아래를 비춘 것은 불이 땅속에 있다는 뜻이었다. 한(漢)나라는 화덕(火德)으로 왕이 되었고 위나라는 토덕(土德)으로 왕이 되었으니 화(火)가 잠복해 있고 토(土)가 흥기한다는 것이며, "땅 위로 솟은 황금토상출금(土上出金)]"은 위나라가 멸망하고 진(晉)나라가 일어난다는 뜻이니, 이는 요사한 말이었다. 설영운이 도성에 도착하기 전 10리 밖에서 원제는 옥을 조각한 수레를 타고 거마 무리의 성대함을 바라보면서 감탄했다.

"옛날에 말하길 '아침엔 구름 되어 떠다니고 저녁엔 비 되어 내린다'80)라고 했거늘, 지금은 구름도 없고 비도 내리지 않으며 아침도 아니고 저녁도 아니로구나!"

그러고는 설영운의 이름을 "야래(夜來)"로 고쳤다. 야래는 입궁해서 원제의 총애를 받았다. 외국에서 용과 난새를 아로새긴 화주(火珠)81)로 만든 비녀를 바치자 원제가 말했다.

---

80) 아침엔 구름 되어 떠다니고 저녁엔 비 되어 내린다 : 옛날 초(楚)나라 회왕(懷王)이 운몽택(雲夢澤)을 유람하다가 피곤해서 고당관(高唐觀)에서 잠이 들었을 때 꿈속에서 신녀(神女)를 만나 즐겁게 놀았는데, 신녀가 자신은 무산(巫山)의 남쪽에 살고 있으며 아침에는 구름이 되어 다니고 저녁에는 비가 되어 내린다고 했다.

"진주와 비취의 무게도 이기지 못하는데, 하물며 용과 봉황을 새긴 무거운 비녀임에랴!"

그리하여 그만두고 진상하지 않았다. 야래는 바느질에 특히 뛰어났는데, 겹겹이 친 깊은 휘장 속에서 등촉도 밝히지 않고 천을 마름질해서 금세 옷을 만들어 냈다. 원제는 야래가 바느질해서 지은 옷이 아니면 입지 않았다. 궁중에서는 그녀를 "신침(神針)"이라 불렀다.

薛靈芸, 常山人也. 父名鄴, 爲鄴鄕亭長, 靈芸從母陳, 居亭傍舍. 生窮賤, 至夜, 每聚鄰婦以績, 麻藁自照. 年十五, 容貌絶世, 閭中少年多以夜時來窺, 終不得見. 魏咸熙元年, 谷習出守常山郡, 聞亭長有美女而家甚貧. 時文帝[1]選良家子女入宮, 習以千金聘而獻之. 靈芸聞別父母, 歔欷累日, 淚下霑衣. 至升車就路之時, 以玉唾壺盛淚, 壺中卽如紅色, 旣發常山, 及至京師, 壺中淚凝如血. 帝遣車十乘, 以迎靈芸, 車皆鏤金爲輪, 丹畫其轂. 軺前有雜寶爲龍鳳銜百子鈴, 鏘和鳴響於林野. 駕靑色騈蹄之牛, 日行三百里. 此牛尸塗國所獻, 足如馬蹄也. 道側燒石葉之香, 此石重疊, 狀如雲母. 其氣辟惡厲之疾, 腹題國所獻也. 靈芸未至京師數十里, 膏燭之光, 相續不滅. 車徒噎路, 塵起蔽於星月, 時人謂爲"塵霄".

---

81) 화주(火珠) : 화제주(火齊珠). 보석의 일종으로 청색·홍색·황색 등 빛깔이 다양하다. 매괴주(玫瑰珠)라고도 하며 일설에는 유리(琉璃)라고도 한다.

又築土爲臺, 基高三十丈, 列燭於臺下, 名曰"燭臺". 遠望如列星之墜地. 又於大道之傍, 一里致一銅表, 高五尺, 以誌里數. 故行者歌曰:"靑槐夾道多塵埃, 龍樓鳳闕望崔嵬. 淸風細雨雜香來, 土上出金火照臺." 銅柱爲"土上出金", 而燭臺下照則火在土下之義. 漢火德王, 魏土德王, 火伏而土興,[2] 是妖辭也. 靈芸未至京師十里, 帝乘雕玉之輦, 以望車徒之盛, 嘆曰:"昔者言'朝爲行雲, 暮爲行雨', 今非雲非雨, 非朝非暮!" 因改靈芸之名爲"夜來". 入宮乘寵愛. 外國獻火珠龍鸞之釵, 帝曰:"明珠翡翠尙不勝, 況乎龍鳳之重!" 乃止而不進. 夜來妙於女功, 雖處於深帷重幄之內, 不用燈燭, 裁製立成. 非夜來所縫製, 帝不服也. 宮中號曰"神針".

* 이 고사는 《태평광기》 권272 〈부인·설영운〉에 실려 있다.

1 문제(文帝) : 문맥상 "원제(元帝)"의 오기로 보인다. 앞에 나오는 "함희(咸熙)"는 위나라의 마지막 황제인 원제[진류왕(陳留王) 조환(曹奐)] 때의 연호다.

2 화복이토흥(火伏而土興) : 《태평광기》와 《습유기》 권7에는 이 뒤에 "토상출금(土上出金), 위멸이진흥야(魏滅而晉興也)" 2구절이 있는데, 이 구절이 있어야 전체적으로 문맥이 통한다.

44-36(1291) 손양의 희첩

손양희(孫亮姬)

출《습유기》

[오나라] 손양은 매우 얇고 투명한 녹색 유리 병풍을 만들어, 매번 달이 뜬 맑은 밤이면 그것을 펼쳐 놓았다. 그는 일찍이 모두 절세미인인 네 명의 희첩을 총애했는데, 첫째는 조주(朝姝), 둘째는 여거(麗居), 셋째는 낙진(洛珍), 넷째는 결화(潔華)였다. 그는 이 네 사람을 병풍 안에 앉혔는데, 밖에서 바라보면 마치 막혀 있는 것이 없는 듯했지만 그 향기만 밖으로 새어 나가지 않았다. 또 네 사람을 위해 네 가지 향을 배합했는데, 그 향은 먼 이역의 나라에서 바친 것이었다. 대개 1년 넘게 밟고 다닌 곳이나 편히 쉬는 곳마다 그 향이 옷에 배어들어 해가 지날수록 더 짙어졌고 100번을 빨아도 향이 없어지지 않았기에 "백탁향(百濯香)"이라 불렀다. 혹자는 사람 이름으로 향을 불렀기 때문에 조주향·여거향·낙진향·결화향이 있게 되었다. 손양이 나들이할 때마다 이 네 사람이 모두 자리를 함께했는데, 그들에게 손양을 모시게 할 때는 향의 이름으로 앞뒤 순서를 정해 서로 뒤섞이지 않게 했다. 그들이 거처하는 방은 "사향미침(思香媚寢)"이라 했다.

孫亮作綠琉璃屏風, 甚薄而瑩澈, 每於月下淸夜舒之. 嘗寵四姬, 皆絶色, 一名朝姝, 二名麗居, 三名洛珍, 四名潔華. 使四人坐屛風內, 而外望之, 如無隔, 唯香氣不通於外. 爲四人合四氣香, 此香殊方異國所獻. 凡經歲踐躡宴息之處, 香氣沾衣, 歷年彌盛, 百浣不歇, 因名"百濯香". 或以人名香, 故有朝姝·麗居·洛珍·潔華香. 亮每遊, 此四人皆同輿席, 使來侍, 皆以香名前後爲次, 不得相亂. 所居室爲"思香媚寢".

* 이 고사는 《태평광기》 권272 〈부인·손양희조주(朝姝)〉에 실려 있다.

44-37(1292) 촉나라의 감 황후
촉감후(蜀甘后)

출《습유기》

촉(蜀)나라 선주(先主 : 유비)의 감 황후는 패(沛) 땅 사람으로 미천한 집안에서 태어났다. 마을에서 관상을 보는 사람이 말했다.

"이 딸아이는 후에 귀하게 되어 궁중에서 가장 높은 지위에 오를 것입니다."

감 황후는 자라면서 용모가 남달랐으며 18세가 되어서는 옥 같은 몸과 부드러운 피부에 아름답고 고운 자태를 지녔다. 선주는 감 황후를 흰 비단 휘장 안에서 지내게 했는데, 문밖에서 바라보면 마치 달빛 아래에 눈이 쌓여 있는 듯했다. 하남(河南)에서 3척 높이의 옥인형을 바치자 선주는 옥인형을 감 황후의 곁에 갖다 놓았는데, 감 황후와 옥인형은 똑같이 희고 깨끗했으며 윤기가 흘러넘쳤기에 이를 본 사람은 거의 정신이 혼미할 정도였다. 선주의 총애를 바라던 자들은 감 황후를 질시했을 뿐만 아니라 옥인형도 시기했다.

蜀先主甘后, 沛人, 生於賤微. 里中相者云 : "此女後貴, 位極宮掖". 及后生而體貌特異, 年至十八, 玉質柔肌, 態媚容冶. 先主致后於白綃帳中, 於戶外望者, 如月下聚雪. 河南獻玉人, 高三尺, 乃取玉人致后側. 后與玉人潔白齊潤, 觀者殆相亂惑. 嬖寵者非唯嫉甘后, 亦妒玉人.

* 이 고사는 《태평광기》 권272 〈부인·촉감후〉에 실려 있다.

44-38(1293) 절동의 무희

절동무녀(浙東舞女)

출《두양잡편(杜陽雜編)》

[당나라] 보력(寶曆) 2년(826)에 절동에서 무희 두 명을 바쳤는데, 한 명은 비연(飛燕)이라 하고 한 명은 경봉(輕鳳)이라 했다. 두 사람은 눈썹이 길고 머리카락이 검었으며 난초 향기처럼 온화하고 고왔다. 겨울에도 솜옷을 입지 않았고, 여름에도 땀을 흘리지 않았다. 먹는 것은 대부분 여지(荔枝)·비자(榧子)·금설(金屑: 금가루)·용뇌향(龍腦香) 따위였다. 가벼운 금관을 쓰고 가벼운 비단옷을 입었는데, 이는 꿰맨 흔적도 없이 만든 것으로 그 무늬를 정교하게 짜서 사람들이 알아볼 수 없었다. 가벼운 금관은 금실로 엮어서 난새와 학 모양으로 만들었으며, 오색찬란한 작은 구슬로 장식해 영롱한 소리가 계속 났다. 금관의 높이는 1척쯤 되었고 무게는 2~3전(錢: 1전은 10푼)도 되지 않았으며, 미: 1척의 관은 비록 가볍다 하더라도 우아하지는 않다. 또 옥으로 부용(芙蓉)을 조각해서 그 꼭대기에 붙였다. 그들이 노랫소리를 한번 뽑으면, 마치 난새와 봉황의 소리 같아서 온갖 새들이 모두 그 위로 날아 모여들었다. 춤추는 자태가 곱고 빼어나서 인간 세상에 있는 사람이 아니었다. 매번 그들이 노래를 끝

내면 황상은 나인에게 그들을 금은보화로 치장한 집의 휘장 안에 감춰 두게 했는데, 바람과 햇볕을 걱정해서였다. 이 때문에 궁중에서 이렇게 말했다.

"화려한 휘장에서 향기 물씬 풍기니, 한 쌍의 붉은 부용이라네."

寶曆二年, 浙東貢舞女二人, 一曰飛燕, 一曰輕鳳. 脩眉黟首, 蘭氣融冶. 冬不續衣, 夏無汗體. 所食多荔枝·榧實·金屑·龍腦之類. 帶輕金之冠, 軿羅衣, 無縫而成, 其文織巧, 人未能識. 輕金冠以金絲結之, 爲鸞鶴之狀, 仍飾以五彩細珠, 玲瓏相續. 可高一尺, 秤之無三二錢, 眉:一尺之冠, 雖輕不雅. 上更琢玉芙蓉以爲頂. 歌聲一發, 如鸞鳳之音, 百鳥莫不翔集其上. 舞態艶逸, 非人間所有. 每歌罷, 上令內人藏之金屋寶帳, 恐風日也. 由是宮中語曰:"寶帳香重重, 一雙紅芙蓉."

* 이 고사는 《태평광기》 권272 〈부인·절동무녀〉에 실려 있다.

44-39(1294) 두목
두목(杜牧)
출《당궐사(唐闕史)》

 어사(御史) 두목이 낙양(洛陽)의 분사(分司)82)에서 근무할 때 사도(司徒) 이원(李願)이 절도사(節度使)를 그만두고 한가롭게 지내고 있었는데, 그가 거느린 호화로운 가기(歌妓)가 당시의 으뜸이었기에 낙중(洛中: 낙양)의 명사들이 모두 그를 배알하러 왔다. 그래서 이원이 연회를 크게 열자 조정 관리와 고명한 인사 중에서 오지 않은 이가 없었는데, 두목은 어사로서 국법을 주관하고 있었기 때문에 이원은 감히 그를 초청하지 못했다. 그러자 두목은 문객(門客)을 보내 그 연회에 참석하고 싶다는 뜻을 전달해 이원은 어쩔 수 없이 그에게 초청장을 급히 보냈다. 그때 두목은 홀로 술을 따라 마시면서 술기운이 한창 올라 있었는데, 초청의 말을 듣고 부랴부랴 갔다. 연회에서는 이미 술을 마시고 있었고, 100여 명의 기녀들은 모두 빼어난 재주와 미색을 지니고 있었다. 두목은 남쪽 줄에 혼자 앉아 눈을 똑바로 뜨고 주시하

---

82) 분사(分司): 당나라 때 동도 낙양에 도성 장안의 관부와 비슷한 관서를 설치했는데, 그 관서 또는 그곳의 관리를 '분사'라고 불렀다.

면서 술 석 잔을 가득 따라 마시며 이원에게 물었다.

"자운(紫雲)이라는 아이가 있다고 들었는데 누구입니까?"

이원이 그녀를 가리키자 두목은 다시 한참 동안 그녀를 응시하다가 말했다.

"명성을 헛되이 얻은 게 아니니 총애를 받기에 마땅하군요." 미 : 매우 직설적이고 간단명료하다.

그러자 이원은 몸을 숙이고 웃었고, 기녀들도 모두 고개를 돌리고 크게 웃었다. 두목은 다시 술 석 잔을 스스로 마시고 시를 읊으며 일어났다.

"호화로운 집에서 오늘 화려한 잔치 열렸는데, 누가 분사어사(分司御史)를 오라고 불렀는가? 갑자기 터무니없는 말을 내뱉어 온 좌중을 놀라게 하니, 두 줄로 늘어선 화장한 여인들이 일시에 고개 돌리네."

두목은 의기(意氣)가 여유롭고 빼어났으며, 마치 옆에 아무도 없는 듯이 행동했다. 두목은 또 자신이 점점 늙어 간다고 생각하면서 옛일을 추억하는 시를 지었다.

"실의한 채 강호에서 술 싣고 떠도는데, 초(楚) 땅의 허리 가는 미녀는 손바닥에 오를 만큼 날렵하네. 삼 년 만에 한 번 양주(揚州)의 꿈83)에서 깨어나니, 기루(妓樓)에서 박정하다는 명성만 얻었다네."

또 이런 시를 읊었다.

"작은 배 노 저어 가니 가득하던 술잔 비었는데, 십 년의 청춘은 그대를 저버리지 않았네. 오늘 희끗한 귀밑머리로 선탑(禪榻)을 함께하니, 부는 바람에 차 달이는 연기 가볍게 흔들리고 꽃이 지네."

[당나라] 대화(大和) 연간(827~835) 말에 두목은 다시 시어사(侍御史)에서 강서선주절도사(江西宣州節度使)의 막료가 되어 그를 보좌하게 되었는데, 비록 가는 곳마다 노닐긴 했지만 끝내 마음에 드는 사람이 없었다. 그러다가 호주(湖州)가 이름난 고을로 풍물이 아름답고 뛰어난 미녀도 많다는 소문을 듣고는 기쁜 마음으로 그곳을 유람했다. 호주자사 아무개는 두목과 평소에 친분이 두터웠으므로 두목의 마음을 충분히 헤아리고 있었다. 미 : 진정으로 서로를 알아주는 벗이다. 두목이 도착하자 그는 매번 두목을 위해 연회를 베풀어 주고 두루 유람하게 했으며, 아름다운 기녀들을 힘닿는 대로 불러와서 모두 두목에게 보여 주었다. 그러면 두목은 그녀들을 주목하고 응시하면서 말했다.

"아름답기는 하지만 지선(至善)의 경지에는 이르지 못했다."

---

83) 양주(揚州)의 꿈 : 양주는 당나라 제일의 환락가로서, '양주몽(揚州夢)'은 환락에 빠져 지내 온 덧없는 세월을 뜻한다.

호주자사가 다시 두목의 의향을 묻자 두목이 말했다.

"뱃놀이를 베풀어 호주 사람들이 모두 와서 구경하게 했으면 합니다. 사방에서 사람들이 구름처럼 모여들면 제가 사람들 사이를 천천히 거닐면서 눈여겨볼 것이니, 그 가운데 혹시나 마음에 드는 사람이 있었으면 합니다."

호주자사는 그의 말대로 했다. 그날이 되자 구경꾼들이 호수의 양쪽 기슭에 담처럼 빙 둘러섰는데, 해 질 녘이 되도록 결국 마음에 드는 사람을 찾지 못했다. 그래서 뱃놀이를 그만두고 기슭에 배를 대려고 했는데, 사람들 속에서 한 시골 노부인이 10여 세 된 어린 딸을 데리고 있었다. 두목은 그 여자아이를 자세히 보더니 말했다.

"이 아이야말로 진정 국색(國色 : 나라에서 으뜸가는 미인)이니, 이전의 여인들은 정말로 허깨비일 뿐이로다!"

그러고는 사람을 보내 그녀의 어머니에게 말을 전하게 하고 그들을 배 안으로 데려왔는데, 노부인과 딸이 모두 두려워하자 두목이 말했다.

"지금 당장 맞아들이려는 것은 아니고 훗날을 기약하기 위해서네."

그러자 노부인이 말했다.

"훗날에 약속을 지키지 않으시면 어찌해야 합니까?"

두목이 말했다.

"나는 10년이 안 되어 반드시 이곳을 다스리게 될 것인데, 10년이 지나도 내가 오지 않으면 자네의 뜻대로 시집보내도 좋네."

그녀의 어머니가 허락하자 두목은 후한 폐물로 약혼을 하고 맹세한 후에 헤어졌다. 그래서 두목은 조정으로 돌아온 후에 호주를 깊이 마음에 두었다. 그렇지만 관직이 아직 낮았기 때문에 감히 자신의 의향을 발설하지 못했다. 곧 두목은 황주자사(黃州刺史)와 지주자사(池州刺史)에 임명되었고 또 목주자사(睦州刺史)로 전임되었지만 모두 그가 원하는 것이 아니었다. 두목은 평소 주지(周墀)와 친했는데, 마침 그가 재상이 되자 두목은 주지에게 계속해서 세 통의 편지를 써서 호주자사가 되게 해 달라고 청했다. 대중(大中) 3년(849)에 두목은 비로소 호주자사에 제수되었다. 두목이 그 고을에 갔을 때는 이미 14년의 세월이 흐른 뒤였으며, 그와 약혼했던 여인은 다른 사람에게 시집간 지 벌써 3년이 되었고 자식 셋을 낳은 상태였다. 두목은 부임하고 나서 전령을 보내 그녀의 어머니를 불렀다. 그녀의 어머니는 딸을 빼앗길까 두려워서 딸의 어린 자식들을 데리고 함께 갔다. 두목은 그녀의 어머니에게 따지며 말했다.

"지난날 이미 내게 허락했으면서 어찌하여 그 약속을 어겼는가?"

그녀의 어머니가 말했다.

"예전에 10년을 약속했는데, 10년이 지나도 오시지 않아서 그 후에 다른 사람에게 시집보내 이미 3년이나 되었습니다."

두목은 언약을 기록한 문서를 가져다 보고서 한참 동안 머리를 숙이고 있다가 말했다.

"그 말이 사실이니 강요하는 것은 좋지 못한 일이다."

그러고는 그녀에게 후한 예물을 주어 돌려보냈다. 이어서 시를 지어 스스로 마음 아파했다.

"본시 봄을 찾아감이 다소 늦었으니, 꽃다웠던 때를 그리며 슬퍼하거나 한탄하지 말아야지. 세차게 몰아치는 바람에 새빨갛던 꽃잎 모조리 떨어지고, 푸른 잎은 그늘을 드리우고 열매는 가지에 가득하구나."

御史杜牧分務洛陽時, 李司徒願罷鎭閑居, 聲妓豪華, 爲時第一, 洛中名士, 咸謁見之. 李乃大開宴席, 朝客高流, 無不臻赴, 以牧持憲, 不敢邀致. 牧遣座客達意, 願預斯會, 李不得已馳書. 方對酒獨斟, 亦已酣暢, 聞命遽來. 時會中已飮酒, 女妓百餘人, 皆絶藝殊色. 牧獨坐南行, 瞪目注視, 引滿三卮, 問李云: "聞有紫雲者孰是?" 李指示之, 牧復凝睇良久, 曰: "名不虛得, 宜以見惠." 眉: 甚直捷. 李俯而笑, 諸妓皆亦回首破顔. 牧又自飮三爵, 朗吟而起曰: "華堂今日綺筵開, 誰喚分司御史來? 忽發狂言驚滿座, 兩行紅粉一時回." 意氣閑逸, 旁若無人. 牧又自以年漸遲暮, 常追賦感舊詩曰: "落魄江湖載酒行, 楚腰纖細掌中輕. 三年一覺揚州夢, 贏得靑樓薄倖名." 又曰: "觥船一棹百分空, 十載靑春不負公. 今日鬢絲禪榻伴, 茶煙輕颺落花風." 大和末, 牧復自侍御史出佐江西宣州幕, 雖所至輒遊, 而終無屬意. 及聞湖州名郡, 風物姸好, 且多奇色, 因甘心遊之. 湖州刺史某乙, 牧素所厚者, 頗喩其意. 眉: 眞正相知友. 及牧至, 每爲之曲宴周遊, 凡優姬倡女, 力所能致者, 悉爲出之. 牧注目凝視曰: "美矣, 未盡善也." 乙復候其意, 牧曰: "願得張水嬉, 使州人畢觀. 候四面雲合, 某當閑行寓目, 冀於此際, 或有閱焉." 乙如其言. 至日, 兩岸觀者如堵, 迨暮, 竟無所得. 將罷, 舟艤岸, 於叢人中, 有里姥引鴉頭女, 年十餘歲. 牧熟視曰: "此眞國色, 向誠虛設耳!" 因使語其母, 將接致舟中, 姥女皆懼, 牧曰: "且不卽納, 當爲後期." 姥曰: "他年失信, 復當何如?" 牧曰: "吾不十年, 必守此郡, 十年不來, 乃從爾所適可也." 母許諾, 因以重幣結之, 爲盟而別. 故牧歸朝, 頗以湖州爲念. 然以官秩尙卑, 殊未敢發. 尋拜黃州·池州, 又移睦州, 皆非意也. 牧素與周墀善, 會墀爲相, 乃並以三箋干墀, 乞守湖州. 大中三年, 始授湖州刺史. 比至郡, 則已十四年矣, 所約者已從人三載而生三子. 牧旣卽政, 函使召之. 其母懼其見奪, 攜幼以同往. 牧詰其母曰: "曩旣許我矣, 何爲反之?" 母曰: "向約十年, 十年不來而後嫁, 嫁已三年矣." 牧因取其載詞視之, 俯首移晷曰: "其詞也直, 强之不祥." 乃厚爲禮而遣之. 因賦詩以自傷曰: "自是尋春去較遲, 不須惆悵怨芳時. 狂風落盡深紅色, 綠葉成陰子滿枝."

* 이 고사는 《태평광기》 권273 〈부인·두목〉에 실려 있다.

기부(奇婦)

44-40(1295) **온정균의 누나**

온정균자(溫庭筠姊)

출《옥천자》

온정균은 사부(詞賦)의 명성이 대단했다. 처음 향시에 응시하려 했을 때 강회(江淮) 일대를 유람하면서 지냈는데, 양자유후(揚子留後) 요욱(姚勗)이 그에게 많은 재물을 주었다. 그때 온정균은 젊었는지라 그에게서 받은 돈과 비단의 대부분을 협사(狹邪 : 화류계)에서 써 버렸다. 요욱은 그 사실을 알고 크게 노해 온정균에게 볼기를 치고 그를 쫓아냈는데, 그 때문에 온정균은 끝내 과거에 급제하지 못했다. 미 : 돈과 비단을 아끼면서 재사(才士)를 등용하지 못했으니, 노욱은 정말 못난 사람이로다! 온정균의 누나는 조전(趙顓)의 부인이었는데, 온정균이 낙방할 때마다 요욱에게 이를 갈았다. 그러던 어느 날 관아에 손님이 왔는데, 온씨(溫氏 : 온정균의 누나)가 우연히 손님의 성명을 물었더니 시종들이 요욱이라고 대답했다. 온씨는 마침내 청사로 나가서 요욱에게 다가가 소매를 잡고 통곡했다. 요욱은 몹시 놀랐지만 그녀가 소매를 꽉 움켜쥐고 있는 바람에 벗어나지 못한 채 어쩔 줄 몰랐다. 한참 후에 온씨가 비로소 말했다.

"내 동생이 젊은 시절에 술자리를 찾아다닌 것은 인지상

정이거늘, 어찌하여 볼기를 쳤습니까? 그가 지금까지 명성을 이루지 못한 것은 모두 당신 때문입니다!"

그러고는 다시 통곡하더니, 미 : 정말로 기이한 여인이니 남자들도 그녀만 못하다. 한참이 지나서야 비로소 요욱을 놓아주었다. 요욱은 돌아와서 분하고 기막혀하다가 결국 이 때문에 병을 얻어 죽었다. 협 : 늦게 죽었다.

溫庭筠有詞賦盛名. 初將從鄕里擧, 客遊江淮間, 揚子留後姚勖厚遺之. 庭筠少年, 所得錢帛, 多爲狹邪所費. 勖大怒, 笞且逐之, 以故庭筠卒不中第. 眉 : 惜錢帛而不用才, 勖眞奴才也! 其姊, 趙顓之妻也, 每以庭筠下第, 輒切齒於勖. 一日, 廳有客, 溫氏偶問客姓氏, 左右以勖對. 溫氏遂出廳事, 前執勖袖大哭. 勖殊驚異, 且持袖牢固, 不可脫, 不知所爲. 移時, 溫氏方曰: "我弟年少宴遊, 人之常情, 奈何笞之? 迄今無成, 由汝致之!" 復大哭, 眉 : 姝眞奇人, 男子漢不如. 久之方得解. 勖歸憤訝, 竟因此得疾而卒. 夾 : 死晚矣.

* 이 고사는 《태평광기》 권498 〈잡록·온정균〉에 실려 있다.

44-41(1296) 시골 마을의 부인

촌장부인(村莊婦人)

출《옥당한화》

[오대] 전촉(前蜀)의 군사가 고진(固鎭)을 수비하고 있을 때 비철취(費鐵嘴)라는 대장이 있었는데, 그는 본래 녹림(綠林 : 도적) 출신으로 부하들을 시켜 사람들을 겁탈하고 그 재물을 빼앗는 일을 주로 했다. 어느 날 비철취의 부하들이 한 마을을 노략질했는데, 밤이 되자마자 도적 떼가 마을에 들이닥쳐 사방에서 벽을 무너뜨리고 들어왔다. 민가에는 등불이 아직 환하게 밝았지만 남자들은 모두 달아났고, 오직 한 부인만 국자를 휘둘러 가마솥의 끓는 물을 도적들에게 뿌렸다. 10~20명의 도적들은 손을 쓰지 못했으며, 끓는 물에 덴 자들은 모두 허겁지겁 달아나 흩어졌다. 부인은 그저 국자를 들고 가마솥에 의지했는데, 협 : 정신이 여유롭고 기백이 안정되어 눈에 도적 떼가 보이지 않은 것이다. 다친 곳이 거의 없었다. 미 : 이 부인은 기이하도다! 담력이 있을 뿐만이 아니라면 이인(異人)인가? 한 달 뒤에 비철취의 부하 가운데 얼굴이 마치 곰보처럼 된 자들이 있었는데, 비철취는 종신토록 이를 수치스럽게 여겼다.

蜀師戍固鎭, 有巨師曰費鐵嘴者, 本於綠林, 多使人行劫而納其貨. 一日, 劫村莊, 纔合夜, 群盜至村, 四面壞壁而入. 民家燈火尙熒煌, 丈夫悉遁去, 唯一婦人以杓揮釜湯潑之. 一二十輩無措手, 爲害者皆狼狽而奔散. 婦人但秉杓據釜,

夾 : 神閑氣定, 目無群盜. 略無所損. 眉 : 奇哉此婦! 不唯膽氣, 抑異人也? 旬月後, 費部內猶有面如瘡癩者, 費終身恥之.

* 이 고사는《태평광기》권192〈효용(驍勇)·왕재(王宰)〉에 실려 있다.

불현부(不賢婦)

44-42(1297) 단씨

단씨(段氏)

출《유양잡조》 미 : 이하는 투기하는 부인이다(以下妒婦).

 임제현(臨濟縣)에 투부진(妒婦津)이라는 나루터가 있다. 전해 오는 말에 따르면, 진(晉)나라 태시(泰始) 연간(265~274)에 자(字)가 명광(明光)인 유백옥(劉伯玉)의 부인 단씨는 천성적으로 투기가 심했다. 유백옥이 한번은 부인 앞에서 〈낙신부(洛神賦)〉를 외면서 부인에게 말했다.

 "이와 같은 부인만 얻을 수 있다면 나는 여한이 없을 것이오!"

 명광이 말했다.

 "당신은 어찌하여 수신(水神)을 아름답다 하면서 나를 무시하려 합니까? 내가 죽어서 수신이 되지 못할 것을 어찌 걱정하겠어요?"

 그날 밤에 명광은 스스로 물에 빠져 죽었다. 미 : 이런 부인을 어찌 두려워하지 않을 수 있겠는가? 죽고 나서 7일 뒤에 그녀가 유백옥의 꿈에 나타나 말했다.

 "당신이 본디 수신을 원했기에 내가 지금 수신이 되었습니다."

 그래서 유백옥은 평생 다시는 물을 건너지 못했다. 이 나루터를 건너는 부인들은 모두 옷을 찢고 화장을 엉망으로 만든 뒤에야 감히 건널 수 있었는데, 이렇게 하지 않으면 풍랑이 갑자기 일어났다. 그런데 못생긴 부인은 비록 한껏 치장하고 건너더라도 수신이 질투하지 않았다. 그래서 강을 건널 때 풍랑이 일지 않는 부인은 못생겨서 수신의 노여움을 사지 않는다고 여겨졌기에, 못생긴 부인들은 이를 꺼려서 모두 스스로 용모를 추하게 만들어 이런 비웃음을 막았다. 그래서 제(齊)나라 사람들이 말했다.

"예쁜 부인을 찾고자 하면 나루터 입구에 서 있으면 되니, 부인이 물가에 있으면 그 아름다움과 추함이 저절로 드러나기 때문이다."

臨濟有妒婦津. 傳言晉泰始中, 劉伯玉妻段氏, 字明光, 性妒忌. 伯玉嘗於妻前誦〈洛神賦〉, 語其妻曰: "取婦得如此, 吾無憾焉!" 明光曰: "君何得以水神美而欲輕我? 吾死, 何患不爲水神?" 其夜, 乃自沉而死. 眉: 如此婦, 那得不畏? 死後七日, 夢見與伯玉曰: "君本願神, 吾今得爲神矣." 伯玉遂終身不復渡水. 有婦人渡此津者, 皆壞衣柾妝, 然後敢濟, 不爾, 風波暴發. 醜婦雖盛妝飾而渡, 其神亦不妒也. 婦人渡河無風浪者, 以爲醜不能致水神, 醜婦諱之, 莫不皆自毀形容, 以塞嗤笑也. 故齊人語曰: "欲求好婦, 立在津口, 婦人水傍, 好醜自彰."

* 이 고사는 《태평광기》 권272 〈부인·단씨〉에 실려 있다.

44-43(1298) 임괴의 처

임괴처(任瓌妻)

출《조야첨재》

당(唐)나라 초에 병부상서(兵部尚書) 임괴는 칙명으로 궁녀 두 명을 하사받았는데 모두 국색(國色)이었다. 임괴의 부인은 투기심이 일어 두 궁녀의 머리카락을 불에 태워 대머리로 만들어 버렸다. 태종(太宗)이 그 일을 듣고 상궁(上宮)을 시켜 황금 호병(胡瓶)에 술을 담아 그녀에게 내리면서 말했다.

"이 술은 마시면 바로 죽는다. 임괴는 3품관으로 첩을 두는 것이 합당하다. 이후로 투기하지 않겠다면 이 술을 마실 필요 없지만, 만약 계속 투기하려거든 바로 마셔라."

[임괴의 부인] 유씨(柳氏)는 절하고 칙명을 받들며 말했다.

"신첩과 임괴는 정식으로 혼인한 부부로, 모두 미천한 출신이었는데 서로 도와 지금의 영광스러운 자리에 이르게 되었습니다. 임괴가 지금 많은 비첩을 들인다면 신첩은 차라리 죽느니만 못합니다."

그러고는 마침내 그 술을 다 마셨는데, 사실은 독주(毒酒)가 아니었다. 유씨가 잠에서 깨어나자 태종이 임괴에게 말했다.

"그 성정이 이와 같으니 짐도 당연히 두렵소."

그러고는 조서를 내려 두 궁녀를 별택(別宅)에 머물도록 했다.

唐初, 兵部尚書任瓌, 敕賜宮女二, 女皆國色. 妻妒, 爛二女頭髮禿盡. 太宗聞之, 令上宮賫金胡瓶酒賜之, 云 : "飮之立死. 瓌三品, 合置姬媵. 爾後不妒, 不須飮之, 若妒, 卽飮." 柳氏拜敕訖, 曰 : "妾與瓌結髮夫妻, 俱出微賤, 更相輔翼, 遂致榮官. 瓌今多內嬖, 誠不如死." 遂飮盡, 然非酖也. 旣睡醒, 帝謂瓌曰 : "其性如此, 朕亦當畏之." 因詔二女令別宅安置.

* 이 고사는 《태평광기》 권272 〈부인·임괴처〉에 실려 있다.

44-44(1299) **이복의 여종**

이복여노(李福女奴)

출《옥천자》

 이복의 부인 배씨(裵氏)는 투기가 심한 성격이었다. 그래서 집안에 시비(侍婢)들이 아주 많았지만 이복은 한 번도 감히 시비들에게 마음을 둔 적이 없었다. 이복이 활대(滑臺)를 진수하고 있을 때 어떤 사람이 여종 하나를 바쳤는데, 이복은 그녀와 사통하고 싶었지만 그러지 못했다. 하루는 이복이 틈을 타서 부인에게 말했다.

 "나는 관직이 이미 절도사에 이르렀지만 내가 부리는 자는 늙은 노복에 불과하니, 부인이 나를 대우하는 것이 너무 야박하지 않소?"

 배씨가 말했다.

 "그러네요. 하지만 공이 마음에 들어 하는 사람이 누군지 모릅니다."

 이복이 즉시 어떤 사람이 바친 그 여종을 지적하자 배씨가 허락했다. 그러나 그 후로도 그 여종은 단지 옷을 챙기고 음식 시중만 들 뿐이어서, 이복은 한 번도 그녀와 곡진한 정을 나눠 보지 못했다. 그래서 이복이 부인의 시종에게 당부했다.

"만약 부인이 머리를 감으시면 반드시 급히 나에게 와서 알려라."

얼마 후에 과연 부인이 머리를 감고 있다고 시종이 알려 오자, 이복은 즉시 배가 아프다고 거짓말하고 그 여종을 불러들였다. 그 여종이 이복에게 간 뒤에 배씨의 시종은 배씨가 한창 머리를 감고 있어서 도중에 갑자기 멈출 수 없을 것이라고 생각해서, 곧바로 이복이 아프다고 배씨에게 알려 버렸다. 배씨는 그 말이 정말인 줄 알고 황급히 대야에서 머리를 꺼내더니 맨발로 뛰어가 이복에게 아픈 곳을 물었다. 이복은 이미 아프다고 말을 했기 때문에 즉시 마치 아파서 참을 수 없다는 듯한 몰골을 하고 있었다. 배씨는 너무 걱정한 나머지 약을 아이 오줌에 타서 올렸다. 다음 날 감군사(監軍使)와 종사(從事)들이 모두 병문안하러 찾아오자, 이복은 일의 자초지종을 그들에게 알려 주면서 웃으며 말했다.

"한 가지 일도 제대로 이루지 못한 것은 본디 내 팔자 탓이지만, 고통스런 것은 공연히 오줌만 한 사발 마셨다는 것이오!"

그 말을 듣고 크게 웃지 않는 사람이 없었다.

李福妻裴氏性妒. 姬侍甚多, 福未嘗敢屬意. 鎭滑臺日, 有以女奴獻者, 福意欲私之而未果. 一日, 乘間言於妻曰 : "某官已至節度使矣, 所指使者不過老僕, 夫人待某, 無乃薄乎?" 裴曰: "然. 不知公意所屬何人." 福卽指所獻之女奴, 裴許諾. 爾後不過執衣侍膳, 未嘗一得繾綣. 福又囑妻之左右曰: "設夫人沐髮, 必遽來報我." 旣而果有以夫人沐髮來告, 福卽僞言腹痛, 召其女奴. 其女奴旣往, 左右以裴方在沐, 難可遽已, 卽告以福所疾. 裴以爲信然, 遽出髮盆中, 跣問福所苦. 福業以疾爲言, 卽若不可忍狀. 裴極憂之, 由是以藥投兒溺中進之. 明日, 監軍使及從事悉來候問, 福卽具以事告之, 因笑曰: "一事無成, 固其分, 所苦者, 虛咽一甌溺耳!" 聞者無不大笑.

* 이 고사는《태평광기》권275〈동복(童僕)·이복여노〉에 실려 있다.

44-45(1300) 오종문
오종문(吳宗文)
출《왕씨견문(王氏見聞)》

[오대] 왕촉(王蜀 : 전촉)의 오종문은 공훈을 세워 계속해서 큰 군(郡)을 다스렸다. 그는 젊어서부터 부귀해 희첩과 가기(歌妓)가 10여 명이나 되었는데, 모두 최고만 가려 뽑은 것이었다. 그런데 부인이 투기가 심했기 때문에 오종문은 매번 마음껏 즐기지 못해 불만스러워했다. 하루는 갑자기 북이 울리자 급히 조정으로 향했는데, 그가 이미 여러 마을을 지났을 때 갑자기 "방조(放朝)[84]"한다는 보고가 전해졌다. 그래서 오종문은 은밀히 하인을 조심시킨 뒤 몰래 집으로 들어가서 희첩·가기들과 두루 통정했는데, 10여 명에 이르렀을 때 갑자기 복상사했다.

王蜀吳宗文, 以功勳繼領名郡. 少年富貴, 姬僕樂妓十餘輩, 皆精選也. 其妻妒, 每怏怏不愜其志. 忽一日, 鼓動趨朝, 已行數坊, 忽報云"放朝". 遂密戒從者, 潛入, 遍幸之, 至十數

---

[84] 방조(放朝) : 한여름이나 눈비가 많이 올 때 신하들에게 조회 참석을 면해 주는 일을 말한다.

輩, 遂據腹而卒.

* 이 고사는《태평광기》권272〈부인·오종문〉에 실려 있다.

44-46(1301) 촉나라의 공신

촉공신(蜀功臣)

출《왕씨견문》

[오대십국] 촉(蜀 : 전촉)나라에 한 공신이 있었는데 그 이름은 잊어버렸다. 그는 부인의 투기가 심해서 집에 아주 많은 가기(歌妓)를 데리고 있었지만 기거할 때 늘 멀리 떨어져 있었다. 간혹 잔치를 열면 부인이 주렴을 쳐 놓고 음악을 연주하게 했기 때문에 그는 가기들을 만난 적이 없었다. 또한 부인의 주위는 항상 늙고 못생긴 여자에게 시중들게 했다. 그는 늘 혼자 지내면서 시중드는 사람도 없었지만, 거처하는 집과 기물 및 의복은 매우 성대했다. 후에 부인이 병이 심해지자 남편에게 말했다.

"내가 죽은 뒤에 만약 비첩을 가까이한다면, 반드시 곧장 당신을 잡으러 올 것이오!"

마침내 부인이 죽자 그는 바로 가기들을 불러 밤낮으로 술에 흥건히 취해 즐겼다. 그는 의복을 관리하는 하녀가 특히 마음에 들어 그녀를 사랑해서 막 잠자리에 들려고 했는데, 갑자기 벼락 치는 듯한 소리가 들리면서 휘장이 모두 찢어지자, 그 때문에 놀라 병이 들어 죽었다. 미 : 투기의 정령이다.

蜀有功臣, 忘其名. 其妻妒忌, 家畜妓樂甚多, 居常卽隔絶之. 或宴飮, 卽使隔簾幕奏樂, 某未嘗見也. 其妻左右, 常令老醜者侍之. 某嘗獨處, 更無侍者, 而居第器服盛甚. 後妻病甚, 語其夫曰: "我死, 若近婢妾, 立當取之!" 及屬纊, 某乃召諸姬, 日夜酣飮爲樂. 有掌衣婢, 尤屬意, 卽幸之, 方寢息, 忽有聲如霹靂, 帷帳皆裂, 某因驚成疾而死. 眉: 妒精.

* 이 고사는 《태평광기》 권272〈부인·촉공신〉에 실려 있다.

44-47(1302) 진주의 기병장

진기장(秦騎將)

출《옥당한화》 미 : 이하는 사나운 부인이다(以下悍婦).

진주(秦州)의 석(石) 아무개라는 기병장(騎兵將)은 많은 전공을 세웠는데, 그 부인이 사납고 투기가 심한 것을 고통스러워하다가 부인이 혼자 있을 때를 엿보아 밤에 사람을 보내 찔러 죽이게 했다. 협 : 하책(下策)이다. 그러나 부인이 손으로 칼날을 잡으며 사람 살리라고 고함을 지르자, 비첩들이 함께 자객을 공격한 끝에 칼이 부러지고 자객은 달아났으며, 결국 부인을 해칠 수 없었다. 부인은 열 손가락에 모두 상처를 입었다. 몇 년 뒤에 진주가 망하자 석 아무개는 촉(蜀 : 전촉)나라로 들어갔는데, 촉나라는 그에게 병사들을 이끌고 가서 포량(褒梁)에 주둔하게 했다. 그러자 석 아무개는 다시 군중에서 협사(俠士)를 모집해 자신의 집으로 보내 부인을 찔러 죽이게 했다. 포량은 촉에서 수천 리나 떨어져 있었는데, 협사는 칼을 가지고 석 아무개의 편지를 들고 그의 집에 도착해서 말했다.

"포중(褒中 : 포량)에서 편지를 가지고 왔는데, 부인을 직접 만나 뵙고자 합니다."

석 아무개의 부인이 기뻐하며 나와서 협사를 만나자, 협사는 절을 하고 편지를 전해 주다가 부인이 편지를 받아 드는 순간 칼을 휘둘러 부인을 찔렀다. 그때 딸이 뛰어나와 손으로 칼을 잡고 한참 동안 버티는 바람에 결국 부인을 해칠 수 없었다. 미:원수다. 바깥에서 그 소리를 듣고 몰려와 모녀를 구했는데, 딸도 열 손가락에 모두 상처를 입었다. 10년 뒤에 촉나라가 망하자 석 아무개는 진주로 돌아왔으며, 그의 부인은 결국 남편과 해로하다가 집에서 죽었다.

秦騎將石某者, 甚有戰功, 苦妻悍妒, 伺其獨處, 乃夜遣人刺之. 夾:下策. 妻手接其刃, 號救叫喊, 婢妾共擊賊, 遂折鐔而去, 竟不能害. 婦十指皆傷. 後數年, 秦亡, 入蜀, 蜀遣石將兵, 屯於襃梁. 復於軍中募俠士, 就家刺之. 襃蜀相去數千里, 俠士於是挾刃, 懷家書, 至其門曰:"襃中信至, 令面見夫人." 夫人喜出見, 俠拜而授其書, 捧接之際, 揮刃斫之. 妻有一女躍出, 擧手接刃, 相持久之, 竟不能害. 眉:寃家. 外人聞而救之, 女十指並傷. 後十年, 蜀亡, 歸秦, 竟與其夫偕老, 死於牖下.

* 이 고사는 《태평광기》 권272 〈부인·진기장〉에 실려 있다.

44-48(1303) 양홍무의 처

양홍무처(楊弘武妻)

출《국사이찬》

양홍무가 사융소상백(司戎少常伯 : 병부시랑)으로 있을 때 [당나라] 고종(高宗)이 그에게 말했다.

"아무개에게 무슨 이유로 그 관직을 제수했는가?"

양홍무가 대답했다.

"신의 처 위씨(韋氏)는 성격이 몹시 사납습니다. 어제 저에게 이 일을 부탁했는데, 만약 신이 따르지 않으면 후환이 있을까 두렵습니다."

고종은 그가 숨기지 않는 것을 가상히 여겨 웃으면서 그를 보내 주었다. 미 : 법에 어긋난 처사이지만, 이는 고종이 혈구(絜矩 : 자기의 마음을 미루어 남의 마음을 헤아림. 고종의 황후는 측천무후였음)한 것이다.

楊弘武爲司戎少常伯, 高宗謂之曰 : "某人何因, 輒授此職?" 對曰 : "臣妻韋氏性剛悍. 昨以此見屬, 臣若不從, 恐有後患." 帝嘉其不隱, 笑而遣之. 眉 : 非法也, 此高宗絜矩處.

* 이 고사는 《태평광기》 권272 〈부인·양홍무처〉에 실려 있다.

44-49(1304) 양지견

양지견(楊志堅)

출《운계우의》미 : 각박하고 고약한 부인이다(薄惡婦).

안진경(顔眞卿)이 무주자사(撫州刺史)로 있을 때 마을 사람 중에 양지견이라는 자가 있었는데, 그는 학문을 좋아하면서 가난하게 살고 있었으나 마을 사람들은 그 사실을 몰랐다. 그의 처는 살림살이가 충족하지 못하다는 이유로 그에게 문서를 써 달라고 하며 이혼을 요구했다. 그러자 양지견이 시를 지어 처에게 보냈다.

"한창 시절엔 뜻을 세워 일찍 스승을 따랐으나, 지금엔 귀밑머리만 흰 실처럼 변했네. 실의한 채 일을 이루기엔 늦었음을 스스로 알고 있으니, 실패한 채 출세하기엔 늦었다 기꺼이 말하네. 금비녀는 당신 마음대로 새로 단장한 머리에 꽂고, 난새 새긴 거울 보며 당신 뜻대로 눈썹 다시 그리시오. 이제 떠나면 길 가는 나그네와 같을 것이니, 다시 만나면 즉시 산을 내려가시오."

그의 처는 그 시를 가지고 무주의 관아를 찾아가서 개가하길 요구하는 공문서를 청했다. 그러자 안진경이 공문서에 이렇게 판결했다.

"양지견은 일찍이 유가의 가르침을 가까이했으며 시로

도 자못 명성을 얻었다. 마음으로는 비록 과거에 높은 성적으로 급제하기를 흠모했으나 그 몸은 조금의 봉록도 받아 본 적이 없다. 어리석은 그의 처는 그가 불우한 것을 보고 잠시도 옆에 머무르려 하지 않으니, 남편을 도와 훌륭한 일을 이루게 한 기결(冀缺)[85]의 처를 본받지 않고, 남편을 싫어해 버린 주매신(朱買臣)[86]의 부인을 오로지 배우려 한다. 이는 마을을 욕되게 하고 풍교(風敎)를 망치는 것이니, 만약 징계를 내리지 않는다면 어떻게 경박한 행태를 막을 수 있겠는가? 그의 처에게 볼기 20대를 치고, 협 : 통쾌하도다! 마음대로 개가하게 하라. 수재(秀才) 양지견에게는 곡식과 비단을 보내 주고 아울러 수군참모(隨軍參謀)로 일하게 하라." 협 : 더욱 통쾌하도다! 미 : 안진경은 수단이 대단하다.

사방 먼 곳에서도 그 판결을 듣고 기쁜 마음으로 따르지

---

85) 기결(冀缺) : 춘추 시대 진(晉)나라 사람. 그는 기(冀) 땅에서 농사를 지으며 아내와 함께 서로를 손님처럼 공경하며 지냈는데, 후에 구계(臼季)에 의해 진 문공(文公)에게 천거되어 하군대부(下軍大夫)가 되었으며 기 땅에 봉해졌다.

86) 주매신(朱買臣) : 한나라 사람. 그는 영달하기 전에 땔나무 장사를 하며 고생스럽게 살았는데, 그 아내는 이를 부끄러이 여겨 그를 버리고 떠나갔다. 후에 그는 회계태수(會稽太守)가 되었는데, 길에서 전처를 만나 수레에 태워 돌아온 다음 관저에 머물게 하자 전처는 부끄러운 나머지 목을 매 자살했다.

않는 자가 없었다. 이후로는 강표(江表 : 강남)의 부인 중에 감히 그 남편을 버리는 자가 없었다.

顏眞卿爲撫州刺史, 邑人有楊志堅者, 嗜學而居貧, 鄕人未之知也. 其妻以資給不充, 索書求離. 志堅以詩送之曰 : "當年立志早從師, 今日翻成鬢有絲. 落拓自知求事晚, 蹉跎甘道出身遲. 金釵任意撩新髮, 鸞鏡從他別畫眉. 此去便同行路客, 相逢卽是下山時." 其妻持詩詣州, 請公牒以求別適. 眞卿判其牒曰 : "楊志堅早親儒敎, 頗負詩名. 心雖慕於高科, 身未霑於寸祿. 愚妻睹其未遇, 曾不少留, 靡追冀缺之妻贊成好事, 專學買臣之婦厭棄良人. 汚辱鄕閭, 傷敗風敎, 若無懲誡, 孰遏浮嚻? 妻可笞二十, 夾:暢快! 任自改嫁. 楊志堅秀才, 餉粟帛, 仍署隨軍." 夾:更快! 眉:眞卿大有手力. 四遠聞之, 無不悅服. 自是江表婦人, 無敢棄其夫者.

* 이 고사는 《태평광기》 권495 〈잡록·양지견〉에 실려 있다.

기(妓)

44-50(1305) 양창

양창(楊娟)

출'방천리찬전(房千里撰傳)' 미 : 의로운 기녀다(義妓).

    양창은 장안(長安) 거리의 절세미녀로, 자태가 매우 우아했으며 고운 얼굴에 자부심을 지니고 있었다. 왕공 귀인들이 손님을 접대할 때면 다투어 그녀를 연회 자리에 불렀는데, 비록 술을 마시지 않는 사람이라 할지라도 반드시 그녀를 위해 술잔 가득 술을 마시며 즐거움을 만끽했다. 장안의 젊은이들은 한번 그녀의 집을 찾아갔다 하면 거의 살지 못할 정도로 파산하는 지경에 이르러도 후회하지 않았는데, 이 때문에 양창의 이름은 기적(妓籍) 중에서 으뜸이었다. 영남절도사(嶺南節度使) 아무개는 귀족 집안의 자제였다. 그의 부인은 본래 황제 외척의 딸이었는데, 그에게 몹시 사납게 대했다. 부인은 이전에 그와 약조하길, 만약 다른 뜻을 품는 날에는 반드시 칼에 맞아 죽을 것이라고 했다. 협 : 믿음이 도의에 가깝지 않다. 절도사는 어려서부터 귀하게 자랐고 여색을 좋아했지만, 마음속으로 부인을 두려워해서 뜻대로 하지 못했다. 그래서 은밀히 많은 뇌물을 주고 기적에서 양창을 삭제해 그녀를 남해(南海)로 데려와서 다른 집에 머물게 했다. 공무가 없는 여가 시간에는 그녀와 함께 있다가 저녁이 되면 몰래 집으로 돌아갔다. 양창은 매우 현명해서 절도사를 특히 조심스럽게 모셨다. 또 절도사의 좌우 사람들을 후하게 대해 모두 그들의 환심을 얻었기에 절도사는 더욱 그녀를 총애했다. 1년쯤 지나서 절도사는 병이 들어 일어나지도 못하게 되었는데, 양창을 한 번 보고 싶은 생각이 간절했지만 부인이 두려웠다. 절도사는 평소 감군사(監軍使)와 친분이 두터웠는데, 은밀히 그에게 사람을 보내 자신의 뜻을 전하면서 방법을 찾아보게 했다. 그러자 감군사가 부인을 속이며 말했다.

"장군의 병이 위중하니 병시중과 음식 조리를 잘하는 사람을 구해 돌보게 하려고 하는데, 그러면 병이 빨리 나을 것입니다. 제게 좋은 하녀가 한 명 있는데, 오랫동안 귀인의 집에서 일했으며 남의 마음에 꼭 들게 행동합니다. 청컨대 부인께서 그 하녀로 장군의 몸을 돌보도록 허락하심이 어떠한지요?" 미 : 이 감군사도 괜찮은 사람이다.

부인이 말했다.

"중귀인(中貴人)[87]은 믿을 만한 사람이니 정말 그러하다면 나도 걱정이 없겠습니다. 어서 그 하녀를 불러오도록 하

---

87) 중귀인(中貴人) : 환관. 당나라 때는 감군사(監軍使)를 대부분 환관들이 맡았다. 여기서는 앞의 감군사를 가리킨다.

세요."

감군사는 즉시 양창에게 명해 하녀로 꾸미고 절도사를 만나게 했다. 그러나 계획이 시행되기 전에 일이 누설되어, 절도사의 부인은 건장한 하녀 수십 명을 거느리고 커다란 몽둥이를 늘어놓은 채 마당에서 기름 솥에 불을 지피면서 양창을 기다렸는데, 그녀가 도착하길 기다렸다가 끓는 솥에 던져 넣을 작정이었다. 절도사는 그 소식을 듣고 크게 두려워하며 급히 양창이 오는 것을 막으라고 명하면서 말했다.

"다행히 내가 아직 죽지 않았으니 반드시 호랑이 입에서 빠져나가게 해 주겠다. 그렇지 않으면 돌이키지 못할 것이다."

그러고는 진기한 보물을 많이 보내면서 가동에게 명해 작은 거룻배로 양창을 호위해 북쪽으로 돌아가게 했다. 그때부터 절도사는 분노가 더욱 깊어져 열흘도 못 넘기고 죽고 말았다. 양창이 떠나서 막 홍주(洪州)에 도착했을 때 절도사의 부고가 들려오자, 양창은 절도사가 보내 준 재물을 모두 돌려보내고 신위를 모셔 놓고 곡하며 말했다.

"장군께서는 소첩 때문에 돌아가셨습니다. 장군께서 돌아가셨는데 소첩이 살아서 무슨 소용이 있겠습니까? 소첩이 어찌 장군을 외롭게 할 수 있겠습니까?"

그러고는 즉시 제사상을 치우고 죽었다. 미 : [전국 시대 진(晉)나라의] 예양(豫讓)은 범씨(范氏)와 중행씨(中行氏)에게 박대받자 지백(智伯)에게 충성했고, 배구(裴矩)는 수나라에 아첨했다가 당나라에 충성했으니, 느낀 바가 있다. 양창 같은 사람은 드물도다!

楊娼者,長安里中殊色也,態度甚都,復以冶容自喜. 王公貴人享客,競致席上,雖不飮者,必爲之引滿盡歡. 長安諸兒一造其室,殆至亡生破產而不悔,由是娼名冠諸籍中. 嶺南帥甲,貴遊子也. 妻本戚里女,遇帥甚悍. 先約,設有異志者,當取死白刃下. 夾:信不近義. 帥幼貴,喜淫,內苦其妻,莫之措意. 乃陰出重賂,削去娼籍,而挈之南海,館於他舍. 公餘而同,夕隱而歸. 娼有慧性,事帥尤謹. 復厚帥之左右,咸得其歡,故帥益嬖之. 會間歲,帥得病,且不起,思一見娼,而憚其妻. 帥素與監軍使厚,密遣導意,使爲方略. 監軍乃紿其妻曰:"將軍病甚,思得善奉侍煎調者視之,瘳當速矣. 某有善婢,久給事貴室,動得人意. 請夫人聽以婢安將軍四體,如何?" 眉:此監軍亦可人. 妻曰:"中貴人,信人也,果然,吾無苦耳. 可促召婢來." 監軍卽命娼冒爲婢以見帥. 計未行而事洩,帥之妻乃擁健婢數十,列白梃,熾膏鑊於庭而伺之矣,須其至,當投之沸鬲. 帥聞而大恐,促命止娼之至,且曰:"幸吾未死,必使脫其虎喙. 不然,無及." 乃大遺其奇寶,命家僮榜輕舫,衛娼北歸. 自是帥憤益深,不逾旬而物故. 娼之行,適及洪矣,問至,娼乃盡返帥之賂,設位而哭,曰:"將軍由妾而死. 將軍且死,妾安用生爲?妾豈孤將軍者耶?" 卽撤奠而死之. 眉:豫讓薄於范·中行而忠於智,裴矩佞於隋而忠於唐,有所感也. 娼乎可少乎哉!

* 이 고사는 《태평광기》 권491 〈잡전기(雜傳記)·양창전〉에 실려 있다.

44-51(1306) 이수란

이수란(李秀蘭)

출《옥당한화》·《중흥간기집(中興間氣集)》미 : 이하는 재주 있는 기녀다(以下才妓).

    이수란[88]은 여자로서 재명(才名)이 있었다. 처음 대여섯 살쯤 되었을 때 아버지가 뜰에서 그녀를 안고 있었는데, 그녀가 시를 지어 장미를 읊었다. 그 마지막 구절은 이러했다.

    "시간이 지나도록 지지대를 치우지 않으니,[89] 어지러운 심사만 복잡하네."

    그러자 아버지가 화를 내며 말했다.

---

88) 이수란 : 이치(李治, ?~784). 자는 계란(季蘭) 또는 수란(秀蘭). 어려서부터 시재(詩才)가 뛰어났으며 나중에 여관(女冠 : 여도사)이 되었다. 설도(薛濤)·어현기(魚玄機)와 함께 당나라의 3대 여시인으로 꼽힌다.

89) 시간이 지나도록 지지대를 치우지 않으니 : 원문은 "경시미가각(經時未架却)". 이수란은 시간이 지났는데도 장미를 지지하는 받침대를 치우지 않는다는 뜻으로 읊었는데, 아버지는 "가각(架却)"이 시집가다는 뜻의 "가각(嫁却)"과 음이 같기 때문에 때가 지났는데도 시집가지 못한다는 뜻으로 받아들였다. 그래서 아버지는 어린 이수란이 시집가지 못한 여인의 어지러운 심사를 이미 이해하고 있는 것을 좋지 못한 징조로 여겼다.

"이 딸애는 장래에 문장력은 풍부하겠지만 필시 행실이 나쁜 여인이 될 것이다."

결국 그 말대로 되었다.

또 이수란이 일찍이 여러 명현들과 함께 오정현(烏程縣)의 개원사(開元寺)에 모였는데, 하간(河間)의 유장경(劉長卿)에게 음질(陰疾 : 임질)이 있음을 알고 미 : 음질은 산기(疝氣 : 임질)다. 그에게 말했다.

"산기운은 해 질 무렵에 아름답지요.[90]"

그러자 유장경이 대답했다.

"뭇 새들은 기탁할 곳이 있음을 기뻐하지요.[91]"

온 좌중이 크게 웃었으며, 논자들은 두 사람을 훌륭하다고 했다. 이수란의 시 중에 이런 구절이 있다.

"멀리 물 위로 신선의 배 떠가고, 차가운 별은 사신의 수레 따르네."

이는 대개 오언시(五言詩)의 뛰어난 경지다. 그녀는 일

---

90) 산기운은 해 질 무렵에 아름답지요 : 원문은 "산기일석가(山氣日夕佳)". 도연명의 〈음주(飮酒)〉 제5수 중 한 구절이다. 여기에서 "산기(山氣)"가 "산기(疝氣 : 임질)"와 발음이 같기 때문에 일부러 이 구절을 말한 것이다.

91) 뭇 새들은 기탁할 곳이 있음을 기뻐하지요 : 원문은 "중조흔유탁(衆鳥欣有托)". 역시 도연명의 〈독산해경(讀山海經)〉 제1수 중 한 구절이다.

찍이 〈삼협유천가(三峽流泉歌)〉를 지었다.

"소첩의 집은 본래 무산(巫山)의 구름[92] 있는 곳, 무산에 흐르는 물소리 늘 날마다 들려오네. 왕금(王琴)은 연주할수록 더욱 쓸쓸하고 아득하니, 마치 당시 꿈속에서 들었던 것 같구나. 삼협은 까마득히 몇천 리, 일시에 깊은 규방 안으로 흘러들어 오네. 커다란 바위에 부딪치는 급한 여울이 손가락 아래에서 생겨나고, 날리는 파도와 달리는 물결이 현(絃) 안에서 일어나네. 처음엔 천둥 바람 머금은 듯 솟구치는가 싶더니, 다시 흐름이 막힌 듯 오열하는 것 같네. 소용돌이치는 여울의 기세 끝나 갈 무렵, 이젠 또 평평한 모래톱에 물방울 떨어지네. 옛날 완 공[阮公 : 완적(阮籍)]이 이 곡을 연주할 때 생각하니, [조카] 중용[仲容 : 완함(阮咸)]에게 계속 듣고 싶게 할 수 있었지. 한 번 연주 끝나고 또 한 번 연주하니, 흐르는 물과 함께 오래도록 이어지길 바라노라."

李秀蘭以女子有才名. 初五六歲時, 其父抱於庭, 作詩咏薔薇. 末句云:"經時未架却, 心緖亂縱橫." 父悉曰:"此女將

---

92) 무산(巫山)의 구름 : 옛날 초(楚)나라 회왕(懷王)이 운몽택(雲夢澤)을 유람하다가 피곤해 고당관(高唐觀)에서 잠들었을 때 꿈속에서 신녀(神女)를 만나 즐겁게 놀았는데, 신녀가 자신은 무산의 남쪽에 살고 있으며 아침에는 구름이 되어 다니고 저녁에는 비가 되어 내린다고 했다.

來富有文章, 然必爲失行婦矣." 竟如其言.

又, 秀蘭嘗與諸賢會烏程縣開元寺. 知河間劉長卿有陰疾, 眉:陰疾謂疝氣. 謂之曰:"山氣日夕佳." 長卿對曰:"衆鳥欣有托." 擧坐大笑, 論者兩美之. 秀蘭有詩曰:"遠水浮仙棹, 寒星伴使車." 蓋五言之佳境也. 嘗賦得〈三峽流泉歌〉曰:"妾家本住巫山雲, 巫山流水常日聞. 玉琴彈出轉寥夐, 直似當時夢中聽. 三峽迢迢幾千里, 一時流入深閨裏. 巨石奔湍指下生, 飛波走浪弦中起. 初疑噴湧含雷風, 又似嗚咽流不通. 回湍瀨曲勢將盡, 時復滴瀝平沙中. 憶昔阮公爲此曲, 能使仲容聽不足. 一彈旣罷又一彈, 願與流泉鎭相續."

* 이 고사는 《태평광기》 권273〈부인·이수란〉에 실려 있다.

44-52(1307) 무창의 기녀
무창기(武昌妓)

출《서정시》

위섬(韋蟾)이 악주염찰사(鄂州廉察使)로 있다가 임기를 마치게 되자 빈객과 막료들이 전별연을 성대하게 마련했는데, 그 자리에서 위섬이 《문선(文選)》에 나오는 구절을 썼다.

"살아서 이별하는 것보다 더 슬픈 일은 없으니,[93] 산에 올라 물가에서 돌아가는 사람 전송하네.[94]"

그러고는 종이와 붓을 빈객과 막료들에게 주면서 다음 구절을 이어서 지으라고 청했다. 좌중의 사람들은 모두 근심스레 바라보며 생각을 짜냈지만 짓지 못했다. 잠시 후에 한 기녀가 눈물을 주르륵 흘리며 일어나 말했다.

"제가 재주가 없어 감히 붓으로 적지는 못하지만 두 구절을 입으로 불렀으면 합니다."

---

[93] 살아서 이별하는 것보다 더 슬픈 일은 없으니 : 〈구가(九歌)·소사명(少司命)〉에 나오는 구절이다.

[94] 산에 올라 물가에서 돌아가는 사람 전송하네 : 〈구변(九辯)〉에 나오는 구절이다.

위섬은 깜짝 놀라며 사람을 시켜 그녀의 말을 받아 적게 했다.

"무창엔 새로 심은 버드나무 한없이 많지만, 얼굴 스치며 날아가는 버들개지는 보이지 않네."

좌중의 빈객들이 모두 칭찬하며 감탄했다. 위섬은 그녀에게 그 시를 〈양류지사(楊柳枝詞)〉에 맞춰 부르게 하고 한껏 즐기다가 헤어졌다. 위섬은 마침내 그녀를 받아들이고 다음 날 함께 수레를 타고 떠났다.

韋蟾廉問鄂州, 及罷任, 賓僚盛陳祖席, 蟾遂書《文選》句云 : "悲莫悲兮生別離, 登山臨水送將歸." 以箋毫授賓從, 請續其句. 座中悵望, 皆思不屬. 逡巡, 女妓泫然起曰 : "某不才, 不敢染翰, 欲口占兩句." 韋大驚異, 令隨口寫之. "武昌無限新栽柳, 不見楊花撲面飛." 座客無不嘉嘆. 韋令唱作〈楊柳枝詞〉, 極歡而散. 遂納之, 翌日共載而發.

* 이 고사는《태평광기》권273〈부인·무창기〉에 실려 있다.

44-53(1308) 서월영

서월영(徐月英)

출《북몽쇄언》

강회(江淮) 일대에 서월영이라는 이가 있었는데 이름난 기녀였다. 그녀가 지은 〈송인(送人)〉 시는 이러했다.

"서글픈 인간 세상 만사가 어긋나니, 두 사람이 함께 갔다가 한 사람만 돌아오네. 평망정(平望亭)95) 안의 물을 평생 미워하리니, 원앙이 서로 등지고 날아가는 모습을 잔인하게 비추고 있구나."

또 이렇게 읊었다.

"베개 앞의 눈물과 섬돌 앞의 빗물, 창을 사이에 두고 날 밝을 때까지 방울져 떨어지네."

그녀에게는 시집(詩集)도 있었다. 금릉(金陵) 서씨(徐氏) 집안의 여러 공자(公子)들이 한 영기(營妓 : 군영 소속 기녀)를 총애했는데, 그녀가 죽자 화장했다. 서월영은 그녀의 장례를 치를 때 서씨 공자들에게 말했다.

"이 낭자는 평생 풍류와 더불어 살더니 죽을 때도 화염을

---

95) 평망정(平望亭) : 장안성(長安城) 동쪽에 있던 정자.

두르고 가는군요."

江淮間, 有徐月英者, 名娼也. 其〈送人〉詩云:"惆悵人間萬事違, 兩人同去一人歸. 生憎平望亭中水, 忍照鴛鴦相背飛." 又云:"枕前淚與階前雨, 隔個窗兒滴到明." 亦有詩集. 金陵徐氏諸公子寵一營妓, 卒乃焚之. 月英送葬, 謂徐公曰:"此娘平生風流, 沒亦帶焰."

* 이 고사는 《태평광기》 권273 〈부인·서월영〉에 실려 있다.

44-54(1309) 유우석

유우석(劉禹錫)

출《운계우의》·《본사시》 미 : 명기다(名妓).

 유우석은 [소주자사가 되어] 고소(姑蘇)로 부임하러 가는 길에 양주(揚州)를 지나게 되었는데, 양주절도사(揚州節度使) 두홍점(杜鴻漸)이 그에게 술을 마시게 해서 크게 취해 역관(驛館)으로 돌아갔다. 유우석이 술이 조금 깨서 보았더니 옆에 여자 두 명이 있었는데, 자기 사람이 아니라서 깜짝 놀랐더니 그녀들이 말했다.

 "낭중(郎中 : 유우석)이 술자리에서 사공(司空 : 두홍점)께 시를 지어 올리자, 사공께서 특별히 두 명의 기녀에게 잠자리 시중을 들게 하셨습니다."

 하지만 유우석은 취중에 지은 것이어서 전혀 기억이 나지 않았다. 유우석이 다음 날 아침에 장계를 올려 감사를 드렸더니 두홍점도 그 일을 너그럽게 용서해 주었다. 그 시는 이러했다.

 "구름 같은 쪽 찐 머리 높이 틀어 올려 궁녀처럼 단장했는데, 봄바람에 한 곡 뽑는 두위낭(杜韋娘)[96]. 사공께서는 익히 보아 온 일상적인 일이건만, 소주자사(蘇州刺史)의 애간장을 모두 끊어 놓는구나." 미 : 유우석은 낭관(郎官)으로서 경솔하게 주목(州牧)을 거슬렸으니 경박함이 심하다. 그런데도 두홍점은 그를 너그럽게 용서해 주었으니 진정 재상의 도량이다.

승상(丞相) 이봉길(李逢吉)은 성격이 괴팍하고 제멋대로 세도를 부렸다. 이봉길이 거수(居守 : 동도유수)가 되었을 때, 유우석에게 매우 아름다운 기녀가 있었는데 그 일은 모두가 알고 있었다. 이봉길은 그녀를 빼앗기로 작정하고 약조하며 말했다.

"아무 날에 황성(皇城)의 중당(中堂) 앞에서 연회를 베풀 것이니, 모든 조정 관리의 애첩(愛妾)들은 서둘러 연회에 참석하도록 하라."

조금이라도 볼만한 자색을 갖춘 여인들이 때에 맞춰 구름처럼 모여들었다. 미 : 당나라 때 이런 일이 있었으니, 법도의 불량함이 매우 심했도다! 그러자 이봉길은 문지기에게 명해 먼저 유가(劉家 : 유우석)의 기녀를 문으로 들어오게 했다. 온 도성 사람들이 깜짝 놀랐지만 감히 말을 꺼내는 자는 없었다. 유우석은 달리 손쓸 방도가 없었기 때문에 당혹하며 소리를 삼켰다. 다음 날 유우석은 친한 사람 몇 명과 함께 이봉길을 배알하러 갔다. 그런데 이봉길은 평소처럼 접견하면서 한참 동안 조용히 있었으며, 연회에서의 일이 도대체 어떻게 된

---

96) 두위낭(杜韋娘) : 두홍점의 가기(歌妓)로 가곡에 뛰어났던 미인이다.

것인지 전혀 말하지 않았다. 좌중의 사람들도 묵묵히 있으면서 서로 눈짓만 할 뿐이었다. 접견이 끝나자 함께 읍(揖)하고 물러갔다. 유우석은 탄식하고 슬퍼하며 돌아왔는데, 어찌할 수 없었기에 결국 분한 마음에 〈사수시(四愁詩)〉97)를 모방해 4장(章)의 시를 지었다.

"옥비녀가 다시 합치듯 둘이 다시 인연 맺기는 어려우니, 물고기는 깊은 연못에 있고 학은 하늘에 있네. 마음에 드는 자줏빛 난새는 거울 앞에서 춤추길 그치고, 말 전하는 파랑새는 편지 물어 나르길 그만두었네. 이미 엎질러진 황금 동이엔 물 주워 담기 어렵고, 오래 버려진 옥기러기발엔 줄 잇지 못하네. 만약 미무산(蘪蕪山)98) 아래를 지나간다면, 멀리서 피눈물을 깊은 샘에 뿌리리라."

"난새는 저 먼 나무로 날아가 어느 곳에 깃들였나? 봉새는 새 보금자리 얻어 이미 마음이 떠나갔네. 붉은 벽엔 아직도 향기 남아 아련하건만, 푸른 구름엔 막 소식 끊겨 막막하

---

97) 〈사수시(四愁詩)〉: 후한 때 장형(張衡)이 지은 칠언 형식의 시로 칠언시의 초기 작품이다.

98) 미무산(蘪蕪山): 한나라의 악부(樂府) 〈상산채미무(上山采蘪蕪)〉에 버림받은 여인이 미무산 아래에서 옛 남편과 우연히 마주치는 내용이 있는데, 여기에서는 헤어진 남녀가 우연히 다시 만나게 되는 것을 말한다.

구나. 진흙에 던져진 옥처럼 더럽혀졌음을 마음속으로 알면서도, 여전히 미인을 찾아올 돈을 스스로 마련한다네. 저 산꼭대기에 있는 사람 모양의 돌99)처럼, 장부(丈夫)의 모습엔 눈물 자국 깊이라."

"그대가 어디에 있는지 다시 찾아도 보건만, 비록 살아서 이별했더라도 죽은 것과 한가지라. 미인을 얻었던 나무 옆의 꽃은 이미 시들었지만, 눈썹 그리던 창 아래의 달빛은 아직 남아 있네. 구름이 무협(巫峽)에 숨은 듯 목소리와 모습 끊어지고, 길은 은하수로 막혀 있으니 건너가기 어려워라. 시를 지으면서 눈물 흘리지 않는다고 탓하지 말지니, 동해(東海)만큼의 눈물을 다 쏟았으니 마르는 게 당연하다오."

"삼신산(三神山)은 바다 깊이 가라앉아 보이지 않으니, 신선의 자취를 다시 어떻게 찾을 수 있겠는가? 파랑새 떠나갔을 때 구름길도 끊겼는데, 항아(姮娥)가 돌아간 곳 월궁(月宮)은 깊기도 해라. 비단 두른 창에서는 봄날의 추억 아득히 그리고 있을 텐데, 서재의 휘장에서 밤마다 홀로 읊조

---

99) 사람 모양의 돌 : 망부석(望夫石)을 말한다. 전설에 따르면, 날마다 산 위에 서서 남편이 돌아오길 기다리던 어떤 여인이 마침내 그곳에서 돌로 변했다고 한다. 여기에서는 빼앗긴 기녀를 기다리는 작자의 심정을 비유하고 있다.

리는 나를 누가 가련히 여겨 줄까? 밤마다 찾아오는 천상의 거울[달]을 생각해 보니, 오로지 두 사람의 마음만을 비추는 구나."

劉禹錫赴任姑蘇, 道過揚州, 州師杜鴻漸飮之酒, 大醉而歸驛. 稍醒, 見二女子在旁, 驚非己有也, 乃曰: "郎中席上與司空詩, 特令二樂妓侍寢." 且醉中之作, 都不記憶. 明旦, 修啓致謝, 杜亦優容之. 詩曰: "高髻雲鬟宮樣妝, 春風一曲杜韋娘. 司空見慣尋常事, 斷盡蘇州刺史腸." 眉: 劉以郎吏, 輕忤州牧, 輕薄甚矣. 杜能優容, 乃眞相度.

李丞相逢吉, 性强愎, 恣行威福. 旣爲居守, 劉禹錫有妓甚麗, 爲衆所知. 李規奪之, 約曰: "某日皇城中堂前致宴, 一應朝賢寵嬖, 並請早赴境會." 稍可觀矚者, 如期雲集. 眉: 唐時有此事, 法之不臧莫甚焉! 敕閽吏, 先放劉家妓從門入. 傾都驚異, 無敢言者. 劉計無所出, 惶惑呑聲. 又翌日, 與相善數人謁之. 但相見如常, 從容久之, 並不言境會之所以然者. 坐中黙然, 相目而已. 旣罷, 一揖而退. 劉嘆咤而歸, 無可奈何, 遂憤懣而作四章, 以擬〈四愁〉云: "玉釵重合兩無緣, 魚在深潭鶴在天. 得意紫鸞休舞鏡, 寄言靑鳥罷銜箋. 金盆已覆難收水, 玉軫長抛不續弦. 若向蘼蕪山下過, 遙將紅淚灑窮泉." "鸞飛遠樹栖何處? 鳳得新巢已去心. 紅壁尙留香漠漠, 碧雲初散信沈沈. 情知點汚投泥玉, 猶自經營買笑金. 從此山頭似人石, 丈夫形狀淚痕深." "人曾何處更尋看, 雖是生離死一般. 買笑樹邊花已老, 畫眉窓下月猶殘. 雲藏巫峽音容斷, 路隔星橋過往難. 莫怪詩成無淚滴, 盡傾東海也須乾." "三山不見海沈沈, 豈有仙踪更可尋? 靑鳥去時雲路斷, 姮娥歸處月宮深. 紗窓遙想春相憶, 書幌誰憐夜獨吟?

料得夜來天上鏡, 祇因偏照兩人心."

* 이 고사는 《태평광기》 권273 〈부인 · 유우석〉과 〈이봉길〉에 실려 있다.

44-55(1310) 구양첨

구양첨(歐陽詹)

미 : 이하는 정이 많은 기녀다(以下情妓).

 구양첨은 자가 행주(行周)이며 천주(泉州) 진강(晉江) 사람으로, 약관의 나이에 이미 문장에 능했다. 그는 [당나라] 정원(貞元) 연간(785~805)에 진사(進士)에 급제하고 관시(關試 : 과거 급제자가 다시 이부에서 치르는 시험)를 끝낸 다음 단출하게 태원(太原)을 여행하다가, 그곳 악적(樂籍)에 올라 있는 기녀 가운데 마음에 드는 사람이 있어서 서로 깊은 정을 나누게 되었다. 구양첨은 돌아갈 때 그녀에게 맹세했다.

 "도성에 도착하면 반드시 너를 불러들이겠다."

 그러고는 눈물을 뿌리며 이별하면서 다음과 같은 시를 지어 주었다.

 "말달려 길 떠나니 점점 멀어져 가고, 고개 돌려 바라보니 먼 길에 먼지만 자욱하네. 높다란 성도 이미 보이니 않으니, 하물며 성안의 사람임에랴! 떠나는 사람 마음도 편치만은 않으니, 남아 있는 사람 마음도 정말 괴로우리. 오원(五原) 동북쪽 진(晉) 땅에서, 천 리나 떨어진 서남쪽 진(秦) 땅으로 들어가네. 신발 한 짝만 신고는 문밖으로 나가지 않고,

수레가 굴러갈 때는 멈춰 있는 바퀴가 없는 법. 떠다니는 부평초와 한곳에 매여 있는 표주박 같지만, 조만간 분명 만날 날이 있으리."

얼마 후에 구양첨은 국자사문조교(國子四門助敎)에 제수되어 도성에 머물러 있었는데, 그 기녀는 그를 그리워해 마지않다가 1년이 지나서 병이 들어 위독해졌다. 이에 그녀는 간신히 화장을 하고 틀어 올린 머리를 잘라 상자 안에 넣은 다음 여제자를 돌아보며 다음과 같은 시를 남겼다.

"이별한 후로 고운 얼굴빛이 시들었으니, 반은 임을 그리워함이요 반은 임을 미워함이라. 옛날의 구름 머리 모양 알아보고 싶거든, 몸종에게 금실 수놓은 상자 가져오게 해서 열어 보세요."

그러고는 붓을 놓고 죽었다. 미 : 죽은 뒤에 반드시 다시 서로 만나리라 생각한 것이다. 후에 구양첨이 보낸 심부름꾼이 도착하자, 여제자는 그녀가 당부한 말대로 했다. 심부름꾼은 상자를 가지고 곧장 도성으로 돌아가서 그 사실을 구양첨에게 아뢰었다. 구양첨은 상자를 열어 살펴보고 그녀를 위해 슬피 통곡했으며 열흘 뒤에 역시 죽었다.

歐陽詹, 字行周, 泉州晉江人, 弱冠能屬文. 貞元年, 登進士第, 畢關試, 薄遊太原, 於樂籍中, 因有所悅, 情甚相得. 及歸, 乃與之盟曰: "至都, 當相迎耳." 灑泣而別, 仍贈之詩曰: "驅馬漸覺遠, 回頭長路塵. 高城已不見, 況復城中人! 去意旣未甘, 居情諒多辛. 五原東北晉, 千里西南秦. 一履不出門, 一車無停輪. 流萍與繫瓠, 早晚期相親." 尋除國子四門助敎, 住京, 籍中者思之不已, 經年得疾且甚. 乃危妝引髻, 刃而匣之, 顧謂女弟曰:"自從別後減容光, 半是思郎半恨郎. 欲識舊時雲髻樣, 爲奴開取縷金箱." 絶筆而逝. 眉:計死後必復相從. 及詹使至, 女弟如言. 徑持歸京, 具白其事. 詹啓函閱之, 爲之慟怨, 涉旬而生亦歿.

* 이 고사는《태평광기》권274〈정감(情感)·구양첨〉에 실려 있는데, 출전이 "《민천명사전(閩川名士傳)》"이라 되어 있다.

44-56(1311) 설의료

설의료(薛宜僚)

출《서정시》

설의료는 [당나라] 회창(會昌) 연간(841~846)에 좌서자(左庶子)가 되어 신라책증사(新羅冊贈使)로 충임되었다. 그는 청주(靑州)에서 배를 타고 바다를 건너갔는데, 배가 거듭 심한 비바람에 막혀 등주(登州)에 이르러 표류하다가 도로 청주로 돌아와 정박했다. 그는 역참에서 1년간 머물렀는데, 그곳 절도사(節度使) 오한정(烏漢貞)이 매우 잘 대우해 주었다. 기적(妓籍)에 단동미(段東美)라는 기녀가 있었는데, 설의료가 그녀를 매우 마음에 들어 하자 절도사는 그녀를 설의료가 묵고 있는 역참에 두었다. 그해 봄에 설의료가 떠나던 날 전별연에서 설의료는 오열하며 눈물을 흘렸으며 단동미도 마찬가지였다. 이에 설의료는 연회석에서 다음과 같은 시를 남겼다.

"아모도(阿母桃)[100]의 꽃은 비단 같고, 왕손초(王孫草)[101]의 풀빛은 안개 같구나. 다시는 큰 바다를 바라보지

---

100) 아모도(阿母桃) : 서왕모(西王母)가 사는 곤륜산(崑崙山)에 있다고 하는 복숭아. 3000년에 한 번 열매를 맺는다고 한다.

말지니, 일 년 동안 즐거웠던 정에 마음 아플 테니."

설의료는 외국에 도착해서 책례(冊禮)를 행하기 전에 사절단의 의장 행렬이 새벽부터 저녁까지 너무 떠들썩하는 바람에 곧 병에 걸리고 말았는데, 판관(判官) 묘(苗) 아무개에게 말했다.

"동미가 무슨 이유로 자주 꿈속에 보일까?"

그러더니 며칠 후에 죽었다. 묘 아무개가 대사(大使)를 대신해 책례를 집행하고, 설의료의 관을 가지고 청주로 돌아왔다. 단동미는 휴가를 청해 역참으로 가서 소복을 입고 제사를 지냈는데, 슬피 울며 설의료의 관을 어루만지다가 한바탕 통곡하고 나서 죽었다.

薛宜僚, 會昌中爲左庶子, 充新羅冊贈使. 由靑州泛海, 船頻阻惡風雨, 至登舟¹却漂, 回泊靑州. 郵傳一年, 節使烏漢眞尤加待遇. 籍中飮妓段東美者, 薛頗屬情, 連帥置於驛中. 是春, 薛發日, 祖筵, 嗚咽流涕, 東美亦然. 乃於席上留詩曰: "阿母桃花方似錦, 王孫草色正如烟. 不須更向滄溟望, 惆悵歡情恰一年." 薛到外國, 未行冊禮, 旌節曉夕有聲, 旋染疾,

---

101) 왕손초(王孫草) : 《초사(楚辭)》〈초은사(招隱士)〉의 "왕손유혜불귀(王孫游兮不歸), 춘초생혜처처(春草生兮萋萋)"라는 구절에서 나온 말로, 멀리 떠나간 후 돌아오지 않는 임을 그리워하는 뜻으로 사용된다.

謂判官苗甲曰:"東美何故頻見夢中乎?"數日而卒. 苗攝大使行禮, 薛旋梓, 回及青州. 東美乃請告至驛, 素服執奠, 哀號撫柩, 一慟而卒.

* 이 고사는 《태평광기》 권274 〈정감·설의료〉에 실려 있다.
1 주(舟) : 《태평광기》 명초본에는 "주(州)"라 되어 있는데, 문맥상 타당하다.

44-57(1312) 위보형

위보형(韋保衡)

출《옥천자》미 : 기녀를 다투다 초래한 화다(爭妓之禍).

　　위보형이 처음 급제했을 때 독고운(獨孤雲)이 동천절도사(東川節度使)에 제수되어 그를 막부(幕府)로 초징했다. 악적(樂籍 : 관기) 중에서 술시중을 들던 한 기녀를 부사(副使) 이(李) 아무개가 마음에 들어 하면서 장차 그녀를 맞아들이겠다고 몰래 약조했다. 그런데 위보형이 도착하고 나서 그런 줄도 모르고 독고운에게 부탁하며 그 기녀를 달라고 청했다. 이 아무개는 그 사실을 알고 와서 마음속으로 몹시 불만스러워하며 매번 연회석에서 걸핏하면 말로 위보형을 공격했다. 위보형은 견딜 수 없어서 곧장 그 기녀를 데리고 떠났다. 그러자 이 아무개는 더욱 화가 나서 독고운에게 거듭 하소연했다. 독고운은 어쩔 수 없이 비첩(飛牒 : 긴급 문서)을 내려 위보형을 데려오게 했다. 얼마 후에 위보형을 도성으로 데려오라는 당첩(堂牒 : 재상이 서명한 문서)이 내려졌는데, 그건 바로 위보형을 동창 공주(同昌公主)의 남편으로 삼는다는 것이었다. 이 아무개는 정말로 두려워했다. 며칠 지나지 않아서 위보형은 또 한림원(翰林院)으로 들어갔는데, 이 아무개는 그 소식을 듣고 곧바로 세상을 떠났다.

韋保衡[1]初登第, 獨孤雲除東川, 辟在幕下. 樂籍間有佐飲者, 副使李甲屬意, 私期將納焉. 保衡旣至, 不知之, 祈於獨孤, 且請降其籍. 李至, 意殊不平, 每在宴席, 輒以語侵保衡. 保衡不能容, 卽攜其妓人以去. 李益怒之, 屢言於雲. 雲不得已, 命飛牒追回. 無何, 堂牒追保衡赴輦下, 乃尙同昌公主也, 李固懼之矣. 不日, 保衡復入翰林, 李聞之, 登時而卒.

* 이 고사는 《태평광기》 권273 〈부인 · 위보구〉에 실려 있다.
1 구(衢) : 《태평광기》 명초본에는 "형(衡)"이라 되어 있는데 타당하다. 《신당서》와 《자치통감》에도 "형"이라 되어 있다. 이에 따라 본 고사의 제목도 "위보구"에서 "위보형"으로 고쳤다.

44-58(1313) **나규**

나규(羅虬)

출《척언》미 : 가련한 기녀다(可憐妓).

    나규는 시재(詩才)가 풍부했으며 종친인 나은(羅隱)·나업(羅鄴)과 이름을 나란히 해, [당나라] 함통(咸通) 연간(860~874)과 건부(乾符) 연간(874~879) 당시에 "삼라(三羅)"로 불렸다. 광명(廣明) 경자년(庚子年 : 880)의 난[102]이 일어난 후에 나규는 부주(鄜州)로 가서 그곳 절도사 이효공(李孝恭)의 종사(從事)가 되었다. 기적(妓籍) 중에 홍아(紅兒)라는 기녀가 있었는데, 노래를 잘 불러서 일찍이 부사(副使)의 마음에 들었다. 마침 부사가 인근의 도(道)를 방문하러 갔을 때, 나규가 홍아에게 노래를 부르라고 청하고서 그녀에게 비단을 선물했는데, 이효공은 그녀가 부사의 눈에 들었으므로 나규가 주는 비단을 받지 못하게 했다. 협 : 옳은 일이다. 그러자 나규는 화가 나서 옷소매를 떨치며 일어나 떠

---

102) 광명(廣明) 경자년(庚子年 : 880)의 난 : 당나라 희종(僖宗) 광명 원년(880)에 황소(黃巢)가 장안(長安)을 점령하고 국호를 대제국(大齊國)이라 하고 연호를 금통(金統)이라 하자, 희종이 촉(蜀)으로 피난한 일을 말한다.

났다가 다음 날 새벽에 홍아를 직접 칼로 찔러 죽였다. 그러고는 얼마 후에 그녀를 그리워하며 절구(絶句) 100편을 지어 〈비홍아시(比紅兒詩)〉라고 했는데, 당시에 크게 유행했다.

羅虯詞藻富贍, 與宗人隱·鄴齊名, 咸通·乾符中, 時號"三羅". 廣明庚子亂後, 去從鄜州李孝恭. 籍中有紅兒者, 善爲音聲, 嘗爲副戎屬意. 會副戎聘隣道, 虯請紅兒歌, 而贈之繒彩, 孝恭以副車所盼, 不令受之. 夾:是. 虯怒, 拂衣而起, 詰旦, 手刃紅兒. 旣而思之, 乃作絶句百編, 號〈比紅兒詩〉, 大行於時.

* 이 고사는 《태평광기》 권273 〈부인·나규〉에 실려 있다.

권45 복첩부(僕妾部)

첩비(妾婢)

45-1(1314) 비연

비연(非煙)

견(見)《황보매전(皇甫枚傳)》

비연은 성이 보씨(步氏)로 하남부(河南府) 공조참군(功曹參軍) 무공업(武公業)의 애첩이었는데, 용모와 행동거지가 가냘프고 아름다웠으며 문장을 좋아했다. 또 진성(秦聲: 진 지방의 노래)에 능하고 특히 구(甌: 질그릇처럼 생긴 타악기)를 두드리는 데 뛰어나 그 소리가 악기 반주와 잘 어우러졌다. 무공업은 그녀를 매우 총애했지만, 비연은 무공업이 거칠고 사나워서 마음에 흡족하지 않았다. 이웃에 사는 조씨(趙氏)의 아들 조상(趙象)은 갓 약관의 나이에 용모가 수려하고 문재를 지니고 있었다. 그는 남쪽 담장 틈새로 비연의 모습을 훔쳐보고 침식을 전폐했다. 그래서 무공업의 문간 할멈에게 후한 뇌물을 주고 부탁해서 기회를 틈타 자신의 뜻을 전달해 달라고 했는데, 비연은 웃기만 하고 대답하지 않았다. 조상은 비연의 마음이 움직였다고 생각해서 시를 보내 그녀를 유혹했는데, 이때부터 계속해서 시를 주고받았다. 무생(武生: 무공업)은 하남부 속관으로 있었는데, 공무가 너무 많아 며칠 밤에 한 번씩 숙직을 하기도 하고 어떤 때는 하루 종일 돌아오지 않기도 했다. 하루는 무생이 숙직하러 들어가자 비연이 조상에게 시를 보냈다.

"화려한 처마의 봄 제비는 함께 지내야 하건만, 낙포(洛浦)의 한 쌍 원앙새는 혼자 날아가려 하네. 도원(桃源)103)의 여러 여자를 길이 한스러워하노니, 부심하게도 꽃 속에서 낭군을 전송하다니."

조상은 시를 읽고 몹시 기뻐했다. 무생 집의 뒤뜰은 바로 조상 집의 앞 담장이었다. 그날 밤에 조상이 사다리를 밟고 올라갔더니 비연이 이미 그 아래에 평상을 중첩해 놓았다. 두 사람은 서로 만나고 나서 너무 기뻐서 말을 할 수 없었다. 함께 당(堂) 안으로 들어가서 사랑을 곡진하게 나누었다. 나중에는 무생이 매번 숙직하러 들어가면 한 번씩 만났는데 만 1년 동안 이렇게 했다. 그런데 비연에게 매를 맞아 유감을 갖고 있던 여종이 그 사실을 무생에게 발설했다. 무생은 숙직하는 날이 되자 휴가를 청하고 거짓으로 출타한다고 하면서 뒤뜰에 몰래 숨어 있다가, 조상이 담장에 기대어 비연을 비스듬히 바라보는 모습을 목격하고 붙잡으려 했지만 붙잡지 못하자 비연을 포박해 실컷 볼기를 쳤다. 비연이 탄식하며 말했다.

---

103) 도원(桃源) : 한나라 때 유신(劉晨)과 완조(阮肇)가 도원동(桃源洞)에서 선녀들과 반년간 머물다가 집으로 돌아간 고사를 말한다.

"살아서 사랑하는 사람을 만났으니 죽더라도 무슨 여한이 있겠는가!"

한밤중에 비연은 물을 마시고 나서 결국 죽었다. 조상은 옷을 바꿔 입고 이름을 바꾼 뒤 멀리 강절(江浙) 일대에 숨었다. 낙양(洛陽)의 재사(才士) 중에 최생(崔生)과 이생(李生) 두 사람은 늘 무 연(武掾 : 무공업)과 함께 노닐었는데, 최생이 지은 시의 마지막 구절은 이러했다.

"흡사 술 마시며 꽃 돌리기[104] 하던 사람들 흩어지고 나서, 가장 무성한 가지만 빈 평상에 버려진 것과 같네."

그날 저녁에 최생의 꿈에 비연이 나타나 감사하며 말했다.

"소첩의 모습이 비록 복사꽃이나 오얏꽃에는 미치지 못하지만 시들어 떨어진 것은 그보다 더한데, 당신의 멋진 시구를 받들고 보니 부끄럽기 그지없습니다."

이생이 지은 시의 마지막 구절은 이러했다.

"아름다운 넋과 향기로운 혼은 남아 있는 듯하지만, 그래도 누대에서 떨어진 사람[105] 보기가 부끄러울 것이네."

---

104) 꽃 돌리기 : 원문은 전화(傳花). 주령(酒令)의 일종으로, 술자리에서 둘러앉은 사람들이 북소리에 맞춰 꽃을 돌리다가 북소리가 멈췄을 때 그 꽃을 들고 있는 사람이 벌주를 마시는 놀이.
105) 누대에서 떨어진 사람 : 진(晉)나라 석숭(石崇)의 총비(寵婢)였던

그날 저녁 비연이 이생의 꿈에 나타나 그에게 삿대질하며 말했다.

"선비에게 100가지 행실이 있는데 당신은 다 갖추었소? 어찌하여 한사코 헐뜯는단 말이오? 당신을 저승으로 데려가서 대면하고 확인해 봐야겠소."

며칠 뒤에 이생은 죽었다.

非煙, 姓步氏, 河南府功曹參軍武公業之愛妾也, 容止纖麗, 好文筆, 善秦聲, 尤工擊甌, 其韻與絲竹合. 武甚嬖之, 而非煙以武粗悍, 意殊不愜. 比隣趙氏子曰象, 纔弱冠, 秀端有文. 於南垣隙窺見非煙, 寢息俱廢. 乃以厚賂托門嫗, 承間達意, 非煙笑而不答. 象度其心動, 緘詩以挑之, 自此篇章往復不絶. 武生爲府掾屬, 公務繁夥, 或數夜一直, 或竟日不歸. 一日, 武入直, 煙寄象詩云: "畫檐春燕須同宿, 浴浦雙鴛肯獨飛. 長恨桃源諸女伴, 等閑花裏送郎歸." 象覽詩甚喜. 武家後庭, 卽趙之前垣也. 是夜, 象躡梯而登, 煙已設重榻於下. 旣相見, 喜極不能言, 共入堂中, 曲盡繾綣. 後武生每入直, 輒得一會, 如此周歲. 有女奴被撻憾煙, 洩之武生. 至直日, 武生請假, 而僞爲出者, 潛伏後庭, 目擊象據垣斜睇狀, 搏之不得, 乃縛煙而痛笞之. 煙嘆云: "生得相親, 死亦

녹주(綠珠)를 말한다. 당시 권력을 잡고 있던 손수(孫秀)가 석숭에게 녹주를 달라고 하자 석숭이 거절했는데, 손수가 석숭 일가를 모함해 하옥하자 녹주는 누대에서 떨어져 자살했다.

何恨!" 夜半, 飮水而絶. 象因變服易名, 遠竄江浙間. 洛陽才士有崔·李二生, 常與武掾遊處, 崔賦詩末句云: "恰似傳花人飮散, 空床拋下最繁枝." 其夕, 夢煙謝曰: "妾貌雖不治桃李, 而零落過之, 捧君佳什, 愧抑無已." 李生詩末句云: "豔魄香魂如有在, 還應羞見墮樓人." 其夕, 夢煙戟手而言曰: "士有百行, 君得全乎? 奈何苦相詆斥? 當屈君於地下面證之." 數日, 李生卒.

* 이 고사는《태평광기》권491 〈잡전기(雜傳記)·비연전〉에 실려 있다.
1 욕(浴):《태평광기》에는 "낙(洛)"이라 되어 있는데, 문맥상 보다 타당하다.

45-2(1315) **현풍**

현풍(翾風)

출《습유기》 미 : 이하는 비녀다(以下婢).

　[진나라의] 석계륜[石季倫 : 석숭(石崇)]이 총애하던 비첩은 이름이 현풍으로, 위(魏)나라 말 호중(胡中)에서 사들였다. 그때 현풍은 겨우 열 살이었기에 석계륜은 방내(房內)[106]에게 그녀를 기르게 했다. 현풍은 15세가 되자 자태가 비할 데 없었고 옥 소리를 오묘하게 구별해 냈으며 금의 색깔도 볼 줄 알았다. 미 : 이는 응당 하늘이 내려 준 것이지 배운 것이 아니다. 석씨(石氏 : 석숭)는 왕가(王家)에 비할 정도로 부유해서 진기한 보물을 기왓장처럼 여겼는데, 모두 먼 이역의 다른 나라에서 얻은 것이었다. 현풍은 그 보물의 산지까지 식별해 낼 수 있었으며, 서방과 북방에서 나는 옥은 소리가 무거우면서도 성질이 온윤해 차고 다니면 사람의 성정에 도움이 되고, 동방과 남방에서 나는 옥은 소리가 맑고 고우며 성질이 청량해 차고 다니면 사람의 정신을 이롭게 한다고 말했다. 석씨의 시녀 가운데 아름답고 요염한 자가 수천

---

106) 방내(房內) : 나이가 들어 미모가 시든 첩을 말한다. 방내 노인(房內老人), 줄여서 방로(房老)라고도 한다.

명이나 되었는데, 그중에서 현풍은 문장을 가장 잘 지어 총애를 독차지했다. 석숭이 늘 말했다.

"내가 죽으면 너를 순장할 것이다."

그러자 현풍이 대답했다.

"살아서 사랑하다 죽어서 이별해야 한다면 사랑하지 않음만 못합니다. 소첩이 순장된다면 몸이 어찌 썩겠습니까!"

그리하여 현풍은 더욱 석숭의 총애를 받았다. 석숭은 늘 용모와 자태가 서로 비슷한 사람 수십 명을 뽑아 의복과 치장을 똑같게 해서 항상 옆에서 시중들게 했는데, 언뜻 보면 서로 구별이 안 되었다. 또 현풍에게 옥을 고르게 해서 장인에게 넘겨 도롱패(倒龍珮)를 만들게 하고, 금을 휘감아 봉관채(鳳冠釵)를 만들게 했다. 석숭은 시첩들에게 서로 소매를 묶고 기둥을 돌면서 춤추게 했는데, 밤낮으로 계속했으므로 "상무(常舞)"라고 불렀다. 만약 부를 사람이 있으면 성명을 부르지 않고 모두 패옥 소리를 듣고 비녀의 색깔을 보았는데, 옥 소리가 가벼운 사람은 앞에 서게 하고 금빛이 아름다운 사람은 뒤에 서게 해서 이를 행렬의 순서로 삼아 나아가게 했다. 또 수십 명의 사람에게 각기 다른 향을 머금게 한 뒤 걸어가면서 말하고 웃게 했는데, 그러면 입 속의 향기가 바람을 따라 풍겼다. 또 침수향(沉水香 : 침향)을 체로 쳐서 가루처럼 만들어 상아 침상 위에 뿌려 놓고, 애첩들에게 그것을 밟게 해서 흔적이 없으면 진주 100알을 하사했고, 만약 흔적이 남은 사람은 그 음식을 조절해서 몸을 가볍게 하게 했다. 그래서 규방에서는 서로 놀려 대며 말했다.

"너는 뼈가 가늘거나 몸이 가볍지 않으니 어떻게 100알의 진주를 얻을 수 있겠니?"

현풍이 30세가 되었을 때 묘년(妙年: 묘령. 스물 안팎의 꽃다운 나이)의 시첩들이 다투어 그녀를 질투했는데, 어떤 이는 오랑캐 여자와 함께 지낼 수 없다고 말하면서 서로 다투어 그녀를 헐뜯었다. 석숭은 현풍을 참소하는 말을 계속 듣자, 현풍을 방로(房老: 방내)로 삼아 소녀들을 돌보게 했다. 이에 현풍은 원망의 마음을 품고 오언시를 지었는데, 그 시는 이러했다.

"봄꽃을 누군들 부러워하지 않겠는가마는, 결국 가을에 시들어 떨어질 땐 마음 아프네. 지난날 떠올리며 스스로 목메어 우나니, 초라하게 물러났으니 어찌 다시 기약이 있겠는가? 계수나무 향기가 스스로 좀을 불러들이듯, 내가 사랑을 잃은 것은 아름다움 때문이라네. 앉아서 향긋한 꽃 시든 것을 보며, 초췌함에 하릴없이 스스로를 비웃네."

석씨의 규방에서는 모두 이 시를 악곡으로 만들어 불렀는데, 진(晉)나라 말에 이르러서야 그쳤다.

石季倫所愛婢, 名翾風, 魏末, 於胡中買得之. 年始十歲, 使房內養之. 至年十五, 姿態無倫, 妙別玉聲, 能觀金色. 眉: 當由天授, 非學也. 石氏富比王家, 珍寶如瓦礫, 皆殊方異國所得. 翾風並能辨識其處, 言西方北方, 玉聲沈重, 而性溫潤, 佩服益人性靈, 東方南方, 玉聲清潔, 而性清涼, 佩服者利人精神. 石氏侍人美艷者數千人, 翾風最以文辭擅愛. 石崇常語曰:"吾百年後, 以汝爲殉." 答曰:"生愛死離, 不如無愛. 妾得爲殉, 身其何朽!" 於是彌見寵愛. 崇常擇美容姿相類者數十人, 裝飾衣服, 大小一等, 使忽視不相分別, 常侍於側. 使翾風調玉以付工人, 爲倒龍之珮, 縈金爲鳳冠之釵. 結袖繞楹而舞, 晝夜相接, 謂之"常舞". 若有所召者, 不呼姓名, 悉聽珮聲, 視釵色, 玉聲輕者居前, 金色艷者居後, 以爲行次而進也. 使數十人各含異香, 使行而笑語, 則口氣從風而揚. 又篩沉水之香如塵末, 布致象床上, 使所愛踐之無跡, 卽賜珍珠百粒, 若有迹者, 則節其飲食, 令體輕弱. 乃閨中相戲曰: "爾非細骨輕軀, 那得百粒眞珠?" 及翾風年至三十, 妙年者爭嫉之, 或言胡女不可爲羣, 競相排毀. 崇受譖潤之言, 卽退翾風爲房老, 使群少. 乃懷怨懟而作五言詩, 詩曰:"春華誰不羨, 卒傷秋落時. 哽咽追自泣, 鄙退豈所期? 桂芬徒自蠹, 失愛在蛾眉. 坐見芳時歇, 憔悴空自嗤." 石氏房中並歌此爲樂曲, 至晉末乃止.

* 이 고사는《태평광기》권272〈부인·석숭비(石崇婢)현풍〉에 실려 있다.

45-3(1316) 상청
상청(上淸)
출《이문집(異聞集)》

[당나라] 정원(貞元) 임신년(壬申年 : 792) 춘삼월에 승상(丞相) 두삼(竇參)이 광복리(光福里)의 저택에 살고 있었다. 어느 달 밝은 밤에 그가 한가로이 뜰을 거닐고 있을 때, 늘 총애하던 상청이라는 여종이 은밀히 아뢸 일이 있다고 하면서 두삼에게 당(堂) 앞으로 오라고 청했다. 두삼이 급히 당에 오르자 상청이 말했다.

"뜰의 나무 위에 어떤 사람이 있는데, 나리를 놀라게 할까 두려우니 조심해서 피하십시오."

두삼이 말했다.

"육지(陸贄)가 나의 권세와 지위를 빼앗으려고 한 지가 오래되었으니, 지금 어떤 사람이 뜰의 나무 위에 있는 것은 바로 나에게 장차 화가 닥칠 것을 의미한다. 또한 이 일을 상주하든 상주하지 않든 모두 화를 당해 틀림없이 유배 가다가 길에서 죽게 될 것이다. 너는 여종들 중에서 쉽게 얻을 수 없는 사람이니, 내가 죽고 집안이 망하게 되면 너는 틀림없이 궁비(宮婢)가 될 것이다. 훗날 성군께서 만일 물어보시거든 날 위해 잘 말씀드려 주려무나."

상청이 울면서 말했다.

"정말로 그렇게 된다면 목숨 걸고 명을 따르겠습니다!"

두삼은 계단을 내려가 큰 소리로 말했다.

"나무 위에 있는 사람은 분명 육지가 보냈을 것이니, 이 늙은이의 목숨을 보전해 준다면 어찌 후히 보답하지 않겠는가?"

나무 위에 있던 사람이 두삼의 말을 듣고 내려왔는데, 그는 거친 상복을 입고 있었다. 그가 말했다.

"저는 친상을 당했지만 너무 가난해서 장례를 치르지 못하고 있습니다. 저는 상공(相公 : 두삼)께서 정성을 다해 남을 구제하신다는 사실을 알고 있기에 이렇게 밤을 틈타 찾아온 것이니, 상공께서는 나무라지 않으시길 바랍니다."

두삼이 말했다.

"내가 가진 것을 다 털어 봤자 당(堂)에 봉인해 둔 비단 1000필이 있을 뿐이네. 이것으로 가묘(家廟)를 수리하려던 참이었는데, 오늘 이것을 자네에게 주겠네."

상복 입은 자가 감사의 절을 하자 두삼은 예법에 따라 답례했다. 그 사람이 또 말했다.

"그럼 이만 물러가겠습니다. 상공께서 하인을 시켜 저에게 주실 비단을 담 밖으로 던져 주시면, 제가 미리 길에서 기다리고 있다가 받아 가겠습니다."

두삼은 그의 요청대로 해 주면서 노복에게 그를 감시하

라고 명했는데, 그가 종적을 감추고 나서 한참이 지나서야 두삼은 비로소 돌아와 잠자리에 들었다. 다음 날 집금오(執金吾 : 도성의 치안을 담당하는 관리)가 먼저 그 사건을 상주했고, 두 공(竇公 : 두삼)도 차대(次對 : 윤대)할 때 그 사건을 상주했다. 그런데 덕종(德宗)이 언성을 높이며 말했다.

"경은 절장(節將 : 절도사)과 밀통하면서 자객을 키우고 있다는데, 이미 높은 재상의 지위에 있으면서 더 이상 무엇을 바란단 말이오?"

두삼이 머리를 조아리며 말했다.

"신이 문서나 작성하는 말단 관리에서 시작해 지극히 귀한 관직에 이른 것은 모두 폐하께서 신을 장려해 발탁하신 덕택이지 절대로 다른 사람의 힘을 빌린 것이 아닙니다. 지금 불행하게도 이런 지경에 이른 것은 바로 원수에게 모함당한 것일 뿐입니다. 하지만 폐하께서 갑자기 벽력처럼 진노하시니 신은 만 번 죽어 마땅합니다."

중사(中使 : 황제가 파견한 사신)가 대전을 내려가서 어명을 알렸다.

"일단 사저로 돌아가서 처분을 기다리시오."

한 달 뒤에 두삼은 유주별가(柳州別駕)로 좌천되었다. 그런데 때마침 선무절도사(宣武節度使) 유사녕(劉士寧)이 유주를 방문해 교분을 나누었는데, 협 : 원수다. 염찰사(廉察

使)가 그 일을 기록해 황상에게 상소하자 덕종이 말했다.

"두삼이 절장과 밀통했다더니 이것이 사실로 증명되었다."

그러고는 두삼을 환주(驩州)로 유배시킨 뒤, 그의 재산을 몰수해 비녀 하나도 남겨 두지 못하게 했다. 두삼은 결국 유배지에 도착하기 전에 조서를 받고 자진(自盡)했다. 그 후 상청은 과연 액정(掖庭 : 비빈과 궁녀가 거처하던 궁정)에 소속되어 오랫동안 지냈는데, 응대에 뛰어나고 차를 잘 끓였으므로 자주 황제의 주변에 있을 수 있었다. 한번은 덕종이 상청에게 말했다.

"궁 안의 사람들이 적지 않은데 너는 일을 아주 잘하니 도대체 어디에 있다가 여기로 왔느냐?"

상청이 말했다.

"신첩은 본디 옛 재상 두삼 집의 여종이었는데, 두삼의 부인이 일찍 죽었기 때문에 신첩이 그의 시중을 들며 집안일을 했습니다. 그러다가 두삼의 집이 망하자 천행으로 궁으로 들어와서 용안을 모시게 되었으니, 이는 천상에 있는 것과 같습니다."

덕종이 말했다.

"두삼의 죄는 자객을 키운 것뿐만이 아니라 부정하게 많은 뇌물까지 받았으니, 이전에 다른 관리들로부터 챙긴 은그릇이 아주 많았다."

상청이 눈물을 흘리며 말했다.

"두삼은 어사중승(御史中丞)에서 탁지(度支)·호부(戶部)·염철(鹽鐵)의 삼사(三使)를 거쳐 재상에 이르렀는데, 전후 6년 동안 매달 수십만 전이 들어왔고 미 : 매달 수십만 전이 들어왔으니, 당나라 때 양렴(養廉)107)의 비용이 얼마나 후했는가! 계속해서 수시로 받은 하사품도 셀 수 없을 정도로 많았습니다. 예전에 유주에서 보내온, 이른바 두삼이 다른 관리들로부터 챙겼다는 은그릇은 모두 폐하께서 하사하신 것입니다. 당시 두삼의 재산을 몰수해 장부에 기록할 때 신첩이 유주에 있었기에 직접 보았는데, 주현(州縣)의 관리들이 육지의 뜻에 영합하기 위해 몰수해 바칠 은그릇에 새겨져 있던 글자를 모두 깎아 내고 대신 번진(藩鎭) 관리들의 직함과 성명을 새겨 넣어 장물이라고 무고했습니다. 폐하께서 이를 조사해 보시길 삼가 청합니다." 미 : 주현의 관리 중에서 권세에 영합하길 바라지 않는 자가 드물었으니, 어찌 반드시 재상뿐이었겠는가!

그래서 덕종이 두삼의 집에서 관청으로 몰수한 은그릇을 찾아오게 해서 글자를 깎아 낸 곳을 자세히 살펴보았더니,

---

107) 양렴(養廉) : 청렴한 관리에게 정식 봉록 외에 추가로 지급한 일종의 수입.

모두 상청의 말대로였다. 그때는 정원 12년(796)이었다. 덕종이 또 두삼이 자객을 키운 일에 대해 물었더니 상청이 말했다.

"그런 일은 본디 없었습니다. 이는 모두 육지가 모함하려고 다른 사람을 시켜서 한 것입니다."

덕종은 그제야 크게 깨닫고서 육지에게 노해 말했다.

"이 오랑캐 놈! 나는 그의 [하급 관리가 입는] 녹색 관복을 벗겨 [고관이 입는] 자색 관복을 입혀 주었고, 또 늘 그를 '육구(陸九)'라고 불렀다. 내가 두삼을 재상으로 임명해 바야흐로 마음에 흡족했는데, 그가 나에게 두삼을 죽이게 만들었다. 이윽고 권력이 그의 손에 들어갔지만, 그는 나약하고 무능하기가 진흙 덩이보다 심하다."

그러고는 조서를 내려 두삼의 억울함을 씻어 주었다. 당시 배연령(裵延齡)은 육지에 대한 황제의 은총이 식었다는 사실을 간파하고, 제멋대로 죄상을 날조해 틈을 타서 육지를 공격했다. 결국 육지는 폄적당해 다시는 돌아오지 못했다. 상청은 특별 칙명을 받아 단서(丹書: 죄상을 기록한 문서)에서 이름이 삭제되었으며, 출가해 여도사(女道士)가 되었다가 나중에는 김충의(金忠義)의 부인이 되었다. 당시에는 육지의 문하생 중에 명성과 지위가 크게 드러난 자들이 많았기에 이 사건을 전해 말할 수 없었으므로 이 일을 아는 사람이 전혀 없었다.

평 : 살펴보니, 이성(李晟)이 [주차(朱泚)의 난을 평정하고 도성을 수복하고 나서 노포(露布 : 승전보)에서 이르길, "종과 종틀은 옮겨지지 않았고 종묘도 옛 모습 그대로였습니다"라고 했다. 황상[덕종]은 그것을 읽고 눈물을 흘렸는데, 그 노포는 우공이(于公異)가 쓴 것이었다. 육지는 우공이의 재주를 꺼려서 그가 집안에서 행실이 좋지 못하다고 무고하면서 그에게 《효경(孝經)》 한 권을 하사했다. 우공이는 결국 종신토록 고생하며 불우하게 지냈다. 이로써 미루어 보면 육선공(陸宣公 : 육지)에 대한 다른 의론이 반드시 모두 근거 없이 전해진 것은 아니다.

貞元壬申歲春三月, 丞相竇參居光福里第. 月夜閑步中庭, 有常所寵靑衣上淸者, 密請啓事, 須到堂前. 竇亟上堂, 上淸曰 : "庭樹上有人, 恐驚郎, 請謹避之." 竇曰 : "陸贄久欲傾奪吾權位, 今有人在庭樹上, 卽吾禍將至矣. 且此事奏與不奏, 皆受禍, 必竄死道路. 汝於輩流中不可多得, 吾身死家破, 汝定爲宮婢. 聖君如顧問, 善爲我辭焉." 上淸泣曰 : "誠如是, 死生以之!" 竇下階大呼曰 : "樹上人應是陸贄使來, 能全老夫性命, 敢不厚報?" 樹上人應聲而下, 乃衣縷粗者也. 曰 : "家有大喪, 貧甚, 不辦葬禮. 伏知相公推誠濟物, 所以卜夜而來, 幸相公無怪." 竇曰 : "某罄所有, 堂封絹千匹而已. 方擬修私廟, 今日輒贈." 縷粗者拜謝, 竇答之如禮. 又曰 : "便辭相公. 請左右賫所賜絹, 擲於牆外, 某先於街中俟之." 竇依其請, 命僕人偵, 其絶踪且久, 方敢歸寢. 翌日, 執金吾先奏其事，竇公得次，又奏之. 德宗厲聲曰："卿交通節將，蓄養俠刺，位崇臺鼎，更欲何求？"竇頓首曰："臣起自刀筆小才，官已至貴，皆陛下獎拔，實不因人. 今不幸至此，抑乃仇家所爲耳. 陛下忽震雷霆之怒，臣便合萬死." 中使下殿宣曰："且歸私第，待候進止." 越月，貶柳州別駕. 會宣武節度劉士寧通好於柳州，夾：冤家. 廉使條疏上聞，德宗曰："交通節將，信而有徵." 流竇于驩州，沒入家資，一簪不遺身. 竟未達流所，詔賜自盡. 上清果隷名掖庭，久之，以善應對，能煎茶，數得在帝左右. 德宗謂曰："宮內人數不少，汝大了事，從何得至此？" 上清曰："妾本故宰相竇參家女奴，竇參妻早亡，故妾得陪灑掃. 及竇參家破，幸得填宮，既奉龍顏，如在天上." 德宗曰："竇參之罪，不止養俠刺，兼亦甚有贓汙，前時納官銀器至多." 上清流涕而言曰："竇參自御史中丞，歷度支·戶部·鹽鐵三使，至宰相，首尾六年，月入數十萬，眉：月入數十萬，唐時養廉之需，何厚也! 前後非時賞賜，當亦不知紀極. 乃者柳州送所納官銀器，皆是恩賜. 當都錄日，妾在柳州，親見州縣希陸贄恩旨，盡刮去所進銀器上刻藩鎮官銜姓名，誣爲贓物. 伏乞下驗之." 眉：州縣之不希者，少矣，何必宰相! 於是宣索竇參沒官銀器，覆視其刮字處，皆如上清之言. 時貞元十二年. 德宗又問養俠刺事，上清曰："本實無. 此悉是陸贄陷害，使人爲之." 德宗至是大悟，因怒陸贄曰："老獠奴! 我脫卻伊綠衫，便與紫着，又常呼伊作'陸九'. 我任使竇參，方稱意次，須教我殺却他. 乃至權入伊手，其爲軟弱，甚於泥團." 乃下詔雪竇參冤. 時裴延齡探知陸贄恩衰，得恣行媒蘗，乘間攻之. 贄竟受譴不回. 上清特敕削丹書，度爲女道士，終嫁爲金忠義妻. 世以陸贄門生名位多顯達者，不可傳說，故此事絕無人知.

評：按李晟恢復京師，露布云："鍾虡不移，廟貌如故." 上覽之流涕, 蓋于公異之辭也. 贄忌其才, 誣以內行, 賜之《孝經》一卷. 公異遂坎壈終身. 以此推之, 忠¹宣公之遺議, 未必盡爲浪傳矣.

* 이 고사는 《태평광기》 권275 〈동복·상청〉, 권496 〈잡록·우공이(于公異)〉에 실려 있다.
1 충(忠) : "육(陸)"의 착오로 보인다. 육지는 사후에 "선(宣)"이라는 시호를 받아서 "육선공(陸宣公)"으로 불렸다.

45-4(1317) 이기의 시비

이기비(李錡婢)

출《국사보(國史補)》

이기가 [반역죄로 몰려] 체포당했을 때, 시비(侍婢) 한 명이 그를 따라갔다. 이기는 밤에 스스로 옷깃을 찢어 거기에 자신의 관각(筦榷)108)의 공을 적고 장자량(張子良 : 이기 휘하의 부장)에게 배신당했다고 말하면서 시비에게 당부했다.

"이것을 허리띠에 매어라. 내가 만약 용서받아 사면되면 당연히 재상이나 양익절도사(楊益節度使)가 되겠지만, 만약 용서받지 못하면 극형을 받을 것이다. 내가 죽으면 너는 틀림없이 궁으로 들어가게 될 것이니, 황상께서 너에게 물으시면 너는 마땅히 이것을 바쳐야 한다."

이기가 국법에 의해 처형되자, 도성에 짙은 안개가 껴서 사흘 동안 걷히지 않았으며 때때로 귀신의 울음소리가 들렸다. 헌종(憲宗)은 이기의 시비에게서 백서(帛書)를 받고 그가 억울한 죽음을 당했다는 의구심이 자못 들어, 궁에서 황의(黃衣) 몇 벌을 꺼내 이기와 그의 자제들에게 하사하고 경

---

108) 관각(筦榷) : 관부에서 소금·철·술을 전매(專賣)하는 일.

조부(京兆府)에 칙명을 내려 그의 시체를 거두어 장례를 치러 주게 했다. 이기의 사촌 동생인 이섬(李銛)은 송주자사(宋州刺史)로 있었는데, 이기가 모반했다는 보고를 듣고 통곡하면서 처자식과 노비들을 다그쳐 남녀노소를 가리지 않고 모두 목에 칼[枷]을 씌워서 스스로 관찰사(觀察使)를 찾아가 구속되었다. 조정에서는 이를 딱하게 여겨 가벼운 벌을 내렸다. 미: 지혜로운 자다. 이기가 선발한 시첩(侍妾)들은 당시의 으뜸이었다. 이기가 절서(浙西)에서 패망한 후에 그 시첩들 중에서 액정(掖庭)에 배속된 자는 정씨(鄭氏)와 두씨(杜氏)였다. 정씨는 헌종의 총애를 받아 선종(宣宗)을 낳았으니, 바로 효명황태후(孝明皇太后)다. 다음으로 두씨는 이름이 추(秋)였고 역시 건강(建康) 사람으로 목종(穆宗)의 총애를 받았다. 목종은 즉위한 뒤에 두추를 황자(皇子)인 장왕(漳王)의 보모로 삼았다. 대화(大和) 연간(827~835)에 장왕이 죄를 지어 봉국에서 폐위되자, [문종(文宗)은] 조서를 내려 두추를 고향으로 돌아가게 했다. 어떤 사람은 이기의 백서(帛書)를 허리띠에 매고 있던 자가 바로 두추였다고 말했다. 궁중의 일은 비밀스러워서 세상에서 이를 알 수 없었다. 대저 두추는 여종이었지만 절의를 지켜 이기의 억울함을 하소연하고 또한 여러 황제를 섬기면서 재물을 아낌없이 다 써 버렸다. 그녀는 고향 집으로 쫓겨나서는 아침 끼니도 굶을 정도로 궁핍했으니, 이 때문에 명사들이 이를 듣고 마음 아파했다. 중서사인(中書舍人) 두목(杜牧)이 그녀의 일을 읊은 시109)가 있다.

李錡之擒也, 侍婢一人隨之. 錡夜自裂衣襟, 書己箠楚之功, 言爲張子良所賣, 敎侍婢曰 : "結之於帶. 吾若從容賜對, 當爲宰相楊益節度使, 若不從容, 受極刑矣. 我死, 汝必入內, 上必問汝, 汝當以是進." 及錡伏法, 京城大霧, 三日不解, 或聞鬼哭. 憲宗又於侍婢得帛書, 頗疑其寃, 內出黃衣數襲, 賜錡及子弟, 敕京兆府收葬之. 李銛, 錡之從父弟也, 爲宋州刺史, 聞錡反狀, 慟哭, 驅妻子奴婢, 無老幼, 量頸爲枷, 自拘於觀察使. 朝廷憫之, 因爲薄貶. 眉 : 智者. 錡聲色之選, 冠絶於時. 及浙西之敗, 配掖庭者, 曰鄭·曰杜. 鄭得幸於憲宗, 是生宣宗, 實爲孝明皇太后. 次卽杜, 杜名秋, 亦建康人也, 有寵於穆宗. 穆宗卽位, 以爲皇子漳王傅姆. 大和中, 漳王得罪, 國除, 詔賜秋歸老故鄉. 或曰繫帛書者, 卽杜秋也. 而宮闈事秘, 世莫得知. 夫秋, 女婢也, 而能以義申錡之寃, 且逮事累朝, 用物殫極. 及其被棄於家也, 朝饑不給, 故名士聞而傷之. 中書舍人杜牧有詩.

* 이 고사는 《태평광기》 권275 〈동복·이기비〉에 실려 있다.

---

109) 시 : 두목의 〈두추낭시(杜秋娘詩)〉를 말한다. 《전당시(全唐詩)》 권520에 실려 있다.

45-5(1318) 유씨의 여종

유씨비(柳氏婢)

출《북몽쇄언》

당(唐)나라의 복야(僕射) 유중영(柳仲郢)은 처성(鄌城)을 진수(鎭守)하고 있을 때, 어떤 여종이 마음에 들지 않자 성도(成都)에서 그녀를 팔았다. 자사(刺史) 개거원(蓋巨源)은 서천대교(西川大校)로서 여러 관할 군을 계속 다스리면서 고죽계(苦竹溪)에 살았다. 여자를 알선해 주는 거간꾼이 그 여종을 개거원에게 데려갔더니, 개거원이 그 기예를 보고 상을 내렸다. 다른 날 개거원이 창밖을 내다보다가 큰길에 비단 파는 사람이 있자 그를 불러 집으로 오게 했다. 개거원은 비단 묶음 속에서 옷감을 골라 펼쳤다 말았다 하면서 그 두께를 품평하며 값을 흥정했다. 그때 유중영의 여종이 옆에서 모시고 있었는데, 마치 풍이라도 맞은 것처럼 억! 하고 쓰러졌다. 그녀를 부축해 일으켜 세우라 했지만 전혀 말을 하지 못하자, 그녀를 거간꾼의 집으로 돌려보내라고 했다. 다음 날 여종이 회복되자 거간꾼이 그녀에게 어디가 아프냐고 물었더니 여종이 말했다.

"저는 비록 비천한 사람이지만 그래도 일찍이 복야 나리의 여종이었으니, 죽으면 죽었지 어찌 비단 파는 장사꾼을

섬길 수 있겠습니까!" 미 : 이 여종은 정말로 함께 얘기할 만하니, 소가(蕭家 : 소영사)의 노복 두양(杜亮)110)에 짝할 만하다.

촉도(蜀都 : 성도) 사람들은 이 말을 듣고 모두 감탄했다.

唐柳僕射仲郢鎭鄴城, 有婢失意, 於成都鬻之. 刺史蓋巨源西川大校, 累典支郡, 居苦竹溪. 女儈以婢導至巨源, 賞其技巧. 他日, 巨源窺窗, 通衢有鬻綾羅者, 召之就宅. 於束繰內, 選擇邊幅舒卷, 第其厚薄, 酬酢可否. 時柳婢侍左, 失聲而仆, 似中風. 命扶之而去, 都無言語, 但令還女儈家. 翌日而瘳, 詰其所苦, 靑衣曰:"某雖賤人, 曾爲僕射婢, 死則死矣, 安能事賣綾絹牙郞乎!"眉 : 此婢大可與語, 可配蕭家僕杜亮. 蜀都聞之, 皆嗟嘆.

* 이 고사는 《태평광기》권261 〈치비(嗤鄙)·유씨비〉에 실려 있다.

---

110) 두양(杜亮) : 두양의 고사는 본서 45-9(1322) 〈소영사(蕭穎士)〉에 나온다.

45-6(1319) 각요

각요(却要)

출《삼수소독(三水小牘)》

　호남관찰사(湖南觀察使) 이유(李庾)의 여종 각요는 용모가 아름답고 행동거지가 단정했으며 언어 응대에 뛰어났다. 매월 초하루와 보름에 예법에 따라 친인척 집을 찾아갈 때마다 각요 혼자 일을 도맡았는데, 이유의 다른 시비(侍婢) 수십 명은 함께 가지 못했다. 각요는 애교가 넘쳤고 재주가 민첩해 주인의 안색을 잘 살펴 모셨으므로 친인척들도 대부분 그녀를 예뻐했다. 이유에게는 네 명의 아들이 있었는데, 큰아들은 이연희(李延禧), 둘째는 이연범(李延範), 셋째는 이연조(李延祚)로 이른바 대랑(大郞)부터 오랑(五郞)까지였다. 그들은 모두 혈기가 넘치고 행동이 거친 젊은이로서 하나같이 각요와 사통하고자 했으나 그럴 수 없었다. 한번은 청명절(淸明節)에 교교한 달빛이 곱게 비치고 정원의 꽃이 만발했으며, 중당(中堂)에는 수놓은 휘장이 쳐져 있고 곳곳에 은등잔이 켜져 있었다. 그때 대랑은 앵두꽃 그늘 속에서 각요를 만나 그녀를 붙잡고 정을 통하자고 했다. 그러자 각요는 방석을 꺼내서 그에게 주며 말했다.

　"정원의 동남쪽 모퉁이에 서서 기다리시면, 주인어른과

마님께서 깊이 주무시기를 기다렸다가 반드시 가겠어요."

대랑이 떠난 뒤에 각요는 회랑 아래로 갔다가 또 이랑을 만났는데 이랑이 그녀에게 수작을 부렸다. 각요는 또 방석을 꺼내서 그에게 주며 말했다.

"청사의 동북쪽 모퉁이에서 기다리세요."

이랑이 떠난 뒤에 각요는 또 삼랑을 만났는데 삼랑이 그녀를 껴안았다. 각요는 또 방석을 꺼내서 그에게 주며 말했다.

"청사의 서남쪽 모퉁이에서 기다리세요."

삼랑이 떠난 뒤에 각요는 또 오랑을 만났는데 오랑이 그녀의 손을 잡고 놓아주지 않았다. 각요는 이번에도 방석을 꺼내서 그에게 주며 말했다.

"청사의 서북쪽 모퉁이에서 기다리세요."

그렇게 네 사람이 모두 떠났다. 이연희는 청사 모퉁이에서 숨을 죽인 채 기다리고 있었는데, 청사 문이 빠끔히 열리기에 보았더니 세 동생이 차례대로 와서 각자 한쪽 모퉁이로 달려가는 것이었다. 그는 마음속으로 이상하다고 생각했지만 감히 말을 할 수 없었다. 잠시 후 각요가 갑자기 횃불을 켜 들고 급히 청사 쪽으로 오더니 두 문을 활짝 열고 횃불을 비추면서 이연희 등에게 말했다.

"이 비렁뱅이들! 어찌 감히 여기에서 잠잘 곳을 찾는단 말이냐?"

이 말에 모두 듣고 있던 방석을 내팽개치고 얼굴을 가린 채 도망가자, 각요는 그들을 뒤따라가면서 비웃었다. 그 후로 이유의 아들들은 부끄러워하면서 감히 예의를 범하지 못했다.

湖南觀察使李庾之女奴, 曰却要, 美容止, 善辭令. 朔望通禮謁於親姻家, 惟却要主之, 李侍婢數十, 羅[1]之偕也. 而巧媚才捷, 能承順顔色, 姻黨亦多憐之. 李四子, 長曰延禧, 次曰延範, 次曰延祚, 所謂大郎而下五郎也. 皆年少狂俠, 咸欲蒸却要而不能. 嘗遇淸明節, 時纖月娟娟, 庭花爛發, 中堂垂繡幕, 皆銀缸[2]. 而却要遇大郎於櫻桃花影中, 大郎乃持之求偶. 却要取茵席授之, 曰: "可於庭中東南隅, 竚立相待, 候堂前眠熟, 當至." 大郎旣去, 至廊下, 又逢二郞調之. 却要復取茵席授之, 曰: "可於廳中東北隅相待." 二郞旣去, 又遇三郞束之. 却要復取茵席授之, 曰: "可於廳中西南隅相待." 三郞旣去, 又五郞遇着, 握手不可解. 却要亦取茵席授之, 曰: "可於廳中西北隅相待." 四郞皆去. 延禧於廳角中, 屛息以待, 廳門斜閉, 見其三弟, 比比而至, 各趨一隅. 心雖訝之, 而不敢發. 少頃, 却要突燃炬, 疾向廳事, 豁雙扉而照之, 謂延禧輩曰: "阿堵貧兒! 爭敢向這里覓宿處?" 皆棄所携, 掩面而走, 却要復從而哈之. 自是諸子懷慚, 不敢失敬.

* 이 고사는 《태평광기》 권275 〈동복·각요〉에 실려 있다.

1 나(羅): 《태평광기》에는 "막(莫)"이라 되어 있는데, 문맥상 보다 타당하다.

2 항(缸): 《태평광기》에는 "강(釭)"이라 되어 있는데, 문맥상 보다 타당하다. "항"은 항아리를 뜻하고, "강"은 등잔을 뜻한다.

동복(童僕)

45-7(1320) 위도부

위도부(韋桃符)

출《조야첨재》

 수(隋)나라 개황(開皇) 연간(581~600)에 경조(京兆) 사람 위곤(韋袞)에게 도부라고 하는 노복이 있었다. 위곤은 정벌에 나설 때마다 그를 데리고 갔는데, 그는 담력이 있었다. 위곤은 좌위중랑(左衛中郎)에 오른 뒤, 도부가 오랫동안 자신을 수행하면서 일을 했기 때문에 그의 노비 신분을 풀어 주어 양민이 되게 했다. 도부는 집에 누런 암소가 있었는데 보답으로 그것을 잡아서 위곤에게 바치면서, 성을 지어 달라고 위곤에게 청했더니 위곤이 말했다.

 "그저 내 성을 따라서 위씨로 해라."

 도부가 머리를 조아리며 말했다.

 "감히 나리와 같은 성을 쓸 수 없습니다."

 위곤이 말했다.

 "너는 그대로 따르기만 해라. 여기에는 깊은 뜻이 있느니라."

 그래서 지금 황독자위(黃犢子韋 : 누런 송아지 위씨라는 뜻)가 되었는데, 위 서인(韋庶人 : 위후)이 바로 그 후손이다. 위곤이 도부에게 다른 성을 허락하지 않았던 것은 대개 세월이 흐르고 세대가 멀어진 뒤에 그의 자손이 혹시나 위씨와 통혼할까 봐 걱정했기 때문이었으니, 이것이 바로 위곤의 뜻이었다.

隋開皇中, 京兆韋袞有奴曰桃符. 每征討將行, 有膽力. 袞至左衛中郎, 以桃符久從驅使, 乃放從良. 符家有黃特牛, 宰而獻之, 因問袞乞姓, 袞曰:"止從我姓爲韋氏." 符叩頭曰:"不敢與郎君同姓." 袞曰:"汝但從之. 此有深意." 故至今爲黃犢子韋, 卽韋庶人其後也. 不許異姓者, 蓋慮年深代遠, 子或與韋氏通婚, 此其意也.

* 이 고사는 《태평광기》 권275 〈동복·위도부〉에 실려 있다.

45-8(1321) 이경

이경(李敬)

출《척언》

이경은 하후자(夏侯孜)의 하인이었다. 하후자가 오랫동안 과장(科場)에서 뜻을 얻지 못해 곤궁하게 지내는 동안 이경은 하후자를 모시면서 온갖 고초를 겪었는데, 어떤 사람이 그를 꼬드기며 말했다.

"오늘날 북면(北面)의 관리[111]는 조정에 들어가면 내정의 고관이 되고 조정을 나가면 사신이 되어, 가는 곳마다 바람과 비를 부릴 정도로 권세가 대단하네. 그런데 자네는 어찌하여 그런 사람을 따르지 않는가? 일개 곤궁한 서생을 열심히 섬겨 봤자 무슨 대단한 보탬이 있겠는가?"

그러자 이경이 웃으며 말했다.

"우리 주인님은 급제하면 적어도 서천유후관(西川留後官)은 되실 걸세."

사람들은 모두 그 말을 듣고 비웃었다. 그때 하후자는 벽 뒤에서 그가 하는 말을 들었다. 10여 년 뒤에 하후자는 중서

---

111) 북면(北面)의 관리 : 환관을 말한다. 당나라 때 내시성(內侍省)은 황궁의 북쪽에 있어서 북사(北司)라고 불렸다.

성(中書省)에 있다가 성도(成都)를 진수하러 나가게112) 되었는데, 부임지로 떠날 즈음에 저리(邸吏)113)로 써 달라고 부탁한 자가 많았지만 한 명도 허락하지 않았다. 하후자는 군진(軍鎭)에 도착한 뒤에 이경을 등용해 진주원(進奏院)114)을 관장하게 했는데, 이경은 공무를 처리하느라 몹시 바빴다. 예전에 이경을 비웃던 자들은 대부분 그에게 엎드렸다. 처음에 하후자는 벼슬길에 오르지 못했을 때 세상에서 의지할 곳 없이 외롭게 지냈는데, 타고 가던 절름발이 나귀가 이유 없이 우물에 빠지기도 했고 조정 관원의 집에 가거나 여관에 투숙할 때마다 늘 불미스런 일이 많았으므로 당시 사람들이 그를 "불리시수재(不利市秀才 : 재수 없는 수재)"라고 불렀다. 하지만 그는 결국 장상(將相)의 지위에 올

---

112) 성도(成都)를 진수하러 나가게 : 하후자가 함통(咸通) 8년(867)에 성도윤(成都尹)·검남서천절도사(劍南西川節度使)로 부임한 것을 말한다.

113) 저리(邸吏) : 경저리(京邸吏)를 말한다. 지방 장관이 도성에 파견해 지방 관청의 업무를 대행하게 한 관리다.

114) 진주원(進奏院) : 당나라 때 번진이 도성에 설치한 저부(邸府)를 처음에는 상도유후원(上都留後院)이라 했다가, 대력(大曆) 12년(777)에 이를 상도진주원(上都進奏院)으로 개칭했다. 각 주진(州鎭)의 관원이 도성에 왔을 때 머물던 곳으로, 주장(奏章)·조령(詔令)을 비롯한 각종 문서의 수령과 전달을 관장했다.

랐다.

평 : 이경을 보면 충성스런 노복의 기개를 씩씩하게 할 수 있고, 하후자를 보면 가난한 선비의 풍골을 굳세게 할 수 있다.

李敬者, 夏侯孜之傭也. 孜久厄塞名場, 敬寒苦備歷, 或誘之曰 : "當今北面官人, 入則內貴, 出則使臣, 到所在打風打雨. 爾何不從之? 而孜孜事一窮措大, 有何長進?" 敬靦然曰 : "我使頭及第, 還擬作西川留後官." 衆皆非笑. 時孜於壁後聞其言. 凡十餘歲, 孜自中書出鎭成都, 臨行, 有以邸吏託者, 一無所諾. 至鎭, 用敬知進奏, 而鞅掌極矣. 向之笑者, 率多伏敬. 初孜未遇, 伶俜風塵, 所跨蹇驢, 無故墜井, 及朝士之門, 或逆旅舍, 常多齟齬, 時人號曰 "不利市秀才". 竟登將相.
評 : 觀李敬, 可壯忠僕之氣, 觀夏侯, 可堅貧士之骨.

* 이 고사는 《태평광기》 권275 〈동복·이경〉에 실려 있다.

45-9(1322) 소영사

소영사(蕭穎士)

출《조야첨재》

 당(唐)나라의 소영사는 개원(開元) 연간(713~741)에 19세 때 진사(進士)에 급제했고, 20여 세에는 삼교(三敎 : 유·불·도)에 해박했는데, 엄하고 급한 성격은 비할 자가 없었다. 두양(杜亮)이라는 노복이 그를 10여 년 동안 섬겼는데, 매번 소영사에게 100여 대씩 채찍질을 당해 그 고통을 견딜 수 없었지만, 여전히 시키는 대로 따랐다. 어떤 사람이 두양에게 다른 주인을 찾으라고 권했더니 그가 말했다.

 "제가 어찌 그걸 모르겠습니까? 하지만 그의 재주와 학식이 넓고 심오한 것을 좋아하기에 이처럼 연연하며 떠날 수 없는 것입니다."

 두양은 결국 [매를 맞아] 죽음에 이르렀다. 미 : 재주를 아끼는 것이 목숨을 지키는 것보다 더 심하다.

唐蕭穎士, 開元中, 年十九, 擢進士第, 至二十餘, 該博三敎, 性嚴急無比. 傭僕杜亮事之十餘載, 每箠楚百餘, 不堪其苦, 遵其指使如故. 或勸之擇木, 亮曰 : "愚豈不知? 但愛其才學博奧, 以此戀戀不能去." 卒至於死. 眉 : 憐才更甚於同調.

* 이 고사는 《태평광기》 권244 〈편급(褊急)·소영사〉에 실려 있다.

45-10(1323) 무공간

무공간(武公幹)

출《척언》

    무공간은 일찍이 수재(秀才) 괴희일(蒯希逸)을 10여 년 동안 모시면서 아주 부지런히 일했다. 그런데 괴희일이 과거에 급제하자, 무공간은 작별을 고하며 부모님이 계시므로 봉양해야 한다면서 돌아가길 청했다. 괴희일은 그를 붙잡았지만 그럴 수 없자 그의 충성과 효성을 훌륭히 여겨 시를 지어 전송했는데, 대략 다음과 같은 내용이었다.

    "산길 험해도 말 뒤를 떠난 적 없고, 술 깨면 늘 침상 앞에 있는 걸 보았네."

    괴희일의 동료들이 비단을 갹출해 떠나는 그에게 선물했으며, 모두 괴희일의 시에 화창(和唱)했다.

武公幹者, 常事蒯希逸秀才十餘歲, 異常勤幹. 洎希逸擢第, 幹辭以親在, 乞歸就養. 希逸留之不住, 旣嘉其忠孝, 以詩送之, 略曰:"山險不曾離馬後, 酒醒長見在床前." 同人醵絹贈行, 皆有繼和.

* 이 고사는 《태평광기》 권275 〈동복·무공간〉에 실려 있다.

45-11(1324) 봉검

봉검(捧劍)

출《운계우의》

함양(咸陽)의 곽씨(郭氏)는 집안이 매우 부유했으며 비복(婢僕)들도 많았다. 그중에 봉검이라는 창두(蒼頭 : 노복) 하나가 있었는데, 그는 늘 산수와 구름을 바라보면서 주인의 분부를 따르지 않았기에 채찍과 회초리를 맞았지만 그대로였다. 하루는 봉검이 난데없이 시 한 수를 짓자 주인은 더욱 화가 났다. 그 시는 이러했다.

"파랑새가 포국(蒲菊 : 민들레) 물고, 금정(金井)115) 난간으로 날아오네. 미인은 파랑새가 놀라 떠날까 봐, 감히 주렴 걷고 보지 못하네."

유생들이 그 소문을 듣고 다투어 와서 보고는 운율에 잘 맞는 시라고 여기자, 주인은 다소 너그러워졌다. 봉검은 또 〈제후당모란화(題後堂牡丹花)〉라는 시를 지었다.

"뒤뜰 정자에서 풍겨 오는 한 줄기 향긋한 향기, 오히려 복숭아와 오얏 제치고 훌륭한 이름 얻었네. 누가 천상의 사

---

115) 금정(金井) : 둘레를 아름답게 장식한 우물.

람에게 말하려나? 이제부턴 태청(太淸 : 하늘) 가까이로 뿌리 옮긴다고."

봉검이 사적으로 빈객들에게 아뢰었다.

"오랑캐의 귀신이 될지언정 세속의 노복 노릇 하는 건 부끄럽습니다." 미 : 머리에 쓴 푸른 두건[蒼頭]을 벗어 던져도 된다.

그 후에 봉검은 장차 도망치려면서 또 시를 남겨 놓았다.

"곽사랑(郭四郎 : 곽씨)께 잘 계시라고, 떠날 때 작별 인사도 못했네. 새벽 물시계는 떠나려는 마음 재촉하고, 가벼운 수레는 잔설(殘雪)을 밟고 가네. 주인집 문을 나서려 하니, 흐르는 눈물에 남몰래 목이 메네. 만 리 길에 관산(關山)이 막혀 있는데, 일심으로 한(漢)나라 달을 생각하네.116)"

咸陽郭氏者, 富室也, 僕媵且衆. 有一蒼頭, 名捧劍, 嘗以望水眺雲, 不遵驅策, 雖鞭捶如故也. 一旦, 忽題詩一篇, 其主益怒. 詩曰 : "靑鳥銜蒲菊, 飛上金井欄. 美人恐驚去, 不敢捲簾看." 儒士聞而競觀, 以爲協律之詞, 其主稍容焉. 又〈題後堂牧丹花〉曰 : "一種芳菲出後亭, 却輸桃李得佳名. 誰能爲向天人說? 從此移根近太淸." 捧劍私啓賓客曰 : "願作夷狄之鬼, 恥爲世俗蒼頭." 眉 : 去其蒼頭而可矣. 其後將竄, 復

---

116) 만 리 길에 관산(關山)이 막혀 있는데, 일심으로 한(漢)나라 달을 생각하네 : 이 두 구절은 한나라 원제(元帝)의 후궁 왕소군(王昭君)이 흉노 왕에게 시집간 고사에 빗댄 것이다.

留詩曰:"珍重郭四郞,臨行不得別. 曉漏動離心,輕車冒殘雪. 欲出主人門,零涕暗嗚咽. 萬里隔關山,一心思漢月."

* 이 고사는《태평광기》권275〈동복·봉검〉에 실려 있다.

45-12(1325) 귀진

귀진(歸秦)

출《북몽쇄언》

 심순(沈詢)에게 총애하는 첩이 있었는데, 그의 부인이 그녀를 해코지하고 몰래 내시 귀진에게 짝을 맺어 주었으나 심순은 이를 말릴 수 없었다. 그러나 얼마 후 그 첩이 여전히 내실에서 심순의 시중을 들자, 귀진은 이를 수치스러워해 칼을 들고 틈을 엿보아 심순과 그 부인을 소의절도사(昭義節度使)의 관아에서 죽였다. 미 : 이는 경계로 삼을 만하며, 아울러 이로써 처를 경계시켜야 한다. 그날 밤에 심순은 부중(府中)의 빈객과 친구들에게 연회를 베풀면서 이런 시를 지었다.

 "남쪽에서 날아온 기러기는 잡지 말지니, 짝을 따라 북쪽으로 날아가야 한다네. 잡을 땐 쌍으로 잡아, 둘이 헤어지게 만들지 마시라."

 심순은 집으로 돌아온 뒤에 부부가 함께 목숨을 잃었다. 그때는 [당나라] 함통(咸通) 4년(863)이었다.

沈詢有嬖妾, 其妻害之, 私以配內竪歸秦, 詢不能禁. 旣而妾猶侍內, 歸秦恥之, 乃挾刃伺隙, 殺詢及其夫人於昭義使廂. 眉 : 此可爲戒, 並以戒妻. 是夕, 詢宴府中賓友, 乃著詞曰 : "莫打南來雁, 從他向北飛. 打時雙打取, 莫遣兩分離." 及歸而夫妻並命焉. 時咸通四年也.

* 이 고사는《태평광기》권275〈동복·귀진〉에 실려 있다.

태평광기초 9

엮은이 풍몽룡
옮긴이 김장환
펴낸이 박영률

초판 1쇄 펴낸날 2024년 11월 28일

커뮤니케이션북스(주)
출판등록 제313-2007-000166호(2007년 8월 17일)
02880 서울시 성북구 성북로 5-11
전화 (02) 7474 001, 팩스 (02) 736 5047
commbooks@commbooks.com
www.commbooks.com

ⓒ 김장환, 2024

지식을만드는지식은
커뮤니케이션북스(주)의 고전 출판 브랜드입니다.
이 책은 저작권자와 계약해 발행했으므로, 본사의 서면 허락 없이는
어떠한 형태나 수단으로도 이 책의 내용을 이용할 수 없습니다.

ISBN 979-11-7307-025-9 94820
979-11-7307-000-6 94820 (세트)

책값은 뒤표지에 있습니다.